安徽师范大学文学院学术文库（第三辑）

朱彤红学论集

ZHUTONG HONGXUE LUNJI

朱　彤　著

安徽师范大学出版社
·芜湖·

图书在版编目(CIP)数据

朱彤红学论集 / 朱彤著. — 芜湖: 安徽师范大学出版社, 2022.11
(安徽师范大学文学院学术文库. 第三辑)
ISBN 978-7-5676-5822-6

Ⅰ. ①朱… Ⅱ. ①朱… Ⅲ. ①《红楼梦》研究—文集 Ⅳ. ①I207.411-53

中国版本图书馆CIP数据核字(2022)第202864号

安徽省高峰学科安徽师范大学中国语言文学(诗学)建设项目
安徽师范大学中国诗学研究中心项目

朱彤红学论集 朱彤 著

责任编辑: 胡志恒
责任校对: 李克非 平韵冉
装帧设计: 张德宝 欧阳显根
责任印制: 桑国磊
出版发行: 安徽师范大学出版社
芜湖市北京东路1号安徽师范大学赭山校区
网 址: http://www.ahnupress.com/
发 行 部: 0553-3883578 5910327 5910310(传真)
印 刷: 江苏凤凰数码印务有限公司
版 次: 2022年11月第1版
印 次: 2022年11月第1次印刷
规 格: 700 mm × 1000 mm 1/16
印 张: 23
字 数: 355千字
书 号: ISBN 978-7-5676-5822-6
定 价: 68.00元

总　　序

安徽师范大学文学院的前身是1928年建立的省立安徽大学中国文学系，是安徽省高校办学历史最悠久的四个院系之一。1945年9月更名为国立安徽大学中文系，1949年12月更名为安徽大学中文系，1954年2月更名为安徽师范学院中文系，1958年更名为合肥师范学院中文系，1972年12月更名为安徽师范大学中文系，1994年10月更名为安徽师范大学文学院。这里人才荟萃，刘文典、陈望道、郁达夫、朱湘、苏雪林、朱光潜、周予同、潘重规、宗志黄、张煦侯、卫仲璠、宛敏灏、张涤华、祖保泉、余恕诚等著名学者都曾在此工作过，他们高尚的师德、杰出的学术成就凝固成了我院的优良传统，培养出了一大批出类拔萃的各类人才。

文学院现设有汉语言文学、汉语言、秘书学、汉语国际教育等4个本科专业，文学研究所、语言研究所、古籍整理研究所、美育与审美文化研究所、艺术文化学研究中心等5个研究所（中心）。拥有中国语言文学博士后科研流动站，中国语言文学一级学科博士点，中国语言文学、艺术学理论两个一级学科硕士学位点；设有中国古代文学等10个硕士学位二级学科授权点和学科教学（语文）、汉语国际教育两个专业学位点；有1个安徽省A类重点学科（中国语言文学），3个安徽省B类重点学科（中国古代文学、汉语言文字学、中国现当代文学）；1个国家级特色专业建设点(汉语言文学专业)，1个国家级教学团队（中国古代文学），两门国家级精品课程（文学理论、大学语文），1个省级刊物（《学语文》）。

文学院师资科研力量雄厚，现有在岗专任教师82人，其中教授28人，副教授35人，博士55人。2010年以来，本学科共主持省部级以上科研项目100项，其中国家社科基金项目28项（含重大招标项目和重点项目各1项），获得省部级以上奖励9项。教师中，有国家首届教学名师1人，享受国务院特殊津贴12人，皖江学者3人，二级教授8人，5人入选省级学术和技术带头人，6人入选省级学术和技术带头人后备人选。

走过八十多年的风雨征程，目前中文学科方向齐全，拥有很多相对稳定、特色鲜明的研究领域。唐诗研究、古代文论研究、儿童语言习得研究、古典文献研究、宋辽金文学研究、词学研究、当代文学现象研究、古典诗歌接受史研究、梵汉对音研究、句法语义接口研究等在全国居于领先地位或在学术界有较大影响。特别是李商隐研究的系列成果已成为传世经典，国务院学位委员会委员、北京大学教授袁行霈先生说，本学科的李商隐研究，直接推动了《中国文学史》的改写。

经过几代人的薪火相传，中文学科养成了严谨扎实的学术传统，培育了开拓创新的学术精神，打造了精诚合作的学术团队，形成了理论研究与服务社会相结合、扎根传统与关注当下相结合、立足本位与学科交融相结合、历代书面文献与当代口传文献并重的学科特色。

21世纪以来，随着老一辈学者相继退休，中文学科逐渐进入了新老交替的时期，如何继承、弘扬老一辈学者的学术传统，如何开启中文学科的新篇章，成了摆在我们面前的迫切任务。基于这一初衷，我们特编选了这套丛书，名之为“安徽师范大学文学院学术文库”，计划做成开放式丛书，一直出版下去。我们认为，对过去的学术成果进行阶段性归纳汇集，很有必要，也很有意义，可以向学界整体推介我院的学术研究，展现学术影响力。

现在奉献的是第三辑，文集作者既有年高德劭的退休老师，也有年富力强的年轻学者，学科领域涵盖中国文学、语言学、美学、逻辑学等，大致可以反映文学院学术研究风貌的历史传承与时代新变。

我们坚信，承载着八十多年的历史积淀，文学院必将向学界奉献更多的学术精品，文学院的各项事业必将走向更悠远的辉煌！

储泰松

二〇一五年八月

序　一

冯其庸

朱彤同志是当代著名的红学家，我与他相交，已经有17年的历史了。记得最初相识是在芜湖安徽师大。那时，我们正在搞《红楼梦》的新校注本，不久，朱彤兄也就借调到北京，和我们在一起从事《红楼梦》的校注工作了。

1979年5月，时值《红楼梦学刊》创刊号问世，朱彤兄以他的《释“白首双星”》（关于史湘云的结局）一文，声动京华，名重红学界，从此，朱彤兄时有所作，作必有为，健笔凌云，妙思入微。

前数年，得知朱彤兄患病，心窃系念，时萦怀抱，虽不能时时驰函问候，而实未曾一日忘也！

不久前，邓庆佑兄转来朱彤兄手书，嘱我为他的红学论文集作序，不意又值我患病，未能即时命笔，辽延蹉跎，实觉愧对故人。

朱彤兄的《释“白首双星”》，以力排众议、独抒己见的气概，提出了个人独创之见。《红楼梦》后部的情节究竟如何，因为谁也见不到后部的残文或提纲，因而无法验证种种的推测，然而，朱彤兄对“白首双星”的解释，言之有据，且较合情理，自然可以作为一家之言，新人耳目。

关于《红楼梦》的主题，也是二百年来《红楼梦》研究中众说纷纭、莫衷一是的问题。朱彤兄在《论〈红楼梦〉的主题》一文中，对这个问题作了全面深入的分析，他说：

> 把《红楼梦》的主题概括一下，那就是：一部《红楼梦》是以封建贵族阶级子孙不肖、后继无人问题为核心，展开了贵族阶级各个生活侧面的描写，无情地揭露和鞭挞地主阶级的种种罪恶，热烈地讴歌和赞美新兴力量的叛逆精神，全面地批判了封建制度，深刻地揭示出封建社会和地主阶级必然崩溃和没落的历史命运。

他还说：

> 《红楼梦》主题具有巨大思想深度和社会意义，就在于它以这个社会矛盾作为开展全书情节的主要矛盾线索，通过贾宝玉叛逆性格成长的历史，通过封建主义和反封建主义两种人生道路的尖锐斗争，深入地反映了封建社会末期意识形态领域里新旧两种思想的激烈搏斗，从而在更深刻的意义上，揭示出封建制度和封建贵族阶级必然灭亡的历史命运。
>
> 贾宝玉的叛逆性格和人生道路深深植根于新的物质经济事实之中，所以，他的思想不是在某一个别问题上乖离封建阶级的要求，而是在一系列根本问题上与封建阶级传统背道而驰。他的思想性格的核心是早期的民主平等思想，其对立面则是维护封建宗法统治的等级压迫制度。他跟封建势力发生的一切冲突，无不滥觞于此。

朱彤对《红楼梦》主题的分析，确实是全面而深刻的。对《红楼梦》主题的分析，涉及对《红楼梦》的全面评价问题。过去有的研究者认为《红楼梦》的民主思想，是属于封建的民主思想，不具备资本主义萌芽的性质。这种看法，严重地贬低了《红楼梦》的价值，同时也完全不符合作品的实际。试想如果贾宝玉、林黛玉所代表的思想与贾政所代表的思想其社会性质完全是一样的，贾宝玉与贾政的冲突只是封建思想体系自身的矛盾，没有资本主义萌芽性质的社会内涵，贾宝玉、林黛玉的思想没有新的社会内涵；那么，出现在封建社会末期的《红楼梦》这部小说，还有什么积极的意义可言？贾宝玉、林黛玉哪里还有“新人”的内涵？贾宝玉、林黛玉与贾政、贾母、王夫人、王熙凤乃至于薛宝钗之间的矛盾冲突还有什么意义？这样一来，实质上岂不就是否定了《红楼梦》这部不朽巨著的伟大意义！所以《红楼梦》主题之辩，是一个关于《红楼梦》的大是大非的大辩论。这个问题从50年代起，直到80年代朱彤的文章发表，一直是有争论的。朱彤的文章无疑是这一场争论中的极有分量、极有说服力，极有利于人们正确认识和评价《红楼梦》的一篇重要文章。

关于《红楼梦》的伟大的艺术成就，尤其是它的卓越的人物描写，一直是二百年来研究《红楼梦》的重大课题，也是继承《红楼梦》的艺术传统的一个重要的方面，对于这个课题，研究家们不断地有所总结，有所阐述。朱彤兄的《〈红楼梦〉人物性格补充艺术手法散论》也是一篇极有见地、极为重要的文章。

朱彤提出了“相反相成，相互依存”“相辅相成，相得益彰”“虚实相生，彼此互藏”这三个课题，对《红楼梦》人物描写的艺术方法作了分析和总结。《红楼梦》的艺术成就和它的艺术方法是非常卓越和非常丰富的，朱彤提出的这三点，无疑是《红楼梦》艺术方法的重要方面。这里我要加以补充说明的是：不言而喻，以上三个方面，首先是在肯定《红楼梦》人物正面描写的前提下提出的，朱彤提出的这三点，是对正面描写的补充论述，而不是否认《红楼梦》的大量正面描写，单认这三种描写方法。

大家知道，《红楼梦》里描写人物用得最多最好的方法，首先就是对人物的精确的正面描写，有的是精雕细刻，工笔重彩，如它对贾宝玉、林黛玉见面时的描写，对王熙凤出场时的描写，在宝玉挨打时贾母出场的描写等等，都是工笔重彩，精雕细刻的正面描写，又如它对醉金刚倪二的描写，对焦大的描写，对贾芸舅舅舅妈的描写，对水月庵智能的描写，秦可卿出丧中对村姑二丫头的描写，对小红的描写等等等等，则在不同程度上又是用的写意勾勒的方法，线条用得不多，但却十分准确，三笔两笔就把一个人画出来了，而且使读者一样能感受到这些人物的声音笑貌和形象，然而就其艺术方法来说，主要也是正面的直写其人的描写方法，当然对照旁衬等方法，有的也是同时并用的，并不是用了一种方法，就不能再用别种方法了。

朱彤兄在红学方面的成就是多方面的，这篇短文不可能全面介绍。当前的红学，仍然需要有更多的人来对它作深入的锲而不舍的钻研。《红楼梦》是一部博大精深的书，研究者的学问修养愈广愈深，他所能得到的也一定独多。同时，研究者所用的功夫愈深愈久，他所得到的也一定会特多。总之，只要对《红楼梦》肯下真功夫，深功夫，长功夫，他就必然会有所获。

我们希望有更多的研究者在这条道路上作艰苦卓绝的奋斗，我们更要祝愿朱彤兄早早康复，在红学的征途上再作千里之行！

1992年2月20日于京华宽堂

序　二

李希凡

我认识朱彤同志，还是在70年代中离开《红楼梦》校注组之后。那是因为“四人帮”被打倒了，各个领域都在恢复正常工作，在北京和各地借调来的同志，包括我自己，都纷纷被召回了原单位，校注组大有“星云流散”之势。应当感谢其庸同志，是他在艰难的处境中，四方奔走“说项”，终于争取把《红楼梦》校注组保存下来，又从全国各院校借调了几位中青年教师，继续完成了这项工程。它就是人民文学出版社“中国古典文学读本丛书”中的1985年版《红楼梦》，我们昵称之为“新校注本”。据统计，迄今6年多，已印行四百余万部。该书署名为中国艺术研究院红楼梦研究所校注，实际上这所的前身就是校注组。该书以红楼梦研究所署名的《前言》（其庸同志所写）中，曾开列了20位先后参加这项工作的名单，朱彤同志属于后来参加这项工作中的一位。按照实际的本来面貌，应当说，大量的校注工作，主要是“本书修改定稿”的后一班人员做的。这个名单是：冯其庸、林冠夫、徐贻庭、陶建基、吕启祥、朱彤、张锦池、丁维忠八位同志。

目前红楼梦研究所已征得人民文学出版社的同意，为了使“新校注本”更完善，正在开始第二版的修订。我想，后继者将不会忘记前驱者的艰辛劳作。在写这篇序言的开端，我所以想到了这段经历，那是因为这支小小的校注队伍，虽然早已散归全国各地，但十多年来却活跃在红学研究阵地上，对学术与教学做出了各自的贡献。其中不少同志，不仅已晋升为教授和研究员，国内外知名，而且几乎每个人都有红学专著或论著问世了！朱彤同志即是其中之一。他多年来在繁重的教学任务之余，仍然写下了探索《红楼梦》思想艺术以及其他方面的多篇论著，现在这本《红楼梦散论》已经结集了。

我看到朱彤同志的第一篇文章，是发表在《红楼梦学刊》1979年创刊号上的《释“白首双星”——关于史湘云的结局》。曹雪芹的《红楼梦》，据考证，原著只有七十八回，除前八十回有两回是作者亲属所补写外，二百多年来，广泛印行的一百二十回的《红楼梦》，一般认为，后四十回乃高鹗续写。而根据几十年《石头记》多种手抄本的发现，特别是手抄本脂批提供的八十回后的一些回目和线索，显然和百二十回本的续写，确有很大的不同。可惜的是，迄今又从未发现原作的“全璧”，而曹雪芹笔下的那些栩栩如生、个性鲜明的艺术形象，在八十回后究竟怎样发展和如何结局，又实是研究者和读者所关心并能激发想象的。于是，各种探佚和推想产生了，还逐渐形成了红学研究的一个方面。我对玄想太多、太远的“探佚”，总怀有“不够科学”的偏见，但朱彤同志的这篇《释“白首双星”》，所以给我留下了较深刻的印象，一是因为他力排“众议”，有理有据地反驳了“白首双星”隐喻着贾母与张道士有关系，或贾宝玉最终与史湘云相结合的说法；二是他的文章是从艺术形象分析出发，提出了自己独到的新见解，自成一家之言。

在1981年《红楼梦学刊》第1辑上，我又读到了他的长篇论文《论〈红楼梦〉的主题》该文与发表在1979年《红楼梦学刊》创刊号上的张锦池同志的《也谈〈红楼梦〉的主线》，虽非同一题旨，却又异曲同工。他们都从各自不同的角度，较深刻地分析了《红楼梦》所概括的富于复杂社会内容的作品主题与情节主线，对爱情主题说进行了有说服力的驳难，这在当时国内外红学研究中一片指责毛泽东同志的“《红楼梦》是政治历史小说”看法声中，实是难能可贵的。

其后，我还读到了他的《论史湘云》《“从猿到人”——孙悟空、贾宝玉思想性格纵横谈》，以及《〈红楼梦〉人物性格补充艺术手法散论》

《〈红楼梦〉诗歌艺术断想》等多篇分析《红楼梦》创作艺术的专题论文，知道他的红学研究在逐步深入，特别是读了他在1987年《红楼梦学刊》编辑部召开的扬州学术讨论会上的发言——《关于红学现状与发展的刍议》，又深感到他视野开阔，并未把眼光和心思只用在个人研究课题上，也用了不少精力统观全局，为开拓红学研究的新局面，积极提出加强与协调工作的好建议。

自1980年会上成立了中国红学会以来，除去在美国和中国召开了两次国际学术讨论会，在各地红学研究者的努力下，已举行过全国性的六次学术讨论会，这些会议都大大地推动了红学研究的深入和发展。"红学"虽被人称为"显学"，全社会的"红学热"也不断升温，但"红学界"却是清贫的，历届红学研讨会的召开，都靠的是各地承担会议的单位和学者们自行筹集经费，中国红学会几乎拿不出什么补贴。全国性的学术研讨会截止到现在，已经三年未举行了，留存在人们记忆中的，依然是芜湖安徽师大校园中的温馨的聚会。而那次第六届全国红楼梦学术讨论会，却正是朱彤同志多方奔走，竭尽全力进行筹备的。

朱彤同志为人热情、豪爽、开朗，颇具"东北好汉"勇往直前的性格，只是近两年来一直病魔缠身，刊物已少见他的新作了。日前忽然接到他的来信，才知他的红学论著已经结集，信中有这样的词句："我在红学研究中所取得的一点点成果，都是在你们这些老友们的鼓励和关注下取得的，今有幸结集付梓，也该请你们写个序言，留作纪念。辗转病榻，握管维艰，草草不恭，祈多鉴谅。"

岁月悠悠，我虽为老友的病情感到怅然，但也为他的著作的即将出版感到欣慰。我衷心地祝愿他病体早日康复，也期待着他有更多的红学研究的新篇章问世！

1992年1月18日于北京

目　录

思想人物阐论

艺术风格评鉴

经典情节论析

词语典故考释

附 录

思想人物阐论

论曹雪芹的生活、思想和创作

《红楼梦》是我国古典文学中一部伟大的现实主义杰作。它以巨大的思想深度、丰富的历史内容和纯熟的艺术技巧，典型地再现了中国18世纪封建社会的生活，成为那个时代的一面镜子，为我们提供了一部封建末世形象化的历史，提供了一部认识封建社会的百科全书。同时，也为文艺创作提供了一份极其丰富珍贵的创作经验。曹雪芹创作《红楼梦》的过程，生动地体现了生活与创作的血肉联系。体现了社会生活对文艺创作的决定性作用。这很值得我们认真探索、研究和总结。

一

《红楼梦》的创作所以取得冠绝一代、焜耀千古的思想艺术成就，其最重要也是最根本的原因，是来自于曹雪芹极其丰富的社会实践。别的先姑且不论，就从《红楼梦》里所表现的广阔丰富的生活内容来看，也就足以证明曹雪芹是一位生活经验广博精深的作家，这在封建时代的作家中是罕与伦比的。这些经验的获得，是他立足于自己的时代，在社会政治斗争推动下，改变了阶级地位，更易了思想感情，长期置身于生活斗争的激流，向社会学习的结果。曹雪芹生于清代一个贵族的官僚世家，青少年时代过了一阵子“饫甘餍肥”，呼奴唤婢的生活，后来在剧烈的政治斗争中，他的家族失势破败，他也就由一个纨绔公子沦落到社会的底层。这种人世沧桑的巨变，虽然给他后半生的生活带来了无数的辛酸和苦难，但在生活的颠沛困窘之中，为他广泛深入接触社会，用一种不同于往昔的新的眼光和观念来观察理解现实和人生创造了条件。存在决定意识，生活地位的改变，给他思想感情的变化提供了现实的基础。正如鲁迅先生所说："有谁从小康之家而坠入困顿的么，我以为在这涂路中，大概可以看见世人的真面目。"[①]曹雪芹生活地位的变化，饱经从安乐到忧患的沉沦的苦痛，使他对贵族社会的腐朽和罪恶有甚深的了解，对下层社会的苦难和不幸也有深切的体验，使他能够突破贵族阶级的偏见，对社会的阶级关系和阶级矛盾有了清醒的认识，从而促进他的叛逆思想有了长足的发展。同时，也使他能够在其一生有限之年里，洞悉了世态，谙练了人情，深刻地了解和把握了各个阶级、阶层的特征、本质和他们纷纭复杂的心理、个性，积累了无比渊博的生活知识和社会阅历。他学兼众长，博通今古，上自天文，下至地理、医卜星象、诸子百家、琴棋书画、诗词歌赋，几乎无所不通，无所不晓，也无所不精。凡此种种，都为《红楼梦》精确的社会生活图画的描绘，高度典型化人物性格的塑造，提供了无穷无尽的生动的生活原料。

后半生长期沦落下层社会的生活，培育了曹雪芹大胆的独创精神和反传统的创作思想。他批评了以前的才子佳人小说都是一些"千部共出一套"，"自相矛盾，大不近情理"的坏作品，主张彻底摈弃这个陈陈相因的俗套旧辙，从生活出发，按照生活的本来面貌，"追踪蹑迹"，真实地写出现实人生的"悲欢离合，兴衰际遇"，以换新世人的眼目。他正是以这种艺术上独创精神从事《红楼梦》的创作的。我们知道，曹雪芹的时代，充满着复杂剧烈的矛盾冲突，充满着腐朽、黑暗和压迫，充满着挣扎、苦痛和反抗，充满着各色各样悲剧性的人物和事件。曹雪芹置身其中，经历着或目击着这一切，以一个进步思想家艺术家应有的严肃态度，"敢于直面惨淡的人生，敢于正视淋漓的鲜血"[②]，把"亲睹亲闻"的日常普遍现象集中起来，加以典型化，艺术地再现其庐山真面目，勇敢地揭示出"落了

① 鲁迅：《〈呐喊〉自序》，《鲁迅全集》卷一，人民文学出版社1981年版，第415页。

② 鲁迅：《华盖集续编·纪念刘和珍君》，《鲁迅全集》卷三，人民文学出版社1981年版，第274页。

片白茫茫大地真干净”的必然归宿，完全摆脱以前小说戏曲大团圆结局的旧套，写出了一幕幕血淋淋的悲剧，用铁一般的生活逻辑，粉碎了传统的虚幻的乐观主义，引起读者对现存封建秩序的永久性的怀疑，宣判了封建社会必然灭亡的历史命运。

二

《红楼梦》中迸发出许多朴素的唯物主义思想的光辉，应当归因于曹雪芹长期丰富的生活实践。曹雪芹以前所未有的高度在《红楼梦》里提出了封建贵族阶级必然衰亡的重大主题，这个主题是他长期认识、理解生活的总结。

《红楼梦》第四回，曹雪芹在那文网森严、黑幕层张的时代里，以非凡的胆略，揭露了一张“护官符”。这张“护官符”虽然只有简单的四句话，却非常集中地概括了封建政权的反动本质，深刻地揭示出封建社会末期官场的黑暗和政治的腐败，揭示出贾、王、史、薛四大家族的财富和权势是一切社会矛盾和罪恶的根源。质言之，这张“护官符”就是中国18世纪中叶阶级矛盾激化、土地财产高度集中的写照。可见曹雪芹对他的时代的阶级关系，做了多么细致的观察和深入的研究。否则，他怎么可能从一件小小的人命官司里，揭示出这一张“护官符”来呢！

尤其难能可贵的是，曹雪芹不仅通过一张“护官符”写出了四大家族声势煊赫、骄横跋扈的现实形态，而且还精辟地透过那“烈火烹油、鲜花着锦”表面繁荣的假象，发现了他们色厉内荏必然灭亡的历史趋势，从而在《红楼梦》里提出了四大家族代表的封建社会已经“死而不僵”这一富有深刻哲理的论点。这个论点曹雪芹是怎么得来的呢？让我们先看第二回古董商人冷子兴跟贾雨村议论贾府盛衰的一段对话：

子兴叹道：“老先生休如此说。如今这宁荣两门，也都萧疏了，不比先时的光景。”雨村道：“当日宁荣两宅的人口也极多，如何就萧

> 疏了？”冷子兴道：“正是，说来也话长。”雨村道：“去岁我到金陵地界，因欲游览六朝遗迹，那日进了石头城，从他老宅门前经过。街东是宁国府，街西是荣国府，二宅相连，竟将大半条街占了。大门前虽冷落无人，隔着围墙一望，里面厅殿楼阁，也还都峥嵘轩峻，就是后一带花园子里面树木山石，也还都有蓊蔚洇润之气，那里像个衰败之家？”冷子兴笑道：“亏你是进士出身，原来不通！古人有云：‘百足之虫，死而不僵。’如今虽说不及先年那样兴盛，较之平常仕宦之家，到底气象不同。如今生齿日繁，事务日盛，主仆上下，安富尊荣者尽多，运筹谋画者无一，其日用排场费用，又不能将就省俭，如今外面的架子虽未甚倒，内囊却也尽上来了。这还是小事。更有一件大事：谁知这钟鸣鼎食之家，翰墨诗书之族，如今的儿孙，竟一代不如一代了！”

冷子兴是个洞悉世故的市民商人，这种社会地位就决定了他能以下层社会的眼光，用不同于传统世俗的新观点来观察社会问题，加上他又是贾府的上层奴仆周瑞家的女婿，有机会进入贾府的壶奥，锐敏地窥察到一些内情，所以他与贾雨村对贾府现状评论，就迥不相同。他能透过贾雨村站在围墙外边望到的一些表面现象，看出它“死而不僵”，内囊空虚，后继无人，行将灭亡的实质。在200多年前的一个作家的笔下，能够出现这种从封建贵族阶级现实存在的合理性当中，看出否定的因素，看出它们业已丧失存在理由的必然性的思想，是极其难得的。冷子兴这一席带有明显辩证性质的议论，应该是曹雪芹以他朴素的辩证思想深入生活、研究社会所得出的合乎伦理的结论。

既然以四大家族为代表的封建阶级已被历史的发展宣判了死刑，那么，推动他们走向衰亡的原因又是什么？曹雪芹以空前的深度和广度形象地回答了这个问题。他从精确深入的社会分析中，发现了封建社会末期的三大矛盾——压迫者和被压迫者的矛盾，腐朽的封建统治阶级与萌芽状态的新兴社会势力的矛盾，封建统治阶级内部的矛盾。这三大矛盾广泛地概括了当时社会斗争的基本内容。前两种矛盾具有不可调和的斗争性质，在社会矛盾的发展中居于主导地位，统治阶级内部矛盾则受社会形势的制约、规定和影响。曹雪芹以巨大的艺术力量，把这三大矛盾错综复杂地交织在一起，按照生活逻辑的发展，生动具体地在作品中展现出来。曹雪芹怀着一个先进思想家热烈的激情，始终生活在尖锐复杂社会斗争的漩涡里，反复地接受命运严酷的考验和锻炼，不断地经受斗争风雨的吹打和冲击，淬砺和培养了他批判、认识现实的洞察力，使他对社会的种种矛盾有相当清晰深刻的理解，因而在《红楼梦》里能够从客观上真实地反映出当时社会的阶级关系和社会矛盾。

《红楼梦》中的三大矛盾，是曹雪芹对时代社会矛盾的艺术概括和升华。在文学作品中如此全面深刻地描写社会矛盾，在中国古代文学史乃至思想史上，他是第一个，也是唯一的一个。更其难得的是，《红楼梦》中每种社会矛盾的描绘，都不是他凭空的臆造，它们都有充分的现实生活的根据。“字字看来皆是血，十年辛苦不寻常。”可以说，《红楼梦》里每一故事的矛盾，都渗透了作者切身的感受和生活的血泪。所以，它们都是高度典型化了的一般和个别的统一体。三大矛盾中的第一种矛盾，在大观园里表现为主奴的矛盾，实际上是封建社会普遍存在的地主阶级和农民阶级这一基本矛盾的艺术缩影；第二种矛盾在大观园里表现为封建卫道者与叛逆者在意识形态领域里的激烈搏斗，这是封建末世处于萌芽状态的新的社会矛盾的反映。在这两种矛盾中的奴隶与叛逆者两者的矛盾对立面——封建统治阶级是相同的，他们的大方向是一致的，相互同情，相互支持。但是，他们在本质上又属于两个不同阶级范畴的人物，因而他们的态度和所起的作用也很不相同。生活中的矛盾是怎样的复杂，作者就怎样把它们忠实地再现出来。

我们知道，曹雪芹是从贵族社会的矛盾斗争中“翻过筋斗来的”，所以他描写统治阶级内部矛盾更是得心应手，左右逢源。即使写贵族家庭一个日常生活中的小矛盾，也无不融进了当时统治阶级内部重大政治斗争的内容，打上鲜明的时代印记。比如第二十五回写赵姨娘阴谋夺嫡的事件。

赵姨娘天天盘算为儿子贾环夺得贾府的继承权，这一天，她与马道婆密谋用“魇魔法”除掉贾宝玉和王熙凤。马道婆向她索取行“法”的报酬，她说：“你这个明白人，怎么糊涂起来了。你若果然法子灵验，把他两个绝了，明日这家私不怕不是我环儿的。那时你要什么不得？”赵姨娘的阴谋和她对马道婆讲的这番话，暴露了封建社会末期贵族阶级内部各个派系之间，为了争夺统治权，所展开的“自杀自灭”的争斗，达到了何等激烈的程度！只要能够取得财产和权力的支配权，他们朋比结党，骨肉成仇，什么卑鄙无耻、残酷毒辣的手段都能使得出来。用贾府三小姐探春的话来说：“咱们倒是一家子亲骨肉呢！一个个不像乌眼鸡似的，恨不得你吃了我，我吃了你！”这个矛盾是没落统治阶级内部普遍存在的一个无医的顽症。不但一般贵族家庭时时发生，即在最高统治集团皇室内部也更毫不例外。康熙诸子在康熙末年，不是实实在在地演出过一系列争位夺嫡的丑剧吗?！他们之间尔虞我诈，阴谋陷害，同室操戈，兄弟阋墙。雍正登台以后，立即对他的弟兄和前代勋旧进行广泛的迫害和杀戮。在这个充满血腥气的夺嫡事件中，康熙的长子胤禔为了谋害太子胤礽，就曾伙同一个喇嘛搞过“魇魔法”一类迷信勾当。曹雪芹就是这样通过当时贵族家庭内部常见的争权夺利的事件，熔铸进如此丰富的政治内蕴，把《红楼梦》写成一部绚丽多彩的历史画卷。意在象外，这类描写足以给当时读者留下了充分联想的思想和艺术空间。难怪在清朝内部政争中，家世沦落的宗室子弟永忠，读了《红楼梦》，感同身受，引起那样强烈的共鸣，情不自禁地唱出这样的哀歌：“传神文笔足千秋，不是情人不泪流。可恨同时不相识，几回掩卷哭曹侯。”[①]也难怪另一个在这场政争中吓破了胆的宗室贵胄弘旿，竟然不敢去读《红楼梦》，因为“恐其中有碍语也”[②]。永忠读后的“泪流”，和弘旿所害怕的“碍语”，不是恰好从两个相反的方面反映出曹雪芹

① [清]爱新觉罗·永忠：《因墨香得观〈红楼梦〉小说吊雪芹三绝句(姓曹)》，一粟编：《红楼梦卷》，中华书局1963年版，第10页。

② [清]爱新觉罗·永忠：《因墨香得观〈红楼梦〉小说吊雪芹三绝句(姓曹)》，一粟编：《红楼梦卷》，中华书局1963年版，第10页。

描写现实生活、概括社会矛盾的真实性、深刻性和尖锐性吗?!

永远深入社会生活实践的洪流，一刻也不脱离社会矛盾斗争的尖端，毕生跟自己时代的人民群众生活在一起，从广阔无垠的生活海洋里，发现主题，提炼主题，发现思想，总结思想，发现矛盾，分析矛盾，再通过辛勤的创造性的艺术劳动，用尽可能完美的艺术形式把它们如实表现出来。这就是曹雪芹所以能够蹊径独辟，完全摆脱那些公式化概念化才子佳人小说的老套，取得《红楼梦》创作成就的秘密所在。这就是曹雪芹在《红楼梦》创作里留给我们的一宗珍贵的创作经验。

三

曹雪芹不仅能够从时代风云中为他的作品发掘巨大的历史主题，而且能从现实的斗争中遴取人物，塑造典型，为表现作品的主题服务。曹雪芹在《红楼梦》里总共写了四百多个有名字的人物，其中鲜明活脱的人物有几十个。他所创造的“典型环境中的典型人物”[①]，无论数量还是质量都为中外文学史上所罕见。这些百态千姿的典型形象都来自18世纪中国的城市、乡村，来自侯门公府、市井农舍。他们一个个都是活生生的人，都各自按照自己的社会地位、阶级关系，生活在特殊的矛盾纠葛中。曹雪芹严格遵循现实主义典型化的原则描写他们，在典型化的过程中，始终不受主观随意性的干扰，而坚持以现实生活为艺术概括的基础。

作家塑造人物，最大的难题莫过于要求他在一个阶级、一个阶层、一个集团内写出许多千差万别的典型形象。曹雪芹正是在这个方面获得了卓异的成就。他在贾府这个贵族大家庭里，成功地描写了一长串封建统治阶级的代表人物。例如贾母、贾赦、贾政、王夫人、邢夫人、贾珍、贾琏、凤姐、薛姨妈、薛宝钗等等。通过他们，曹雪芹鞭辟入里地解剖了四大家族，有力地揭示出封建阶级在腐朽没落时期各种各样的生活状态和精神面

① (德)恩格斯:《致玛·哈克奈斯》,《马克思恩格斯选集》第4卷，人民出版社1972年版，第462页。

貌，其中写得最活、最突出的人物就是王熙凤。她虽然从生活上到思想上都继承了封建统治阶级的衣钵，走的也是从千金小姐到管家奶奶的一般贵族妇女的生活道路。然而她却是在封建贵族阶级的男性统治者纷纷凋朽的特定情势下，以一个年轻媳妇的身份大显身手的。为了掠夺金钱，攫取权势，为了支撑风雨飘摇的四大家族的大厦，她施虐逞威、“机关算尽”，不但压榨奴隶、残害民众，而且同本阶级一切势力斗，同丈夫、婆婆斗。王熙凤就是这样一个独一无二的贵族妇女的典型、封建末世统治者的代表人物。人们可以在她身上看到封建阶级一切罪恶的本性，看到一切野心家阴谋家的影子，看到贵族家庭管家婆的嘴脸，但是，你在历史上，在现实生活中却永远找不到一个同王熙凤一模一样的人，因为王熙凤是在特殊的生活土壤中培育起来的罂粟花。她出身于大官僚大皇商家庭，“自幼假充男儿教养”，既饱受封建政治的陶冶，又浑身熏透铜臭。她嫁到贾府这个公府之家，在争权夺利勾心斗角的战场上纵横捭阖，更使她这个“辣货”磨炼出“借剑杀人”“引风吹火”等“全挂子的武艺”。特定的时代，特定的阶级地位、阶级关系，以及特定的生活阅历，决定了王熙凤典型性格的独特性。在塑造王熙凤的过程中，曹雪芹就紧紧扣住这一切，以鲜明的色彩来渲染她的独特性格的。

王熙凤曾经对水月庵的老尼宣称：“你是素日知道我的，从来不信什么是阴司地狱报应的，凭是什么事，我说要行就行。”这句话赤裸裸地显示了她的狂妄野心和凶狠残暴。然而王熙凤真的能恣意任性为所欲为吗？其实不然。因为她不能不受到现实生活法则的制约。第四十四回的“变生不测凤姐泼醋”，即是一证。王熙凤生日那天，贾府上下，以贾母为首都为她“攒金庆寿”。可是正当她踌躇满志尽情欢宴之际，贾琏却在家里同仆妇胡搞。一场轩然大波就这样掀起来了：

(凤姐）蹑手蹑脚的走至窗前，往里听时，只听里头说笑。那妇人笑道：“多早晚你那阎王老婆死了就好了。”贾琏道：“他死了，再娶一个也是这样，又怎么样呢？”那妇人道：“他死了，你倒是把平儿扶了正，只怕还好些。”贾琏道：“如今连平儿他也不叫我沾一沾，平儿也是一肚子委曲不敢说，我命里怎么就该犯了夜叉星。”凤姐听了，气得浑身乱战。又听见他俩都赞平儿，便疑平儿素日背地里自然也有愤怨语了，那酒越发涌了上来，也并不忖夺，回身把平儿先打了两下，一脚踢开门进去，也不容分说，抓着鲍二家的撕打一顿。又怕贾琏走出去，便堵着门站着骂道：“好淫妇，你偷主子汉子，又要治死主子老婆！平儿过来！你们淫妇忘八一条藤儿，多嫌着我，外面儿你哄我。”说着又把平儿打几下。打得平儿有冤无处诉，只气得干哭……

在这场冲突中，凤姐像一头受了伤的狮子，凶猛咆哮，暴戾无比。她打平儿，打鲍二家的。但是，尽管她怎样发疯发狂，自始至终却不敢动手打一下那罪魁祸首贾琏。按常理，贾琏行径如此可恶，她又“气得浑身乱战”，加上“那酒越发涌上来”，在这样情况下，她出手打贾琏应是自然的事。然而王熙凤却没有这样做。这究竟为什么呢？原来，王熙凤尽管平日骄横跋扈，恣肆妄为，但她毕竟还是一个妇女，在她身上依然有一条“夫权”的绳索，封建礼教的“七出”之条的阴影还时常在她头上盘旋。贾琏在她生日胡搞，纵然可恶，但并不犯“法”；凤姐哪怕有一千条一万条理由，只要一出手打了丈夫，就是犯了大罪，王条家规和舆论就可以把她置于受审判的地位，危及她既得的权势。她现在用打狗骂主的办法来人泼其醋，并非为了贾琏的腐化，而是鲍二家的诅咒她“死了就好”，“把平儿扶了正，只怕还好些”。一句话，是为了不使她现在的地位、权势被人夺去。曹雪芹就是这样按照生活的辩证法，抓住王熙凤“色厉内荏”的心理特征，把她活生生地表现出来。如果曹雪芹为了片面追求“大快人心”的艺术效果，用主观随意性代替现实生活的逻辑，给王熙凤安排了同贾琏大打出手的场面，那么他描绘出来的决不可能是具有深刻社会意义的生活画面，充其量只不过是一出庸俗的闹剧而已。由此可见，没有对社会生活的透彻了解，就没有活生生的人物。

曹雪芹不是一个短视的作家。虽然他生长于贵族社会，对旧世界的一切毒瘤非常熟悉，但是他的全部热情、他的目光却被当时社会生活中正在蓬勃生长的新事物吸引住了。18世纪的清代社会，农民阶级同地主阶级的斗争在各个领域更加深入、更加激烈地进行着，资本主义经济因素的萌芽，随着商品经济的发达而再度抬头，并逐渐成长。这就给人民的反抗斗争、社会的思潮带来一定的新的色彩。曹雪芹被这些新的思想新的人物所激动鼓舞，满怀深情地挚恋着他们。为了不至于“一并使其泯灭”，他决心将这些生活中新生的美好的事物，“编述一集，以告天下人”。曹雪芹撰写《红楼梦》的创作冲动，首先来源于此。

《红楼梦》中的新生事物，确实光彩夺目、激动人心。作品的主人公贾宝玉和林黛玉，这一对贵族叛逆者冲破了封建的藩篱，以空前猛烈的劲头攻击自己的阶级，攻击传统的思想，攻击现存的统治秩序。他们向往自由，向往新的生活，发出强烈的呐喊。与此同时，一大群像晴雯、司棋、鸳鸯、龄官这样的奴隶，从被践踏被奴役的生活中，昂起头来，傲然抗拒统治者的淫威，向往着冲出牢笼、跳出火坑的自由生活，其中有些人终于鼓起勇气，跨出了“逃亡”反抗的步伐。生活在社会各角落的人民，感受着时代风雷的激荡，不约而同地挺起腰杆，向封建统治阶级的倒行逆施进行冲击。

《红楼梦》中这些闪光的人物、新颖的形象，都来源于现实生活。正如作者所指出，他们“本自历历有人”，出于作者“半世亲睹亲闻”，绝非幻想的产物。

贾宝玉的形象，就是清代贵族社会新涌现的一些叛逆青年中提炼成功的，其中自然也包括曹雪芹自己。作为一个封建阶级的叛逆者，曹雪芹有着一段与贾宝玉类似的生活经历。他将自己生活和思想的某些方面熔铸于贾宝玉形象之中，这是作家创作过程中自然的现象。但是贾宝玉的典型性却远远超出了曹雪芹本身。关于贾宝玉形象的生活基础，曹雪芹在作品的一些地方也有所表明。例如书中在贾宝玉之外，又描写了一个甄宝玉，按曹雪芹的原意，包含有这样的内容：像贾宝玉这样的人物，在贵族社会里，不是绝无仅有的。另外书中第四十二回“蘅芜君兰言解疑癖”的一段话，也透露出这样的信息：

> 我们家也算是读书人家，祖父手里也极爱藏书。先时人口多，姊妹弟兄都在一处，都怕看正经书。弟兄们也有爱诗的，也有爱词的，诸如这些‘西厢’‘琵琶’以及‘元人百种’，无所不有。他们是背着我们偷看，我们却也偷背着他们看。后来大人知道了，打的打，骂的骂，烧的烧，才丢开了。

薛宝钗的这些“自述”，客观上恰好对贾宝玉叛逆性格的社会基础和曹雪芹的艺术概括，作了生动而具体的说明。

“心比天高，身为下贱。”曹雪芹给晴雯的题词，富于感情地表达了他在长期观察、研究阶级对立的封建社会，特别是观察、研究了被压迫者的生活之后，所获得的结论。曹雪芹在《红楼梦》里所描写的每一个受奴役受迫害的人物，他们的每一个反抗的举动，每一声抗议的呼喊，每一副坚毅不屈的神情，都无不来源于生活，都是曹雪芹对现实生活的概括。

在《红楼梦》里的女奴中，司棋的形象非同凡响。这个迎春的贴身丫环原先并不怎么引起人们的注意。可是在王夫人发动的抄检大观园的血腥镇压中，她不幸被人从箱子里抄出她表哥潘又安的来信和送给她的纪念品。他们“非法”的爱情关系被发觉了，而且潘又安又是刚刚逃亡出去的奴仆。这就构成了司棋与潘又安私自择婚和共谋逃亡的“杀身大罪”。在这严重的生死关头，司棋是怎样表现的呢？书中写道：

> 凤姐见司棋低头不语，也并无畏惧惭愧之意，倒觉可异。

这一副坦然自若理直气壮的神情，居然连王熙凤这个杀人魔王也从未见到过，因而竟叫她大吃一惊。可见这是多么惊世骇俗的举动啊！司棋的这副神情，真实地反映了封建社会末期社会关系的变动给人们的精神面貌带来的深刻变化，它是清代中叶奴婢反抗斗争的记录，是人民反抗思想发展的刻度表。

曹雪芹对于他作品里洋溢着时代精神的人物，满怀深情，十分钟爱。他们寄托着他的理想和希望。每当他写到这些人物的生活斗争时，总是抑制不住浪漫主义的激情，用浓烈的诗情画意和瑰丽多彩的语言来赞美他们。但是曹雪芹并没有为了理想而忘掉现实。浪漫主义的激情没有导致曹雪芹任意驱遣人物、升华人物，以致使他们超脱于现实人生。相反，这些人物无论怎样“心比天高”，他们的反抗行动无论怎样石破天惊，却都无一例外地夹带着由于环境的濡染而造成的一切弱点和矛盾。且不说脂粉气十足的贵族叛逆者贾宝玉、林黛玉，他们的庸俗和劣习是何等的刺眼，就是那一大群生活在荣国府的奴婢，也都不可避免地在不同程度上受到封建统治者的欺骗和腐蚀。例如那个敢于抗拒贾赦淫威，高喊“牛不吃草强按头”的鸳鸯，居然也帮着王熙凤去捉弄刘姥姥。还有一个柳湘莲。《红楼梦》里唯有他敢于举起“铁锤似的”拳头，痛打薛蟠，干出大快人心的壮举。但是没有多久，柳湘莲却在薛蟠遇到“强盗”的时候，救了他，又同他结拜为“生死兄弟”。曹雪芹如此全面地揭示人物的生活和精神状态，打破了当时支配创作的僵死的文学传统，为文艺反映生活开创了新局面。对此，鲁迅先生曾经中肯地指出：“至于说到《红楼梦》的价值，可是在中国底小说中实在是不可多得的。其要点在敢于如实描写，并无讳饰，和从前的小说叙好人完全是好，坏人完全是坏的，大不相同，所以其中所叙的人物都是真的人物。”①

曹雪芹所以坚持“并无讳饰”地描写人物，其根本原因在于他在自己的时代找不到一种完全成熟的新事物，看不到一个完美而纯粹的人。事实也正是如此，在那个时代，新的经济力量和新的政治力量都处于萌芽状态，它们同封建势力有着斩不断的纠葛，因而不能不充满着矛盾。曹雪芹笔下人物的复杂性就是这种特定时代条件形成的。他如实地描写这些矛盾

① 鲁迅:《中国小说的历史的变迁》,《鲁迅全集》卷九,人民文学出版社1981年版,第338页。

和复杂性，不是什么“平淡无奇的自然主义”[①]，而是忠实于时代，是对我国古代文学现实主义优良传统的继承与发扬。

曹雪芹描写柳湘莲对薛蟠先打后救的矛盾行为，是有充分生活根据的。柳湘莲是一个带有市民色彩的人物。清代中叶，资本主义萌芽的发展，使新兴市民社会势力也活跃起来。在市民力量比较集中的地方，为了反对封建势力的压抑，争取发展，他们甚至采取“罢市”“请愿”等方式同官府作斗争。柳湘莲痛打薛蟠，在一定程度上反映了这个时期新兴市民的要求与心理，反映了新兴市民社会势力与腐朽封建势力矛盾对立的一面。柳湘莲藐视四大家族的权势，要求这些公子少爷同他平等交往，因此他决不容许薛蟠对他贱视和侮辱，而以严惩呆霸王的行动，向四大家族的权势发出挑战和示威。封建势力确实腐朽不堪，外强中干，像被打得鼻青脸肿倒在泥塘里爬不起来的呆霸王薛蟠一样。但是，新兴市民毕竟在当时还是没有脱离封建母体的新生事物，他们同封建势力还有着千丝万缕的联系。像柳湘莲就是从封建阶级分化出来的，在他身上还拖着一条很长的同封建阶级相联系的脐带。这就决定了他们对封建势力的依赖性和妥协性。所以柳湘莲在薛蟠经商遇“盗”时，便“见义勇为，拔刀相助”。仇人变恩人，他同薛蟠就在这种“平等”的基础上携起手来。柳湘莲对薛蟠先打后救，化敌为友的矛盾行为，正形象地反映出18世纪新兴市民社会势力身上的二重性——反封建的进步性与对封建势力的妥协性。尽管曹雪芹不可能自觉地意识到这种社会关系的阶级本质，但他现实主义地如实描写出柳薛之间的矛盾关系，却在客观上具体地反映出新兴市民势力同腐朽的封建势力既矛盾又妥协的现实。

透过柳湘莲的性格矛盾和其他人物的复杂性格。《红楼梦》如实地揭示了那个新事物十分嫩弱的时代社会斗争的形态，各种各样的人物发出了反抗的呼声，却各自走着崎岖不平的生活道路，趋向悲剧的归宿。曹雪芹决意毫不掩饰地描绘这一切，既为了鞭挞旧世界，也为了垂鉴于后人。

① 胡适：《红楼梦考证》，胡适：《中国章回小说考证》，上海书店1980年版，第218页。

四

《红楼梦》这面生活的镜子，经过曹雪芹的精工磨饰，显得非常的晶莹明亮。它既能栩栩如生地映出人物的风貌，也能准确地照出生活的细枝末节，把整个历史时代活生生地展现在读者面前。在文学创作中，细节描写本是文学作品的血和肉，是作品思想艺术力量的基础。然而一个作家是否能以丰富生动的细节描写，有力地为表现主题思想和人物塑造服务，首先取决于作家对社会生活的熟悉和理解的程度。生活贫乏的作家，只能造出苍白无力无血无肉的作品。高尔基说过："作家必须知道一切生活的整个潮流和一切细小的支流，现实生活的一切矛盾，它的悲剧和喜剧，它的庸俗习气、虚伪和真实。他应当知道，某一现象看起来有多么细小和不重要，然而它不是正在崩溃的旧世界的一个碎片，就是新世界的一个萌芽。"[①]曹雪芹正是这样的一位古典作家。他既擅于通过充满激烈矛盾冲突的情节来展示生活的惊涛骇浪，更善于用丰富多彩的细节描写来表现"生活的整个潮流和一切细小的支流"。曹雪芹在长期的社会生活体验中，积累了无数"旧世界的碎片"，也采集了大量新世界的嫩芽。依靠它们，曹雪芹才能非常准确、鲜明、生动地描绘他的时代和人物。

为了探讨曹雪芹的生活与创作的血肉联系，让我们观察一下《红楼梦》第五十七回里关于一张当票的细节描写：

> 一语未了，忽见湘云走来，手里拿着一张当票，口内笑道："这是个帐篇子？"黛玉瞧了，也不认得。地下婆子们都笑道："这可是一件奇货，这个乖可不是白教人的。"宝钗忙一把接了，看时，就是岫烟才说的当票，忙折了起来。
>
> 薛姨妈忙说："那必定是那个妈妈的当票子失落了，回来急的他

① (苏联)高尔基:《给初学写作者的信》,《高尔基论文学》,人民文学出版社1978年版,第230页。

们找。那里得的?”湘云道:“什么是当票子?”众人都笑道:“真真是个呆子,连个当票子也不知道。”薛姨妈叹道:“怨不得他,真真是侯门千金,而且又小,那里知道这个?那里去有这个?便是家下人有这个,他如何得见?别笑他呆子。若给你们家的小姐看了,也都成了呆子。”众婆子笑道:“林姑娘方才也不认得,别说姑娘们。此刻宝玉他倒是外头常出去的,只怕也还没见过呢。”薛姨妈忙将原故讲明。

湘云黛玉二人听了方笑道:“原来为此。人也太会想钱了。姨妈家的当铺也有这个不成?”众人笑道:“这又呆了。‘天下老鸹一般黑’,岂有两样的?”

如果说,《红楼梦》是生活的海洋,那么这段细节描写,只是一个小小的浪花。然而“细节不细”,这场围绕着一张当票的谈谈笑笑,却包含着极其丰富极为深刻的社会内容。谈笑是从“谁认得当票”这个问题展开的。在大观园里偶然捡到的当票,一般的小姐都不认得,在场的只有两种人认得。一种是尝尽当票滋味的“众婆子”,一种是靠当票发财的薛姨妈母女。这个社会的阶级对立,四大家族用高利贷手段残酷榨取广大人民的罪恶行径,就这样清晰地展示出来。尽管小姐们不认得,但是正当她们优游宴乐之际,当票早已悄悄闯进她们的闺房,她们的女伴邢岫烟的一件棉袄,却叫薛姨妈开设的“恒舒典”攫走了。“微尘中见大千”,在天子脚下这块地方尚且如此,天底下又该有多少劳苦人民的血汗,被封建黑暗势力所吸干!

邢岫烟的这张当票,就是清代中叶封建势力从事高利贷剥削的罪证。据乾隆九年(1744)的统计,北京城内外,大大小小的当铺竟达六七百座之多。开当铺,早已成了大官僚、大地主、大商人的生财之道。康熙王朝的刑部尚书徐乾学,竟然拿出十万两银子,在北京开设当铺。可想而知,当曹雪芹写到这一张当票时,在他心头浮现的却是多少穷人手里拿着的当票,多少吸血鬼的贪婪的狞笑。“人也太会想钱了!”“天下老鸹一般黑,岂有两样的?”这两句貌似轻俏、实则尖利的话语,表达了穷苦人民和曹雪芹对高利贷剥削的极大愤慨。曹雪芹写出这一张当票，又凝聚着自己切身的体验。他在幼年时代，同史湘云、林黛玉一样，也是一个不知当票为何物、对社会生活无知的“呆子”。但是经过了生活的沧桑，到了曹雪芹创作《红楼梦》的时候，却已经是一个饱览世情，尝尽生活辛酸的人了。因此回顾往昔，那种不认得当票的事情，在他眼里益发“呆”得可笑了。

《红楼梦》的细节极为丰富。曹雪芹在揭露四大家族的罪恶史中，岂止写了一张当票，他还描写一张乌庄头交来的租单，一餐够庄户人家过一年的普通螃蟹宴，一场戏台上铜钱哗啦响的年戏……如同大观园的当票一样，曹雪芹也是从千千万万张租单里挑选了一张，从千千万万吃人的宴席里挑选了一席。无穷无尽的社会斗争的生动景象，使曹雪芹的艺术创作获得无比雄厚的基础，使《红楼梦》的每一个细节描写都十分凝练隽永，发人深思。它们都紧紧围绕着表现作品的主题，揭示人物的内心世界，准确生动地再现社会生活而发挥重要作用。

曹雪芹的生活和《红楼梦》的创作，雄辩地印证了一个伟大的真理：人类的社会生活是一切文学艺术取之不尽用之不竭的源泉。曹雪芹的创作实践充分说明，生活的海洋对于每一个愿意走到它的激流深处的作家，总是优礼相加的。谁要是决心在它那里虚心学习、长期体验，它就无保留地向你献出一切瑰丽的宝藏，并为你思想的成就和艺术的造诣提供条件。因此，有出息的文学家、艺术家，应当全心全意地深入生活中去，创造出无愧于我们时代的宏伟壮丽的诗篇。

[本文原载《红楼梦研究集刊》第3辑，上海古籍出版社1980年版，署名朱吴。收入本书时个别文字有改动。]

论《红楼梦》的主题

一

伟大的古典现实主义作家曹雪芹，倾注了毕生的心血，集中了他全部的思想和艺术的智慧，灌溉和培育出一株香溢千古的艺术奇花——《红楼梦》。“字字看来皆是血，十年辛苦不寻常。”这两句诗，既道出了《红楼梦》创作的艰辛和甘苦，也宣告了这部书不同凡俗的思想艺术价值。可惜，贫困和疾病过早地夺走了这位伟大作家的生命，留下的是一部尚待进一步加工、润色、增删的未定稿，而且，80回以后又不幸迷失无存，瑰宝毁残，实为我国文学史上一桩无可弥赎的千古遗恨。尽管如此，《红楼梦》毕竟是太不寻常了。前80回思想内容的博大丰富，艺术造诣的深厚精湛，足以响遏行云，令人叹为观止。

《红楼梦》把我国古典现实主义小说无论思想上或艺术上都推上了前所未有的高峰，创造了一代文学的奇迹。它具有巨大的思想深度，反映广阔复杂的历史内容，而这又将生动的人物形象、丰富的故事情节，浑然无迹地融合在一起。作者的褒贬爱憎、臧否是非，以及所要表现的深刻的政治主题，都十分巧妙地隐蔽在形象和情节当中，自然而然地流露出来。但是，作者饱和着人生血泪“哭成此书”的婉曲用心，两百多年来却一直没有真正被人们所理解，那渗透全书的主题，当然也无从获得科学的阐释。

言人人殊，出现许多附会的谬论和歪曲的妄说。曹雪芹的生前，当《红楼梦》的稿本在戚友借阅流传之中，这种误会和歪曲大概就已经产生了，都认为书中大旨不过谈情而已。所以，作者在第一回的楔子部分，不胜感慨地写下了一首诗，发出知音难逢的深长喟叹：

> 满纸荒唐言，一把辛酸泪！
> 都云作者痴，谁解其中味？

他的同时代人没有人真正了解他著书的命意，众口哓哓，都说他是个抱恨的“情痴”。究竟谁是《红楼梦》具有深识壶奥巨眼的“解味”者呢？

旧时读者或道貌岸然骂他是“启人淫窦，导人邪机”，一部伤风败俗的“诲淫”之书[①]，大大要不得。应当“一火而焚之”[②]，功德无量；或头脑冬烘，说《石头记》“乃演性理之书，祖《大学》而宗《中庸》”，“是书大意阐发《学》《庸》，以《周易》演消长，以《国风》正贞淫，以《春秋》示予夺，《礼经》《乐记》融会其中”[③]。后来的索隐派红学以“索隐”“抉微”为务，穿凿附会，竭力从书中寻找什么微言大义，抉出“所隐之事，所隐之人”。或云影射清顺治皇帝与董小宛的故事[④]，或云隐射康熙朝政治[⑤]，或云记康熙朝宰相明珠的儿子纳兰性德的故事[⑥]。本世纪20年代出现的新红学派，则认为它是作者曹雪芹的自叙传[⑦]，是一部平淡无奇的自然主义作品，全书的旨意或云是写“闺友闺情”，或云是宣扬“色空”，或云是鼓吹“解脱”。这正如鲁迅先生所指出的：“单是命意，就因读者的眼光而有种种，经学家看见易，道学家看见淫，才子看见缠绵，革命家看见

① [清]梁恭辰：《北东园笔录》四编，一粟编：《红楼梦卷》，中华书局1963年版，第366页。

② [清]齐学裘：《见闻随笔》，一粟编：《红楼梦卷》，中华书局1963年版，第381页。

③ [清]张新之：《妙复轩评石头记·红楼梦读法》，一粟编：《红楼梦卷》，中华书局1963年版，第153—154页。

④ [清]王梦阮：《红楼梦索隐提要（节录）》，一粟编：《红楼梦卷》，中华书局1963年版，第293页。

⑤ 蔡元培：《石头记索隐（节录）》，一粟编：《红楼梦卷》，中华书局1963年版，第319页。

⑥ [清]俞樾：《小浮梅闲话》，一粟编：《红楼梦卷》，中华书局1963年版，第390页。

⑦ 胡适：《红楼梦考证》，胡适：《中国章回小说考证》，上海书店1980年版，第206页。

排满，流言家看见宫闱秘事。”[①]《红楼梦》问世两百多年的历史证明，旧时代的红学，对《红楼梦》的主题，没有做出什么有价值的阐释。

经过1954年文化思想战线对《红楼梦》研究中资产阶级唯心主义学术观点的批判，开辟了红学研究的新纪元，取得了许多积极的成果。《红楼梦》这部伟大现实主义古典杰作的思想艺术价值，开始为人们所正确理解。对全书的关键问题——主题，也从不同方面作了有意义的探索。尽管命题各异，观点不同，但各家的说法都或多或少包含着正确的合理的因素，都为准确发掘分析《红楼梦》的主题作出应有的贡献。

从50年代中后期红学研究中提出的“爱情主题说”，到稍后60年代前期针对这种说法提出的“四大家族衰亡过程主题说”，虽所持的看法有别，但其基本精神，都是从社会批判和美学意义这些根本方面对《红楼梦》的主题进行了一系列卓有成效的研究和探讨。历史地看，它们各自都有应当充分肯定的合理内核。它们既体现了批判“新红学派”资产阶级唯心主义学术观点之后红学研究的初步成果，是对历史上新旧红学种种谬论一种相当彻底的批判和否定，在红学史上是一次很大的飞跃，起了破旧立新，别开历史生面的进步作用，也为以后《红楼梦》主题的研究提供基础，开辟道路。尽管如此，如果把它们结合全书内容作进一步的推究，则又觉得“爱情主题说”似失于偏颇和狭隘，“四大家族衰亡过程主题说”也似流于空泛和笼统，均未触及《红楼梦》主题的核心和关键。因为统观全书（曹雪芹的前八十回），作者对错综复杂的矛盾冲突的展开，在总体艺术构思上，都若明若暗，直接间接时刻着意于一个核心问题的表现。要充分揭示全书主题的本质内容，就必须抓住作者时刻不忘并在作品中集中全力表现的那个核心问题，才算登堂入室，真正窥得《红楼梦》主题的壶奥：既准确地道出了作者的主观创作意图，又科学地阐释出作品深刻的客观意义。

那么，我们究竟应该如何理解和把握《红楼梦》的主题呢？《红楼梦》的全部故事情节、矛盾冲突、人物关系到底围绕着一个什么样的核心问题来展开、安排的呢？

① 鲁迅：《〈绛洞花主〉小引》，《鲁迅全集》卷八，人民文学出版社1981年版，第145页。

我们认为，作为《红楼梦》主题的核心问题，是封建统治阶级子孙不肖、后继无人的问题，这个问题贯串并主宰全书，它有如一种放射性的物质，无形而深刻地渗透在全书一切形象描绘和性格塑造当中。这个问题，由于作者的思想倾向和观点在作品中表现得极其隐蔽的特点，在具体描绘中使读者无所视见、但在形象的整体上却让人们感到它无往而不在。《红楼梦》描写了封建社会末期广阔丰富的社会生活，反映了具有典型意义的社会矛盾。书中种种描写，诸如封建贵族日常生活的铺张奢靡，封建政治的黑暗腐败，纲纪的倾圮，伦常的乖丧，道德的堕落，叛逆者的爱情婚姻悲剧，等等，都无不与封建统治阶级子孙不肖、后继无人这个核心问题息息相通。只有抓住这个问题，才能真正揭示出《红楼梦》主题的本质，才算真正掌握了读懂全书的一把钥匙。基于这种理解，把《红楼梦》的主题概括一下，那就是：一部《红楼梦》是以封建贵族阶级子孙不肖、后继无人问题为核心，展开了贵族阶级各个生活侧面的描写，无情地揭露和鞭挞地主阶级的种种罪恶，热烈地讴歌和赞美新兴力量的叛逆精神，全面地批判了封建制度，深刻地揭示出封建社会和地主阶级必然崩溃和没落的历史命运。

二

《红楼梦》前五回，从全书总体艺术构思来看，是概括全书思想内容、艺术结构和人物描写的一个带有纲领性的序曲。它既开宗明义地申明作者现实主义创作原则，交代书中人物活动的典型历史环境，概括地提示人物性格和命运，清楚地点出全书的悲剧结局，更重要的，用画家的“皴染”手法，通过不同角度，逐步明确点出自己的创作意图，即全书的主题。所以，要真正理解《红楼梦》的主题，必须从前五回入手。

第一回，作者通过姑苏城内乡宦甄士隐的半生遭际和最后的归宿，富有象征意味地揭示出地主阶级后继无人必然没落的命运。在“无后为大”的封建宗法制度下，甄士隐只有一个女儿英莲，身后萧条，兼祧乏人，已经透露出这个地主之家即将衰亡的消息，偏偏横祸又接踵而至。先是，他仅有的一个宝贝女儿元宵观灯，丢失了；继而，隔壁葫芦庙炸供起火，殃及他家，把家产烧了个精光。投奔岳父封肃，又备尝冷遇，频遭白眼。最后，他看破世情，接受跛足道人的度脱，遁入空门。在甄士隐故事里，尤其值得注意的是，在出家前跛足道人跟他对答的《好了歌》和《好了歌解》。这两篇韵文渗透了浓重的虚无主义唯心色彩，应当批判地对待。但是，《好了歌》和《好了歌解》的主要思想价值并不在这里，而在于它们现实主义地反映出封建社会末期贵族阶级荣辱升沉、兴衰隆替的急剧变化。在这个荒唐怪乱的变化当中，一切传统的神圣的观念和事物，都遭到现实生活无情的亵渎和嘲弄，呈现出一派礼崩乐坏、名教沦亡的末日景象。这两首歌实际上是作者“看到了他心爱的贵族们灭亡的必然性，从而把他们描写成不配有更好命运的人”[①]的一曲寓意深长的挽歌，真实地展示出封建制度赖以维系的纲常伦理已经崩毁殆尽的现实图景。尤其最后一章，更怵目惊心地点出了地主阶级子孙不肖、后继无人的危机：

世人都说神仙好，只有儿孙忘不了！
痴心父母古来多，孝顺儿孙谁见了？

这段歌经过甄士隐的“解注”，就比较具体化一些了：“训有方，保不定日后作强粱。择膏粱，谁承望流落在烟花巷！”脂评也说这段写“儿女死后无凭，生前空为筹画计算，痴心不了”[②]。如果说，地主阶级后继无人问题，在第一回里通过甄士隐命运象征性的暗示，通过《好了歌》和《好了歌解》在通篇唯心主义的咏叹中作了相当含蓄的提示，尚不能给人以明确清晰的概念，那么，在以后几回的反复“皴染”中，它就以非常明

① (德)恩格斯:《致玛·哈克奈斯》,《马克思恩格斯选集》第4卷,人民出版社1972年版,第463页。

② 甲戌眉批19a,(法)陈庆浩编著:《新编石头记脂砚斋评语辑校》,中国友谊出版公司1987年版,第31页。

朗的形态出现在人们面前。

第二回对揭示全书的主题，最为重要。前面一小部分“贾夫人仙逝扬州城”，主要介绍林黛玉的家世和身世，为她第三回投奔贾府作引，非此回的重点内容。但作者在介绍林黛玉家世的文字中，突出地写到这个祖上封过列侯的官僚世家，也同样面临后继无人的绝境。“支庶不盛，子孙有限”，年已四十的林如海，有个三岁的儿子，偏又死去，只剩下一个女儿林黛玉，假充养子，聊解膝下荒凉之叹。如海一死，林家就“绝后”了。后继无人，立刻成为现实。正如第五十七回紫鹃一席玩话引得贾宝玉呆病发作，迷乱中大嚷要把来接林黛玉的林家的人打出去，贾母安慰他说：“林家的人都死绝了，没人来接他的。”“死绝了”，只是贵族阶级后继无人的一种表现形式，还不足以威胁到整个贵族阶级的统治。但林如海的“绝后”与甄士隐的“绝后”都从同一侧面显示出地主阶级普遍衰亡没落的征象，对全书主题的揭示起着一种艺术上的烘托作用。

“冷子兴演说荣国府”是第二回的主要部分，它从正面集中地展示出全书主题的核心内容，而这个核心内容又是以贾府的兴衰为直接的政治背景引出的。所以，第二回回前诗作者特书：“欲知目下兴衰兆，须问旁观冷眼人。”“兴衰”不过是个表象，造成目下兴衰的那个朕兆，才是兴衰问题的本质。现在让我们来看看冷子兴这个被贾雨村誉为“是个有作为大本领的人”怎样议论贾府的“兴衰兆”的。

首先，他透过贾府表面繁荣的假象，颇为辩证地看出趋于衰亡没落的实质。“演说”一开头，他就向贾雨村指出：“如今这荣宁两门，也都萧疏了，不比先时的光景。”贾雨村却有点形而上学，说他去年到石头城，从贾府老宅门前经过，“隔着围墙一望，里面厅殿楼阁，也还都峥嵘轩峻；就是后一带花园子里面树木山石，也都还有蓊蔚洇润之气，那像个衰败之家”？对这种表面肤浅之论，冷子兴当即斥为“不通”，并用富有深刻哲理的语言作了阐释：“古人有云：‘百足之虫，死而不僵。’如今虽说不及先年那时兴盛，较之平常仕宦之家，到底气象不同。”那么，贾府这个赫赫望族所以萧疏衰败的根本原因又是什么呢？

其次，冷子兴接着讲出了一段很重要的话：

> 如今生齿日繁，事务日盛，主仆上下，安富尊荣者尽多，远筹谋画者无一，其日用排场费用，又不能将就省俭，如今外面的架子虽未甚倒，内囊却也尽上来了。这还是小事。更有一件大事：谁知这样钟鸣鼎食之家，翰墨诗书之族，如今的儿孙，竟一代不如一代了。

这段议论，实际上是作者借冷子兴之口，明确地揭示出全书主题的核心：儿孙一代不如一代，封建统治阶级后继无人。在作者看来，贾府已经露出端倪的经济危机，“还是小事”，惟有儿孙不肖，后继无人的问题，才是极其严重的“大事”。应该说，作者在这里确实捕捉到导致封建统治阶级衰亡的实质性问题。从政治上说，一个阶级，一个家族，是否后继有人，实乃他们前途命运之所系，是直接关系到他们生死存亡、兴衰继绝的大问题。这个问题在王纲解纽、天崩地解的封建社会末期，是整个地主阶级所面临的带有普遍性的政治危机。整个上层贵族阶级在醉生梦死、声色狗马的寄生生活中堕落腐烂，不可救药；少数有识之士走向叛逆，在黑暗中荷戟彷徨、上下求索，探寻着新的人生出路。曹雪芹深刻地透过康乾盛世的表象，抓住这个具有典型意义的问题，作为《红楼梦》主题的核心，由此生发开去，展开对封建社会、地主阶级的全面批判。这段议论，可以说，是一部《红楼梦》思想内容提纲挈领式的浓缩，是《红楼梦》主题画龙点睛般的概括，是贯串全书的总纲。全书故事情节的安排，矛盾冲突的展开，人物性格的刻画，无一不是直接间接，或明或暗地体现了这段议论的精神。所以，这段议论，既是“冷子兴演说荣国府”的核心，也是全书主题的核心。

最后，在上面那段纲领性议论的基础上，展开了冷子兴对荣国府的具体“演说”，他从贾府开基立业的老祖宗谈起，一直“演说”到第四代、第五代的男男女女。“君子之泽五世而斩”①，这是封建宗法制度下财产和

① 杨伯峻：《孟子译注》，中华书局1960年版，第193页。

权力再分配的普遍规律。冷子兴的“演说荣国府”，正生动地反映了这个规律。通篇“演说”，不仅在艺术构思上全面地对书中主要人物和历史环境作了介绍，最主要的，则是通过贾府五代家史的叙述，彻底驳斥了贾雨村认为贾府是“最教子有方”的错误论调，用事实论证了儿孙一代不如一代的观点，突出地强调了主题的核心——子孙不肖、后继无人的问题。冷子兴与贾雨村在对贾府各色人等的普遍议论当中，重点又是落在书中主人公贾宝玉那种具有强烈异端色彩的叛逆性格的褒贬上，说他“置于万万人之中，其聪俊灵秀之气，则在万万人之上；其乖僻邪谬不近人情之态，又在万万人之下”。用冷子兴的话来说，是“成则王侯败则贼”的一流人物。贾雨村又补充说，他“这两年遍游各省，也曾遇见两个异样的孩子。所以，方才你一说这宝玉，我就猜着了八九亦是这一流人物”。接着举出金陵甄家的孩子“种种异常”为证，说明“这等子弟，必不能守祖父之根基，从师长之规谏的”。冷子兴和贾雨村的这番议论，充分地证明，像贾宝玉这类叛逆性格，在当时并不是孤立的个别的存在，而是具有相当普遍意义的新生事物。他们的出现，是当时社会斗争新内容的反映，是明代后期出现的、到了清代康乾时期又有了长足发展的资本主义生产关系萌芽在意识形态领域里的反映，预示着封建贵族阶级在继承人问题上面临无法消弭的严重危机，预示着封建社会、地主阶级必然灭亡的命运。难怪顽固的封建卫道者贾政，在贾宝玉周岁时，就骂他是“酒色之徒耳”；也难怪王夫人称他是“孽障”“祸胎”“混世魔王”；更难怪后来政老爷把他恨得咬牙切齿，视若寇仇，说他将来难免要酿成“弑父弑君”之祸，下决心要用板子打死他，用绳子勒死他。的确，从贵族阶级继承人问题来考虑，贾宝玉这类叛逆人物，说他是“孽障”“祸胎”，确有些道理。他的性格中所体现的初步民主主义思想，是新时代新社会的萌芽因素的反映，就其发展前途而言，不仅要否定封建阶级的君父，而且必将整个摧毁封建阶级的宗庙社稷。“兴衰兆”的“兆”的严重性，就在于此。

总之，“冷子兴演说荣国府”全面地交代故事发生的环境，突出地点明了全书的主题，简括地介绍了主人公的叛逆性格，系统地透露出全书的写作提纲。它告诉读者，《红楼梦》写封建贵族阶级的兴衰是以贾府为中心，写贾府的兴衰是以子孙不肖、后继无人问题为核心，而写子孙不肖后继无人问题，又是以贾宝玉的人生道路为重点。

第三回，除了通过林黛玉进贾府对这个贵族之家的生活环境作了具体描写外，主要着重从子孙不肖、后继无人的角度介绍贾宝玉叛逆性格的政治内容。贾宝玉一出场，作者从反面用封建阶级的观点写了两首《西江月》，概括了贾宝玉叛逆性格的基本特征，作者也说“批宝玉极恰”。实际上，它们是全书贾宝玉性格描写的提纲。第一首写贾宝玉那种“高情不入世人眼”的种种“乖僻邪谬”“愚顽”“不肖”的表现；第二首明确点出他是个“于家于国无望”的异端分子，直接归结到子孙不肖、后继无人的主题核心上去。如果摆脱封建阶级的偏见，贾宝玉的“潦倒不通世务，愚顽怕读文章”，“天下无能第一，古今不肖无双”，恰恰曲折地体现了历史发展的新成果，朦胧地反映了新兴市民阶级的反封建要求。唯其如此，后来他才使阶级、家族对他的希望悉归泡影，执着地走着一条新的人生道路，成为一个于封建家国无望的“逆子”。《红楼梦》主题的深刻性，不仅在于它揭露封建阶级的种种腐朽和罪恶，而更在于它通过贾宝玉叛逆性格的成长发展史，通过他和林黛玉、薛宝钗的爱情婚姻悲剧，真实地反映了封建末世意识形态领域里两种思想的尖锐冲突，真实地反映了两种人生道路的激烈斗争，从而描绘了一幅我国18世纪封建社会具有特定历史内容的社会矛盾的宏伟画卷，对封建制度和地主阶级作出了历史性的判决。

到了第四回，作者又把封建阶级子孙不肖、后继无人的问题，扩展到金陵四大家族之一的薛家，从而使这个问题获得更广泛的社会意义。

“紫薇舍人薛公之后，现领内府帑银行商”的“皇商”薛家，这时亦濒临门衰祚薄、难乎为继的绝境。仅有的一个继承人薛蟠，整天斗鸡走马，游山玩水，弄性尚气，挥金如土，是个典型的纨绔子弟。因为争买一个丫环，喝令手下恶奴，把冯渊打了个稀烂，惹出一场涉讼经年的人命官司。在这场人命官司中，作者通过应天府门子之手公布了一张“护官符”，把贾史王薛四大家族那种“连络有亲，一损皆损，一荣皆荣，扶持遮饰，俱有照应”的关系揭露出来。“护官符”这个典型情节，确实很重要。它一方面以“欲抑先扬”的手法把贾府衰亡没落放在普遍的社会联系中去描写，概括了更深广的社会内容，使之具有更高的典型意义，另一方面，也是主要的，它又以“不写之写”的手法，极其含蓄隐蔽地提出一个密切关联全书主题的问题：以贾府为首的金陵四大家族既然如此富比崇恺，权倾内外，那么，是什么原因导致他们的衰亡没落呢？

这个问题，因为作者提出的方式太深曲了，不联系作品的主题，是不容易察觉的。倒是当年那个与作者的关系非常亲密、相当了解《红楼梦》创作意图的脂砚斋，在第四回的一条总批里，明确地兜出这个问题的底里：

> 请君着眼护官符，把笔悲伤说世途。
> 作者泪痕同我泪，燕山仍旧窦公无。①

脂砚斋写这首诗颇动感情。从许多脂批里，我们知道《红楼梦》中的许多细节和情节的素材，都是取自于作者和这位脂砚斋共同经历的生活，有的甚至就是撷取脂砚斋的某一生活断面稍加艺术点染而来。他们似乎经受过相同命运的考验，都是从“锦衣纨绔”“饫甘餍肥”的贵族生活坠入困顿贫穷。所以，他看到“护官符”上写的家族盛时的豪富和权势，而今这一切都烟消云散，成为不可挽回的过去。抚今追昔，睹“符”伤怀。“把笔悲伤说世途”，“说”的就是这种人世沧桑巨变的“世途”。所以，作者写此，脂砚斋批此，都不禁悲从中来，同声一哭。最后，在深沉的感叹中道出了作者写这张“护官符”的深刻命意之所在——“燕山仍旧窦公无”。脂砚斋“请君着眼护官符”，就是要人们“着眼”于此。“燕山窦公”，即五代周时大官僚窦禹钧，他所生五个儿子都相继登科，作了大官，号称“窦氏五龙”。窦禹钧的老朋友冯道，在给他的一首赠诗中，对此大吹了一通：“燕山窦十郎，教子有义方。灵椿一株老，丹桂五枝香。”从

① [清]曹雪芹：《戚蓼生序本石头记》，人民文学出版社1975年版，第121页。

此，传扬开去，后世封建阶级都把窦禹钧当作“教子有义方”的典型标本来颂扬[①]。旧时幼学启蒙读物《三字经》亦载此事：“窦燕山，有义方：教五子，名俱扬。”[②]可见流传之广。脂砚斋在这首诗中用这个典故，意在指出四大家族由于未能像“燕山窦公”那样“教子有方”，致使子孙不肖、后继无人，终于一败涂地，彻底衰亡。如此，就把“护官符”这个情节与全书主题有机地勾连起来。这是基本上符合作者的创作意图的。作者正是通过“护官符”这个典型情节，把子孙不肖，后继无人的问题，从贾府推及到薛府，乃至整个封建贵族阶级，无不如此。从而诊断出他们迅即溃及全身，终将致命的政治绝症。

然而，脂砚斋毕竟不是和曹雪芹站在同一个认识水平上来看待贾府乃至四大家族衰亡的实质性原因的。他在这条批语里把“护官符”与子孙不肖、后继无人这个全书主题的核心联系起来，是颇中肯綮的，但是，他认为当初要是有个义方教子的窦禹钧式的家长，就可以避免后来败亡的厄运，却是一种形而上学的庸浅表面之论。如果说，处在封建制度鼎盛时期末端的窦禹钧，他的那一套教子“义方”，还能偶然收到一些效果；那么处在封建社会即将垮台期的四大家族，任他再有什么严方义训，也无法阻止后继无人危机的发生，无救于整个家族、阶级的最后灭亡命运的来临。因为整个制度都衰朽不堪了，整个阶级都腐烂无医了。曹雪芹的认识比脂砚斋的认识要深刻得多，他是从整个社会环境和历史发展的趋向中来发掘子孙不肖、后继无人问题的原因的。第二回和此回的结尾两次批判“贾家教子有方”说，便是显例；第五回里，着重点出贾宝玉的人生道路问题，更属明证。

贾宝玉梦游“太虚幻境”是第五回的中心情节。这个情节在艺术构思上对全书的作用，姑置不论。这里只是从它怎样突出全书主题的角度加以考察。

如前所述，《红楼梦》写子孙不肖、后继无人问题，是以贾宝玉的人

① [唐] 冯道：《赠窦十》，《全唐诗》卷七百三十七，中华书局1960年版，第8406页。

② [宋]王应麟著，[清]王相注：《三字经》，岳麓书社1986年版，第3页。

生道路为重点的。这个重点，在第五回里作为关乎贾府盛衰大计的问题，通过荣宁二公的幽灵正面提出。

警幻仙姑为什么要引导贾宝玉梦游“太虚幻境”呢？这是因为她接受了贾府的鼻祖宁荣二公之灵的“剖腹深嘱”，要把贾宝玉“规引入正”。曾经戎马战阵、深悉创业维艰的宁荣二公，毕竟要比坐享富贵荣华，终日醉生梦死的子孙们清醒得多，他们能够较早地看到家族衰亡的端倪，企图采取一些徒劳无益的补苴措施，救颓势于方现，挽狂澜于将倒。因将这件大事嘱托警幻仙姑：“吾家自国朝定鼎以来，功名奕世，富贵流传，虽历百年，奈运终数尽，不可挽回者。故遗之子孙虽多，竟无一可以继业。其中惟嫡孙宝玉一人，禀性乖张，生情怪谲，虽聪明灵慧，略可望成，无奈吾家运数合终，恐无人规引入正。幸仙姑偶来，万望先以情欲声色等事警其痴顽，或能使彼跳出迷人圈子，然后入于正路，亦吾兄弟之幸矣。”“子孙虽多，竟无一可以继业。”这清楚点出全书主题的核心。惟有贾宝玉“聪明灵慧，略可望成”，是个可正可邪，“成则王侯败则贼”的材料，所以祖宗之灵要力争他“改邪归正”，走“成则王侯”的封建主义人生道路。这就明确交代了全书表现主题核心的重点面。

但是，警幻仙姑对贾宝玉作的一番思想工作，却毫无成效。不论先在“薄命司”让他“熟玩”贾府“上中下三等女子之终身册籍”，或后到“幽微灵秀地”，“令其再历饮馔声色之幻”，冀其“今后万万解释，改悟前情，留意于孔孟之间，委身于经济之道”；或最后“迷津”猛喝：“快休前进，作速回头要紧！”都未能使贾宝玉“跳出迷人圈子”，“入于正路”，终归堕入迷津。警幻仙姑思想工作的失败，贾宝玉的执迷不悟，象征性地暗示了封建社会末期在贵族阶级内部两种思想、两条人生道路斗争的前途，表现出《红楼梦》主题进步的时代特点。

前五回作为《红楼梦》全书的有机部分，不论在思想上或艺术上都是非常成功的。在中国文学史上，这是一个前无古人的创造。它不仅交代了故事总的历史环境，交代了中心故事和主要人物性格命运的描写提纲，更主要的，它运用逐步深入、层层皴染的手法，借助一些真中带幻，幻中见真，现实的与非现实的密切交织的艺术画面，多方面地突现全书主题的核心——子孙不肖、后继无人的问题，点示出这个问题的重点——贾宝玉的人生道路问题。它有如一个神采焕发的“龙头”，成为全书的首脑，条条神经通向全身，支配着蟠曲多姿、腾挪善变的躯体。所以，要读懂《红楼梦》，必须仔细玩索前五回；要理解《红楼梦》的主题，尤必须深入研究前五回。

三

子孙不肖，后继无人，这是《红楼梦》一个总的命题，由此生发开去，展开全书的故事情节。在封建社会末期，由于新的社会因素的出现，在地主阶级内部，子孙不肖又分化成为两种有着不同社会本质和前途的“不肖”。一种是骄奢淫逸，胡作非为，堕落糜烂的“不肖”，体现了地主阶级腐朽的本质；另一种则是对本阶级前途的绝望，离经叛道，重新探索新的人生出路，走上叛逆的“不肖”，体现了新兴阶级的历史进步要求。《红楼梦》通过这两种“不肖”的描写，从不同的生活侧面辩证地表达出地主阶级子孙不肖、后继无人，必然走向灭亡的主题。

子孙堕落腐化，一代不如一代，这是封建制度本身给贵族阶级带来的通病，是古已有之的。在整个封建社会里，家族的兴衰，朝代的更替，无不与此息息相关。它与封建制度相终始，到了封建末期则有了恶性的发展。《红楼梦》抓住贾府种种糜烂腐化的行径，作为揭示贵族阶级子孙不肖、后继无人问题实质的一个重要方面，可谓切中批判封建制度的要害。

纲常混乱，廉耻尽丧，封建伦理道德成为徒有其表的空壳，掩盖着无耻和堕落。这是贾府子孙不肖，导致衰亡的深刻内在原因之一。

《红楼梦》对这个方面的暴露和批判，主要集中在长房宁府贾珍、贾蓉父子这两个衣冠禽兽身上，兼及荣府的贾赦、贾琏父子和远房贾瑞、贾芹、贾蔷诸人。第六回，王熙凤正在接见到荣国府打秋风的刘姥姥，中间串插贾蓉来借玻璃炕屏事，作者用白描手法，写贾蓉在婶娘面前“嘻嘻的笑着”，流露出淫邪和儇薄之态；又写王熙凤叫回贾蓉欲言又止的神情，含蓄地点出这对年青婶侄之间那种微妙的暧昧关系。第七回的“焦大骂府”，则从正面一针见血地把贾府子孙的丧伦败德之行一古脑儿抖露出来。焦大这个贾府忠实的老奴仆，是贾府盛衰的见证人。他依仗当年跟着老太爷出兵打仗，并“从死人堆里把太爷背了出来”的汗马功劳，这天喝醉了酒，在大总管赖二和小主子贾蓉面前，大摆其老资格，出言无状，惹得贾蓉拿出主子的架子，命人把他“揪翻捆倒，拖往马圈里去”。这时：

> 焦大越发连贾珍都说出来，乱嚷乱叫说：“我要到祠堂里哭太爷去，那里承望到如今生下这些畜牲来！每日家偷狗戏鸡，爬灰的爬灰，养小叔子的养小叔子，我什么不知道？咱们“胳膊折了往袖子里藏”！

这是对贾府乱伦丑行一次概括性的揭露，到第十三回写秦可卿之死便展开具体描写。据脂批，此回乃曹雪芹依脂砚斋意的删余之笔，本作“秦可卿淫丧天香楼”，正面揭露贾珍与儿媳秦可卿在天香楼私通，被人撞见，致秦氏缢死，其婢瑞珠也碰柱身亡。所以，当天夜里荣府听到秦氏的“丧音”后，“无不纳罕，都有些疑心”。脂砚斋在此批道：“九个字写尽天香楼事，是不写之写。”[①]在秦氏丧中，身为公公的贾珍，竟那样“如丧考妣”，当着众人的面“哭的泪人一般”，并声称要“尽我所有”，为秦氏大办丧事。于是乃有第十四回极尽挥霍铺张、耗资巨万的秦可卿大出丧之举。第六十三、六十四回贾敬佞道亡身，贾珍、贾蓉那时正在皇陵为老太妃送殡，闻讯飞马赶回奔丧。先到贾敬灵前“放声大哭，稽颡泣血，哭哑了嗓子”，如仪尽了一番“孝子”之礼，可是，回到家里，父子俩又共同演出一场玩弄二尤的聚麀乱伦的丑剧。贾蓉先回家跟两个姨娘胡调，庸俗下流，极其不堪。连丫头们都看不过去，说他热孝在身，如此胡闹，太不

① 甲戌眉批129b，(法)陈庆浩编著：《新编石头记脂砚斋评语辑校》，中国友谊出版公司1987年版，第233页。

像话，他就抱着丫头乱来，还扯出一通“脏唐臭汉”、淫乱有据的理论，又把荣府贾琏的丑事扯出来，说贾琏也和贾赦的小老婆不干净。乃父贾珍在这类勾当上，更是个驾轻就熟的老手。表面上，拘于礼法，“在灵旁藉草枕块，恨苦居丧”，嫣然一个循礼守分的孝子；可以“人散后，仍乘空寻他小姨子们厮混”。所以，深悉此中内幕的宁府管家婆尤氏说：“我们家下大小的人只会讲外面假礼假体面，究竟作出来的事都够使的了。”（七十五回）柳湘莲悔婚索聘，对贾宝玉也说：“你们东府里除了那两个石头狮子干净，只怕连猫儿狗儿都不干净。我不做这剩忘八。”（六十六回）“箕裘颓堕皆从敬，家事消亡首罪宁。”作为贾氏一族表率的族长贾珍父子尚且如此，族中子弟的“不肖”和腐化，就可想而知了。书中明白写出的就有：贾瑞至死不悟地要打族嫂王熙凤的主意；除贾蓉外，贾蔷也跟族婶王熙凤有些手脚。

封建纲常伦理，是维护封建宗法统治、调整地主阶级内部关系的根本规范。纲常凌夷，伦理丧败，衰亡就要接踵而至，财产换姓，权力易手。明代有个道学家叫朱柏庐的，在他的《治家格言》中说过：“伦常乖舛，立见消亡。”①贾府不正是面临这种末日吗？

至于贾府子弟其他浮靡腐化的行径，更是色色齐备，样样俱全。他们终日浑浑噩噩，惟知淫乐悦己。偷鸡摸狗，狂嫖滥赌，成了他们主要的生活内容。贾赦那么一大把子年纪，而且已经妻妾成群，儿孙满堂，仍然渔色无度，见了“略平头正脸的，他就不放手了”。他看中了贾母房中的大丫头鸳鸯，要讨来做小老婆，碰了贾母的硬钉子，闹了个没趣，又派人各处寻觅，到底花了八百两银子又买了一个十七岁的女孩子来玩弄。上行下效，有其父必有其子。贾琏也同样淫乱成习，“只离了凤姐，便要寻事”。女儿大姐出麻疹，他搬出隔房斋戒，没两天，就跟厨子的老婆“多姑娘儿”勾搭成奸。第四十四回，他趁凤姐生日，正在宴席吃酒的热闹空隙，溜回房间，勾来鲍二家的大行云雨。偏偏又被凤姐撞上，于是“变生不测凤姐泼醋”，夫妻、妻妾之间演出了一场混战的全武行，打了个人头似鬼。

① [明]朱柏庐撰，[清]戴翊清注：《治家格言绎义》，清光绪刻有胡福读书堂丛刻本卷上第4页。

贾母对贾琏不仅不稍加责备，反而毫不介意地笑着说道："什么要紧的事！小孩子们年轻，馋嘴猫儿似的，那里保的住不这么着。从小儿世人都打这么过的。"可见，贾府的长辈是公开纵容子孙这种淫乱腐化行为的。后来贾琏又在贾珍、贾蓉父子搭桥牵线、怂恿鼓动之下，不顾"国孝家孝"在身，偷娶尤二姐，与贾珍父子共同玩弄尤氏姐妹。其他族中乃至近亲子弟，只要一跟贾府沾上边儿，无不腐化成风。那个派去家庙管领小和尚的贾芹，"夜夜招聚匪类赌钱，养老婆小子"。秦钟本是一个"生的腼腆""斯斯文文"的小后生，一经与贾府子弟接触，很快就沾染上轻薄淫荡的恶习，勾搭玩弄水月庵小尼姑智能儿。所以，脂砚斋在第十五回宝玉兜秦钟老底的一句话下批道："补出前文未到处，思秦钟近日在荣府所为可知矣。"[①]第九回"顽童闹学堂"，更是通过贾府家塾中荒唐悖乱的一角，集中展示出族中和近亲一般纨绔膏粱的堕落和不肖，彻底揭露了封建教育的崩溃，从更广泛的意义上透露出整个贵族阶级子孙不肖、后继无人的消息。

"安富尊荣"，讲究排场，"生齿日繁，事务日盛"，导致经济枯竭，内囊空虚。这是贾府子孙不肖，造成彻底衰亡又一深刻的内在原因。

讲排场，摆阔气，极度奢侈豪华，亲手制造出一条条开销浪费的绞索，套在自己的脖子上，越勒越紧，终至山穷水尽，家败式微。《红楼梦》对贾府这方面的揭露，是通过一系列大大小小的事件反复描写出它的坐食山空积渐发展过程的。先看宁国府的一件丧事：一个年青的媳妇死了，贾珍就尽其所有"恣意奢华"。为了"丧礼上风光些"，走太监头子戴权的后门，用一千二百两银子为贾蓉捐了个"五品龙禁卫"，死尸也要殓以"拿一千两银子来，只怕也没处买去"的"樯木"棺材；还请了两百多个和尚道士，拜忏打醮，念经诵咒，超度亡灵，整整闹腾了七七四十九天，出丧时，送殡的队伍"一摆三四里远"，"浩浩荡荡，压地银山一般"。再看荣国府一件喜事为了元妃归省呆那么几个时辰，贾府就大闹排场，鸠工庀

① 庚辰夹批311，(法)陈庆浩编著：《新编石头记脂砚斋评语辑校》，中国友谊出版公司1987年版，第261页。

材，大兴土木，修建了一个长达三里半“天上人间诸景备”的“大观园”。仅下姑苏聘请教习，买唱戏的女孩子，置办乐器行头和花烛彩灯并各色帘栊帐幔等项的使费，就花掉五万两银子；更不要说，还聘买了十个小尼姑、小道姑，以及置购园中各处陈设的古董文玩、珍禽异兽、花草树木和画舫轻舟了。连元春也觉得太“奢华靡费了”，临行叮嘱以后“万万不可如此”。这两件大事大大耗伤了贾府的元气，从此由盛转衰，江河日下，一蹶不振。所以，贾蓉说：“这二年那一年不多赔出几千银子来！头一年省亲连盖花园子，你算算那一注共花了多少，就知道了。再两年再一回省亲，只怕就精穷了。”（五十三回）

除了这类婚丧大事之外，还有那无休止地祝寿作生日，开宴唱戏，不间断地年节循例请客送礼，以及经常性的戚友庆吊往还，甚至平日闲来无事，也要挖空心思找借口来吃喝玩乐。贾珍在居丧期间，按制不能观优问乐，随意游荡。于是，便以习射为由，邀聚一群世家纨绔子弟，天天宰猪割羊，屠鹅戮鸭，大吃大喝。而贾珍之意还不在此，未久，便渐次以歇臂养力为由，晚间竟公然放头开局夜赌起来。如此排场，如此挥霍奢侈，“出去的多，进来的少”，欲内囊之不渐次耗尽空虚，其可得乎？所以黑山村庄头乌进孝交租，在冰雹成灾的歉收之年，除交来几十种实物之外，尚有两千五百两银子。若此，贾珍还连连抱怨：“真真又教别过年了。”

书中还多处点出，贾府的财政收支，只开流而不开源。新花样、新排场，有增无减，只要花样一添，排场一立，即成定规，再也不能收缩将就。修了个大观园，除园子本身建筑陈设的浩大开支不计外，每年又增加了多项庞大的管理费用。本来那些小和尚、小道士，元妃归省事毕，即可遣发，但还要留下备用，放到家庙里养着，委贾芹管领，每月柴米费用白银一百两；那十二个小戏子，则放在梨香院由贾蔷管理；种树栽花由贾芸支银司其事。此外，贾宝玉等奉元春之命住进园内后，各处都增加了许多执役的仆妇丫头。所以，贾珍说：“那府里，这几年添了许多花钱的事，一定不可免是要花的，却又不添银子产业。这一二年倒赔了许多。”新花样、新排场，带来了开支的恶性膨胀，“外头看着虽是烈烈轰轰”，却已是

“黄柏木作磬槌子——外头体面里头苦”。正像冷子兴说的“外面的架子虽未甚倒，内囊却也尽上来了”。脂砚斋也针对贾府这种状况批道：“财货丰余，衣食无忧，则所乐者必旷世所无。要其必获，一笑百万是所不惜。其不知排场已立，收敛实难，从此勉强，至成蹇窘。”[①]正是因为日趋“蹇窘”，贾府一些管家的主仆，被迫常常考虑“节流”的问题。但是，积重难返，由于贵族阶级腐败透顶的本质和豪奢成习的根性，任何一点微小裁减节用的措施，都不能为家政实际决策者王夫人所采纳。他们不过嘴上说说而已，实际上依旧因循苟且下去。你看，七十二回管事林之孝那个发放老家人、节省用度的建议，不是有如石沉大海，未见一点反响吗？七十四回王熙凤趁抄检大观园之机给王夫人出主意，撵走了几个“咬牙难缠”的丫头，目的也不是出于节省用度，而是为了剪除那些把贾宝玉“勾引”坏了的“狐狸精”。即使这样，豪华惯了的王夫人还发了一通今不如昔的感叹，硬是要打肿了脸充胖子，死也不肯放弃一点贵族阶级的排场和架子。实际上，贾府已经日暮途穷，朝不虑夕了。连贾母吃的细米饭都要“可着头作帽子”，要一点富裕的也不能了，为了过节送礼，保住面子，贾琏不得不串通鸳鸯把贾母的金银家伙偷出去押当应付；王熙凤不得不几次三番把金项圈拿出去押当，来打发宫中太监来敲诈的“外祟”；王熙凤配药，翻箱倒柜也找不到二两合用的上好人参。

尽管其间有精明的三小姐探春理家之举，在学识兼备的薛宝钗襄助下，搞了一点“兴利除弊”，开源节流的改革措施，也不过每年从经济上省下寥寥四百两银子。这对贾府来说，有如杯水车薪，无济于事。而且在人事关系上引起更多的矛盾和纠纷，受到来自各个方面的干扰和抵制。终归是等于“利”既未“兴”，“弊”也未“除”，充分暴露出这个贵族之家的腐朽，加速了衰亡的历史进程。

围绕着财产和权力的争夺，家庭内部“自杀自灭”，展开了一系列尔虞我诈、勾心斗角的斗争。这是贾府子孙不肖，导致彻底衰亡又一深刻的

① 蒙古王府回末总评21a，(法)陈庆浩编著：《新编石头记脂砚斋评语辑校》，中国友谊出版公司1987年版，第192页。

内在原因。

《红楼梦》围绕着财产和权力再分配这个轴心，生动具体地描写出贾府内部种种复杂的矛盾。他们父子、兄弟、母子、母女、嫡庶、婆媳、妯娌、夫妇之间，无不矛盾重重，情若寇仇。他们唯利是图，惟权是夺，明争暗斗，倾轧排挤，无所不用其极。他们表面上礼仪森严，温情脉脉，实际上却分成势同水火，不共戴天的派系，为了争夺家庭的统治权和继承权，进行着没完没了、你死我活的角逐。按照封建宗法制度的传统，贾赦是嫡长子，理应袭权承家，邢夫人身为冢妇，也理当主持中馈。可是，由于贾母的“偏心”，溺爱贾宝玉，要让贾宝玉继承这份家业，于是，荣国府的家政大权就反常地落到贾政夫妇手中，贾政的老婆王夫人又把大权交给她的内侄女王熙凤去行使。“牝鸡司晨，惟家之索。”[①]封建宗法继承制遭到贾母如此严重的破坏，不仅埋下这个封建贵族家庭内部派系争斗、“自杀自灭”的根子，也意味着封建宗法统治濒临彻底崩溃的边缘。

这种派系之争，几乎把贾府的主子们都直接间接地卷了进去。贾赦在中秋家宴上讲了一个母亲“偏心”的笑话，有意来刺贾母，就是这种派系斗争在他们母子之间的反映。贾环向贾政“小动唇舌”，激化贾政与贾宝玉之间的矛盾，促成宝玉挨打，根本原因是为了争夺继承权。至于赵姨娘跟王夫人、王熙凤和贾宝玉之间的尖锐矛盾，更是带有明显的夺嫡性质。她勾结马道婆密谋用“魇魔法”谋害贾宝玉和王熙凤，必欲置之死地而后已。马道婆向她勒索报酬，她说：“你这个明白人，怎么糊涂起来了。你若果法子灵验，把他两个绝了，明日这家私不怕不是我环儿的，那时你要什么不得？”这番话深入肌里地暴露了封建社会末期贵族家庭内部派系之间，为了争夺继承权所展开的“自杀自灭”的争斗，达到何等激烈的程度！只要能够争得财产和权力的支配权，他们朋比结党，骨肉成仇，什么卑鄙无耻的勾当、残酷毒辣的手段，都能够拿得出来。用三小姐探春的话来说：“咱们倒是一家子亲骨肉呢！一个个不像乌眼鸡似的，恨不得你吃了我，我吃了你！”赵姨娘和贾环的夺嫡，实际上得到贾赦一派的支持。

① 宋元人注：《四书五经》上册，北京市中国书店1984年版，第69页。

贾赦偏偏要当着痛爱贾宝玉的贾母之面，拍着贾环的头，称赞他的诗做得好，不失侯门气概，还公开怂恿贾环说："以后就这么做去，方是咱们的口气，将来这世袭的前程定跑不了你袭呢。"明明有嫡兄贾宝玉在，怎么会轮到贾环袭职？岂非有意挑拨，制造矛盾？这说明荣国府内夺嫡争权的丑剧已经表面化，达到不加粉饰、无法收拾的地步。

这种派系的矛盾，在邢夫人和王熙凤婆媳之间也表现得十分尖锐。她们互相拆台捣鬼，彼此制造难堪。邢夫人要为贾赦向贾母讨鸳鸯做小老婆，王熙凤明知不行，却虚与周旋，在她的摆布下，结果邢夫人大触贾母的霉头，尴尬不堪。邢夫人也抓住贾母寿辰时一件捆起婆子的事情作由头，当着众人的面，以求情的姿态，夹枪带棒地把王熙凤搞得进退狼狈，哭笑不得。

贾府内部这种争权的派系斗争，经过长期的酝酿，在"抄检大观园"这个大事件中来了一个总爆发，双方展开了一场势均力敌的较量。傻大姐在大观园里拾到了一个"绣春囊"，这在糜烂透顶的贾府，又算得了什么。可是，到了时刻寻衅的邢夫人手里，就小题大作，成了一个大可利用的把柄。治家不严，伤风败俗，典守者不能辞其责。于是，派陪房王善保家的带着"绣春囊"向当权派王夫人狠狠将了一军，想一举搞臭王氏一党，为自己夺取家政大权创造条件。而王氏姑侄也步步为营，以攻为守，也出于要把贾宝玉拉回封建主义"正路"这个根本大计，趁机把怡红院对宝玉有影响力的丫头赶走。就这样，邢王两派在各具怀抱的表面联合中，展开了一场对大观园奴隶的血腥镇压，那个"心比天高，身为下贱"的晴雯，就成了这场镇压的直接牺牲品。"抄检大观园"是贾府彻底败亡的先兆，敏感的探春怀着对家族命运担忧的沉痛悲愤心情，流泪指出："你们别忙，自然连你们抄的日子还有呢！你们今日早起不曾议论甄家，自己家里好好的抄家，果然今日真抄了。咱们也渐渐的来了。可知这样大族人家，若从外头杀来，一时是杀不死的，这是古人曾说的'百足之虫，死而不僵'，必须先从家里自杀自灭起来，才能一败涂地。"探春这里说的是甄府、贾府，实际上，这种自家内部"自杀自灭"，终致一败涂地的自戕行径，概括了封建社会末期贵族阶级普遍存在的一个顽症，它是贵族阶级内部财产权力再分配一种残酷的形式。

这种对财产和权力的争夺，也渗透到他们的夫妻关系之中。贾琏和王熙凤这对夫妻，同床异梦，各怀心腹。贾琏为了应付礼节，央王熙凤向鸳鸯说句话，以便串通起来偷出贾母的金银器皿质当，王熙凤就一定要二百两银子作报酬。王熙凤紧紧抓住贾府的人事大权，广收贿赂，大捞油水。元妃归省后出了一个管理和尚道士的差事，走贾琏门路的贾芸只好干瞪眼瞅着被走凤姐门路的贾芹抢去。机灵的贾芸看出门道，立即改换门庭，借钱买了香料孝敬凤姐，很快就捞到管理大观园栽花种树的差事。

《红楼梦》围绕着财产和权力再分配这个焦点，具体细致、生动深刻地描绘出贾府内部种种上述群狗争斗的矛盾，概括了广泛的社会历史内容，指出贵族阶级除了灭亡以外，不配有更好的命运。

概括言之，《红楼梦》把贾府诸种腐化堕落的行径，放在特定的社会背景上，深刻地描绘出以贾府为代表的封建贵族阶级所面临的道德危机、经济危机和政治危机，从一个重要侧面，形象地展示出子孙不肖、后继无人这个全书主题的核心。他们正在自斫生机，自丧元气，自挖墙脚，自掘坟墓，按照不可抗拒的历史辩证法，无可挽回地走向自身的反面。

诚然，《红楼梦》这个方面的描写，如许多论者所指出，在艺术构思上具有为全书主人公贾宝玉叛逆性格的形成和发展提供典型环境的作用。我们认为，这仅仅道出了问题的一个方面。如果把这些描写综合起来，联系起来加以考察，就可以清楚地看出它们在表现全书主题上所显示出的独立意义。

同时也应当指出，曹雪芹通过这些描写表达主题的时候，并没有完全摆脱贵族阶级的立场。一方面，他对贾赦、贾珍、贾莲等这些不肖子孙的丑行，进行了无情的揭露和鞭挞，写出他们的可憎、可恶和可鄙。另一方面，对贾政、王熙凤、探春等人，在相当深刻的批判中，却有着或多或少的保留，为他们留着哀惋痛惜的眼泪，唱着无可奈何的挽歌。他看到了出身的家族和阶级不会有更好的前途，也在现实主义的描写中真实地展示出这种前途。但他没有也不可能从根源上认识到这是历史发展的必然。他只能将这一切归之于子孙不肖，后继无人。所以，我们从《红楼梦》主题核心的确定和通过上述这个重要侧面的具体表现中，既可以看出曹雪芹的进步思想倾向，也可以看出他历史的局限性。

如果《红楼梦》仅仅局限于一个封建贵族大家庭上述子孙不肖种种的揭露性描写上，那充其量不过是形象化地反映了封建社会贵族地主阶级内部财产和权力再分配的规律。就是说一个贵族家庭由于子孙的腐朽糜烂，后继无人，衰亡了，代之而起的必定是另一些贵族地主暴发户，他们再循着同样的轨迹，经历着兴衰消长的过程，演出着同样的悲喜剧。如同有机体的细胞，一些细胞死亡了，另一些同样的细胞又产生了，继续维持和延续整个机体的生命。在中国封建社会里，这样的悲喜剧，循环往复地演了两千多年，真是“乱哄哄你方唱罢我登场”。这在封建社会带有普遍意义。曹雪芹并没有停留在这个问题上，他毕竟是一位伟大的现实主义的巨匠，一位伟大的艺术家。他在《红楼梦》里深刻地反映出他的时代特有的社会矛盾的某些本质方面。他不仅从历史发展的否定方面描写了贵族阶级子弟堕落腐败的“不肖”，而且，主要的，他还从历史发展的肯定方面，以巨大的艺术魄力，描写了贾宝玉式的、具有崭新社会历史内容的叛逆性的“不肖”，从而把《红楼梦》主题的思想意义，推上了中国文学史上空前未有的高度。

四

真正把以贾府为代表的整个封建贵族阶级推进历史坟墓的，是《红楼梦》通过全书主人公贾宝玉所描写的叛逆性的“不肖”。在封建社会的末期，不仅这个社会固有的农民和地主的阶级矛盾日趋激化，封建统治阶级内部矛盾也恶性发展，更重要的是这时在这个社会内部出现了资本主义生产关系萌芽的代表者——新兴市民阶级，形成了一个新的社会矛盾——封建统治阶级与新兴市民的矛盾。恰恰是这个新的矛盾，对彻底埋葬封建制度和封建统治阶级，具有决定性的意义。这种新的社会矛盾反映在封建统治阶级内部，就表现为封建正统势力与叛逆者之间的不可调和的冲突。《红楼梦》主题具有巨大思想深度和社会意义，就在于它以这个社会矛盾作为开展全书情节的主要矛盾线索，通过贾宝玉叛逆性格成长的历史，通过封建主义和反封建主义两种人生道路的尖锐斗争，深入地反映了封建社会末期意识形态领域里新旧两种思想的激烈搏斗，从而在更深刻的意义上，揭示出封建制度和封建贵族阶级必然灭亡的历史命运。如果说，《红楼梦》对贾珍、贾琏式“不肖”的描写，让人们看到了贵族阶级的腐烂堕落，那么，对贾宝玉式“不肖”的描写，则让人们看到了黑暗封建王国中的一线光明。

贾宝玉的叛逆性格和人生道路深深植根于新的物质经济事实之中，所以，他的思想不是在某一个别问题上乖离封建阶级的要求，而是在一系列根本问题上与封建阶级传统背道而驰。他的思想性格的核心是早期的民主平等思想，其对立面则是维护封建宗法统治的等级压迫制度。他跟封建势力发生的一切冲突，无不滥觞于此。《红楼梦》细致全面地写出了贾宝玉这种叛逆思想的形成发展过程。

幼年的贾宝玉，由于他在荣国府里的骄子地位，加上“老祖宗”贾母的特殊宠爱，造成他得以在“内帏厮混”，逃脱受系统封建教育的客观条件；粗通文墨，即“杂学旁收”，又接触到一些离经叛道的异端思想，于是在这个聪明早熟的孩子幼小心灵上，很早就播下了叛逆的种子。随着年事的增长，涉世渐多，他的叛逆思想就越来越发展，越系统，越成熟。

封建阶级主张“男尊女卑”，妇女是男子的附属品。贾宝玉在幼年时期就矫枉过正地发出“女尊男卑”的议论：“女儿是水做的骨肉，男人是泥做的骨肉。我见了女儿，我便清爽；见了男子，便觉浊臭逼人。”“天生人为万物之灵，凡山川日月之精秀，只钟于女儿，须眉男子不过是些渣滓浊沫而已。”这实际上以偏激的形式反映出男女平等的进步要求。他平时对女孩子普遍地表现出深情体贴、尊重和无微不至的关怀，可谓“爱博而心劳”[①]。他日常对林黛玉的种种关心自不必说，只要小有龃龉，他总是千妹妹万妹妹地软语缓颊。而对那些关系较疏的女孩子，也尽其所能地给以爱护、同情和体谅。“喜出望外平儿理妆”之对于平儿；“呆香菱情解石榴裙”之对于香菱；“杏子阴假凤泣虚凰”之庇护藕官；因芳官被干娘作贱而为抱不平，“投鼠忌器宝玉瞒赃”之代彩云受过；“龄官划蔷痴及局外”，忘记自己被雨淋得浑身冰凉，却关心龄官身子“单薄”，经不起“骤雨一激”；贾敬死后停灵在家，一次，和尚进来绕棺，他站在头里挡着，“怕和尚的脏臭气味熏了姐姐们”，人说他不知礼，没眼色，他也不管，他甚至在宁国府唱戏的热闹声中，突然想起贾珍小书房里挂着一轴美人画，也要特地跑去“望慰他一回”。凡此种种，都表现出他尊重女性反对封建等级制度对妇女的压迫，强烈要求男女平等的进步思想。

值得注意的是，随着他阅历的加深，认识的提高，逐步纠正了早期的偏颇，用朴素的发展的眼光来看待女性从少到老的变化：“女孩儿未出嫁，是颗无价之宝珠；出了嫁，不知怎么就变出许多的不好的毛病来，虽是颗珠子，却没有光彩宝色，是颗死珠子；再老了，更变的不是珠子，竟是鱼眼睛了。分明是一个人，怎么变出三样来？”（五十九回）这时，他虽然看到女人逐渐变坏的过程，却不知为什么会变。再往后，他进一步认识到她们变坏的原因了。抄检大观园之后，周瑞家的奉王夫人之命押解司棋出园，途逢宝玉，也不准稍事停留。宝玉也无可奈何，只随着恨道：“奇怪，奇怪，怎么这些人只一嫁了汉子，染了男人的气味，就这样混帐起来，比男人更可杀了！”这种看法，虽带有人性论的味道，但说女人变坏是受了男人封建思想的熏染影响，却是不无道理的。女孩子受封建等级的压迫最深，又较少受封建思想的影响，这就是贾宝玉始终一贯地给予她们极大的同情、关切的根本原因，是他用民主平等思想反对封建等级压迫的具体表现。

封建阶级主张“尊卑有序，贵贱有别”，在家庭内外分成各种等级，来维护封建宗法制的统治。在贵族家庭内部，兄尊弟卑，嫡贵庶贱，主贵

① 鲁迅：《中国小说史略》，《鲁迅全集》卷九，人民文学出版社1981年版，第229页。

奴贱，推之社会即为富贵贫贱。贾宝玉则屈尊降贵，身体力行地表现出兄弟平等、嫡庶平等和贫富平等的思想。

贾府的规矩，也是封建贵族家庭的规矩："凡作兄弟的，都怕哥哥。"可是贾宝玉却"是不要人怕他的"。他对探春、贾环两个庶出弟妹，向以平等相待。他认为，"弟兄之间不过尽其大概的情理就罢了，并不想自己是丈夫，须要为子弟之表率"。贾环虽不成器，他不仅从不稍露歧视之意，而且还时时加以回护。贾环"暗里算计"宝玉，故意推倒热油蜡灯烫伤了他的脸，他恐怕贾母寻根究底，惹麻烦，使贾环吃亏，还说："明儿老太太问，就说是我自己烫的罢了。"贾环赖赌，他见了也不摆出兄长架子训斥，只心平气和地讲了一通道理，劝贾环不要自招烦恼。

尤为难能可贵的是，他对待被主子们视若草芥猫狗，可以随意凌辱打杀的奴仆下人，也表现了那个时代罕见的尊重和平等。他从未在小厮面前摆主子架子，耍少爷威风。贾琏的小厮兴儿说他："也没刚柔，有时见了我们，喜欢时没上没下，大家乱顽一阵，不喜欢各自走了，他也不理人。我们坐着卧着，见了他也不理，他也不责备。因此没人怕他，只管随便，都过的去。"所以小厮们遇到他也十分亲热放肆，常常拦腰抱住，把他身上佩带的荷包、扇囊等物，不容分说，一抢而光。他对待丫环们更是"世法平等，无有高下"。怡红院的丫头们确实比别处有较多的平等和自由，她们可以随意打闹玩乐，可以随意磕了满地瓜子皮，也可以随意顶撞少爷，这位少爷也毫不在乎，还是对她们问寒问暖，知冷知热，甚至甘心为她们服役，给她们调胭脂，梳头，侍药。"寿怡红群芳开夜宴"，他反对搞什么"安席"敬酒之类的"俗套子"，索性关起门来，大家自由自在地玩了一夜。所以怡红院丫头们一出缺，柳五儿就眼巴巴地要进来。只有一次，也是唯一的一次，贾宝玉因看龄官画蔷，淋了个浑身透湿，回来叩门不应，动了少爷脾气，一怒之下，踢了开门的袭人一脚，夜间见袭人吐血，他后悔不迭，忙倒茶弄药，亲自服侍，表示忏悔。贾宝玉这样平等对待奴仆下人，对卑贱者表示的尊重和同情，在当时贵族少爷中确是空谷足音，同调者稀。难怪要引起世俗的物议，"百口嘲谤，万目睚眦"。傅试家的婆子说他“有些呆气”，是个“呆子”，“一点刚性也没有，连那些毛丫头的气都受的”。倒是那个刚烈的尤三姐看出他并不糊涂，“只不太合外人的式”罢了。可谓慧眼识人，不同流俗。

与朋友交，他也打破了富贵贫贱的界限。他与小户人家子弟秦钟主动缔交，倾谈之下，只恨相见之晚。他深深感到富贵和贫贱的差别阻碍了他们早日成为知契。“可恨我为什么生在这侯门公府之家，若也生在寒门薄宦之家，早得与他交结，也不枉生了一世。我虽如此比他尊贵，可知锦绣纱罗，也不过裹了我这根死木头；美酒羊羔，也不过填了我这粪窟泥沟。‘富贵’二字，不料遭我涂毒了！”秦钟也认为：“可知‘贫窭’二字限人，亦世间之大不快事。”把人间之不平等归之于“贫窭”二字，这种认识在当时无疑是相当深刻的。他们本属叔侄辈，贾宝玉偏又不“安分守理”，必欲平等相称，硬是要秦钟“以后不必论叔侄，只论弟兄朋友就是了”。他与英风侠骨、家徒四壁的柳湘莲相交，与受人歧视的优伶蒋玉函结好，率皆如此。而正是因为与蒋玉函成为挚友，引起忠顺王府派长史官来索人的麻烦，构成“在外流荡优伶”“不肖”的罪名，成为挨打的主要导火线。

贾宝玉的体现新兴阶级思想要求的民主平等思想，必然与封建等级压迫思想的体现者封建家长的要求，形成尖锐的冲突。这就是贯串全书叛逆反叛逆的斗争，封建主义和反封建主义两条不同人生道路的斗争。

贾宝玉的天资秉赋是贾府子孙中唯一的“略可望成”、克绍箕裘的人，所以，以贾政为首的封建家长一定要他学八股、考科举，“留意于孔孟之间，委身于经济之道”，走仕途经济的道路，以忠君报国，显亲扬名，光耀门楣，丕振家声。为督促他走上这条贵族子弟传统的人生道路，贾政时刻以严父的权威，勒令他“把《四书》一齐讲明背熟”，连《诗经》、古文，都“一概不用虚应故事”；强制他跟贾雨村一流的上层大官僚接触应酬，“谈谈讲讲些仕途经济的学问”。一言以蔽之，就是要把他陶冶成为一个贾雨村式的封建官僚。

而贾宝玉却偏又“禀性乖张，生情怪谲”，顽强地进行对抗。他千方百计地逃学，拒绝读《四书》，搞举业。贾政强迫他读了几年，“只有

‘学’‘庸’‘二论’是带注背得出的。至上本《孟子》，就有一半是夹生的，若凭空提一句，断不能接背的；至‘下孟’，就有一大半忘了”。对时文八股，平素更是深恶此道，认为那不过是“后人饵名钓禄之阶”，毫无学习价值，从不潜心攻读。他进而指出：“除‘明明德’外无书”，那些所谓圣经贤传都不过是前人“混编纂出来的”玩意，所谓“读书上进的人”乃至什么“忠臣良将”，什么“文死谏，武死战”，统统都是些“邀忠烈之名”的“国贼禄蠹”。所以，他一进到宁国府的上房内间，看到悬有刘向夜读的《燃藜图》和“世事洞明皆学问，人情练达即文章”的对联，就忙说：“快出去！快出去！”听到史湘云、薛宝钗等劝他常常会会为官作宰的人们，学习仕途经济的学问，就大为光火，当面斥之为“混帐话”，不是抬脚走了，就是公然逐客。一听到贾雨村来了，贾政命他去会，他就牢骚满腹，懒得出见，勉强会了，也“全无一点慷慨挥洒谈吐”，敷衍应付而已，惹得贾政一肚子火。真是个“潦倒不通世务，顽愚怕谈文章”，“于家于国无望”的“忤逆”“不肖”之子。贾政出于阶级本能，意识到任其发展下去，将来必然要走向“弑父弑君”，败家亡国之路，便企图用硬的一手来阻止或改变他的人生道路。于是，两种思想、两条道路的矛盾，到第三十三回便激化为“不肖种种大承笞挞”的剧烈冲突。

但是，这场冲突的结果，不仅未使贾宝玉这个“浪子”回头，迷途知返，却使他更清醒地认识了现实，更加坚定地走着叛逆的人生道路。宝、黛、钗之间所以会出现一场震撼人心的爱情婚姻悲剧，归根到底，是贾宝玉这种坚定反抗意志的表现，是叛逆和反叛逆两条人生道路斗争的必然结果。

《红楼梦》是把贾宝玉的爱情婚姻悲剧放在联系贾府盛衰命运的背景上来写的。它打破了传统描写爱情婚姻问题戏曲小说的俗套，显示出对整个封建制度全面批判的深刻思想意义。

贾宝玉和林黛玉的爱情，不是“郎才女貌，一见倾心”式的爱情，而是经过双方长期的了解，建立在思想性格一致、具有共同反封建叛逆要求的政治基础上的。在他们爱情发展过程中，那无休止的争吵，那反反复复痛苦的试探，环绕的中心问题，不外是考察对方是不是个真正的“知己”。闹来闹去，贾宝玉用尽旁敲侧击，直接间接的法子，都未能打开双方的心扉，畅通衷曲。可是，一次在无意间，黛玉偷听到宝玉正在怒斥史湘云劝他讲“仕途经济的学问”之后又说：“林妹妹从来说过这些混帐话不曾？若他也说过这些混账话，我早和他生分了。”正是这么一句话，彻底沟通了他们的心曲，一切误会和隔阂都顿然冰释。“心有灵犀一点通”，林黛玉觉得“果然自己眼力不错，素日认他是个知己，果然是个知己”。宝玉挨打之后，林黛玉带了一双哭得似个桃儿的眼睛来探问，抽抽噎噎了半天才迸出一句话：“你从此可都改了罢!”宝玉坚定地回答：“你放心，别说这样话。我便为这些人死了，也是情愿的!”他让林黛玉“放心”什么？就是说，他至死也不会向封建势力屈服，改变初衷的。接着，便遣晴雯向黛玉赠帕定情，在叛逆的道路上，誓共生死。从此，他们心心相印，在大观园里再也听不到他们之间的吵闹之声了，再也不见林黛玉向贾宝玉使小性儿，闹小矛盾，时刻提防薛宝钗“藏奸”暗中捣鬼，用“见了姐姐，就忘了妹妹”之类的话来挖苦敲打取闹贾宝玉了，即使在窗外窥到薛宝钗坐在正午睡的宝玉旁边，代替袭人边绣兜肚，边赶蚊子，也不像过去那样敏感了；相反，却“孟光接了梁鸿案”，真率地与薛宝钗母女混得亲密无间，情同骨肉。足见，宝黛之间的爱情是以反封建叛逆思想一致，不说“混帐话”，走共同的政治道路为基础。也足见，宝黛之间在爱情发展过程中的矛盾纠纷，不只是反映钗黛之间在性爱对象上对贾宝玉的争夺，主要的是反映了钗黛所代表的封建和反封建两种根本对立思想的冲突，反映了在人生道路问题上对贾宝玉的争夺。所谓“金玉良缘”和“木石姻缘”的矛盾斗争，实质上是新旧两种思想、卫道和叛逆两条人生道路的矛盾斗争。前者有整个封建势力作后盾，后者则是孤立无援的。封建家长不会在这个与家族、阶级命运攸关的问题上作任何妥协和让步，而叛逆者又是那样执着坚决，死不回头。这就决定了宝黛钗爱情婚姻悲剧的必然性。

对贾宝玉的爱情婚姻问题，贾母、王夫人等封建家长早有成算。为了通过薛宝钗的德、功、言、貌，把贾宝玉拉回封建主义人生道路上来，屏黛取钗，已属定局。先有第二十二回贾母竟以“老祖宗”之尊，垂青格外，礼遇有加，特地张罗为薛大姑娘作十五岁的生日，就透露出家长们个中的消息，继有第二十八回端午节元妃赏下的节礼。其中宝玉同宝钗完全一样，也是体察到贾母、王夫人意图一种半公开的表露。无怪乎素来不喜欢装饰打扮的“冷美人”薛宝钗，一反常态，带起两串沉甸甸的红麝珠，大肆张扬招摇，显示在这场婚姻争夺战中的初步胜利；也无怪乎薛氏母女从此以后全力以赴地作贾府上上下下的环境工作，特别是更加屈意谄事贾母，大拍其马屁，博取好感，薛宝钗又故意装着羞答答的样子“远着”宝玉，以巩固和扩大这个成果。

随着贾府衰败过程的加速发展，重振家业的希望，越来越集中到贾宝玉这个“命根子”身上，贾宝玉的人生道路问题也就日益为贾府当权者所注目，所关心。因此，宝黛在“诉肺腑”和“赠帕定情”之后，两颗叛逆的心是紧紧贴到一起了，但同时却立即面临着封建势力沉重如磐的压力。限于贵族叛逆者先天的弱点，他们看不到真正的出路。对统治者仍抱有不切实际的幻想，希望贾母能够出面主持他们的终身大事。他们的反抗是无力的，软弱的，打上了贵族叛逆者特有的印记；但又是坚定的，不妥协的，反映了历史发展的进步要求。他们的“心事”和关系渐次被家长们所知晓，更大的压力也就跟踵袭来。

先有第三十二回宝黛二人在怡红院外“诉肺腑”，宝玉站在大毒太阳底下只管发起呆来，不知黛玉已去。恰在这时，袭人给他送扇子，他稀里糊涂地错把袭人当成黛玉，一把拉住，尽情把蓄积已久的心事披露出来：“好妹妹，我的这心事，从来也不敢说，今儿我大胆说出来，死也甘心！我为你也弄了一身的病在这里，又不敢告诉人，只好掩着。只等你的病好了，只怕我的病才好呢。睡里梦里也忘不了你！”这些话虽带有浓厚的感伤情绪，却表现出贾宝玉为了“木石姻缘”“死也甘心”的坚定意志。所以袭人“吓得魄消魂散”。袭人听到了，家长们当然也就知道了。

后有第三十六回“梦兆绛云轩”，贾宝玉在睡梦中喊出：“和尚道士的话如何信得？什么是金玉姻缘，我偏说是木石姻缘！”潜意识的梦中呓语暴露出深藏心底的真情：坚决反对“金玉姻缘”，信守“木石前盟”。也就是，坚决反对封建主义人生道路，义无反顾，坚持叛逆的人生道路，永矢弗渝。这又一次表现出贾宝玉叛逆的坚定性。薛宝钗听到了，她也自会有办法透露给贾母、王夫人。

家长们所以举棋不定，迁延因循，没有把贾宝玉和薛宝钗的婚事及早公开宣布，正是碍于贾宝玉这种叛逆的坚定性。他们顾虑到操之过急，难免会引起宝玉呆病发作，发疯大闹和其他一些不堪设想的后果。当然，也多少不能不顾及林黛玉与贾母之间的那层密切的血缘关系。

果然，第五十七回“慧紫鹃情辞试忙玉”，宝黛关系彻底公开暴露了。紫鹃向宝玉说了几句玩话，讲什么苏州林家要来人接林黛玉回去了。宝玉初则不信，紫鹃越讲越真，装出一副郑重其事的样子。宝玉信以为真了，顿时有如五雷轰顶，昏厥过去，人事不省，半天抢救过来，又大喊大嚷，疯话连篇。闹得沸反盈天，惊动贾府上上下下。紫鹃这精彩的一着，把贾府统治者推入了进退维谷，左右为难的窘境，更使薛氏母女狼狈不堪。事情确实有点棘手，把“命根子”贾宝玉真的逼死了，或者逼疯了，岂不一切希望都将化为乌有。贾宝玉这一闹，更使得贾府统治者不得不慎重行事。但是，存在决定意识。急剧衰败没落的形势，家世的利益，阶级的命运，推动他们不能不按照既定的决策作困兽之斗，进行徒劳的挣扎。

贾府统治者，针对宝黛爱情关系一次次地公开暴露，相应地采取了两个措施，企图渐次摧毁“木石姻缘”，实现“金玉姻缘”。

一个措施是收袭人。“诉肺腑”之后不久，袭人找到了机会，委曲婉转地向王夫人点出了宝黛的爱情关系，并以保全“二爷一生的声名品行”为由，提出“君子防不然”的建议。这正触到了王夫人的隐衷，“心内越发感爱袭人不尽”，立即把监守宝玉的重任交给了她，要她“好歹留心”，还说“保全了他，就是保全了我。我自然不辜负你”。确实，王夫人没有辜负这个忠心的奴才，没几天，就借与凤姐商量发月钱的公开场合，郑重地把袭人钦定为宝玉的“准姨娘”，一切待遇与周姨娘、赵姨娘等。王夫人这一安排要达到两个目的：一是通过袭人的软语箴规，潜移默化地销蚀贾宝玉的叛逆意志，防其逾闲越检。另一是在宝玉身边安上一个耳目，随时掌握宝玉的动态。所以，后来王夫人亲临怡红院撵走晴雯等丫头时，对那里的情况了若指掌。袭人是宝钗的影子。袭人既已成了宝玉的“准姨娘”，就意味着宝钗成为宝玉的“准夫人”为期不远了。这是“金玉良缘”实现的前奏。

另一个措施是逐晴雯。七十回以后，贾府家道日蹙，势穷财匮，宝玉也年事已长，依然没有改弦易辙的希望。现实逼得封建家长必须采取进一步更残酷的措施，强使宝玉这只强项叛逆的野马就范。于是，王夫人借抄检大观园之机，一举撵走晴雯、芳官等反抗性很强的丫环，剪除宝玉叛逆的羽翼，铲掉滋育反侧的土壤。收拾晴雯，实际上含有收拾黛玉的成分在，观乎王夫人一看到晴雯“眉眼又有些像你林妹妹”就怒火中烧可知矣。晴雯是黛玉的影子。晴雯含恨而死，也就意味着黛玉泪尽夭逝的时刻即将来临了。这是“木石姻缘”被毁的先声。

但是，现实生活严酷无情的逻辑，是不以反动阶级的意志为转移的。他们可以凭借暂时的优势，扼杀叛逆于襁褓，得售其奸于眼前，到头来还是“机关算尽”，落得个竹篮打水一场空。按之曹雪芹的创作意图，八十回以后，林黛玉在封建势力“风刀霜剑”的摧残下，怀着满腔的悲愤离开了人间贾府在内外矛盾交攻中，迅速失势，事发被抄；贾宝玉虽然被迫接受了“金玉姻缘”的安排，与薛宝钗结了婚，但却是貌合神离，“空对着，山中高士晶莹雪；终不忘，世外仙姝寂寞林”，“纵然是齐眉举案，到底意难平。”他始终不能忘记在叛逆道路上志同道合的战友林黛玉，他也始终不能接受“金玉姻缘”规定了的封建主义人生道路，终究还是“悬崖撒手”，毅然决然抛弃“宝钗之妻，麝月之婢”，遁入空门，当了和尚，跟自己的家庭和阶级作了最后的诀别，实实在在地成了一个“背父兄教育之恩，负师友规训之德”的“不肖”者和叛逆者。

封建社会末期新旧两种思想、叛逆和反叛逆两条人生道路的斗争，在宝黛钗这场爱情婚姻悲剧中得到了最充分、最深刻的展示。它形象地表明：在历史的产婆已经把新兴阶级召唤出来的条件下，古老的封建主义大厦，业已腐朽不堪，崩溃势成，无可挽回；封建制度之“天”，亦是百孔千疮，不能再补，任何国医高手，灵丹妙药，都无救于它最后的灭亡。贾宝玉最后弃家为僧，今天看来，还只能算是一种消极的反抗，反映了作者受当时历史条件的限制，找不到一条积极出路的悲哀。这是与当时新兴阶级思想还不成熟的历史状况相一致的。作者用这样一个悲剧结局，实际上，已足以粉碎统治阶级虚幻的乐观主义，引起人们对现存制度永久性的怀疑。应该说，他已经杰出地完成了现实主义的艺术使命。

《红楼梦》的作者曹雪芹，以其深刻锐敏的观察力，旷世未有的艺术才华，全面地写出了贾府子孙“不肖”的两个侧面，猛烈地鞭挞了反动者，热烈地赞美了叛逆者，作出了对封建制度的总批判，强调突出了全书主题的核心问题——子孙不肖，后继无人。两种“不肖”，相反相成，相得益彰，对立统一，不可或缺，没有贾珍式腐朽堕落的“不肖”，不足以表现全书主题核心的普遍性，没有贾宝玉式叛逆的“不肖”，也无以突出全书主题核心的特殊性和时代特点。两者在表现主题上好像组成原子核的中子和质子。前者好比中子，后者好比质子。中子是构成原子核的必要部分，质子却是决定整个原子性质的东西。曹雪芹着力描写贾宝玉式叛逆的“不肖”正是集中地显示出《红楼梦》主题的深刻性、历史性和进步性，显示出《红楼梦》全书的高度思想价值和不朽艺术价值。

《红楼梦》是悲剧，又是挽歌。这两种情调也渗透在主题核心问题的两个侧面一两种“不肖”的描写中。悲剧，是叛逆者“不肖”的悲剧，是“历史的必然要求和这个要求的实际上不可能实现”[①]的悲剧，也是美好事

① (德)恩格斯:《致斐•拉萨尔》,《马克思恩格斯选集》第四卷,人民出版社1972年版,第346页。

物遭到毁灭的悲剧，它体现了主题的进步思想倾向；挽歌，是腐朽者“不肖”的挽歌，是追念逝去繁华的挽歌，也是对整个家族、阶级必然没落的挽歌，它在主题总的进步倾向中表现出若干的阶级局限。

1980年仲夏于芜湖

[原载《红楼梦学刊》1981年第1辑，首届中国红楼梦学术研讨会论文。
收入本书时据原稿增补部分文字]

“从猿到人”

——孙悟空、贾宝玉思想性格纵横谈

《西游记》和《红楼梦》是中国古代艺苑中具有不同艺术风格的双璧，孙悟空和贾宝玉是这两部作品中两个光彩夺目的主人公。两部小说，一部是浪漫主义的鸿篇，一部是现实主义的巨制，两个人物，一个是神话世界的猴，一个是现实社会中的人。粗看去，两者似形神迥异，了不相涉，有点风马牛；细思来，事情却绝非这么简单。猴子变人，本来就是人类进化的规律。从孙悟空到贾宝玉，正是在艺术形象中偶然而又必然、生动而又具体地体现了这种进化发展的规律。当然，这只是一种比喻，比喻总不免有点跛脚。

这两个人物形象都是中国封建社会末期这个历史范畴里的艺术典型，是同一个新兴社会力量的本质内容在不同孕育发展阶段上的艺术概括。他们之间存在着思想性格上密切的血缘继承关系。吴承恩在《西游记》里通过孙悟空这个艺术典型的创造，浪漫主义地写出了这个社会力量处于自在状态的“猴”的阶段；曹雪芹在《红楼梦》里通过贾宝玉这个艺术典型的创造，则现实主义地写出了它虽仍处于自在状态但却基本上完成了向“人”转化的阶段。两位伟大的艺术家就是这样地站在各自时代的制高点上，用他们的辛勤艺术劳作，为我们描绘了历史新人从孩提到少年的早期成长发展行程图。

征“史”

孙悟空和贾宝玉，这两个艺术典型究竟概括了什么样的共同的社会历史内容，体现了何种新兴社会力量的本质呢？

这个问题，首先必须从这两个人物所由产生的特定社会历史生活——明代后期和清代前期中去寻求答案。明代后期和清代前期，即16世纪中叶到18世纪中叶，是古老的中国封建社会的末期，作为这个封建末世的重要标志，是封建生产方式所能容纳的生产力已经发挥殆尽，新的生产关系——资本主义生产关系的萌芽在旧社会的母体里孕育着，社会矛盾开始复杂化起来。这时，除了封建社会所固有的基本矛盾，即农民阶级和封建阶级的矛盾以外，又出现了反映资本主义萌芽要求的新兴市民社会势力与封建势力之间的新的社会矛盾冲突。就历史发展的前途而言，正是这个新的社会矛盾冲突对最后埋葬封建制度具有决定性的意义。于是，在意识形态领域里体现了这种进步历史要求的新人雏形出现了。

文学是时代的风雨表，它是跟时代同步前进的。在社会震荡、历史变革的时代里，伟大的艺术家必定是勇敢的思想家，他们对自己时代历史脉搏的接触感受特别锐敏，对自己时代社会生活的体验理解异常深刻，他们的历史使命感尤为强烈，所以，他们在艺术创作中，必然渗透着渴望要求变革现实的激情，立足现实，又高于现实，反思过去，遥瞻未来，思接千载，神游八极，把自己捕捉到的现实生活的本质，意识到的历史内容，以巨大的思想深度和圆熟的艺术技巧，概括到艺术形象中去，既表现了自己对现存制度的憎恶和否定，又抒发了自己对未来理想人生的向往和追求。吴承恩和曹雪芹就是处于同一历史变革时期中两位这样的伟大艺术家。《西游记》和《红楼梦》两部伟大的作品正是历史地、深刻地反映了上述新的社会矛盾冲突，而孙悟空、贾宝玉这两个不朽的艺术典型，也正是生动地、真实地概括了新兴市民社会势力的本质并展示出它“从猿到人”的历史发展的轨迹。

不无巧合的是，从这两个人物的外在肖像描写来看，一个是尖嘴缩腮、相貌奇丑的“猴”——“花果山中一老猿”；一个是神采飘逸、满面生春的“人”——大观园里的“凤凰”。这个中国小说发展史上偶然的巧合，却给予了我们一种十分有趣的启示：它们颇具象征意味地表现了封建末世新兴市民社会势力在前后两个不同发展阶段——从幼稚蒙胧到渐趋成熟——的思想精神状貌的特点。孙悟空表现了它的“猿”的蒙昧阶段的特点，贾宝玉表现了它的“人”的童年阶段的特点。异中有同，大异的外在形式包含着大同的内在精神内容，同中有异，大同的精神内容，又从量到质，从低级到高级显示出“猿”与“人”的差别。如果我们把这两个艺术形象放到历史发展的链条中作一番分析和考察，就不难发现：孙悟空这个猴子有着很多新兴市民低级阶段思想精神的胚胎和征兆，他的细胞染色体上储存着不少这方面的遗传信息；而贾宝玉这个公子的思想性格细胞中则充分地接受了孙悟空这种精神遗传基因，并在自身个体的发育中，摄取了适宜的现实生活的养料，获得了长足的发展。从这个意义上讲，作为市民思想要求的艺术体现者孙悟空是贾宝玉直系开山的“猴”祖师，贾宝玉则是继承孙悟空嫡传衣钵的“人”后代。中国封建社会末期新兴市民的思想意识，在艺术领域里，两百年间就是这样地通过从孙悟空到贾宝玉表现出从低级到高级、从幼稚到渐趋成熟的历史发展的进程。

恩格斯说过：“研究运动的性质，当然应当从这种运动的最低级、最简单的形式开始，先理解了这些最低级、最简单的形式，然后才能对更高级的和更复杂的形式有所阐明。”①这段话，是就研究事物的低级运动形式对高级运动形式的作用和意义这个侧面而言的，它对我们从事古典文学研究乃至一切科学研究，都具有普遍的方法论的意义。中国新兴市民思想运动的低级形式艺术地反映于孙悟空，它的运动的较高级形式则艺术地反映于贾宝玉。只有充分地认识了孙悟空，才能在运动的发展中充分地认识贾宝玉。反之，也只有充分认识了“高等动物”贾宝玉之后，才能真正理解

①（德）恩格斯：《运动的基本形式》，《马克思恩格斯选集》第三卷，人民出版社1972年版，第491页。

“低等动物”孙悟空身上所表露的那些“高等动物的征兆”[①]。从孙悟空到贾宝玉——“从猿到人”，由贾宝玉及孙悟空——由“人”及“猿”，我们就可以从认识事物运动的两个不同侧面，相反相成地揭示出这两个人物思想性格的社会本质和它们的内在联系，更能全面深刻地认识和把握它们各自的思想意义和美学价值。

说“猴”

孙悟空和贾宝玉究竟怎样体现新兴市民的社会历史本质呢?

这必须联系他们所由产生的历史生活物质的、精神的事实，才能获得科学的说明。

产生孙悟空的时代与产生贾宝玉的时代，属同一历史范畴，它们虽无质的变化，却存在着显著的量的差别。资本主义生产关系萌芽的代表者新兴市民由幼稚的蒙昧状态渐趋于自觉的接近丁成熟状态。这种量的发展，在孙悟空和贾宝玉两个人物的思想性格中都得到了具体而微的概括。

中国的资本主义生产关系的萌芽，在封建社会的母体里经过长期的孕育，于16世纪中叶在许多发达地区特别是东南沿海城镇相当普遍地绽发出来。作为这种经济萌芽要求的体现者——早期市民阶层，在社会生活中开始崭露头角。他们在经济上，要求自由发展，自由经营；在政治上要求自由平等；在思想上梦求个性自由，人性解放。所以，他们都具有某种反传统的进取精神和冒险精神。他们宛如一剂酵母，开始促使社会意识、社会风尚发生深刻的变化。往昔奉为神圣的“天理”教条，开始遭到无情的亵渎和践踏；过去受到压抑的正常“人欲”，开始得到热烈的肯定和推崇。纲常动摇，礼崩乐坏，名教沦亡，人欲横流。历史的新人正在呼唤着历史大变革的风暴。一方面，尽管他们还很幼稚，还很微弱，像刚学走路的小孩一样，摇摆不定，步履维艰，但毕竟成为一支对现实生活和历史发展愈

① (德)马克思:《〈政治经济学批判〉导言》,《马克思恩格斯选集》第二卷,人民出版社1972年版,第108页。

来愈产生影响的社会力量；另一方面，经济上的萌芽状态也规定了他们政治思想上的极不成熟。他们既是封建势力的对立物，又与封建势力存在着无法斩断的千丝万缕的联系，他们本身还带有很浓重的封建性。这种实际的经济、政治和思想状态，就规定了他们在社会生活中明显的二重性：既有反封建性——反抗性、进步性，也有严重的封建性——妥协性、保守性。这在他们的成长史上，一方面，表明他们已经直立起来，颇类“人”，并且获得了一些“人”性——反封建性；另一方面，则表明他们毕竟还不是“人”，还是“猴”，还保留着“猴性”——封建性。

吴承恩笔下孙悟空这个理想人物形象，正是呼吸领受上述的时代气氛，根据现实生活的启示，接受历史威严的使命，对取经故事这个古老的宣扬宗教迷信的传统题材作了脱胎换骨的改造，以夸张了的理想化了的浪漫主义艺术形式，注入了现实政治经济生活的新鲜血液。对新兴市民的二重性作出了真实的概括。吴承恩不会知道进化论，他把早期市民“人”性与“猴”性的社会特征概括到孙悟空这只天产石猴的身上，无非是借传统文学资料的旧瓶装进现实生活的新酒，纯属文学史上一种偶然的巧合，但这种巧合无疑又恰到好处。

孙悟空形象所显示的中世纪末期新兴市民早期阶段的“人”性与“猴”性的特点，概括起来，大致有三个方面的内容。

第一，在强烈地渴望摆脱象征封建势力的天界神权专制统治压迫的要求中，表现了他对自由的积极的向往和追求，也表现了他的天真、幼稚、不成熟。

孙悟空本来是花果山上的“美猴王”，他带领群猴，在那“仙山福地，古洞神洲”，过着“不伏麒麟管，不伏凤凰辖，又不伏人间王位所拘束，自由自在”的生活，但他仍觉得冥冥中还有压迫，“暗中有阎王老子管着”“不得久注天人之内”，还不够自由；他决心要“躲过轮回，不生不灭，与天地山川齐寿”，解除压迫，求得更大的自由。于是，他毅然背井离乡，远涉重洋，访师求道，学得神道，为争取自由而战斗。于是，他闯东海，闹龙宫；入冥司，闹鬼府；越闹越凶，竟“欺天罔上”，窜上天界，又把天宫闹了个一塌糊涂，搅得玉帝老儿坐不住灵霄宝殿。这只野猴真是无法无天，大逆不道。孙悟空这种追求自由的战斗行动与三界神权统治者所构成的矛盾，就其现实性而言，无疑是明代后期的现实社会矛盾——新兴市民与封建势力的矛盾在神话形式中的再现，是明代后期开始兴起的市民运动猛烈冲击封建统治带夸张性的反映。在这里，相当充分地显示了新兴市民的早期“人”性特征。

天界神权统治者，对孙悟空追求自由的反叛活动，自然视为寇仇，必欲翦灭而后快。于是，便拿出他们对付异端的传统老法子：镇压围剿和欺骗笼络。孙悟空着实有点厉害，神权统治也着实腐朽不堪。镇压围剿遭到可耻的失败，遂而使出欺骗招安这一招。孙悟空在刀光棍影的战斗中，对付硬的一手似乎颇有点章法，但在甜言蜜语的政治欺骗中则不免幼稚得可笑，一个未入流的养马小官“弼马温”，一个有官无禄的空衔“齐天大圣”，就使他欣然就范，安神定魂，受骗上当而不自觉，最后，终于完全丧失自由，落得个五百年身压五行山的下场。孙悟空这种政治上的幼稚性和妥协性，也无疑是早期市民在反封建争自由斗争中“猴”性特征的真实再现。

第二，在积极地打破象征封建等级制度的神界等级制度的斗争中，表现出具有早期启蒙色彩的初步民主平等的要求，也表现出他严重的历史的和阶级的局限性。

孙悟空不论是在前七回大闹天宫的过程中，或是在后来的取经途上，他对神权统治总是保持着桀骜不驯的“异端”姿态，大胆地亵渎了天宫神圣森严的封建等级制度，勇敢地践踏了尊卑贵贱的传统礼仪制度，石破天惊地表现出初步的民主平等的要求。他以实际行动对那个至高无上的玉皇大帝，从未执臣子之礼，每次参见，都昂然挺立，口称“老孙”，傲不为礼。——只有一次，是他平生仅有的一次例外，称了一下“臣”，那是因为他的金箍棒被青牛怪用圈子套去，害得他妙手空空，“没棒弄了”，不得不稍作权变，委屈一下自己。他满意了，也不过唱喏而退；恼火了，就口吐恶言，扯棍大闹。他打出“齐天大圣”的旗号，就是要求打破封建君臣的等级界限，与玉帝分庭抗礼，平起平坐。当了“齐天大圣”以后，他与诸天神圣交游，也同样“不论高低，俱称朋友”，“俱只以兄弟相待，彼此称呼”。孙悟空这种要求与天界神权统治者并驾驱趋、平等相处的关系，正是人间现实社会阶级关系正在发生深刻变化的反映，正是新兴市民反封建、求平等的初步民主思想的表现。在这里，也表现了新兴市民那种企图通过与封建势力的妥协而侧身于统治阶级的行列，与封建阶级平分一点统治权的政治要求。这当中，他的“人”性——民主性——与“猴”性——封建性——是交互错杂在一起的。

然而，毕竟“神”“魔”异路，“正”“邪”殊途，正统与“异端”终归不能和平共处。在封建势力还处于相对强大的历史条件下，他们更不可能与“异端”分子讲什么真正的平等，更何况以妥协换来的平等，更是有名无实，靠不住，统治权也捞不到一点。我们判断孙悟空思想性格的社会历史内容，只有从他大闹三界整个过程中的动机和效果统一起来考察，才能作出比较合乎事实的说明，不能脱离具体情节的内涵，用主观定下的模式去硬套。如风靡论坛的孙悟空大闹天宫是“农民起义反映”的说法，即属此例。不仅作者主观上绝无这样的创作意图，作品实际描写的客观效果也与此毫无干系。孙悟空闹龙宫是为了求索武器金箍棒，得棒即归，并没有再找龙王爷的麻烦；闹冥府，是阎王自讨没趣，硬是派鬼使勾他的魂魄，要他死，惹恼了他，他也不过勾销猴类死籍，一路棍打出幽冥界，回了花果山，也无取而代之的意思；至于闹天宫，虽是天上神权统治者逼出来的，但开始却不是因为他受到非闹不行的压迫。玉帝看他很有点神通法力，用招安来笼络他；而孙悟空这猴头颇喜欢追求一点虚名，颇喜欢戴高帽子，也颇有点官瘾，总想挤到神界统治者行列，闹个官儿做做，所以，他一再上当受骗，幼稚得可以。他后来之所以要一闹再闹天宫，无非是因为他受到天上神界的歧视，不把他放在眼里，伤了他的自尊心——玉帝老儿昏聩轻贤，“不会用人”，派他养马；王母娘娘这老太婆也目中无人，太不像话，举行蟠桃盛会，竟无视他这位“齐天大圣”老爷的威名，连请柬也不发一个。这个神通广大、本领高强且又一向心性高傲的猴子，怎能容得这样的歧视和侮辱？所以，就不免心头火起，扯出棍子，闹腾起来。这些描写，哪里有"农民起义折光反映"的一点影子！结合吴承恩时代社会历史特点来看，比较符合实际的分析和论断，只能是：孙悟空这种悲壮而又幼稚的悲剧，是现实中新兴市民二重性在政治斗争中一种经过艺术夸张变形的反映。孙悟空的思想性格、精神气质以及政治表现，都是中国早期市民式的，而不是农民英雄式的。他的进步性——"人"性是早期市民进步历史要求的反映，他的妥协性——"猴"性也同样是早期市民妥协性的表现，绝非对本阶级的背叛。所以，孙悟空不是两百年前《水浒传》中宋江的后代，而是两百年后《红楼梦》中贾宝玉的前身。

孙悟空在大闹天宫最后一个回合里，发出了"皇帝轮流做，明年到我家"的豪言壮语，竟与玉帝争起轮流当皇帝的平等权利。这里既体现了反对封建专制主义黑暗暴政的代表者——昏君、暴君，要求贤君开明政治的民主性萌芽，也包含对现存皇权制度的肯定。这固然与《水浒传》只反贪官、不反皇帝的思想迥乎不同，也与《红楼梦》对现存皇权制度的深刻批判判然有别。所以他后来在西游途中对明君贤下的尊敬和赞助，对昏君暴主的惩戒和教训，都是这种思想合乎逻辑的发展，更多地反映了早期市民政治上的幼稚性。

第三，既概括了新兴市民勇敢进取、积极乐观的精神风貌和机智黠慧的性格特点，也表现了他们相当浓厚的封建意识。

一部《西游记》，实际上是记载孙悟空战胜困难、积极进取的战斗历程的英雄传奇。从他早期在花果山上，纵身一跳，冲破飞流直泻的瀑布去探险，发现"洞天福地""水帘洞"开始，到他为了"觅得长生不老之方"，不辞辛苦，只身泛海，云游天涯，拜师学艺，再到他前期大闹三界，凭着自己的武艺和神通，一根棍子横扫龙宫、地府和天上，再到他后期取经途中降妖伏魔，灭怪除害，都是以进攻的姿态勇敢进取、积极乐观地进行战斗。他不管碰到多大的困难，或多凶的敌人，从不畏葸退缩，都坚定刚毅，勇敢战斗，直到取得胜利；即使暂时失利被执，也毫不悲观气馁，依然机智顽强，巧展计谋，克敌制胜。孙悟空形象这些带有浪漫色彩的英雄气质和品格，就其现实内容来看，应是艺术地概括了明代后期新兴市民所特有的精神风貌和社会特征。在明代后期拟话本中一些写商人冒险漂洋、远涉异邦的篇章中，这种精神风貌也有较为充分的反映。

在孙悟空身上还有很多的封建意识。这比较突出地表现在他的妇女观中和对劳动及劳动者的看法上。在盘丝岭，遇到七个女蜘蛛精拦路作怪，他本来可以毫不费力地把她们打个稀烂，可他认为“男不与女斗”，结果险些遭她们的毒手。这固然表现出他的豪杰气概，但也充分地流露出他落后的封建意识。取经途中所有脏活、累活，他从不染指，如乌鸡国下井捞尸、背尸，荆棘岭开路，七绝山除臭以及唐僧那副沉重的行李担子，都是他用强逼和软哄的手段照顾他那位猪老弟和沙僧干的。在天上，他一听到“弼马温”是个未入流的马伕，就立即心头火起，咬牙切齿地大嚷：“养马者，乃后生小辈，下贱之役，岂是待我的!”这话就反抗玉帝的歧视而言，有值得肯定的一面，可就在这里也暴露出他严重的阶级局限。孙悟究思想中这些弱点，实际上，也还是新兴市民思想意识消极面的折射。新兴市民刚刚脱胎于封建母体，他们仍带有很多封建性意识是必然的。他们不是劳动人民，而是新的剥削阶级的前身，所以在体现他们思想特点的艺术形象，必然要打上他们现实思想的烙印。

对孙悟空思想性格的社会历史内容，剥去其神话外衣，放到历史的荧光屏前，经过这么一番透视之后，可以比较清晰地看出中国新兴市民政治思想面貌的早期形态。它既包孕着“人”的思想萌芽和基因，又拖着一条很长的封建“猴”尾巴。正如孙悟空不管变得多像九尾老狐精，猪八戒一看到他的尾巴就兜出他的猴老底一样。所以，在当时的历史条件下，他们还不可能是一种独立的稳定的社会力量，带有很大的不确定性。在某种条件下，他们的“猴”性会完全复归，蜕化为封建阶级；在另一种条件下，他们就会进化为“人”。中国历史发展的曲折性，决定了他们从猿到人发展的迟缓和艰难。孙悟空屁股上那条长长的“猴”尾巴，有待于历史进化的刀子慢慢地一点一点地切去。

论"人"之一

历史老人迈着蹒跚的步伐又艰难地行进了将近两百年，从吴承恩时代跨入曹雪芹时代，中国历史又经历了一场巨大的火与血的洗礼，付出了沉重的代价。腐朽透顶的明王朝，在李自成领导的全国性农民大起义的怒涛冲击下，彻底覆灭了；满族贵族乘机入主中原，联合汉族大地主阶级，建立起中国封建社会最后一个王朝——清帝国，又进行了长达40年的征服战争，才确立并稳定全国范围内的封建统治。社会生产力遭到了严重的破坏，明代后期开始产生并逐步有所发展的资本主义经济萌芽，不仅在战火兵燹中横遭摧残，而且又受到清政府"重农抑商"政策的阻遏，严重地妨害了它的正常发展。然而，历史的发展尽管有曲折，甚至有暂时的逆转，但前进的规律和方向却是不可改变的。清代前期的社会经济，经过康熙后期的恢复和发展，到了雍、乾时期又出现了一个稳定繁荣的局面，资本主义经济萌芽开始复苏，并且获得迅速的发展。在这种物质前提下，新兴市民社会势力也重新抬头，以渐趋成熟的政治思想面貌登上历史舞台，在他们进化发展上，基本上完成了"从猿到人"的转化。于是，历史新人童年时代的形象贾宝玉，就在伟大作家曹雪芹的椽笔下诞生了。

两百年前在孙悟空思想性格中显得有点朦胧不清，还只是一些征兆性的东西，到了贾宝玉则获得了相当清晰的现实内容，具有比较充分的意义，并有了新的丰富和扩展。孙悟空形象所显示新思想的征兆，都是通过他的政治斗争活动展露出与之直接相关的个别内容，他还只能在某一两个社会敏感点上迸射出"异端"的思想的火花，还只能从政治上的有限方面对封建制度提出抗议和批判；他还不可能从社会伦理的各个方面对封建制度作出全面的批判和否定，这个任务历史地落到了贾宝玉这个人物的身上。

贾宝玉思想性格集中地体现了明代后期以来意识形态领域反封建思想发展的成果。他不是在某一个别问题上背离封建主义思想体系和伦理规范的要求，而是在一系列根本问题——诸如政治法律、文化教育、伦理道德、宗教信仰——上与传统的封建主义思想体系背道而驰，反映了历史发展的进步要求。针对宋明理学维护封建“天理”、禁锢“人欲”、扼杀个性，勇敢地发出了肯定人的价值、尊重人的个性、恢复人的尊严等具有鲜明启蒙色彩的人文主义的呐喊。所以，他的思想性格的核心就是以这种“人性论”为基础，以“人”为中心的初步民主主义思想。这种思想在当时对反封建名教思想无视人的尊严，践踏人的价值，束缚人的个性，要求个性解放，具有发聋振聩、冲决网罗的反封建作用。这比之两百年前的孙悟空在政治斗争中表现出那种还相当朦胧幼稚的自由平等意识，无疑有了很大的进步，获得了具体、明确、充实的内容。这标志着新兴市民思想的发展，由前期的萌芽胚胎状态开始进入后期的成形阶段，标志着初步完成了“从猿到人”的转化。

论“人”之二

孙悟空的思想性格是从浓重的“猴”性中透露出一些微弱的“人”性的光彩。他对现存制度仍抱着天真幼稚的幻想，希望它能变得清明一些，即使他大闹天宫时真的把玉帝推翻了，由他来坐灵霄殿，也是一样；因为他没有能力改造旧制度，旧制度反而改造了他，使他彻底蜕化为“猴”。大闹天宫时期是如此，后来取经途中也同样如此，观其帮助那些国王恢复旧物、整顿朝纲的行动可知矣。贾宝玉则不同，他开始运用两百年来逐步锻造出来的初步民主主义这一思想武器，对整个社会和人生进行全面的思索和批判。他虽然生长在“花柳繁华地，温柔富贵乡”的荣国府里，整天过着饫甘餍肥、锦绣盈眸的生活，是个任何事情都毋须操心烦神的“富贵闲人”；但当他用新的眼光去观察整个社会和人生时，却看到了满眼的黑暗堕落、无耻、奢靡、争夺、压迫、虐杀和死亡，他对整个生活感到沉痛的绝望和空虚，所以，他动不动就要出家当和尚，动不动就想到要死，死了还不行，还要化成飞灰，化灰还不行，还要化成一股轻烟，让风吹散，连一点形迹也不留在这个世界上，并且决心再也不托生为人了，他再也不愿泛舟这恶浊的人生和社会了。表面看来，这确实是一种带有浓重的虚无主义色彩，悲观厌世的人生观，是这位贵公子精神空虚的表现。但实际上，这种消极的思想却包含着积极合理的内核。它是处在历史变革时期中没落阶级里的有识之士的一种普遍的精神状态，是这些人对社会人生怀着深沉的悲哀和痛绝之情，看到自己出身的阶级和赖以生存的社会制度不配有更好的命运而又找不到出路的表现。贾宝玉式的"精神空虚"，是历史发展的产物，是建立在以小农个体自然经济为基础的陈旧社会关系——即以自然血统关系和统治服从关系为基础的社会联系——开始瓦解，以建立在交换价值基础上的商品生产为前提的新型社会关系正在创造和形成过程中的产物。18世纪前期中国资本主义萌芽性质商品生产的进一步发展，推动人们社会关系开始发生普遍的物化。在这种物化过程中，随着用新的生产力创造的社会财富的日益增加，显示出人对自然力统治的日益充分的发展，显示出人的创造天赋的日益发挥。这时，人已不是在先前那种狭隘的规定性上再生产自己，而是生产出他的全面性，不是力求停留在某种已经变成的东西上，而是处在变易的绝对运动之中。个人的升沉荣辱，家族和阶级的兴衰隆替，都无不在商品生产这个巨大社会涡轮的转动下获得新的社会意义，真有点"乱哄哄你方唱罢我登场"的味道。于是，这种人的内在本质越充分发挥，在精神上就越表现为完全的空虚。所以，贾宝玉式的"精神空虚"，是在商品货币经济有所发展的历史条件下，人们的社会关系开始物化而一时又无力突破原有社会关系僵硬的外壳，人开始不满足，开始追求自己的全面性，又找不到出路的一种彷徨苦闷心理的表现。这种基于对现存关系的否定和对未来的积极追求中的空虚，既与贾赦、贾政式的原始丰富和满足大异其趣，也与庄子式的世纪末的没落阶级悲观绝望情绪夐乎有别。惟因当时他在苦痛的人生求索中无法找到答案，而他的这种思想情绪又与老庄思想和佛家观念有某些交叉之点，因此，当这种思想情绪进入哲理概括的高度时，就不可避免地出之以虚无思想和"色空"观念这类陈旧的唯心主义形式了。

贾宝玉思想性格中这种悲观主义色彩和孙悟空思想性格中洋溢着的那种积极乐观主义激情，看来似有云泥之别。这固然与两位作家所秉的性格气质互异和所用的艺术方法不同有关，但归根结蒂，是同一种社会意识在不同发展阶段上的表现。孙悟空的积极乐观，是前期市民意识幼稚的表现；贾宝玉的绝望悲观，则是后期市民意识相对成熟的表现。唯因如此，就显示出他们所追求的社会理想和人生道路的巨大差异。孙悟空是企图通过妥协进入统治者的行列，捞个一官半职干干，客观上加速了“异端”与旧势力的同化；贾宝玉则以仕途经济为“混帐”、视读书做官为“禄蠹”，坚决地走上反对封建主义的叛逆人生道路，用实际行动表现出封建社会末期新旧两种势力、两种思想斗争的不可调和性。所以，从孙悟空“猴”性朦胧的乐观到贾宝玉“人”性意识觉醒的悲观，是新的社会意识由低级到高级发展进步的表现。两者看是对立的，实是统一的。

论“人”之三

如果说，孙悟空思想性格中一些带有自由、平等色彩的民主意识，是早期市民思想萌芽一种浪漫主义的反映，而且又是在政治活动中本能自发地表现出来的，远未达到理论的高度；那么，到了贾宝玉，就进入了相当自觉的现实主义理论概括阶段，而且是在意识形态领域里与传统思想激烈斗争中，相当深刻地表现出来的。

贾宝玉思想性格中具有崭新社会内容的初步民主主义思想已经色调鲜明，轮廓清晰，形成了完整的雏形。这种思想实际上是反映了新兴市民人的意识的觉醒，在反封建压迫和束缚的斗争中，要求人性解放、个性自由和人权平等，它的对立面是维护封建宗法统治的封建等级压迫制度及其思想代表者宋明理学。这种初具规模的自由、平等的民主思想精神，渗透在贾宝玉思想行动的各个方面，表现得相当鲜明突出，远非孙悟空身上那种朦胧自在的萌芽形态所能比拟。

贾宝玉形象中体现的一个突出的进步思想要求，是以尊重个性、尊重意志为核心内容的自由观念。这种思想观念表现在贾宝玉的日常活动中，凡事他都主张自由发挥个性，力求摆脱陈俗旧套。贾母商议要给史湘云还席，他主张：“吃的东西也别定了样数，谁素日爱吃的，拣样儿做几样。也不必按桌席，每人跟前摆一张高几，各人爱吃的东西一两样，再一个什锦攒心盒子，自斟壶，岂不别致?”（第四十回）[①]“寿怡红群芳开夜宴”，他反对正襟危坐、“安席”敬酒之类的“俗套子”，主张关起门来大家自由自在、逞心所欲快活地玩一番。他做诗也不主张限韵，任凭个人自由驰骋想象，抒发性灵。他平素最讨厌峨冠博带与达官贵人相周旋，但很想与北静王相会，因为素日听说此人“风流潇洒，不为官俗国体所缚”。

贾宝玉作为贾府的骄子，尽管在物质生活上可说是无求不得，随心所欲，但他在这富贵窝里，锦绣丛中，很有点像孙悟空当上花果山美猴王仍感到不自由的“苦恼”一样，他宛如一只被养在笼子的鸟儿，虽则奴婢环侍，衣食无忧，却无时不感受到自己的个性遭禁锢、意志受扼抑的苦恼。第四十七回他与柳湘莲谈及自己不能亲自去照管亡友秦钟的坟墓时，愤慨地说：“我只恨我天天圈在家里，一点儿作不得主，行动就有人知道，不是这个拦，就是那个劝的，能说不能行，虽然有钱，又不能由我使。”这愤慨饱含着深刻的悲哀——个性不得自由发展、意志不能自由发挥的悲哀。是的，他是被黄金铸成的镣铐和锁链紧紧拴缚在贾府的高墙深院里，成为一个有腿不能行、有钱不能使的“富贵闲人”。他愿意干的，封建主义不准他干；他不愿意干的，封建主义却又非强迫他去干不可。他讨厌时文八股，视读书做官为畏途，逃之而又不能，他憎恶仕途经济，视达官贵人若秽臭，避之而又不得。到袭人家里一趟，只能偷偷溜走，暗去暗归，到城外私祭金钏，也只能偷隙潜出，速往速回。他的个性和意志与令人窒息的严酷污浊的环境，形成尖锐的矛盾，势同水火，冰炭不容，这种体现时代精神的人性自由、个性解放的强烈要求与封建势力的矛盾，尤为集中地表现在他与林黛玉、薛宝钗的爱情婚姻纠葛中。他面对着阴霾如磐的封

① 本书凡引《红楼梦》原文，均出自中国艺术研究院校注本《红楼梦》，人民文学出版社1986年版。后不另注。

建主义压力，力疾苦战，毅然摆脱代表封建世俗要求的“金玉良缘”，坚定信守体现个性自由要求的“木石姻缘”，用自己义无反顾、彻底叛逆的悲剧，向封建势力扼杀自由、摧残人性的罪行，奏出了一曲激越控诉和强烈抗议的悲歌。这个悲剧所以具有永不衰朽的艺术生命力，震撼着历代读者的心灵，就因为它是一出时代先觉者反封建、争自由这种最崇高、最有价值的东西遭到毁灭的悲剧。

贾宝玉这种尊重个性、尊重意志的自由观念，所以跟封建势力形成如此尖锐的矛盾冲突，就是因为它直接违反封建礼法，破坏着封建秩序。他不独局限于要求自己的个性意志受到尊重，而且在日常待人接物中更能推己及人，做到居上而尊卑，居长而尊幼，居富贵而尊贫贱，主张使人各得其情，各遂其欲，从不想把自己的意志强加于人。第三十一回“撕扇子作千金一笑”，写他跟晴雯闹了口角之后，要晴雯拿果子来吃，晴雯闹情绪说怕再打破了盘子，他笑道，“你爱打就打，这些东西不过是借人所用，你爱这样，我爱那样，各自性情不同。比如那扇子原是扇的，你要撕着玩也可以使得，只是不可生气时拿他出气……这就是爱物了。”这话虽不免带有贵家公子的浓重纨绔气味，但却包含着充分尊重个性、意志的可贵内容。第二十回他到薛宝钗处碰见贾环在哭，就开导说：“大正月里哭什么，这里不好，你别处玩去……比如这件东西不好，横竖那一件好，就弃了这件，取那个。”第三十六回写他兴致冲冲地到梨香院，央求龄官给他唱一套《牡丹亭》里“袅晴丝”曲子，没想遭到龄官的严词拒绝，正色对他道，“嗓子哑了。前儿娘娘传进我们去，我还没有唱呢。”碰了连“下三等奴才还不如”的小戏子这么个大钉子，他也没拿少爷架子，“自己便讪讪地红了脸，只得出来了”。与此同时，他见到龄官跟贾蔷是那般的深深钟情相爱，遂悟出“人生情缘各有分定”的道理，表现出他对纯真爱情的赞美和对别人的个性和意志发乎至诚的尊重。

唯其如此，他的怡红院，几乎是一块没有什么礼法拘束的自由天地，丫头们可以随意打闹玩乐，可以随意排推他，“村”他，甚至可以随意役使他，他都毫不介意。这些行为衡之以当时的世俗眼光，确实有点惊世骇俗，所以，傅家婆子说他"有些呆气"，"一点刚性也没有，连那些毛丫头的气都受的"。

他不仅对女孩子的个性、意志给予百般体贴尊重，对僮仆小厮也同样一例相待。他与茗烟名虽主奴，情若好友。那次偷祭金钏，茗烟曾说，"我茗烟跟二爷这几年，二爷的心事，我没有不知道的。"（第四十三回）贾琏的小厮兴儿对尤三姐等评论他："再者也没刚柔，有时见了我们，喜欢时没上没下，大家乱顽一阵，不喜欢各自走了，他也不理人。我们坐着卧着，见了他也不理，他也不责备。因此没人怕他，只管随便，都过的去。"（第六十六回）小厮们见了他确实没上没下，随意乱闹，常把他拦腰抱住，把他身上佩带之物一抢而空，为此常遭袭人的责怪，他也不管，依然行其所是。

贾宝玉思想性格中的自由观念，实际上是艺术地概括了明末清初之际启蒙主义思潮发展的历史成果，反映了新旧递嬗过程中进步的时代精神。当时许多启蒙思想家针对宋明理学的理欲之辨从哲学上提出反命题，为人性解放、个性自由提供理论根据。王夫之认为："人欲即天理"，"天理即人欲"[①]。黄宗羲认为："天理正从人欲中见"，"无人欲亦无天理之可言"[②]。戴震则正面提出"王体民之情，遂民之欲，而王道备"[③]的主张。所有这些，都鲜明地反映了近代市民人文主义的自觉，具有强烈的反封建意义。贾宝玉正是形象地体现了这种自觉的精神。

论"人"之四

贾宝玉形象中体现的另一个突出的进步思想要求，是与自由观念交织在一起的平等观念。两者是同一个事物的不同侧面，实质上都体现了近代人权思想的要求。这种观念是贾宝玉日常活动中处理对内对外各种关系的

① [清]王夫之：《读四书大全说》卷四，中华书局1975年版，第248页。

② [清]黄宗羲：《陈乾初先生墓志铭》，《南雷文定》后集卷三，第20页。

③ [清]戴震著，何文光整理：《孟子字义疏证·理》，中华书局1982年版，第9—10页。

准则，与维护封建宗法统治的思想和制度形成直接的对抗。

封建制度是建立在宗法统治的基础上，它把家庭内外分成各种等级，主张“尊卑有序，贵贱有别”。于是，在家庭内部，兄尊弟卑、嫡贵庶贱、主贵奴贱，在社会上男尊女卑、富贵贫贱，就成为伦理关系亘古不易的典则。贾宝玉则以他的崭新的平等伦理观念，用他自己引用的佛家语来说，就是“世法平等”，“无有高下”。身体力行地对这种神圣的典则进行了大胆的挑战，恣意亵渎，成为脂批所说的“今古未见之人”。

在家里，他对探春、贾环两个庶出弟妹，向以平等相待，着意关爱，从未恃长凌幼，居嫡贱庶。他认为：“弟兄之间不过尽其大概的情理就罢了，并不想自己是丈夫，须要为子弟之表率。”在丫头僮仆面前，也是没上没下，只管随便，极少摆主子架子，耍少爷威风。在社交活动中，更是突破了世俗富贵贫贱的界限。一方面，他非常讨厌与贾雨村之流的官僚政客打交道，另一方面，却非常主动地跟出身寒素之士秦钟、柳湘莲乃至被人贱视的优伶蒋玉函缔交，肝胆相照，相见恨晚。挨打之后，黛玉劝他，他断然表示：“就便为这些人死了，也是情愿的！”

贾宝玉性格中体现的这种民主平等思想，比之孙悟空跟神权统治者表现出那种带有很大妥协性的本能的平等要求，确实有了巨大的进步，显示出“人”与“猴”的差别，其民主主义内容更具体，更清晰，更深刻，更广泛，也更具规模了。

尤使贾宝玉形象发出夺目的思想光辉的，是他在妇女问题上表现的那种乖俗离经的民主平等观念。书中用了大量的笔墨从不同角度生动具体地展示出这个方面丰富的性格内容，铸成了这个艺术典型鲜明突出的个性。

封建社会是以男性为中心建立其统治的，妇女只是男人的附属品，毫无独立的人格和地位。“男尊女卑”的封建传统观念，宛如一块巨石压在整个社会的妇女身上，特别是青少年妇女，更被视为玩物，谈不上有任何人的价值和尊严，也没有任何掌握自己命运的权利。贾宝玉却一反这种传统的伦理常经，在黑夜沉沉的中世纪末期矫枉过正地发出了“女清男浊”的呐喊：“女儿是水做的骨肉，男子是泥做的骨肉。我见了女儿，我便清爽；见了男子，便觉浊臭逼人。”“天生人为万物之灵，凡山川日月之精秀，只钟于女儿，须眉男子不过是些渣滓浊沫而已。”这实际上是以对着干的姿态提出尖锐的反命题，来彻底矫正几千年来“男尊女卑”的传统偏见和谬漠，提出男女平等和妇女解放的要求，也集中地反映了作者在开宗明义的第一回里所表露的进步妇女观，“念及当日所有的女子，一一细考较去，觉其行止见识，皆出于我之上。何我堂堂须眉，诚不若彼裙钗哉?”贾宝玉是在与天真未泯的青少年女子长期“厮混”中，发现了女子的“行止见识”高出“堂堂须眉”，发现了被封建阶级视为玩物、工具的女子真正人的价值，所以，在她们面前总是“愧则有余”，自惭形秽，自称世上“浊物”，自比坟地“笨”杨，甚至处处作小服低，恐拂其意，曲意体爱，深情关护，把封建传统观念翻了个个儿，反其道而行之。

他素常对有特殊情感联系的林黛玉之百般体贴、温慰备至，自不必说，即对那些没有什么性爱瓜葛的女孩子，也尽其所能地给以温情的怜惜、关怀和爱护。第四十四回“平儿理妆”，写平儿因为遭到贾琏和凤姐无端的殴打和枉屈，他把平儿让到怡红院，代贾琏、凤姐向她赔不是，柔声劝道：“好姐姐，别伤心。”张罗替她换衣服、梳洗、擦粉、戴花，“色色想的周到”，使平儿深受感动，他自己也因为“竟得在平儿前稍尽片心，亦今生意中不想之乐”而“喜出望外”，正“怡然自得”，“忽又思及贾琏唯知以淫乐悦己，并不知作养脂粉。又思平儿并无父母兄弟姊妹，独自一人，供应贾琏夫妇二人。贾琏之俗，凤姐之威，他竟能周全妥贴，今儿还遭荼毒，想来此人薄命，比黛玉犹甚。想到此间，便又伤感起来，不觉洒然泪下”。其他如第六十二回“呆香菱情解石榴裙”之对污了裙子的香菱的温存体贴，第三十回“龄官画蔷痴及局外”之要为受爱情痛苦煎煞的龄官分忧，第五十八回“杏子阴假凤泣虚凰”之为多情的藕官庇护，第六十一回“投鼠忌器宝玉瞒赃”之代强项的彩云受过等等，都是出于同一种没有掺杂任何假薄邪念的严肃纯洁的用心。他只是想对这些地位卑下、命运悲惨、受侮辱、受压迫、被损害、被蹂躏的女孩子给以力所能及的关怀和疼惜，使她们饱受摧残的心灵，得到一些温情的抚慰。他目击年轻女子被张着血盆大口的腐朽制度一个个无可挽救地吞噬，她们都沿着悲剧命运的中轴，或受戕遽然殒生，或循“宝珠”——“死珠”——“鱼眼睛”的蜕化过程走向惨淡的归宿，但他又无力改变这制造众多不幸的现实，民主主义思想把他从黑漆漆的铁屋里唤醒，醒了却看不到光明，找不到出路。所以，他在对人施以温情体贴的同时，就不免产生难以自制吁救无门的感伤和叹息。诚如鲁迅先生的精辟论断：“多所爱者，当大苦恼，因为世上，不幸的人多。”[①] “昵而敬之，恐拂其意，爱博而心劳，而忧患亦日甚矣。”[②]这两段话非常准确而又深刻地概括出贾宝玉这一个性特征的本质内涵。

贾宝玉性格中的“多所爱”，“爱博而心劳”，实际上就是建立在自由平等观念基础上的近代博爱观念的反映；他的对女孩子的“昵而敬之，恐拂其意”，就是这种博爱观念的具体表现。“昵”，指他对女孩子的亲近、怜惜、温慰、体贴；“敬”，指对她们的人的价值、人格尊严的尊重。由“昵”而“敬”，“敬”而愈“昵”——“敬而近之”。“昵”而不“敬”，必流于狎；“敬”而不“昵”，则流于假。只有“昵而敬之”，才能真正揭示出贾宝玉对女孩子那种亲近体贴而又严肃高洁的用心，才能真正阐发出他的那种具有近代人文主义色彩的平等博爱观念的真髓。

近年红学界有人把这个“昵”，释为恩格斯所说的性爱因素，而且进一步证之以犬马的自然本能。这种说法，看似新颖有据，实则大谬不然。如果不是断章取义，随意生训，稍为注意一下鲁迅这段话的前后文意，就不会产生如此令人失笑的曲解。我们不妨把鲁迅这段话抄录出来，观其究竟：

> 宝玉亦渐长，于外昵秦钟蒋玉涵，归则周旋于姊妹中表以及侍儿如袭人晴雯平儿紫鹃之间，昵而敬之，恐拂其意，爱博而心劳，而忧患亦日甚矣。

① 鲁迅：《〈绛洞花主〉小引》，《鲁迅全集》卷八，人民文学出版社1981年版，第145页。

② 鲁迅：《中国小说史略》，《鲁迅全集》卷九，人民文学出版社1981年版，第229页。

显然，这段话所指贾宝玉“昵”的对象，除秦、蒋两个男性姑置不论外，女性包括了他在家里日常接触到所有的青少年女子，其中浓淡不等地跟他有“‘性爱’因素”纠葛的并不多，中表中有林黛玉、薛宝钗，侍儿中有袭人，也可以把晴雯、紫鹃算入。至于对姊妹和平儿，“昵”中绝无“‘性爱’因素”之理，否则，贾宝玉岂不成了无异于贾珍、贾蓉、贾瑞之流的衣冠禽兽?!鲁迅先生断不出此。且“昵”字单作动词用，只能释为十分亲密的意思，无任何“性爱”色彩，鲁迅先生用的正是这个意思。论者似大可不必刻意求深，标新立异，作出殊乖文意的错误判断，老实讲，这种说法，似远不及贾府老祖宗贾母看得细致准确。她针对贾宝玉这个个性特点曾发过议论说：“我也解不过来，也从未见过这样的孩子。别的淘气都是应该的，只他这种和丫头们好却是难懂。我为此也耽心，每每的冷眼查看他。只和丫头们闹，必是人大心大，知道男女的事了，所以爱亲近他们。既细细查试，究竟不是为此。岂不奇怪。想必原是个丫头错投了胎不成。”（第七十八回）这个精明的封建老太婆对贾宝玉这种异乎世俗的行为举止虽然感到“难懂”，觉得“奇怪”，但经过“细细查考”之后认为不是出于“性爱”的追求，却无疑是知人中的之论。我们今天的“红学”识见，总不应该低于贾母的水平吧。

贾宝玉这种进步的妇女观，大大地超过了张君瑞、柳梦梅等单纯在爱情婚姻问题上反礼教的狭隘范围，而作为他整个社会伦理思想一个重要组成部分，显示出近代市民人权平等的要求，也标志着近代市民思想的发展进入比较成熟的阶段。在以男性为中心的封建宗法统治社会里，妇女问题常常是集中反映社会矛盾的焦点，所以，能否从社会伦理的高度提出男女平等的主张，就成为检验新的社会意识成熟程度的重要标尺。贾宝玉形象正是在这个问题上表现得相当集中、强烈、充分，成为中国文学史上破天荒的“这一个”。这与孙悟空那种对妇女的落后封建意识是不可同日而语的，明显地反映出市民思想发展的巨大进步，充分地显示出“从猿到人”的质的变化。

贾宝玉的叛逆性格就是以上述初步民主主义思想为基本内容，标志着新兴市民思想面貌开始初具规模，基本上完成了“从猿到人”的历史演化过程，显示出离经叛道的异端精神。“高情不入世人眼”，必然横遭物议，备受指难，“百口嘲谤，万目睚眦”。他母亲王夫人说他是“孽根祸胎”“混世魔王”；他父亲政老爷说他是“酒色之徒”，将来要成为“弑君杀父”的“孽障”，所以那次火来了，要用板子打死他，用绳子勒死他。傅家婆子说他是个“呆子”，古董商人冷子兴对贾雨村“演说荣国府”时也说他“将来色鬼无疑了”，贾雨村则用道学家的眼光看出他“必不能守祖父之根基，从师长之规谏”，是“成则王侯败则贼”一流人物，等等，等等，不一而足。但是，我们不正是从这些封建世俗的众口交詈声中，谛听到时代脉搏剧烈跳动的频率吗？当然，贾宝玉的思想性格还只是新兴市民思想尚处髫龀时期的反映，他虽蜕掉了猿相猴性，但毕竟还是个嫩弱幼稚的“人”，像童年的贾宝玉一样，远未发育成熟。这恰如《红楼梦》第五十回史湘云作的“耍的猴儿”谜，喻他是一只“剁了尾巴去”“后事终难继”的猴子。

辟“神”

在对待宗教的态度上，孙悟空和贾宝玉都有着相当强烈的批判倾向，构成这两个艺术形象程度不等地对封建制度进行思想、政治批判一个重要性格侧面。

在封建社会里，宗教总是被统治阶级所利用，成为他们手中对人民群众进行精神统治的工具。他们总是把世俗问题变为神学问题，为他们反动统治的合理性、永恒性进行论证和辩护。所以，在封建时代宗教问题的本质始终是一个政治问题，因而，批判宗教观念和神学思想，实际上就是批判以宗教为精神慰藉的那个充满苦难的现实世界，就是批判封建礼教、要求人性解放一个必要的组成部分。在中国封建社会末期，这种批判就是批判宋明理学的宗教观，与批判宋明理学具有同样的意义，并与之同步进行的。

理学所倡"存天理，灭人欲"这个基本哲学命题，是以逻辑思辨的形式来说明"天不变、道亦不变"的道理，从本体论上论证封建制度的永恒性、合理性，以禁锢思想，戕害人心，宗教则是以荒唐迷信的方式，把人的本质异化为幻想的现实性，宣扬渺茫无稽的彼岸世界，廉价出售进入天国幸福的门票，把"一切使人受害的弊端的补偿撒到天上，从而为这些弊端的继续在地上存在进行辩护"[①]。理学和宗教，两者"习善共辙"，殊途同归，充当封建统治的辩护士，在明清时代的思想领域里，理学是宗主，宗教是它得力的附庸和帮凶。所以，当时的启蒙主义思想家总是在批判理学的同时，也把宗教意识放在一起来扫荡。《西游记》里的孙悟空和《红楼梦》里的贾宝玉，正是在文学领域形象地显示出这种批判的实绩，显示出这种批判由明末到清初日益深入发展的进程。其幽愤深广、深刻淋漓，都达到了前所未有的高度。

孙悟空前期大闹天宫与神权统治者的斗争，其主要的思想价值是政治上对神权统治的武器批判，同时也带有宗教批判的意义。此外，在取经途中对那些惑乱朝纲、祸国殃民道士的惩创，也都带有这种明显的双重批判的意义。但真正使孙悟空形象放射出思想批判光辉的，则是表现在取经途中对佛门戒律的恣情践踏和亵渎上。

孙悟空被佛教教主如来佛压在五行山下，受了五百年餐铁饮铜的灾难，不得已接受剃度，皈依沙门，成了唐僧取经的护法弟子。他虽无可奈何地被迫身处佛门，头上又被套上那个束缚野性的紧箍儿；但他却从未真正接受佛教清规戒律的约束，成为一个名副其实的佛门弟子。他总是我行我素地保持着宗教异端的战斗风采，在与唐僧这个持戒忍辱"好和尚"的性格尖锐冲突中和跟恶人、恶魔的殊死搏斗中，深刻地暴露出佛教教义虚伪荒唐的本质和它的欺骗性、危害性。尽管常常因此备尝紧箍咒的苦头，受到唐僧一再斥逐的凌辱，他也毫不知悔。而铁一般的事实又总是证明孙

① (德)马克思:《"莱茵观察家"的共产主义》,《马克思恩格斯全集》第四卷,人民出版社1958年版,第218页。

悟空是对的，唐僧是错的；如果没有孙悟空那条使妖魔、恶人望而丧胆的铁棍，真的按照唐僧所顽固泥守的佛门教条去行事，不仅西天去不成，唐僧也早就成了妖魔人肉宴席上的佳肴。“三打白骨精”“神狂诛草寇”“枯松涧收伏红孩儿怪”“清华洞擒鹿妖”等故事，都反复地证明了佛家“慈悲”教义和“不杀”戒条的虚妄，突出地表现了孙悟空不屈不挠以武器批判宗教教义的光辉思想性格。

孙悟空对佛家“五戒”[①]，只有“色戒”——不淫邪——这一条从未违反，这倒不是出于对宗教信念的虔诚，而是发自他英雄性格的本然。至于其他四戒，除杀戒常开以外，什么“不偷盗”“不妄语”，他老孙向来都置诸脑后，甚至出言无状，大放厥词，说“粗恶语”，亵渎到神圣的佛菩萨头上。教主如来对他也无可奈何，最后还得让他证得正果，封他为“斗战胜佛”。孙悟空实际上是一个身处宗教门槛之内披着行者外衣的反宗教战士。

孙悟空形象所表现的这种宗教中的反宗教现象，既是受传统题材取经故事中人物关系的影响和制约，更是代表早期市民要求的启蒙思想本身的矛盾在宗教问题上的反映。新兴市民在自身的发展中，一方面强烈要求突破宗教禁欲主义的束缚，要求抛弃那需要宗教幻想的处境，求得人性的复归，作为具有理性的人来思想、来行动，来建立自己的现实性，争取实现现实的幸福；另一方面，又无法也不可能完全摆脱传统宗教观念的纠缠，也不免要受到当时普遍流行的“三教同源”宗教思想的影响。这种历史的和现实的状况，就规定了他们批判宗教的不彻底性，他们的思想中仍然存在着“对超世界造物主的信仰的虚幻残余”[②]。这正如他们所赖以产生的经济条件和社会关系一样，还很不成熟，还不可能摆脱对传统的依赖，还没有找到表现自己阶级意识独立的形式。“它自己还只在这个理想化的，

① 不杀生、不偷盗、不淫邪、不妄语、不饮酒。

② (德)恩格斯:《路德维希·费尔巴哈和德国古典哲学的终结》,《马克思恩格斯选集》第四卷,人民出版社1972年版,第223页。

化为思想的宗教领域内活动"[①]，所以，孙悟空作为这种思想矛盾的艺术体现者，一方面通过他的批判宗教的战斗行动，揭示出宗教虚伪欺骗的本质，暴露了宗教欺世盗名的弊端，另一方面他又正面肯定了"三教归一"这种宗教思想。比如，在第四十六回写他在车迟国经过折冲斗法除了三个惑主乱国的妖道以后，劝诫国王道："望你把三教归一，也敬僧，也敬道，也养育人才，我保你江山永固。"第八十八回写他见玉华王"专敬僧道，重爱黎民"，遂答应拜师授徒的要求，把神力和武艺传授给王子。这种矛盾现象，说明孙悟空只是在某种特定的具体的意义上反对并批判宗教的弊端和危害，并不是在一般意义上反对宗教，或不要宗教。这与费尔巴哈有点相似，"费尔巴哈决不希望废除宗教，他是希望使宗教完善化"[②]。孙悟空在强烈地批判宗教弊端的同时，又肯定了"三教归一"这种流行的宗教观念，正是他"希望使宗教完善化"的具体反映，也是他思想性格中"人"性萌芽和"猴"性尾巴的对立统一在宗教观上的具体反映。

曹雪芹笔下贾宝玉的宗教观，则基本上汰除了孙悟空身上那种"对超世界造物主的信仰的虚幻残余"，进入了对宗教的理性批判阶段。孙悟空是在基本上肯定封建制度、肯定宗教的前提下，对封建制度一些最腐朽的环节和宗教的弊端进行了武器的批判，目的还是希望它们能够完善化；但就这种批判本身的积极内容而言，它是闪烁在旧制度、旧思想废墟上几个熠熠生辉的光花，开始点燃历史变革的火炬，在文学领域里首先树起政治批判和宗教批判的旗帜，起着开辟草莱、筚路蓝缕的先锋作用。贾宝玉则是全面继承并充分发展了这种批判精神，以初步民主主义思想为武器，在几乎全面批判封建制度的前提下，把宗教制度和宗教观念作为封建意识形态一个重要组成部分，从更深刻、更本质的意义上对它们进行了相当猛烈的冲击和扫荡。

《红楼梦》虽极少正面开展情节表现贾宝玉批判宗教的行动，但曹雪

① (德)马克思:《剩余价值理论》第一册，人民出版社1975年版，第26页。

② (德)恩格斯:《路德维希·费尔巴哈和德国古典哲学的终结》，《马克思恩格斯选集》第四卷，人民出版社1972年版，第229页。

芹构思贾宝玉整个叛逆性格无疑把“毁僧谤道”作为一个重要组成方面，是把宗教批判作为对整个社会伦理道德批判内容之一纳入贾宝玉性格的总体。在这里，对宗教神学的批判实即对政治的批判。

第十九回“情切切良宵花解语”，写袭人劝宝玉改掉三件毛病，可说非常准确地概括了贾宝玉叛逆性格在日常活动中诸种离经乖俗的表现。其中之一就是“再不可毁僧谤道”。袭人作为这位宝二爷的贴身丫头，而且被王夫人内定为宝玉的“准姨娘”，并受命承旨负有规劝他入于封建“正路”的重任。她这番如此郑重地把“毁僧谤道”跟读书上进放到一起来娇语婉劝，可见他平素“毁僧谤道”、亵渎神圣之激烈了。

贾宝玉作为一个体现新的社会思潮的叛逆者，他的“毁僧谤道”，他对宗教所持的深恶痛绝的批判态度，是有着充分的现实根据的。他目击无数僧尼道士杀人不见血的罪恶和江湖骗子式重邪可憎的行径。像身居尼庵、却奔竞权门，勾结王熙凤，害死张全哥未婚夫妇的净虚老尼，像明里是人、暗中是鬼，既做贾宝玉的“干娘”，又与赵姨娘结伙，要用“魇魔法”害死贾宝玉的马道婆，像阿逢权贵、鄙俗不堪的掌教头子张道士，像品格低下、恬不知耻，专以骗人为业“胡诌妒妇方”的王道士，像假佛行骗、拐去芳官等女孩子去作活使唤的恶尼智通和圆信，等等，都为贾宝玉”毁僧谤道”，批判宗教这一性格内涵注入丰腴的现实生活的血肉，提供充分的社会根据。

带有神秘的宗教速信色彩的宿命论观念，随着那飘忽不定、神出鬼没一僧一道的幽灵，强行介入贾宝玉的爱情婚姻纠葛中，与封建势力紧密配合，共同扼杀了建立在反封建主义人生道路基础上的“木石姻缘”，促成了以封建主义人生道路为目标的“金玉良缘”，为制造贾宝玉爱情婚姻悲剧，大效犬马帮凶之劳。贾宝玉在志同道合的理想爱情追求中，深尝这种宗教神学的困扰之苦。所以，在第三十六回“梦兆绛芸轩”，难怪他梦中潜意识的呓语也对和尚道士发出愤懑切齿的詈词：“和尚道士的话如何信得？什么是金玉姻缘，我偏说是木石姻缘!”显然，他的爱情婚姻悲剧深广丰富的社会内容，也包含着强烈的宗教批判的成分。这一点，多为时论所忽略。

贾宝玉对宗教门中缁黄之流怀有那样的深恶痛绝之情，经常非圣诬法，给以无情的嘲弄和毁谤，是由他进步的人生观即初步民主主义思想决定的。他的反宗教言行，不是孤立的、偶然的，而是有机地渗透融合在他整个反封建的思想行动中。所以，他的反宗教，就不仅仅在于揭发宗教具体的谬误和弊端，而是具有要求人性解放、个性自由更深刻的反封建意义。这是一种进入伦理阶段带有理性内容的宗教批判，表现出新兴市民人的意识的真正觉醒并渐趋于成熟。

在金陵十二钗中，贾宝玉有两个心灵相照的知己，一个是“阆苑仙葩”“孤标傲世”的黛玉，一个是“气质美如兰，才华馥比仙”的妙玉。前者是贾宝玉思想一致、志趣相同反封建的情侣，是他此岸世界心灵的影子；后者则是贾宝玉性格相近、气质相似反宗教的战友，是他彼岸世界心灵的影子。红楼三玉，就是这样以贾宝玉为中心结成叛道两个世界三位一体的精神联系。选择朋友就是选择自己。宝黛之相互选择，相结以情，彼此永以为好，具有明显的反封建内容，兹不具论。宝妙之相互选择，相交以神，彼此引为同调，则显示出从哲理高度批判宗教神学的意义。曹雪芹在构思宝、妙两个人物关系时，是以高度的尊敬、纯诚的礼赞，精心塑造了妙玉这个宗教叛逆的悲剧性格，借助他们之间微妙的精神联系对贾宝玉批判宗教神学这一性格侧面作了正面的衬托和补充。就这种意义而言，妙玉形象所达到批判宗教神学的理论高度，也就是贾宝玉所达到的理论高度。

第五回太虚幻境里册子上妙玉的判词，前两句是“欲洁何曾洁，云空未必空”，出句是指她这个高洁孤僻的青年女尼与外部污浊世俗社会之间的矛盾——欲洁而不得；对句是指她身处枯寂禁欲的清冷佛门，又心向正常美妙的现实人生，从而形成自我性格内部的矛盾——云空而不能。这内外两种矛盾的交互发展，终于造成她“可怜金玉质，终陷泥淖中”的悲剧。

妙玉性格“云空未必空”的深刻矛盾，既是对宗教禁欲主义扼杀人性、吞噬少女青春的苦难一种自觉的抗议，更是对佛教理论体系所赖以建立的中心支柱——色空观念一种带有哲学意义的否定。她没有、也不想因空见色，自色悟空，逃大造，脱尘网，超凡入圣，忘情现实，忘却自我而是热烈地垂慕凡尘，执着地忠于自我渴望合理的人生，寻找现实的幸福。说到底，她的性格内部“云空未必空”的矛盾，是她佛门幽尼的客观处境跟她风华正茂、年方少艾的女性正常本能要求之间的矛盾的反映。她要摆脱宗教幻想的处境，扔掉装饰在宗教锁链上虚幻的花朵，伸手摘取现实的花朵，重新获得人的本质的现实性。

妙玉这种内心“云空未必空”的深刻矛盾，恰与宝玉对宗教思想的矛盾态度相一致。第二十二回“宝玉悟禅机”，写他周旋于黛玉、湘云之间，调停两者发生的一次误会，结果费力不讨好，两处落埋怨。在苦闷彷徨中，便以选禅的方式向佛道思想中去寻求性灵的慰藉和精神的超脱。但他“一时感愤而作”的那首《参禅偈》和一曲《寄生草》，也只是面对无可奈何的现实矛盾一种苦闷情绪的发泄，也仅至“无可云证，是立足境”而已，远未达到无自无他，物我两忘，诸法皆空，三界唯心的“彻悟”境界，远不及林黛玉代他续的那两句——“无立足境，方是干净”来得彻底。因而经过黛玉、宝钗一顿奚落以后，他只好承认：“不过是一时的玩话儿罢了。”所以，“宝玉悟禅机”，实际上是参禅而未悟，云空而未空，正与妙玉相同，都是对佛门色空思想的否定。

妙玉是被迫出家为尼，宝玉最后也是被迫出家为僧。妙玉是因“自幼多病”，成为宗教迷信祭坛上的牺牲，宝玉是在他追求的人生理想悉遭毁灭之后，既不肯与黑暗现实妥协，又找不到一条真正的出路，只好绝望地悬崖撒手，逃入空门，走上这条不是路的路——一条自我毁灭的路，去寻找精神避难所，以表示对本阶级的诀别和对现实的抗议。妙玉“云空未必空”悲剧性的现在，实乃预示着宝玉“云空未必空”悲剧性的未来。空门不是妙玉现在的托身之地，更不是宝玉最后的“立足”之境。

当宝玉抱恨终古地怀着人生巨大的苦痛和深刻的悲哀被迫出家以后，暮鼓晨钟，不能醒梦觉非；清磬木鱼，亦未足涤情忘物。他必然陷于云空不空、无可解脱的矛盾当中，伴着那无涯无际的伤痛，结束他悲剧的人生。他固然不会像花和尚鲁智深因打死郑屠，被迫在五台川上接受剃度之后，那样吃狗肉，喝烧酒，醉打山门，大闹选佛场，去践踏佛门的清规；也不会像孙悟空因大闹天宫被迫在五行山下归命禅寂之后，那样动辄怒发心头，棍开杀戒，去揭露佛门教义的谬妄；但他也是由世俗的异端被迫成为宗教的叛逆。他口诵梵呗，心非禅理，身入佛门，却不能自色悟空，忘情物外，不也同样是对佛门神圣教义一种带有思辩性质的否定吗?！贾宝玉的由反世俗进而反宗教的行动路线和在宗教门槛之内批判宗教的精神，不仅与鲁、孙前后辉映，气息相通，而且获得了具有理性批判内容的发展。

此外，贾宝玉之遁入空门和孙悟空之皈依瑜伽，虽都是被迫，但却具有各自不同的政治性质。如果说，《西游记》中天上仙佛的神权统治是人间现实的封建统治的反射，那么，孙悟空之皈依于佛，就带有政治妥协的性质，是早期新兴市民的先天“猴”性——妥协性——的表现。而贾宝玉的出家为僧，则是由于找不到人生出路，对现实绝望之余，以此来表示对自己家庭和阶级叛逆到底、彻底决裂，从思想到政治决不妥协的决心和意志。两者虽同是归趋佛门，不仅在宗教思想批判的深度上，有了很大的发展，在政治上也显示出质的差异，——都反映出“人”与“猴”的差异。

对宗教神学的批判，是中世纪末期新兴市民反对世俗的和宗教的禁欲主义，要求人性自由、个性解放思想斗争的焦点。它的发展，是经历了由个别的、具体的、自发的行动批判的幼稚阶段到一般的、抽象的、自觉的理论批判的比较成熟阶段。从孙悟空到贾宝玉，不正是艺术地体现出这种批判的“从猿到人”的发展进步历程吗?

辨“石”

中国古典小说史上有两块著名神奇的石头。一是《西游记》开篇第一回里花果山顶上那块“仙石”，它的来头，颇为不凡：它是与天地同生的大自然造化的产物，是孕育全书主人公孙悟空的母体。一是《红楼梦》开卷第一回里大荒山无稽崖青埂峰下那块“顽石”，它的来头也很不平常：女娲在大荒山无稽崖炼了三万六千五百零一块顽石去补天，结果用了三万六千五百块，只剩下这块弃置未用。它自经锻炼之后，已通灵性，因自己不堪人选，未得补天，遂自怨自叹，日夜悲号惭愧。后来偶见一僧一道——茫茫大士、渺渺真人，它动了凡心，想入红尘富贵场中、温柔乡里受享几年。于是得到那僧大施佛法相助，将它由一块大石变成一块鲜明莹洁的美玉，缩成扇坠大小。它就这样幻形入世，到了人间，成了贾宝玉落草时嘴巴里啣的那块“通灵宝玉”，后来就一直形影不离地挂在贾宝玉的脖子上，被视为贾宝玉的“命根子”。有的版本索性把它跟贾宝玉合而为一，先把它幻化为神——神瑛侍者，然后又投胎转世为人——贾宝玉。总之，它是《红楼梦》主人公贾宝玉命运的见证或者就是他的化身。

两块石头与两部伟大作品的主人公发生如此密切的联系，从形象个体孤立地看，这又是文学史上一种无独有偶的巧合，带有很大的偶然性；但从两个形象思想性格的内在联系来观察，这种巧合又似乎有历史的逻辑的必然性。

孙悟空和贾宝玉同是反映中国封建社会末期新兴市民思想精神面貌的艺术典型，集中地体现了吴承恩和曹雪芹的美学理想。所以，他们在对这两个人物性格进行艺术构思时，必定要调动某种最适宜揭示其精神气质本质特征的艺术手段，不落痕迹地把人物性格高度理想化，使之既弥漫着作者强烈的主观感情色彩，又充溢着浓郁的诗情，渗透在人物性格细胞之中。因而，他们下笔伊始，开宗明义，便将象征托寓这种本属表现艺术——诗歌创作的传统艺术手法，创造性地运用到再现艺术——小说创作中来，假象见义，借物喻人，连类取譬，用宾定主，精心陶冶，妙手化物。于是，两块石头被两位巨匠从艺术矿藏中发掘出来，经过他们的艺术魔杖的点化，登时光彩煜耀，变平凡为卓特，化腐朽为神奇，成为象征孙悟空、贾宝玉叛逆性格、气质不可分割的内容。这是对传统艺术手法一种开拓性的发展。

石性最硬，顽而且固；难以硬服，不可柔化。用来象征孙悟空和贾宝玉顽强叛逆的性格，隐寓他们坚定不屈的战斗精神，既切人情，又合物理。人物交融，彼此相摩，物中见人，人中体物，两位一体，实难解分，表现出两位大作家精湛的艺术造诣。

处在封建制度礼崩乐坏、天倾地裂的时代，代表新兴社会力量的要求，呼唤历史变革的风暴，不具有石头一样"粉骨碎身全不怕，烈火焚烧若等闲"那种顽强坚毅的性格和精神，是担负不起为社会发展拓荒开路的艰巨使命的。孙悟空是感受天灵地秀、日月精华的长期孕育，一旦迸石而出，破卵而生的石猴。石性是他从母体中带来的本性。他一来到人间就"目运两道金光，射冲斗府"，惊动了天宫里的玉皇大帝，从此天下多事，开始了与猴顽强战斗的生涯。他天不怕，地不怕，番番大闹，直搅得玉皇爷坐不住灵霄宝殿。那次好容易被逮住，要置他死地，"刀砍斧剁，雷打火烧"，也未能伤他分毫，押进太上老君八卦炉中烧了七七四十九天，不仅没有烧死，反倒给他炼出一副"火眼金睛"，锻成一个金刚不坏之躯，更加无法制服了。这无疑是对孙悟空的石性气质，在浪漫主义的神话境界中加以高度的夸张，来赞美现实世界中新时代开创者的叛逆战斗精神。他虽则两度与天庭神权统治者妥协，那也只表明他政治上的幼稚，丝毫没有改变他的石性异端气质，反过来，又何尝不是他用自己的力量和战斗，显示出自己的存在和价值，迫使神权统治者不得不予以承认，事实上也是对他的一种妥协呢！后来在五行山下，由于身受五百年山压之苦，被迫皈依沙门，脑壳上又被套上那个动辄使他头痛的紧箍，但他不也是仍然保持他石性异端的顽强战斗精神，吵吵闹闹地杀去西天佛祖坛前的吗？如来也只好睁着一只眼、闭着一只眼封他成了佛，而且加给他一个与佛门教义大相悖逆的"斗战胜佛"的头衔，说明具有无边法力的佛祖，对这个毫无佛性的异端，也只好采取这般的方式跟他妥协。

从花果山顶的仙石，迸出了个石猴孙悟空，并把顽硬的石性渗入神话化了的现实异端性格之中，推动他为追求朦胧的新的社会理想而顽强不屈的战斗。这是大作家吴承恩匠心独运的创造。现存吴承恩以前关于孙悟空故事的文字材料，都说他是花果山水帘洞中一个神通广大的老猴精，均无破石而生的情节。吴承恩所以为孙悟空创造了这种不平凡的来历，把他跟石头如此紧密地联系起来，完全是出于对理想人物性格塑造的要求，使之带有浓厚的诗意般的象征意义，从而体现出他进步的美学理想。

《西游记》以孙悟空名列佛榜而告终，但这并不意味着孙悟空那种石性顽硬的异端战斗精神的结束。可以想见，像他在整个取经途中一贯“五戒”不持，“六度”①不守，“四大”②不空，好动难静，活蹦乱跳的猴子，怎么可能顿改素行，立地成佛，成天低眉打坐，叨念那些“色即是空，空即是色”一类的废话？何况佛国“净土”，也不干净。佛祖如来就是一个口不应心，言与行违，爱财若命、贪得无厌的家伙。他给人念一次经就要讨索三斗三升米粒黄金，还说“忒卖贱了，教后代儿孙没钱使用”。孙悟空怎么可能跟这号人物长期周旋下去？还有佛祖驾下那两个大弟子——阿傩、伽叶，更是一些不择手段索讨取经“人事”的贪婪无耻之徒，他又怎么可能跟他们和平共处，同流合污，他老孙身入空门，必定是云空不空，心猿意马，惹是生非，“斗战胜”之。这是他石性顽硬性格逻辑发展的必然。当然，这不是吴承恩笔下孙悟空所能承担起来的历史任务，他毕竟是个石性的“猴”，还没有成为一个石性的“人”。明代后期的现实物质经济事实，还未足提供使他“进化”为“人”的条件。这种顽硬的石性异端性格，只有过了近两百年后，曹雪芹笔下以“人”的形态出现的“石兄”贾宝玉身上，才进一步获得了充实具体的新内容，发扬光大起来。

《红楼梦》里大荒山无稽崖青埂峰下的那块顽石，是曹雪芹拈来古代女娲炼石补天的神话加以创造性艺术改造的结晶品。曹雪芹首先赋予它不堪补天、被弃置不用的异端品格。既而，又让它经过那一僧一道大展宗教幻术，把它幻化为一块“大如雀卵，灿若明霞，莹润如酥，五色花纹缠护”的美玉，并在上面铸上了二十四个字的宗教谶语，正面刻的是“通灵

① 六度：梵语意译。佛教认为，六度是由现实的此岸世界度人到达涅槃的彼岸世界的修行方法。这方法共有六类，故称“六度”，即布施、持戒、忍辱、精进、禅定、般若（智慧）。

② 四大：地、水、风、火。佛教认为人身也是由此“四大”而成，故以代指人身。

宝玉”和“莫失莫忘，仙寿恒昌”，反面刻的是“一除邪祟，二疗冤疾，三知祸福”。经过这么一番宗教处理以后，就被夹带到人世，造劫历幻。由赤瑕宫神瑛[①]侍者投胎的贾府公子，因衔它而生，遂以为名，后来就成天挂在他的脖子上，若即若离，形影相随，成为他性格的象征和命运的见证。两个“宝玉”，一个是青埂峰下的顽石，被宗教幻化而成似真实假的幻相——假“宝玉”，一个是深赤透明的神玉思凡转世而来似假实真的人身——贾宝玉，前者是以石幻玉，质石形玉，后者是由玉化人，质玉形人，前者受到宗教的污染，那一僧一道硬是要通过后天的加工，企图易形换质，改变它不堪补天的顽石本性，用来帮助封建势力强行撮合“金玉良缘”的封建婚姻，成为干扰破坏贾宝玉走反封建人生道路的重要神秘工具；后者则赤心似瑕，至坚如玉，为追求纯洁美好“木石姻缘”的自由爱情，顽强地摆脱宗教加给顽石幻想的那种宿命论的象征，至死不渝地走着叛道的道路。前者反映了封建势力异化了的神的意志，后者则表现了人的天然的本性。从这个意义上看，作者在这个迷离惝恍的人与物的关系的艺术构思上，意在从人与物的对立中来表现人性与天理的矛盾，是“木石姻缘”与“金玉姻缘”的矛盾之具体物化。所以，贾宝玉对那块“通灵宝玉”总是那样的深恶痛绝，常常要狠狠地砸碎它。

但是，玉产于石，石为玉母。古云“石蕴玉而山辉”，可证。如此，彼石与玉，同具石性，顽硬坚固，难以术化。所以，顽石幻相的通灵玉与神瑛再世的贾宝玉，两者在先天气质上又是相同的。顽石经过和尚道士的改造，只能变其形，却不能易其质，神瑛历劫投胎为人，也只是改其貌，却未曾泯其神。是故顽石尽管见恶于神瑛，多次被砸而无损毫末，顽固得可以；宝玉尽管受诬于当世，迭遭摧压而叛志弥坚，也倔强得堪称。化物性入人性，物性象征人性，人性体现物性，人与物在石性的基础上获得内在本质的统一。所以他俩总不能须臾相离，一离开，贾宝玉就失掉了“命根子”，就立即变傻变呆。最后，石返大荒，复还本相，磨掉宗教加诸身上的妄撰，按照自己本来的面目，刻上一篇不堪补天，叛逆世俗的顽石性

① 按，“赤瑕”即赤玉；瑛，玉石之透明有光彩者。

格史——贾宝玉传，完成了人与物返璞归真，还原合一的唯心主义艺术格局。

两块石头，一块在花果山上，一块在大荒山下，上下交辉；一块在明中叶，一块在清前期，前后互映；一块象征着孙悟空的异端，一块象征着贾宝玉的叛逆，相因相承，均以石性顽硬坚固为其异端性格气质的基调，完成了历史新人在不同发展阶段上同中有异的性格塑造。

如果说，花果山上那块石头，是块尚未经过历史发展的艺术雕刀多大加工的原璞，还带有较浓的原始粗朴的野性，所以它的气质所渗入的主体孙悟空，只能是一个具有某些“人”的早期因素的“石猴”；那么，青埂峰下那块石头，则是一块经过历史精工雕琢的美玉，雍容华贵，蕴藉风流，所以它所象征的对象贾宝玉，也就成了新人雏形的“石兄”。从“石猴”到“石兄”，形象地、寓言般地展示出中国封建社会末期新兴市民的思想风貌从幼稚到趋于成熟——“从猿到人”的历史转化。而在这个发展转化过程中，石性的顽硬精神气质是一以贯之的，对一代风流渴望变革，从事除旧布新、继往开来，揭开历史新篇章的那种顽强不屈进行战斗的理想性格，给予了诗意般的升华和赞美。

原“流”

孙悟空和贾宝玉，一个是神话世界中的异端，一个是现实社会中的叛逆；一个是浪漫主义杰作中的瑰璧，一个是现实主义伟构中的珍宝。两者质同而形异，神似而貌非。他们是中国封建社会末期社会历史土壤里生长的同一棵新品种大树上前后结出的两个不同形状的果实。先结的一个是猴形的孙悟空，后结的一个是人形的贾宝玉。这种差异，固然可以归之为吴承恩和曹雪芹两位作家运用不同艺术创作方法表现生活的结果，而决定作家采用何种创作方法，又与他们诸多主观因素密切相关。但归根到底，是由他们所接受的艺术传统特别是由他们所处时代的历史气候和社会条件所决定的。

每当历史进入新旧递变的初始年代，在经济制度酝酿变革的同时，必然在意识形态领域里引起剧烈的震动和深刻的变化。于是，一群旧制度的叛徒异端，遂响应历史的召唤，纷纷攘攘而出，登上历史舞台，穿着林林总总、五光十色的思想服装，唱着各种各样的殊腔异调，演出历史的新场面。他们彼此呼应，推波助澜，汇成一股汹涌澎湃的思想解放洪流，猛烈地冲击着陈旧古老的意识形态，体现历史的意志，为新兴势力呐喊开路，制造舆论，其间虽不免夹杂某些世纪末绝望叹息的哀音，但主旋律却无疑是昂扬强烈进取激情的战歌。表现在文学领域，就是浪漫主义文学思潮的兴起。因为浪漫主义创作多以夸张、变形和象征托寓等艺术手法来抒发作者强烈的激情，表现尚处朦胧状态的理想信念为基本特征。中国古代历史上曾两度出现过这样的狂飚时代。一个是反映新兴地主阶级要求酝酿变革的战国时期，与思想界"百家争鸣"的局面相呼应，文学领域遂出现了以大诗人屈原为代表所创造的那种波诡云谲、汪洋恣肆浪漫主义骚体诗歌杰作；另一个是反映新兴市民要求酝酿又一次变革的明代后期，思想界以大思想家李贽为代表掀起了反对程朱理学统治、要求个性解放的运动，在文学领域里也相应地出现了一个声势浩大的浪漫主义运动，主要参加者有《牡丹亭》的作者大戏剧家汤显祖，《四声猿》的作者徐渭，有人散文家袁宗道、袁中道、袁宏道三兄弟。大作家吴承恩则以他的浪漫主义神话小说《西游记》，首先显示出这个运动的战斗实绩，发出了时代强音高亢的第一声，放出了冲击传统思想可贯的第一枪。于是，孙悟空这个传统题材取经故事中的宗教使徒，在这种特定的历史气候中，被吴承恩浪漫主义椽笔改造成为体现早期市民强烈激情和朦胧理想的异端形象。吴承恩一方面从先辈那里继承来取经故事的题材，在创作中跟他们竞争高下，就古典浪漫主义创作方法而言，他对传统既有继承，更有改造；变消极为积极；另一方面，就思想倾向而言，他又跟先辈们大唱反调，和传统发生了矛盾，化落后为进步。这种对传统的批判继承，洗旧翻新，仍其面目，易其肺肝，虽未能完全摆脱对民间创作的倚傍，但实质上却是一种"蝉蜕于秽"的全新创造，表现出作者鲜明的创作个性和独特的艺术风格，成为中国长篇古典小说史上由低级向高级发展的一个中间环节。这种批判继承，是为人类智慧发展的一般规律所决定的。正如普列汉诺夫所指出的，在人类智力发展的历史中，正如一切发展的历史中一样，后一阶段总是和前一阶段紧密联系着的，同时每一个以后发展的阶段不仅与前一个阶段不同，而且在很多方面和它完全相反。这是我们研究每一个发展过程时所应当记住的一般规律。中国古代小说的发展史充分证明了这一点。注意历史阶段性和相续性的特点，对古代小说研究将会有很大帮助。

历史又前进了两百年，到了清代前期18世纪中叶的曹雪芹时代，社会矛盾进一步获得充实、具体的内容，伴随资本主义经济萌芽相对普遍的发展，新兴市民的思想政治面貌也逐步清晰、具体，他们的民主主义要求开始具有规模。这样的历史气候和社会条件，使得曹雪芹有比较充分的可能继承古代现实主义文学传统，运用现实主义创作方法来塑造“人”形的新兴市民一贾宝玉形象了。18世纪中叶的中国社会，为曹雪芹大展鸿才创造现实主义的新人形象，提供了相应的物质和精神条件。

对传统的继承，曹雪芹不拘守任何方规。他对前辈遗产兼收并蓄，取精用宏。在思想倾向上，曹雪芹从吴承恩《西游记》里充分吸取了反传统思想的异端精神，剥掉它的浪漫主义神话形式，把猴子孙悟空升华为新人贾宝玉，这是以新的形式与前代思想同调发生肯定的联系，追随先辈的足迹，发展他们的思想，青出于蓝，更上一层楼。所以，在封建末期社会土壤上两百年前长出的那棵新品种大树，受到新的思想雨露的浇灌，就结出了贾宝玉这个“人参果”。在艺术方法上，他直接踵武《金瓶梅》，用日常家庭生活为题材，彻底汰除了猥亵低级的艺术趣味，辩证地扬弃了它的浓厚自然主义倾向，经营出一部伟大的严肃现实主义创作，真实地再现现实社会生活的完整状貌，揭示社会矛盾的本质，寄寓作者的兴衰之感。这又是对前人的艺术方法在肯定的继承中加以扬弃改造，使之焕发新的艺术光彩，而对前人的思想则迥然异趣，完全相反，其思想境界所达到的纯美高度，远非兰陵笑笑生所能望其项背。犹如荷出淤泥，充分吸收污混浊水中的有用养料，绽出娇艳绚丽的奇葩。

一个伟大的作家常常是一个深刻的思想家。吴承恩和曹雪芹就是中国封建社会末期两位放射着思想智慧光辉的作家。作家的使命是如实地表现时代，再现时代，思想家的特点在于创造地拿握历史和在现实中能动地改造历史。只有这两美兼备，萃于一身，才能创造出具有高度典型意义的形象，体现崇高的美学理想。而理想又来自于对现实的深刻体察和认识，是现实的历史必然性在作家头脑中的思想结晶。吴承恩和曹雪芹正是这样的作家。尽管他们所用以表现现实的艺术创作方法殊异，塑造的形象有人猴之别，所表现的理想也有朦胧和具体之分，但他们同是植根于同一历史范畴的社会土壤中，表现同一个新兴力量要求变革的愿望和理念。他们都对现实有清醒的认识，对理想有热烈的追求，志趋异端，行迕世俗，胸积块垒，心蓄孤愤，遂而发为叛逆之音，创造出封建末世两部具有不同艺术色调的无韵之《离骚》，稗官之绝唱。所以，他们笔下的形象都交互渗透着诗情和哲理，浑然结合着现实主义和浪漫主义，只不过各有侧重主导罢了。

从吴承恩和曹雪芹创造新人形象对前辈思想和艺术传统之错综复杂的批判继承关系中，从白孙悟空迄于贾宝玉这种颇富哲理象征意味的由形及质、“从猿到人”之历史转化的辩证联系中，源流察变，沿波讨源，我们可以获得许多有益的审美启示，吸取很多宝贵的艺术经验。四百年前的吴承恩，塑造了孙悟空这个带有强烈异端色彩的浪漫主义新人典型，表现出时代精神，完成了他的艺术使命；两百年前的曹雪芹，塑造了贾宝玉这个具有鲜明的民主主义意识的现实主义新人典型，对封建制度作了总批判，总判决，完成了他的艺术使命。他们不愧为所处时代的思想艺术智慧的集中体现者，不愧为中国古典文学史上两位伟大的作家!

1984年季秋脱稿于江曲凤凰山冻庐

[原载《红楼梦学刊》1985年第3辑，第五届中国红楼梦学术讨论会议文。发表时限于篇幅，有删节。收入本集，据原稿文字增补部分文字]

论史湘云

史湘云是曹雪芹在《红楼梦》里所着力刻画的人物形象之一。她在“金陵十二钗”中名列前茅，在《红楼梦》复杂的形象体系中居于相当重要的地位。她对全面广泛地表现作品的政治主题，深刻地揭露社会矛盾，都是一个不可或缺的人物。关于“十二钗”的结局，曹雪芹虽然在第五回的判词和十二支曲子中对她们的悲剧命运作了暗示，但在前八十回大多没有完成形象化的描绘。高鹗的续书也基本上违背了曹雪芹的创作意图，使这部伟大的作品黯然失色。史湘云的命运，就遭到高鹗严重的歪曲，完全背离了全书的主题。“十二钗”中除了女主人公林黛玉是反映新兴市民思想的叛逆者，巧姐后来随着阶级关系的变化沦为乡村劳动妇女以外（这在高鹗续书中也遭到歪曲），余者在阶级本质上都属于封建末世大家闺秀中不同类型的青年妇女。她们的思想性格，她们的悲剧命运，都从各个不同方面表现出四大家族的衰亡和封建制度的崩溃。曹雪芹根据她们在政治斗争中所处的不同地位和表现，分别给予不同程度的针砭，也分别地寄予不同程度的同情。对史湘云，曹雪芹虽然也曾尖锐地批判了她的封建主义思想，但更多的，在那些浓笔重彩的描绘中，却倾注了他满腔的赞叹、哀惋和眷恋之情。如果说，《红楼梦》是一曲对旧家族旧制度的没落无可奈何的挽歌，那么，史湘云的性格和命运的描写，则是其中颇为深沉凄楚的一章。

一

《红楼梦》第四回，曹雪芹以他勇敢思想家和艺术家的战斗姿态，向世界公布了一张“护官符”。《红楼梦》就是以这张“护官符”为总纲，描写了以贾府为中心的贾、史、王、薛四大家族衰亡史。就作品整个的艺术构思来看，作者是以正面集中描写贾府为主，侧面描写其他三家，在他们盘根错节，“连络有亲，一损皆损，一荣俱荣”的发展中，从更广阔、更深厚的社会现实基础上，典型地展示出封建社会必然灭亡的历史进程。《红楼梦》直接描写到史氏家族的人物，只有两个，那就是贾母史太君和史湘云。贾母尽管出身于史家，由于她这时已经高踞于四大家族封建宗法制最高权威的宝座上，她的地位和命运，已经紧紧地跟贾府的家世利益联系在一起。所以，贾母形象自有其特殊的概括意义，它的作用是反映四大家族的共同本质和特征，而不是具体反映史家一姓的兴衰隆替。这个任务作者派给了史湘云。

《红楼梦》一开篇，作者就通过“好了歌”和“注”，通过“冷子兴演说荣国府”，通过“太虚幻境”的判词和曲子，通过“刘姥姥一进荣国府”等等情节，透露出四大家族已经开始进入衰亡末世的端倪。这时，只有贾、王二族尚处在“回光返照”的“瞬息的繁华”时期，史薛两家则已“露出那下世的光景来”，其中那个“阿房宫，三百里，住不下金陵一个史”的史氏家族，破败的速度几其急剧领先。史湘云的遭际，正是具体而微地体现了史氏家族的衰亡过程。

第五回“太虚幻境”里那个隐括着“金陵十二钗”命运的画册，史湘云的画面是“几缕飞云，一湾逝水”。判词是：“富贵又何为？襁褓之间父母违。展眼吊斜晖，湘江水逝楚云飞。”画面上的云飞水逝，是表示史湘云家族的盛时，宛如风流云散，逝水不复，成为不可挽回的过去，同时，也暗示出史湘云一生悲惨的命运。判词则概括了史湘云生于富贵、长于忧患的身世。她虽生于侯门望族，但自幼就失去父母，且又遭逢末世，转眼之间，她的家势急剧衰落，好像在夕阳西下的斜晖中，凭吊逝去的繁华，她只能在贫困潦倒中度过苦痛的一生。如果说，这还只是谶语式的抽象概括，那么，在三十二回里，作者通过薛宝钗跟袭人的一番对话，就形象地作了一些具体的描绘。那是史湘云在书中第二次出场，来到大观园，袭人对薛宝钗说，要烦史湘云给贾宝玉做鞋子：

> 宝钗听见这话……便笑道："你这么个明白人，怎么一时半刻的就不会体谅人情。我近来看着云丫头的神情，再风里言风里语的听起来，那云丫头在家里竟一点儿作不得主。他们家嫌费用大，竟不用那些针线上的人，差不多的东西都是他们娘儿们动手。为什么这几次他来了，他和我说话儿，见没人在跟前，他就说家里累的很。我再问他两句家常过日子的话，他就连眼圈儿红了，口里含含糊糊待说不说的。想其形景来，自然从小儿没爹娘的苦。我看着他，也不觉的伤起心来。"
>
> 袭人见说这话，将手一拍，说："是了，是了。怪道上月我烦他打十根蝴蝶结子，过了那些日子才打发人送来，还说'打的粗，且在别处能着使罢；要匀净的，等明儿来住着再好生打罢'。如今听宝姑娘这话，想来我们烦他他不好推辞，不知他在家里怎么三更半夜的做呢。可是我也糊涂了，早知是这样，我也不烦他了。"宝钗道："上次他就告诉我，在家里做活做到三更天，若是替别人做一点半点，他家的那些奶奶太太们还不受用呢。"

这段对话从侧面清楚地透露出史氏家族开始破败的消息。难怪连薛宝钗过生日，史湘云没有钱买礼物，只好"将自己旧日做的两色针线活计取来，为宝钗生辰之仪"（二十二回）。也难怪史湘云参加大观园诗社作东时，因为没有钱，只好接受薛宝钗的资助，才得设了一席螃蟹宴（三十七回）。随着这个贵族世家经济基础的崩溃，史湘云这个侯门千金，在她的家族内部的地位，已发生了根本性的变化，她徒具贵族小姐的虚名，实际上已经沦于“在家里做活做到三更天”、自己“一点儿作不得主”的接近于佣人的地位。

不久之后，第四十九回写到史湘云的叔父保龄侯史鼎外放到地方，还“要带了家眷去上任”。什么原因呢？曹雪芹没有明写出来，大概怕触时忌也不敢明写出来。但不难想象，一位都门中赫赫有名的侯爷，竟然举家外放，这在当时，实际上是“左迁”，是因罪流放。它意味着史侯家族在统治集团内部斗争中，迅速失势，彻底败落，所以被连根拔掉，赶出京城。史氏家族从此就一蹶不振。所谓史鼎者，史家到顶之谓也。对于风雨同舟，“一损皆损”的四大家族，史家的败亡，无疑是给他们全部衰亡敲响了第一声丧钟。

“家亡人散各奔腾。”史氏败落，史湘云被自己的家族摒之度外，好似一棵深秋无根的蓬草，她随同李纹、李绮、邢岫烟等一群破落户儿女，被时代剧变的狂飚一起卷进了大观园，成为跟林黛玉一样的寄人篱下的孤女。从自幼失去父母的名门千金到被自己家族抛弃的旧家孤女，再到四大家族彻底衰亡被自己阶级抛弃，而飘零下层，沉沦终生。这就是《红楼梦》所写的和要写的史湘云命运的三部曲。作者就是通过这个贵族女子命运三部曲的描绘，为四大家族必然衰亡的命运，唱出了一曲低徊缠绵的挽歌，从一个侧面生动地揭示出《红楼梦》的政治主题。

二

史湘云作为大观园中的一个成员，她在大观园内部矛盾中，在封建主义思想和民主主义萌芽思想这两种思想的斗争当中，究竟站在哪一边呢？就其整个思想体系来看，她是站在封建主义一边的。她的家世与身世跟林黛玉大体相同。她们都出身于官僚地主家庭，差别是史氏系勋旧侯门的贵族官僚，属于四大家族；林氏则是庶族官僚，不属于四大家族。林氏的社会基础单弱，经不起封建末世的风吹雨打，很快就烟消火灭地没落了，而史氏却是一条“死而不僵”的“百足之虫”，没落的速度虽比其他三家稍早，但比林氏为迟。她们又都是早年丧失怙恃，后来又都因贾母的关系而寄身贾府。不过，史湘云早在“襁褓中，父母叹双亡”，从小就落在叔父母的手中，林黛玉父母则死得稍晚一些。就其出身和经历这种相类之处而言，似乎她们应该形成相同的思想和观点，但实际上，她们却大相径庭，迥然异趣。曹雪芹正是深刻地把握住她们这种相同中的不同，写出她们各自思想性格形成的历史，塑造出具有独特个性的典型。林黛玉生长在资本主义萌芽经济关系有了长足发展的东南沿海地区，自幼又是父母的掌上明珠，在家里有较多的自由。这种社会环境和家庭环境，无疑有利于她接受新兴社会思潮的影响，在她幼小的心田里播下了叛逆思想的种子。而史湘云，她生活在封建统治中心——皇都，并且一直被禁锢在侯门似海的封建官邸里，受着封建名教思想的濡染，在家里她“又作不得主”。存在决定意识。史府的高墙深院，侯门小姐的闺闼，阻挡着新兴社会思潮微弱的春风。

长期标准的封建教养，使史湘云接受了从孔孟到程朱一整套陈腐的传统思想观念。在反动的封建正统思想和进步的民主主义萌芽思想的两种思想斗争中，史湘云跟薛宝钗一样，是宋明理学的虔诚信徒。如第三十一回写的史湘云与丫环翠缕谈阴阳一段，曹雪芹通过她们主奴二人这段带有浓厚哲理性的对话，生动地概括了18世纪思想领域理学和反理学、唯心主义和唯物主义两大派别在本体论上斗争的基本内容。史湘云的观点，反映了程朱一派客观唯心主义的理气观；翠缕的一些理解则包含着气一元论朴素的唯物主义观念。史湘云认为：“天地间都赋阴阳二气所生，或正或邪，或奇或怪，千变万化，都是阴阳顺逆。多少一生出来，人罕见的就奇，究竟理还是一样。”当翠缕提出“从古至今，开天辟地，都是阴阳了”这个朴素的唯物主义问题以后，史湘云就说她“糊涂”，骂她“放屁”，接着又把自己的观点作了进一步的说明：“什么‘都是些阴阳’，难道还有个阴阳不成！阴阳两个字还只是一字，阳尽了就成阴，阴尽了就成阳，不是阴尽了又有个阳生出来，阳尽了又有个阴生出来。”史湘云这一席宏论，追本溯源，就是周、程、朱熹以来理学家们所持的客观唯心主义。周敦颐说：

"太极动而生阳，动极而静，静而生阴，静极复动。一动一静，互为其根。""二气交感，化生万物，万物生生而变化无穷焉。"[①]朱熹给他作了解释；"太极生阴阳，理生气也。"[②]"太极，理也；阴阳，气也。气之所以能动静者，理为之宰也。"[③]"理搭在阴阳上，如人跨马相似。"[④]史湘云讲的"阴阳两个字还只是一字"，这"一字"是什么？就是她前面说的"究竟理还是一样"的"理"，就是朱熹的"理"，也就是周敦颐的"太极。"

这种客观唯心主义的理气观，在政治上，为腐朽的封建统治的永恒性提供理论根据，为封建伦理的"三纲"等级制度进行辩护。早在汉代，孔孟之徒就把阴阳附会到人们的社会关系上去。董仲舒就说过："阳尊阴卑"，"君臣父子夫妇之义，皆取诸阴阳之道。君为阳，臣为阴；父为阳，子为阴；夫为阳，妻为阴"[⑤]。刘向也说过："阳者，阴之长也。故阳贵而阴贱，阳尊而阴卑，天之道也。"[⑥]到了宋代，朱熹就进一步把主宰阴阳的"理"，说成是"三纲五常"的化身。他说："宇宙之间，一理而已……其张之为三纲，其纪之为五常。"[⑦]也就是说，"三纲五常"就是"天理"，以此为维护腐朽的封建统治服务。史湘云与翠缕谈阴阳，从自然现象谈起，最后归结到社会关系。翠缕说："姑娘是阳，我就是阴。"史湘云听到这话，不禁哈哈大笑，连连称赞；"很是，很是！"翠缕马上又解释说："人规矩主子为阳，奴才为阴，我连这个大道理也不懂得！""人"是谁？是谁"规矩"了"这个大道理"？显然是董仲舒和朱熹一干理学家之流。翠缕不过复述一下理学家们嚼烂了的"这个大道理"罢了，心里未必尽以为然，而史湘云却称赞不已，奉为圭臬。这就进一步暴露出她的思想的阶级本质。

---

①［宋］周敦颐：《周子全书》（上），商务印书馆1973年版，第6页、第14页。

②［宋］周敦颐：《周子全书》（上），商务印书馆1973年版，第7页。

③［宋］周敦颐：《太极图说》，《周子全书》（上），商务印书馆1973年版，第2页。

④［宋］黎靖德编，王星贤点校：《朱子语类》卷九十四，中华书局1983年版，第2374页。

⑤苏舆撰，钟哲点校：《春秋繁露义证》，中华书局1992年版，第350页。

⑥卢元骏注译：《说苑今注今译》，商务印书馆1979年版，第619页。

⑦［宋］朱熹：《读七纪》，《晦庵先生朱文公文集》卷七十，第5页。

史湘云的头脑既然为这一套唯心主义理学谬说所盘踞，她在大观园里的封建正统派与反映新兴市民社会势力要求的叛逆者之间的搏斗中，站到贾宝玉和林黛玉的对立面，跟薛宝钗搅到一起就毫不奇怪了。她与薛宝钗在个性上虽有很大的差异，但在思想体系上，她们却是一样的。史湘云以理学观点谈阴阳，薛宝钗则以理学思想入诗，她不是给大观园诗社出过咏《太极图》这类充满道学气的诗题吗？（五十二回）第二十回史湘云第一次正面出场进贾府时，还是与林黛玉同榻而眠。到了第三十七回她应邀到大观园参加诗社时，就被薛宝钗拉去蘅芜苑同住了。再到第四十九回史家彻底垮台，史湘云投靠贾府，贾母原要在大观园里给她单设一个住处，而“史湘云执意不肯，只要和宝钗一处住”。她们的关系就是这样地越拉越紧。因此，在薛宝钗跟贾宝玉、林黛玉两种思想的对垒当中，史湘云站在薛宝钗一边，对贾、林进行露骨的攻击。在第二十一回她见到贾宝玉要吃胭脂，就一巴掌把胭脂打落，同时骂他：“这不长进的毛病儿，多早晚才改过。”开始展露出这个贵族少女身上的道学气。随后又因她把林黛玉比成戏子，引起了她与贾林之间一场冲突，初步揭示出她与贾林之间的对立关系。第三十二回史湘云又当着贾宝玉的面盛赞薛宝钗的好处，说：“我天天在家里想着，这些姐姐们再没一个比宝姐姐好的。可惜我们不是一个娘养的。我但凡有这么个亲姐姐，就是没了父母，也是没妨碍的。”随之，又把贾林混在一起，放肆地攻击了一顿。紧接着，她又操着薛宝钗的腔调，来劝贾宝玉去结交贾雨村之流，走仕途经济的道路。她批评贾宝玉说：“还是这个情性不改。如今大了，你就不愿读书去考举人进士的，也该常常的会会这些为官作宰的人们，谈谈讲讲些仕途经济的学问，也好将来应酬世务，日后也有个朋友。没见你成年家只在我们队里搅些什么。”这一番薛宝钗式的言论，惹得贾宝玉大为光火，立即像过去对薛宝钗一样，斥之为“混帐话”，给她难堪，赶她到别屋去坐。

大观园的诗坛，是意识形态领域里正统与反正统、理学与反理学斗争的重要阵地。他们这群贵族青年男女，在低吟浅唱、托物抒怀之中，展开了两种思想的激烈交锋。由于他们之间思想上存在着很大的差异，所以，他们诗歌的格调和意趣，他们评判诗歌的标准，几乎都是根本对立的。史湘云历次的诗作往往与薛宝钗所持的“温柔敦厚”之旨相表里，党同伐异，跟贾、林的“异端”思想进行针锋相对的笔战。第三十七回写大观园第一次诗会，诗题是“咏白海棠”。薛宝钗借白海棠自况，写出她那恪守名教闺范的封建淑女冷美人的性格。她自吹自擂：“淡极始知花更艳。”同时，也不忘顺手狠狠戳林黛玉一枪——“愁多焉得玉无痕。”最后在雍容典雅当中表达出心底素愿——“欲偿白帝宜清洁”。只是由于报君无由，不免流露出一丝惆怅之情。贾宝玉的诗是借白海棠来赞美林黛玉“孤标傲世”的高洁品质。林黛玉呢？则是用白海棠来寓托自己遗世独立，无可告语的内心苦痛。史湘云后到，当即步韵奉和两首。这两首诗，寻绎其旨，倾向性是十分鲜明的。第一首系赓和薛诗，首联把薛宝钗捧上了天，吹她是神仙手制的天生美人，颔联则针对贾诗而发，她认为白海棠本应该是“霜娥爱冷”的薛宝钗，而与“倩女离魂”的林黛玉无关；颈联和尾联进一步吹捧薛宝钗的高雅宜人。第二首尖刻地嘲弄挖苦林黛玉，暗暗攻击贾林的爱情关系。大观园诗社一开张就如此壁垒分明，剑拔弩张，充满剧烈的思想搏斗。第二天，大观园第二次诗会，她又写了几首菊花诗，这几首诗除了表现她思想空虚和形式主义倾向以外，一些篇章亦应作如是观。到了第五十回，史家已经消亡，史湘云这根贵族阶级的毫毛，又暂时寄附到贾府这张皮上。由于她过去在自己家族内部所处的卑下无权的地位，家世的剧变似乎在她的思想上并没有留下深刻的痕迹，加上进入大观园后，薛宝钗跟她的关系拉得正紧，所以，“芦雪庭对雪联句”这次诗会，在“寒山已失翠，冻浦不生潮”的一派衰杀颓败的气氛中，她对自己的阶级仍怀着天真的幻想，“颂圣”的调子，唱得最高。在联句中，她总是紧盯着林黛玉，她的诗句的意境也跟林黛玉的诗句形成鲜明的对照。她认为现实还是“照耀临清晓”的好时光，林黛玉马上煞她的风景说已“缤纷入永宵”。林黛玉面对雪景抒发个人的感受，“诚忘三尺冷”；她立刻想起皇帝老子，唱出“瑞释九重焦”的高调。林黛玉感到环境冷落得怕人，“寂寞封台榭”；她认为这也没有什么不好，正可以磨炼安贫乐道的意志，向孔门贤人颜回学习——“清贫怀箪瓢”。唇枪舌剑，针尖麦芒，两种思想，水火不容。

然而，四大家族内部经济上、政治上的动荡和分化，必然要引起思想上的动荡和分化。史湘云经济政治地位的跌落，依人寄食的不幸遭际，虽然尚不足以导致她自幼形成的思想立场发生根本性的变化，但环境的不断影响和冲击，终归逐渐使她从思想感情上产生了对薛宝钗乃至对贾府的离心倾向，而与相同处境的林黛玉发生了某些共鸣。迨至第七十回，史湘云随着年事的增长，世情阅历的加深，目击大观园内诸种矛盾的发展和激化，她开始觉察到自己阶级韶华已逝、濒临灭亡的运命。饮剑而死的尤三姐，吞金自逝的尤二娘，也难免引起她兔死狐悲的联想，因而对自己渺茫的前途发出无可把握的哀音。此后，她的诗歌便一扫过去那种浮泛明朗的色彩，渗进了婉转悲凉的情调。她在大观园最后一次诗会上的首卷“柳絮词”，就明显地透露出这种感情上的变化。“且住，且住！莫使春光别去!”她看到了封建阶级的“春光”，即将像柳絮一样零落“别去”，但是，由于她的与这个阶级同休戚的立场，她在情感上又不愿意“春光别去”，表现出对即将彻底失去的天堂的无限依恋和哀悼。这种思想感情，固然与贾宝玉那种“落去君休惜”的反映新兴社会势力要求的思想不可同日而语，也与薛宝钗那种“好风凭借力，送我上青云”的封建末世野心家的愿望，大异其趣。

更明显的变化是在七十六回，那已是抄检大观园的风波之后了。老大的贾府，危机四伏，矛盾丛生，进入急剧衰败的绝境。那年仲秋节的月明之夜，贾母带领全家在大观园里开宴赏月。他们虽强打精神，寻欢作乐，又是击鼓传花，又是饮酒赋诗，又是说笑话，但一派衰杀破败的气氛紧紧地围裹着他们，终是提不起兴致来，一个个垂头丧气，不是“寂然而坐”，就是伤感流泪，加上一阵阵传来呜咽凄清的笛声，更加重了荒凉寂寞之感。在这种境况下，敏感多愁的林黛玉，不觉对景感怀，自去一边俯栏垂泪。更定夜阑，席散人归，这里只剩下同病相怜的史湘云来宽慰林黛玉。她劝林黛玉要保重身体，不要这样感伤“自苦”，说着说着，不禁发起对薛宝钗的牢骚来了："可恨宝姐姐，姊妹天天说亲道热，早已说今年中秋要大家一处赏月，必要起社，大家联句，到今日便弃了咱们，自己赏月去了。"亲历贾府一切重大变故的史湘云，这时，由于受到薛宝钗的冷落，对世态的炎凉，人情的冷暖，有了更深切的体验，不觉推动她从感情上与薛宝钗等人疏远，而与同命运的林黛玉有所亲近。旧家的破落，未卜的身世，也使她产生人生幻灭的悲哀，在慰藉林黛玉的同时，她纯挚地倾诉出"只你我竟有许多不遂心的事"的心底情愫。当夜凹晶馆外的一席对景联句，就是她在这种复杂情绪支配下，与林黛玉共同唱出的贵族阶级覆灭前颓丧绝望的哀歌。"寒塘渡鹤影，冷月葬花魂"这两句悲凉凄婉的诗句，也就预示了这两个贵族少女各自惨淡的未来。是的，作为四大家族衰亡之后的遗孤，她只能有如一只穷秋深夜里的孤鹤，在凄苦中度过飘零无倚的余生。除此以外，难道她还会有别的运命吗？

可惜，我们无法看到曹雪芹在后面如何具体描写史湘云思想发展的归宿，但就是从现存的八十回书中也现实主义地展示出史湘云在社会矛盾斗争的影响下思想变化清晰的轨迹，从而也展示出四大家族必然灭亡的历史趋势。

三

尽管曹雪芹按照严峻的现实生活的逻辑，真实地揭示出史湘云思想性格封建主义的阶级本质，但在作者的笔下，她却还是一个肯定的人物。作者对她的同情、赞赏，远远超出对她的批判。特别是在对这个贵族少女的个性刻画中，作者更是倾注了全部的感情，以欣赏的笔调，突出地描写了她许多正面的品格。诗会联句中的口吐珠玑，踔厉风发，写她聪慧敏捷的诗才，割腥啖膻，醉眠花裀，写她疏狂豪放的气质，经常"大说大笑"，"高谈阔论"，毫无顾忌地揭出王夫人"屋里人多心坏，都是要害咱们的"，写她的心直口快；她听到邢岫烟在迎春房中受下人的歧视，就要跳出来打抱不平等等，都从多方面写出她胸无城府，坦率纯真的个性。第五回的

“乐中悲”曲子，作者更是情溢乎词地赞她：“幸生来，英豪阔大宽宏量，从未将儿女私情略萦心上。好一似霁月光风耀玉堂。”她是乐观开朗的，与林黛玉多愁善感、悲戚缠绵的悲剧性个性特征绝异；她又是天真正直的，更与薛宝钗安分随时、藏愚守拙的巧伪人的个性特征迥别。在大观园里，史湘云的思想性格和体貌才华，不仅可与林黛玉争胜，同时也堪与薛宝钗比肩。《红楼梦》为什么要在林薛之外，又如此着力地塑造了史湘云这个艺术典型，并且有意地把她放在与林薛性格的矛盾对照中来描写呢?在《红楼梦》整个形象体系中，除了通过她一生坎坷命运的描绘，展示出史氏家族的衰亡过程以外，她在全书中还担负着什么样的艺术使命呢?

我们看到，在《红楼梦》里，曹雪芹是把史湘云这个天真无邪、才貌兼备的贵族少女，时隐时现地放在贾林薛爱情婚姻悲剧的复杂矛盾纠葛里，写出她性格发展的历史的。作品通过她在贾林薛爱情婚姻事件中的微妙地位，显示出对末世封建贵族阶级的腐朽性的深刻揭露意义。

在贾府进入急剧衰落的过程中，贾宝玉婚姻对象的选择问题，就成了贾府中各种矛盾集结的焦点。如果仅从贾母、王夫人等统治者对林薛二个的弃取上来理解这个矛盾的意义，似仍流于表面；倘再加上史湘云这个形象所包含的因素去考虑，则会把这个矛盾焦点的社会内容揭示得更加深广。就贾府统治者的阶级要求来看，对林薛二人的选择，不论家世、性格、思想和体貌，都必然排林而取薛，这是容易理解的。这不仅在他们处于没落时期是如此，就是在他们家族盛时也同样会如此。封建阶级任何时候都不会选取一个娇弱多病的异端分子，作为他们主持中馈的继承人。贾林爱情悲剧含有这种矛盾的性质，是显而易见的。那么，史湘云若即若离地卷入这个矛盾之中，其意义何在呢?史湘云的家世、思想和才貌，甚至她身上带的那只金麒麟，都足以跟薛宝钗相颉颃，隐然构成另一桩“金玉良缘”。她跟薛宝钗一样，都是属于四大家族的名媛淑女，而且从封建宗法的血缘关系来看，她又是贾府太上皇贾母的内孙女，自幼得到贾母的宠爱，比薛宝钗又近了一层。书中也多处暗示了她与贾宝玉自小培养起来的特殊亲密关系（这成为一些“红学家”猜测后来宝湘成婚的根据）。就封建阶级的政治标准而言，史湘云的种种条件也不失为一个可供遴择的婚姻对象。所以，她一出场就立即引起林黛玉的不安。凡此都足以说明，贾府统治者处理贾宝玉的婚姻问题，在排除林黛玉的同时，又必然地抉择于薛史之间，但最后毕竟还是薛宝钗入选。这个选择充分表明，即将灭亡的四大家族只能让薛宝钗这类阴险机诈、城府刻深的道学家来支撑危局，即使本阶级中襟怀坦白恢阔、行动磊落大方的人物，像史湘云也都在排斥之列，更不要说像林黛玉这个封建主义的叛逆者了。在这里，我们不难看出史湘云形象的典型意义，即从一个侧面深刻地揭示出四大家族必然灭亡的历史趋势，也更加彻底地暴露了封建伦理道德的虚伪性，暴露了封建阶级已经腐朽到无可救药的程度。他们已经丧失任何存在的条件，除了灭亡以外，他们不配有另外的下场。历史的辩证法不正是这样吗?!

但是，在全面分析史湘云形象时，也应该看到，曹雪芹在这个形象塑造中，浸透了一种极其浓重的挽歌情绪，他对这个人物的态度和感情是复杂的、矛盾的。一方面，作为一位现实主义的大师，他清醒地看到了史湘云必然毁灭的悲剧命运，另一方面，作为一个贵族阶级的叛逆者，他又不能自已地对她的没落从感情深处发出深沉的哀悼和惋惜。一方面，他以一个思想家锐敏的观察力，历史地、真实地针砭了她的封建主义思想本质和她性格中的庸俗落后面；另一方面，又对她“英豪阔大”的气质，“霁月光风”的品格和横放杰出的才华，流露出由衷的欣赏和赞叹。在含着眼泪的批判中，交织着深情追慕的赞歌，在对腐烂贵族阶级的强烈憎恨中，却又摆脱不掉对这个阶级某些人物的深切悼念和怀恋之情。这都反映了这位伟大的作家在思想感情上，还斩不断与他出身阶级的那种千丝万缕的联系。在史湘云形象的塑造中，作者正视现实，忠于现实的进步性与时代、阶级给他世界观留下的旧的烙印和影响，是交互渗透、浑然一体的，相当集中地反映出曹雪芹的世界观与现实主义创作方法之间的矛盾。史湘云形象中的矛盾，也说明，在18世纪的中国封建社会里，反映出资本主义萌芽要求的新兴社会思潮尚很微弱的历史特点，哪怕是像曹雪芹这样的当时最进步的思想家，也不可能彻底地批判封建主义和封建阶级。对此，我们不应脱离时代，苛求于前人，但却应该用历史唯物主义的观点，给以批判性的说明。

四

《红楼梦》中史湘云这个典型形象的创造，给我们今天的艺术创作提供了一些有价值的借鉴。史湘云是曹雪芹笔下成功的艺术典型之一。作者在深刻地把握理解现实生活复杂性的基础上，把这个人物放在特定的社会矛盾关系之中，塑造出这个共性与个性统一的典型人物。事物都是在运动发展之中来显现它们各自的本质和独特的面貌的。一个典型性格的形成，也毫不例外。曹雪芹创造史湘云这个典型，就是把她放在社会矛盾的发展中，按照她的性格发展的必然逻辑，在不同的人生阶段里，以她特有的鲜明的个性来体现其社会本质。在生活的推移前进中，她的思想性格亦随之发展变化，但这个发展变化，是史湘云以她所特有的形态表现出来的，她始终是史湘云的“这一个”。事物之间的关系又都是对立统一的，人们认识事物总是在对立面的联系和斗争中，在比较鉴别中，看出事物的差别，揭示事物的本质。曹雪芹写史湘云这个人物，同写其他的人物一样，从来没有孤立地、静止地去描写她，总是根据不同的具体条件，采取不同的形式，把她和她的行动放在跟不同类型的人物和不同的事件的对立统一当中，作内容不同的对照映衬和烘托。她与林黛玉两个形象不同方面的对照描写，写出她们在幼年相似的生活经历中却形成完全不同的思想意识，在她与薛宝钗的映照里，又写出她们相同的阶级本质中的完全不同的个性；在贾宝玉与薛宝钗的婚姻事件中，她的形象又起了揭露处于末世的封建阶级极端腐朽性的作用。正是由于把她放在这种矛盾的对立统一中去描写，所以，既突出了她的个性，深化了她的性格，同时，也突出了别的人物的个性，深化了别的人物的性格。也正是通过这种普遍的联系和冲突，《红楼梦》才以其高度典型化的力量，更加深刻、更加丰富地揭示出它的政治主题。

两百多年以前一个作家的笔下，在人物塑造上竟然表现出如此明显的带有辩证性质的思想，确是难能可贵的。这既反映出进步的世界观对曹雪芹创作的指导作用，也反映出曹雪芹的生活基础的深厚。史湘云这个人物，在《红楼梦》里，比之贾宝玉、林黛玉、薛宝钗等，无疑是个次要人物，但她作为一个成功的艺术典型，比之所有主要人物却毫不逊色。在这个人物身上，的确寄托了作家某一种社会思想，但她决不是抽象观念的传声筒，而是一个有血有肉、栩栩如生的艺术形象。曹雪芹创造史湘云形象这种成功的艺术经验告诉我们，一个作家要使自己的创作跳出公式化、概念化的窠臼，取得创作的成功，最重要的，是要在先进世界观的指导下，深入社会生活，通过典型化的艺术方法把生活忠实地表现出来。

1977年8月初稿
1978年5月定稿
［原载《社会科学战线》1978年第3期；
刘梦溪编《红学三十年论文选编》收录，百花文艺出版社1983年版］

艺术风格评鉴

《红楼梦》的细节描写

《红楼梦》是中国古典小说艺术的高峰，是中国古典文学史上思想性和艺术性结合得最好的一部伟大的现实主义小说。它写的虽是一个贵族家庭的兴衰隆替，但笔锋所及，却展开了一幅幅广泛生动的社会生活画面，接触到当时社会矛盾的各个重要方面，为中国现实主义小说创作开拓了一个极其广阔的艺术天地。

鲁迅先生指出："自有《红楼梦》出来以后，传统的思想和写法都打破了。"[①]《红楼梦》的不朽思想艺术价值，在于作者从创作思想到创作实践，都能不落前人窠臼，蹊径独辟，别开生面，按照生活的本来面目，追踪蹑迹地用典型化的艺术手法，现实主义地反映生活，表现出前无古人的艺术创造精神。

《红楼梦》不同于前人的历史演义和英雄传奇小说，用写意式粗线条勾勒或高度夸张的艺术手法，描绘铁马金戈的战争场面，或英雄烈士惊心动魄的豪怀壮举；也迥异于泛滥书肆的才子佳人公式化的庸作，"千部共出一套"，用一些向壁臆构的离奇情节和虚伪的大团圆结局，去迎合低级趣味，取媚于世。它是通过对平凡日常生活的开掘提炼和精雕细琢的描绘，无比真实地再现现实生活的复杂面貌和剧烈冲突，从而表现具有重大意义的思想主题。这种严格现实主义创作要求的实现，无论是典型性格的塑造，或情节冲突的展开，以及环境气氛的烘托，无不借助于大量日常生

① 鲁迅：《中国小说的历史的变迁》，《鲁迅全集》卷九，人民文学出版社1981年版，第338页。

活细节的精确描绘。从一定意义上说，没有那弥漫全书大量真实的、生动的细节描绘，就没有《红楼梦》。

一

文学作品是社会生活形象化的反映，它必须诉诸生动具体的感性形象，向读者揭示生活的真谛。而细节则是文学作品的血肉，所以，任何一部文艺作品，无论是人物性格的刻画，故事情节的展开，生活矛盾的揭示，环境景物的描绘，都无法离开细节描写。可以说，没有细节描写，就没有艺术形象。现实主义小说的创作，尤其如此。恩格斯在谈到现实主义小说创作时说过："现实主义的意思是，除细节的真实外，还要真实地再现典型环境中的典型人物。"[①]恩格斯在这里，把细节描写的真实作为现实主义小说创作的前提，准确地指出它在现实主义典型塑造上的重要意义。显然，没有细节描写的真实，就无以实现"真实地再现典型环境中的典型人物"。如果说，后者是现实主义创作所追求的艺术目标，那么，前者就是达到这个艺术目标必要的手段，或必经的途径。

伟大的古典现实主义作家曹雪芹，深谙这个现实主义创作的秘奥。在《红楼梦》里，那一个个典型人物的塑造，是那样的栩栩如生，声态并作，呼之欲出；那一幅幅精确生活图画的描绘，又是那样自然逼真，未见藻饰，妙若天成。它们悉存生活的本真，却丝毫不露艺术集中概括、虚构夸张的痕迹，让人觉得仿佛这一切都是对现实生活的如实临摹。这种巧夺天工，出神入化艺术真实境界的出现，一个非常重要的方面，就是作家经过艰辛的创造性劳动，从现实生活中提炼出无数的富于表现力的细节，并加以具体的描绘而达到的。所以，《红楼梦》里描写的一举一动，一言一行，一颦一笑，一歌一哭，都莫不形神毕肖，细致入微，真切动人；莫不符合人物的特定情态、人物关系和环境气氛的要求，让人产生如闻其声、如见

① (德)恩格斯:《致玛·哈克奈斯》,《马克思恩格斯选集》第四卷,人民出版社1972年版,第461页。

其人、如临其境的感觉。

《红楼梦》细节描写的真实性，主要还不在于对事物外在形态描写的逼真酷似，而在于在这逼真酷似的日常生活细节的具体描写中，思微笼巨地概括了生活的本质内容，揭示出重大深广的历史真实，达到生活真实和历史真实的完美统一，使得细节描写既有形象外在的生动性、真实性，又具形象内在丰富深刻的社会历史内容。这是《红楼梦》在细节描写上，远远超过《金瓶梅》那种爬行的自然主义作品，所取得的一个重要艺术成就。

比如，第十六回，写到贾府正在庆贺贾政生辰，摆宴唱戏，热闹非常，忽有六宫都太监前来下达皇帝的特旨，立刻宣贾政入朝，皇帝要见他。这一声传唤，宛如霹雳轰顶，把贾府统治者唬得丧魂失魄，都“不知是何兆头”，贾政只得急忙更衣入朝。以贾母为首的合家上下，“心中皆惶惶不定”，“不住的使人飞马来往报信”。直到两个时辰以后，才传来消息原来喜从天降：元春“晋封为凤藻宫尚书，加封贤德妃”。一场大虚惊，引出一桩大喜事。于是，贾府又个个喜气盈腮，“莫不欣然踊跃”，“面上皆有得意之状，言笑鼎沸不绝”。这些细节描写，只有联系曹雪芹时代封建统治阶级内部斗争的特定历史背景，才能真正了解它们深刻的内涵。

荣辱不定，祸福难测，“乱哄哄你方唱罢我登场”，是封建社会末期在阶级冲突剧烈震荡下，统治阶级内部矛盾尖锐化的表现。动辄抄家没产，充军杀头，是当时统治集团内部财产和权力再分配一种残酷的形式，也是雍乾时期最高统治集团对付政治异己所惯用的政治手段。那个靠阴谋上台的雍正皇帝，自己就供认是个“好抄人之家产”的暴君。他夺得皇位，大权在握以后，随即对诸兄弟及前代勋旧进行广泛的政治迫害和杀戮，囹圄成市，系累满途，造成统治阶级内部人人自危、惶惶不可终日的黑暗政治局面。《红楼梦》在元春受封的真实消息传来之前，对贾府那种听到皇帝一声“陛见”的传唤，就有如惊弓之鸟，好似大祸临头的细节描写，还有第三十三回写到的忠顺王府派人到贾府打听一下优伶蒋玉函的下落，也把贾政吓得屁滚尿流，“气得面如金纸”，惊呼“如今祸及于我”，随即把宝玉打了个半死等细节描写，都深刻地反映出雍乾时代统治集团内部异常激烈政治斗争的现实，真实地再现了当时瞬息万变的政治风云，曲折地把批判矛头指向封建专制统治。

可见，曹雪芹虽落笔于日常生活细节的描绘，却着意于整个社会人间大端的再现。从一粒微尘而现大千，由一片枯叶而出秋意。孤立地看来，《红楼梦》描写的都是日常生活细节，像第六回、第三十九回到四十一回，刘姥姥一进和二进荣国府的诸种细节描写，大至亭台园榭富丽堂皇的建筑，小至服饰陈设穷奢极侈的挥霍，以及一次寻常家宴上山珍海味、佳肴异馔的罗列，等等。它们本身似乎并不见得有什么特别的意义，但是，经过作者把它们放到贫苦老农妇刘姥姥的眼中一过滤，立即点石成金，化平凡为卓特，获得不寻常的艺术生命力。刘姥姥不相信茄鲞是茄子做的，经王熙凤把制作方法一番详细介绍，不觉摇头吐舌说道："我的佛祖！倒得十来只鸡来配他，怪道这个味儿!"那刘姥姥筷子没夹住滑到地下的鸽子蛋，是一两银子一个，被人检出去扔了，刘姥姥不觉叹道："一两银子，也没听见响声儿就没了。"还有那套"雕镂奇绝"的黄杨根杯子，被刘姥姥误认为是黄松做的，她边端详木质，一边说；"我们成月家和树林子作街坊，困了枕着他睡，乏了靠着他坐，荒年饿了还吃他。"刘姥姥每一声慨叹，每一番议论，都引起贾府人等一阵阵哄堂大笑，可是人们却从刘姥姥慨叹评声中，看到了他们醉饱之余狂笑出来的眼泪，凝聚着多少劳动人民辛酸的血泪啊！这样，一盘茄子鲞，一碗鸽子蛋，一套黄杨根雕杯，一席够庄稼人数口之家过一年的螃蟹宴，还有那一碗连薛姨妈都认为是"想绝了"要用几只鸡才能做成的"莲叶羹"，在曹雪芹的笔下，无不超越了它们表面形态的意义，成了一幅幅荧光屏，发出无形强烈的射线，深入肌骨地透视出封建贵族阶级的奢侈腐朽，劳动人民的深重灾难，从而诊断出封建社会必然灭亡的历史趋势。《红楼梦》就是借助这些精确细节描写的总和，血肉丰满地突现出全书批判封建制度和封建贵族阶级的重大思想主题。

《红楼梦》细节描写的真实性，还表现在人物在矛盾尖端上的每一动作细节，莫不受特定历史条件、特定阶级地位、阶级意识和阶级关系的制约，受严格的现实生活逻辑的制约，写出其历史的具体性和现实的规定性。王熙凤是《红楼梦》里一个有名的“辣货”“烈货”，她“脸酸心硬”，心机又细，颇有杀伐决断，仿佛没有什么事情她干不出来的。她对水月庵静虚老尼就说过：“你是素日知道我的，从来不信什么是阴司地狱报应的，凭是什么事，我说要行就行。”是的，她可以凭借四大家族的权势，一纸书信，就轻易拆散张金哥的婚姻，逼得他们双双自尽，她可以上下其手，把都察院玩弄于掌股之间，她可以放泼撒刁，大闹宁国府，把尤氏揉搓得像个面团儿，她也可以“引风吹火”，“借剑杀人”，逼得尤二姐吞金自逝……但是当贾琏在她生日那天与家人媳妇偷情胡搞被她撞破之后，尽管她“气的浑身乱战”，加上“那酒越发涌了上来”，打这个打那个，就是不敢碰一碰那个罪魁祸首的贾琏，顶多只能“一头撞到贾琏怀里”去纠缠吵闹。一向“我说要行就行”、依仗家势恣意妄为的王熙凤，此时却这样软弱退让，不敢大发作。这一细节正能说明人物的受制约状态。因为她毕竟是封建宗法制度下受“夫权”观念支配、为“七出”之条限制的妇女，丈夫的行为无论如何可恶，却不过是生活上逾闲荡检、帏薄不修之行，算不上越“礼”犯“法”；而她在此事件中，无论怎么理直气壮，把柄在手，却绝不能动手打到贾琏头上。否则，封建的宗法纲常和伦理道德就会危及甚至断送她既得的权势和地位。她的不敢挥拳，正是基于这种纲常伦理上的深刻原因。当然，出于她的深层性格与心理，她还是夸张其辞地跑到贾母跟前闹腾了一下，又借舆论的力量制服了贾琏。这一细节是曹雪芹严格按照生活的逻辑设置的；王熙凤色厉内荏的个性特征，深受封建伦常约束的特殊心态，就在细节的展露中活生生地表现了出来。如果细节失实，人物性格的真实性就会受到损害，历史真实就要遭到破坏，整个生活画面就会流于虚妄。

还有迎春贴身大丫头司棋，在抄检大观园中，她与表弟潘又安的爱情关系暴露了，她即将成为贾府邢、王两党争权夺利派系斗争的牺牲品，面临着杀身之祸。就在这严重的生死关头，作者出人意料地用了一个细节，准确地刻画出司棋这个女奴那种敢作敢为，坦然自若，理直气壮的神情："凤姐见司棋低头不语，也并无畏惧惭愧之意，倒觉可异。"这个细节，真实地反映了封建社会末期，社会关系的剧烈变动给被压迫人民的精神面貌带来的深刻变化。它标志着旧的伦理道德观念开始失去统治人心的力量，新的思想意识已经开始出现。它有如一道划破中世纪末期沉沉夜空的闪电，预示着社会变革的风雷即将来临；它既渗透现实的血肉，又含有理想的色彩，具体地显示出新旧递嬗时代新兴社会力量的精神风貌。

然而，曹雪芹毕竟是一位伟大的现实主义作家，他在这些含有新世界的嫩芽的细节描写里，并没有为了理想而忘掉现实。他在满怀深情地具体细致描写正面人物那些惊世骇俗的言行举止时，一刻也没有超越现实人生的历史具体性和时代规定性。他既具体地、如实地描写他们光彩照人的性格理想面，也具体地、如实地展示出他们由于历史和阶级的局限以及现实环境的濡染而形成的一切性格的弱点和矛盾。所以，鲁迅先生说："其中所叙的人物，都是真的人物。"①

这里，姑不谈曹雪芹是怎样通过大量真实的细节描写，具体描绘出贾宝玉、林黛玉等主要人物性格的历史和时代规定性，且看那个落墨不多的柳湘莲，寥寥几个细节，就真实地勾勒出这个时代矛盾的产儿那种复杂矛盾的性格面貌。

在《红楼梦》里，柳湘莲是个陪衬人物，是主人公贾宝玉叛逆性格的社会基础。他落拓不羁，潇洒风流，又孔武有力。花花公子薛蟠想拿他当娈童来狎弄，恼他性起，举起"好似铁锤"的拳头，把呆霸王薛蟠痛打一顿，滚在泥塘里起不来，柳湘莲这个行动细节，写的确实有点大快人心，但作者并不一味追求快意的效果，让他像鲁智深那样三拳打死镇关西，而是让他手下留情，重创辄止。历时未久，作者又出人意料地写了他另一个矛盾的细节：薛蟠经商遇盗，柳湘莲又用打薛蟠的那双铁拳，赶散群盗，救了薛蟠，两人又因此结拜为"生死兄弟"。这又是为什么？有人或以为这是曹雪芹的一个败笔。其实，稍加寻绎，不难索解。这种充满矛盾的细

① 鲁迅:《中国小说的历史变迁》,《鲁迅全集》卷九,人民文学出版社1981年版,第338页。

节描写，正表现出曹雪芹忠实于时代，忠实于生活的严肃现实主义创作态度。现实生活本身充满了辩证的矛盾，他就“如实描写，并无讳饰”地把它们艺术地再现出来。因为在曹雪芹的时代里，还没有全新事物成熟的条件，也不可能出现一个与旧的社会秩序完全割断联系的新人。新的经济因素和体现其要求的新兴社会力量，都还处于嫩弱自在的萌芽状态，它们同强大庞杂的封建政治体系、社会势力有着千丝万缕的联系，斩不断、理还乱；代表社会新兴力量的新人，既有与封建秩序相对抗的进步思想火花的闪现，又时时表现出从封建结集到市民社会的分化过程中集大成的牵连和依赖。新旧力量交替时期思想意识领域的纷杂与纠葛，使得它自身充满着复杂的矛盾。曹雪芹描写柳湘莲那双铁拳对薛蟠先打后救的矛盾细节，就是深深植根于这种特定的时代土壤里，有着充分现实生活的依据和高度客观的历史真实。

如果说，《红楼梦》是一面时代的镜子，那么，这些富有时代特征的细节，就是曹雪芹这位现实主义艺术大师用铸造这面镜子经过精制提炼出来的分子。想来也并非偶然，《红楼梦》早期的一个名字，不是题为“风月宝鉴”吗？事实上，只有用这些耗去曹雪芹十年心血炼制出来的艺术分子，以其天工开物般的手段冶化而成的这面“风月宝鉴”，才能射出奇异的艺术光束，透过表面的“风月繁华之盛”，囊括整个时代的本质，见微知著，照彻出历史真切的面容和风貌，达到了艺术细节真实与历史本质真实的高度统一，散发出无穷无尽的艺术魅力。

二

小说创作主要是描写人物，刻画性格，塑造典型形象，来深刻地反映现实生活。而这种典型形象的创造，则在于用丰富真实的富有特征性的细节描写，刻画出人物鲜明突出的个性，成为黑格尔说的“这个”。《红楼梦》一系列艺术形象的创造，正是这样地达到了典型化的高度。

《红楼梦》创造典型形象，突现它们的个性特征，多是通过足以揭示人物内心世界的言语和行动细节表现出来的，心理变化和精神面貌都渗透在这些言语和行动细节中，绝少静态的性格介绍和心理解剖。在这里，呈现在读者面前的，只是对一些人物行动细致入微的逼真白描，读者只能在人物行动发展的联系中来把握他们的性格特征。《红楼梦》就是这样地借助无数言语和行动细节的真实描绘，创造了众多的既有鲜明突出的个性又深刻表现社会本质的艺术典型。

《红楼梦》通过细节突出人物个性的描写，其艺术手法是丰富多彩，巧于变化的。

在《红楼梦》里，用细节刻画人物个性一个常用的艺术手法是，用不同的言语和行动细节，置于不同的生活场合，反复强调突出人物的个性特征，而每一描写都使这种个性特征的社会内容得到丰富和神话。比如，薛宝钗这个人物的重要个性特征是“会做人”。作者对她的这个个性特征，用了许多不同的细节，多方面地展现出其丰富深刻的内容。

薛宝钗怀着利己主义的目的，在贾府里大要“会做人”的手腕，必然对封建家长善于察颜观色，阿谀逢迎，希旨承欢，取容邀宠。第二十二回，作者前后着意写了薛宝钗三处阿谀趋奉的细节。第一处是，贾母给她作生日，谈笑中“问宝钗爱听何戏，爱吃何物等语。宝钗深知贾母年老人，喜热闹戏文，爱吃甜烂之食，便总依贾母往日素喜者说了出来”。这样一来，就讨得“贾母更加欢悦”。紧接着，作者又写了林黛玉要贾宝玉“特叫班戏来，拣我爱的唱给我看”一个细节，对薛宝钗的谄姿媚态，作了一个鲜明的反衬对比。

第二处是在点戏时，作者又把她跟同样工于奉承贾母之道的王熙凤放在一起来写，让凤姐给她作正面的衬托，显示其本质：

贾母一定先叫宝钗点，宝钗推让一遍，无法，只得点了一折《西游记》。贾母自是欢喜，然后又命凤姐点，凤姐亦知贾母喜热闹，更喜谑笑科诨，便点了一出《刘二当衣》。贾母果真更又喜欢。

在谄事贾母上，这一对表姐妹可谓棋逢对手，所见略同。只是点的戏，宝钗显得雅一些，凤姐显得俗一些，目的都是要巴结贾母，获取在贾府的权势和地位。

第三处是在上面拍马谄谀活动的第二天，特写她曲意奉承皇妃元春。元春从宫中送来一个灯谜，让大家猜，她看过以后，心里明明觉得“并无甚新奇”，不高明，但“口中少不得称赞，只说难猜，故意寻思，其实一见就猜到了”。

惜墨如金的曹雪芹，在短短一回书中，竟这般用墨如泼地连连写了同一个人物几个性质相同的细节，来集中突出她的“会做人”个性特征中阿谀逢迎这个侧面，笔锋冷峻，词意深微。这在《红楼梦》里是罕见的。

此外，如散见在第十八回她揣摩元妃的心意，要宝玉在诗中改“绿玉”为“绿蜡”；第二十九回凤姐邀她到清虚观去看戏，她怕热谢绝，话音刚落，贾母要她去，她心里虽不愿意，也答应了；第三十五回，她故意没话找话，面谀贾母，引出贾母对她一番大大的称赞等一些曲意阿逢细节的描写，都前后呼应地起着渲染、突出、深化薛宝钗这一个性侧面的作用。

在这里，我们不想也无必要把有关薛宝钗“会做人”个性特征的诸般细节，做全面分析。仅就上述这个小小侧面的一些细节的粗略评点，就可以窥得曹雪芹是怎样用人物许多言语和行动细节，从不同的角度，进行反复的充分的描绘，从而把人物的个性特征浮雕般地刻画出来的。

这种凸现人物个性的细节描写手法，在《红楼梦》里，随处可见。例如，贾宝玉那种带有初步民主平等思想因素的“爱红”个性特征，林黛玉那种具有浓重悲剧色彩的多愁善感个性特征，以及王熙凤那种残酷刻毒的“辣子”个性特征，等等，无不形神兼备，声情并茂，各具风姿，跃然纸上。作者所以能取得典型创造如此杰出的成就，自有其多方面的因素，而在艺术表现上，这种细节描写手法的成功运用，确实起了不容忽视的作用。

《红楼梦》在人物个性刻画上，特别注意在对照映衬中，用各个人物带特征性的细节，写出几个人物相似个性的细微差别，写出他们同中有异的各自精神气质的特点，即使他们出自相同或相近的环境和教养，在作者笔下也绝无雷同、重复，就好像写出两个细胞的差别一样。

如贾赦、贾珍、薛蟠，同是封建贵族阶级糜烂透顶的人形动物，他们都渔色成性，荒淫无耻。但写贾赦是通过讨鸳鸯作妾未遂诸细节，突出他老而好色的无耻嘴脸；贾珍也是专在女人身上打主意的猎色恶棍，作者则着重描写他父子聚麀、“爬灰”秦氏、玩弄二尤等腐烂行径，从伦理道德败坏这个侧面来突出他的堕落无耻，而写薛蟠，则是通过他既嗜男宠又喜女色而且无恶不作的诸恶行细节，突出其贵族纨绔恶少的呆霸王个性特点。三者都是色中恶魔，但具体的行动细节不同，个性也就显示出互异的色调。

妙玉和惜春，这两个出身名门宦家的少女，都在家落式微之后，厌弃丑恶的现实人生而遁入空门。二人的性格都带有对世俗人生冷漠孤介的特征，她们仿佛都想用自己心造的一道障壁，隔开现实污秽的侵袭。但妙玉是用她虽身处佛门却喜与宝玉来往，在宝玉生日特地让人以出世“槛外人”的名义，向世俗“槛内人”送去遥叩生辰的祝帖，刘姥姥喝过一口的成窑茶杯她嫌弃而不用，却用“自己日常吃茶”的绿玉斗招待宝玉等细节，显现出她孤高傲洁中仍未能完全忘情于对现实人生某种追求的意念，而惜春则是用抄检大观园时对待尤氏的态度，执意要赶走毫无过失的贴身丫环入画，入画苦苦哀求也无动于衷等等麻木不仁的细节，显现出她孤僻冷漠“心冷嘴冷”的个性特色。如果说，妙玉的孤高冷洁，好像一堆尚有点点火星的余烬残灰；那么，惜春的孤僻，则有如一个冷气透骨的雪球冰块。

平儿、紫鹃、袭人，她们同是男女主子贴身大丫头。看来她们都温柔驯良，但在细节表现上，却清楚地显示出她们的个性差别。平儿是周旋于“凤姐之威，贾琏之俗”的夹缝中，常行方便，如“软语救贾琏”和“决狱行权”中息事宁人诸细节，表现出她温顺中带着善良，像细雨润物让人感到可敬可亲。袭人是一意要当宝玉的侍妾，整天细语娇嗔，缠着宝玉

"混劝"，到了王夫人跟前，名为保全宝二爷一生声名品行，实则在柔声婉转中包藏着损人利己的机心，像酷暑中一身臭汗，让人感到可厌可憎。紫鹃则一心为了黛玉的命运而忠心活动，她直言要求薛姨妈撮合成全黛玉的心事，遭到一番恶意的羞弄，大胆地"情辞试忙玉"，代人受过，也心甘情愿，像初春的和风拂面，让人感到温暖热情。

例如，晴雯和尤三姐的泼辣锋利的个性特征，尤氏和邢夫人那种对丈夫一意"贤惠"的个性特征等等，也无不各具韵致，大同中写出小异。

在艺术创作上，能如此同中有异，缘情入微地再现类似人物个性的细小特征，显示出他们之间的差异，这不仅说明曹雪芹这位伟大现实主义作家，笔参造化，具有善于抓住事物细微特征、发幽显勣表现生活的卓越能力，也更加表明他察物穷理，具有把握事物实质、思深虑精认识生活的能力。

我们知道，事物的每一差异中就蕴涵着矛盾，差异就是矛盾，在现实生活中是无所不在的，矛盾的特殊性造就了个性，生活本身就现出众相纷呈且仪态万方的色调、层次、矛盾和差异，故而文学创作中人物个性的差异，实际上是艺术地具体再现社会生活中普遍存在的矛盾和差异。曹雪芹通过细节描绘，刻画人物个性上所取得的卓异成就，充分显示出他生活基础的深厚，显示出他对复杂世态人情察无遁形的深刻观察力。

唯其如此，曹雪芹才能在突出人物个性特征的细节描写上，克服一般作家无法超越的艺术上的困难，敢于挥舞"犯而不犯"的险笔。把表现人物个性特征的同一细节，在作品中多次重复描写，在外在表象的重复中写出内在意义的不重复。这种"犯而不犯"的险笔，用于长篇小说的场面情节安排上，还比较容易获得成功，但用于细节描写上，非斫轮巨匠、化工妙手，鲜有不陷于简单雷同，失于冗赘繁琐，招致创作上的失败。曹雪芹恰在这难度最高的艺术动作上，表现出超群绝伦的艺术功力。

在这方面，最突出的例子，莫若对林黛玉多愁善感个性特征的主要外在表现形态——"哭"这个细节的反复描写上。《红楼梦》写到林黛玉的哭，何止数十百次，写得是那样淋漓尽致，扣人心弦。林黛玉这个被封建礼教虐杀了的少女，整天以泪洗面，度过了她短暂悲剧的一生。她在跟宝玉曲折矛盾痛苦的爱情纠葛中，不断地迸流出那难以遏抑的眼泪、自不必说，在日常生活里，鸟啼花落，对月临风，感时伤怀，触景惹恨，乃至世态炎凉，人情冷暖，都无不牵动她灵魂深处无可把握的悲剧情怀，引发出涌泉般的泪水恨洒人间。林黛玉就是生来好哭吗？不是。这样看不免流于表面。那么，是作者在第一回写的那个“还泪”神话的现实图解吗？也不是。那不过是作者以假掩真的浪漫主义虚构。林黛玉的哭，是她悲剧性格中郁结着那种缠绵不尽的悲剧感情的自然流露，而她这种悲剧性格、悲剧感情，又是得自特定时代、特定社会环境以及她特定身世的赐予。名教严酷统治令人窒息般的时代气氛的压抑，“风刀霜剑”肮脏龌龊的社会环境的摧残，少失怙恃寄人篱下的凄凉身世的悲哀，还有那积压在心底的炽烈爱情无可告语的苦痛，更重之以她那孤标傲世的心灵，孱弱多病的身体和她那特殊敏感的诗人感伤气质。这一切主客观因素相互渗透，融合成林黛玉这个绝代悲剧的典型性格。所以，作为这种悲剧性格重要表现细节的哭，是饱和着现实人生的血肉，打上时代的印记，具有极其丰富深刻的社会内容。她的哭，是时代灵魂在抽泣，是社会良心在呜咽，她的哭，是对黑暗社会的强烈抗议，是对封建礼教的激越控诉。

显然，表达如此内容的哭，哭少了是不行的。必须写她一哭、再哭，不断地哭，让她的眼泪“秋流到冬尽，春流到夏”。要反复无数次写好这样的哭，确非易事，而曹雪芹却写得那样舒展自如，毫无饾饤堆砌之痕，若风行水上，自然成文。在作者笔下，林黛玉的哭好像一瓶展示灵魂的显影剂，把深藏在林黛玉内心最隐曲、最复杂、最微妙的悲剧感情，纤毫毕露地显现出来。同是一哭，写得却千回百转，虽同犹异。每一重复，都渗进若干新鲜的艺术魅力，强烈地感染着读者，加深对这个悲剧性格的艺术感受。

在这些细节描写上，所以能取得如此同中有异的艺术效果，主要在于作者深刻地把握这个人物悲剧性格与环境之间的矛盾的每一发展，具体写出激发出她的哭的每一内在诱因和条件。哭的诱因和条件不同，哭的内容也就自然展露出千差万别的色调。

比如宝黛爱情的试探阶段，所以显得那样痛苦曲折，除了黑暗环境的强大压力外，还有黛玉内心世界的矛盾在作怪。她执着追求人生志趣一致的纯真爱情，但却时时受到自己灵魂深处封建观念的残酷折磨。所以这个阶段，哭就成了她唯一的宣泄内心痛苦的方式，“无事闷坐，不是愁眉，便是长叹，且好端端的不知为什么常常的便自泪道不干的”。第二十三回“西厢记妙词通戏语”和第二十六回“潇湘馆春困发幽情”，两次哭都是在她和宝玉共同偷读西厢记之后，宝玉用里边的句子对她进行开玩笑式的爱情试探诱发出来的。明明宝玉在曲折地表明自己的心境，她却认为是用“淫词艳曲”“混话”来欺负她，是拿她“取笑”“解闷”，于是就哭了。这是沉重的传统思想因袭压抑出来的哭泣，说明这个贵族少女在爱情追求的路子上，每前进一步，都要经过跟自己内心的封建观念作多么剧烈的搏斗，需要付出多么巨大的痛苦代价。这两次哭泣诱因相同，看来近于简单重复，其实不然。前者是刚刚读过《西厢记》，宝玉用“我就是多愁多病身，你就是那倾国倾城貌”的暗示表达心曲，方式上毕竟含蓄一些，所以黛玉尽管敏感到其中的含义，也只是歪缠，说宝玉欺负他，眼圈儿红了，宝玉当即赔不是，也就止住。后者则是在“艳曲警芳心”之后发生的。林黛玉在读《西厢记》之后，又闻曲感怀，伤春自怜，不觉情思萦逗，心痛神驰，暗自流了一番眼泪。回到潇湘馆，独自躺在床上，昼长无眠，乃随口吟出莺莺“每日家情思睡昏昏”的句子来抒发无可排遣的春情，恰被宝玉在窗外听见。就是在这个特定的感情背景里，宝玉又见紫鹃殷勤地给他倒茶，一时得意忘形，又随口念出张生的句子：“若共你多情小姐同鸳帐，怎舍得叠被铺床。”这两句未免太直露，也显得有点轻薄，黛玉不管是心中的封建观念，还是孤高自尊的个性，都使她觉得是个很大的伤害，所以就大哭起来。这一哭，放在“艳曲警芳心”之时，黛玉已经绽开怀春的情蕊，青春开始觉醒之后来写，无疑进一步深化了黛玉内心的矛盾，加强了对现实批判的力量。所以，这两次哭的诱因虽同，但诱发的条件和心理背景不同，也就显示出程度上的差异，产生不同的艺术效果。

就是在“春困发幽情”那一哭的当天晚上，她到怡红院敲门找宝玉，因晴雯正在生宝钗的气，没听清她的声音，硬是不开门，把她气怔在门外，由敏感而伤感，不免又“滚下泪珠来”。偏偏这时又从里面传出宝玉和宝钗一阵笑语之声，就越发使她生气、伤感，于是“也不顾苍苔露冷，花径风寒，独立墙角边花阴之下，悲悲戚戚呜咽起来”，哭得落花满地，夜鸟惊飞。回到房里，一直哭到二更多天。这一哭泣，虽是由一个偶然的误会引起的，但其中掺和着这个少女对自己身世遭遇多么深沉痛苦的切身感受啊！

经过上述几度的缠绵聚结，蓄积酝酿，情所必至地推动黛玉的哭出现一个大高潮，那是在她叫门不应、夜泪暗洒的第二天，大观诸艳到园中饯花神，独她一个手把花锄，面对花谢花落的残春景象，踟蹰徘徊在山坡花冢之旁，感花伤己，触景增怀，平日郁结心头那一腔莫可名状的愁绪哀思，犹如破堤的江水，奔腾倾泻而出。他一边葬花，一边放声呜咽，悲痛欲绝。这一恸哭，剧烈地颤动着这个贵族少女整个不幸的心曲，是她的悲剧感情一次集中的倾露。她的那一曲凄艳绝伦、传诵千古的哀歌《葬花词》，也就成了她平生全部泪水的总注脚。它融入了她对现实人生的深切感受，抒发了她对理想人生的热烈追求，也表达了她的“玉可碎而不可改其白，竹可焚而不可毁其节”的坚定叛逆意志和决心。

曹雪芹就是用这种逐步深入的反复描写，把林黛玉那种视之无形、闻之无声的悲剧感情，用“哭”这一外在的、具体的、可感触的形式全部传达出来。在他们的笔下，林黛玉的哭，无不哀发有自，泪出有因，同而不同，犯而不犯。可以说，没有对林黛玉哭的细节如此酣畅淋漓的反复描写，她的悲剧个性就无所附丽，也就无从产生如此回肠荡气的艺术力量，也就没有这个永垂不朽的艺术典型。

一笔多用，这是曹雪芹通过细节描写突出人物个性又一艺术手法。戚蓼生誉为“一声也而两歌，一手也而二牍”[①]，概括得并不十分准确。我们在《红楼梦》里常常看到的是，作者只用一个细节，就同时调动了多个

①［清］曹雪芹：《戚蓼生序本石头记》，人民文学出版社1975年版，第2页。

人物的不同反应，表现出各个不同的性格特征和特有的心理状态。比如，第二十九回清虚观打醮，那个张道士因把“通灵宝玉”讨去给道友们传看，后来送来一盘子道士们许多金玉“法器”，作为看玉的回敬之礼。宝玉一件件挑给贾母看，这时：

> 贾母因看见有个赤金点翠的麒麟，便伸手拿了起来，笑道：“这件东西好像我看见谁家的孩子也带着这么一个的。”宝钗笑道：“史大妹妹有一个，比这个小些。”贾母道：“是云儿有这个。”宝玉道：“他这么往我们家去住着，我也没看见。”探春笑道：“宝姐姐有心，不管什么他都记得。”林黛玉冷笑道：“他在别的上心还有限，惟有这些人带的东西上越发留心。”宝钗听说，便回头装没听见。

在这里，作者用一个小小的金麒麟，捕捉到钗、探、宝、黛四个人物稍纵即逝的心理，惟妙惟肖地表现出他们的性格。宝钗听贾母一问，不假思索，应声回答，说的又那样准确、具体，连大小都记得很牢，宝钗的反应既有讨好贾母的意思——贾母不久前不就称赞过她“细致”吗？也更出于她对金玉佩饰的特殊敏感，因为这时“金玉良缘”毕竟没有明确肯定下来，湘云身上那个金麒麟，难免不使她时时嘀咕于心。宝玉对女孩子虽心细如发，但这位大少爷，向来不注意这类身上佩带小物件的有无，他身上的香袋、扇坠等物就常被小子们一抢而光，更不以“金玉之说”为然，所以，在这上面显得有点粗心。那个“才自精明”的三小姐探春，对宝钗的心思自然了若指掌，所以含蓄地说她“有心”，褒中不无微词。而素以“爱刻薄人”（小红语）见称的林黛玉，更因一向对“金玉之说”耿耿于怀，所以，她那句话非常尖刻犀利，兜出薛宝钗的老底，弄得薛宝钗很狼狈，只好“回头装没听见”。

在《红楼梦》里，这种由一个细节引发出多个人物带有个性心理特征反应的镜头，比比皆是。像第二十二回那个把黛玉比戏子的细节，同时传神地表现出凤、钗、宝、湘几个人物的个性和心理，第四十四回，在凤姐和鸳鸯的导演下，刘姥姥一个调笑的动作细节，一瞬间引起几十个人物同时哈哈大笑，而且笑的动作、情态无不符合各自的身分、地位和性格的那个有名场面的描写，等等，都是明证。这何止两歌二牍？一石击起千层浪，一箭射下数只雕，庶乎近之。

在文学创作中，细节是构成人物性格、塑造典型的细胞。一个作家要使自己笔下的人物，既有鲜明突出的个性，又有巨大的思想深度和丰富的社会内容，成为富有强大生命力的艺术典型，除其他一些必要的因素外，在艺术表现上，则必须善于把日常生活中带有本质意义的细节，精工提炼出来，化为这种艺术细胞，赋予它们各自独特的有机艺术功能，血肉交织地组成一个艺术整体，构成生动的艺术联系。高尔基说过，创作就是要把若干细节结合成一个或大或小的，有完美形式的整体。曹雪芹的《红楼梦》正是在这个方面取得了杰出的成就，创造出一系列殊神异体、千姿百态的人物画廊，为我们留下了一宗丰富的艺术遗产。

三

在以日常生活为题材的现实主义小说创作中，真实的细节描写，既是组成人物性格的细胞，又是构成故事情节的血肉。而情节实际上是“某种性格、典型成长和构成的历史”，即“人物之间的联系、矛盾、同情、反感和一般的相互关系”[①]的生动过程展现的形式。所以，要真实再现这种复杂的人物矛盾关系，写出动人的情节，离开善于选择组织富有内在意义的细节，使许多个别细节构成有机的联系，从矛盾发展中充分具体地描写出人物和现实的特征，是无从实现的。没有精彩丰富的细节描写，不可能写出委曲动人的情节，更不可能塑造出个性鲜明的典型人物。《红楼梦》作者，在这方面同样表现出他力勤诣卓、推陈出新的功力。

恩格斯在肯定玛·哈克奈斯《城市姑娘》的成就时，称赞它表现了真

① (苏联)高尔基:《和青年作家谈话》,《高尔基选集》之《文学论文选》,人民文学出版社1958年版,第297页。

正艺术家的勇气，而且这种勇气，“还主要表现在你对无产阶级姑娘被资产阶级男人所勾引这样一个老而又老的故事作为全书的中心时所使用的简单朴素、不加修饰的手法。平庸的作家会觉得需要用一大堆矫揉造作和修饰来掩盖这种他们认为是平凡的情节。然而，他们终究还是逃不脱被人看穿的命运。你觉得你有把握叙述一个老故事，因为你只要如实的叙述就能使它变成新故事”①。恩格斯这里赞扬哈克奈斯把老故事的“平凡的情节”“变成新故事”，一个主要转化的手段是“如实的叙述”。而这如实的叙述，就是此信下文关于现实主义典型论那个有名论断中的“细节的真实”。可见细节的真实描写，在现实主义小说创作中对情节的洗新换旧、推陈出新，使之焕发出新的艺术魅力，具有多么重要的意义和作用。这仿佛是现实主义小说创作中一个带有规律性的现象。

两个多世纪以前的曹雪芹，在这方面确实表现出一个真正艺术家非凡的勇气和魄力。他以他超绝前人、远迈常流的艺术胆识，完全打破传统传奇的陈窠，彻底扬弃当时才子佳人小说的俗套，善于从极其寻常的生活中开掘出很不寻常的意义，从人所熟悉的故事情节中揭示出重大社会问题。他在《红楼梦》第一回就开宗明义地批判了那些才子佳人小说，总是在男女主人公之外，“又必旁出一小人其间拨乱，亦如剧中之小丑然”，在情节上总是“胡牵乱扯，忽离忽遇”，“悉皆自相矛盾，大不近情理”的“俗套旧稿”。而他在《红楼梦》里，虽不免也写人物的“悲欢离合，兴衰际遇”，但却是“追踪蹑迹，不敢稍加穿凿”，足以“令世人换新眼目”。这就是说。他在《红楼梦》的情节艺术构思上，是严格遵循现实生活的逻辑，通过人物之间的复杂矛盾关系，深刻而又具体地揭示出生活的本质和历史的必然，从而取得弃旧出新的艺术效果。他也并不一般地反对写男女主人公之外第三者的介入，而是反对那种把第三者的介入形成的矛盾关系简单化、庸俗化。《红楼梦》不是在宝黛之外也写了一个薛宝钗吗？而且还把三者的爱情婚姻纠葛，作为全书情节发展的基本线索。然而，却正是

①（德）恩格斯：《致玛·哈克奈斯》，《马克思恩格斯选集》第四卷，人民出版社1972年版，第461—462页。

通过这条基本情节线索，全面深刻地批判了封建制度和封建阶级，展示出封建社会必然灭亡的历史命运。这种脱胎换骨般的转化，是对传统的陈窠烂套的一种最彻底、最深刻意义上的否定。这新陈推出之间转化否定过程的实现，除了作家具有锐敏的生活观察力和深厚的思想修养之外，在艺术表现上的一副重要转化剂，就是把生活中富有思想意义和审美价值的细节，经过精确细致的描绘，注入到情节的血管经络之中，化为情节的血肉，创造出森罗万象、丰富生动的生活画面，从多种侧面、多个角度，立体地再现生活的整体性和内部联系。“正因写实，转成新鲜”[①]，鲁迅60年前这句对《红楼梦》的评语，和前引恩格斯那段评价《城市姑娘》的名言，都恰中肯綮地揭示出这种现实主义艺术中新陈转化的秘密和规律。

《红楼梦》中，每一故事情节都充实着丰富的细节描写，从而把情节深入到人物的内心世界里，使人物性格获得深刻的展露。比如，第八回薛宝钗小恙梨香院，宝玉去探病，后来黛玉也去了，薛姨妈置酒招待他们。就在这样一个简单的日常吃喝的情节里。作者充实进极其丰富的细节描写的血肉，以“更加对立的方式”[②]，展示出具有深刻社会意义的性格冲突。在这个情节中，细节就像一颗颗发光的珍珠，沿着人物性格的逻辑宛延流动，处处显示出推动情节发展，刻画人物性格的作用，使得整个情节义蕴丰厚，凝练集中。这个场面是通回的情节中心，《红楼梦》三个主要人物第一次同时出场，首次发生思想性格的交锋。在这个情节中心里，作者先借宝玉、宝钗互看双方颈子上带的“宝玉”和“金锁”，由莺儿“微露意”，道出锁玉上的四句话恰好是“一对儿”和金锁的神秘来历，揭开了“金玉良缘”所象征的卫道和叛逆这个贯串全书的基本矛盾冲突的序幕。接着，林黛玉就出场了，矛盾斗争随即环环相生地展开。

“哎哟，我来的不巧了。”林黛玉这破口传神的一语，顿使场面气氛发生了变化，笑语寒暄中，显露出人物之间微妙的矛盾关系，为下面中心情节人物性格冲突，作好了气氛的渲染和烘托。

---

① 鲁迅:《中国小说史略》,《鲁迅全集》卷九，人民文学出版社1981年版，第234页。

② (德)恩格斯:《致斐·拉萨尔》,《马克思恩格斯选集》第四卷，人民出版社1972年版，第345页。

中心情节的人物性格冲突，是围绕宝玉吃酒这个核心细节展开的。薛姨妈命人把上等的好酒灌上来了，这时：

> 宝玉又说："不必温暖了，我只爱吃冷的。"薛姨妈忙说："这可使不得，吃了冷酒，写字手打飐儿。"宝钗笑道："宝兄弟，亏你每日家杂学旁收的，难道就不知道酒性最热，若热吃下去，发散的就快；若冷吃下去，便凝结在内，以五脏去暖他，岂不受害？从此还不快不要吃那冷的了。"宝玉听这话有情理，便放下冷酒。

宝玉吃酒的细节，在这里看似无心，仿佛妙手偶得，但实际上却是作者毫端有意，苦心经营的点睛之笔，它对整个情节冲突的开展起了提纲挈领的作用。薛姨妈用长辈关切的口气反对宝玉吃冷酒，重点是落到"写字手打飐儿"上。因为这直接关系到宝玉今后科场上的成败，也直接关系到自己女儿终身的命运。薛宝钗的话则婉而多讽，曲而有致。其中固不乏怕宝玉弄坏了身体的关切成分，而关切的重点则与母亲声气相通，异曲同工。她是用明褒暗贬的法子带出宝玉"每日家杂学旁收"，不读"四书""五经"，不习时文八股的一贯叛逆行径，委婉地借酒规劝，要他走仕途经济的"正路"。宝玉对薛氏母女这番唱和，大抵是囿于表面上对自己的温情体贴，未加深思，觉得"有情理"，便顺从地放下冷酒不饮。

而那个站在一旁冷眼观察的林黛玉，对薛氏母女特别对宝钗的议论，表现出特有的敏感。她一边听着，一边嗑着瓜子儿，带着不屑的神情，抿着嘴嘲弄地笑着。作者紧紧抓住她这时的心理，在这里精心地安排了一个高度个性化的细节，把对立双方的思想冲突接上了火：

> 可巧黛玉的小丫环雪雁走来与黛玉送小手炉，黛玉因含笑问他："谁叫你送来的？难为他费心，那里就冷死了我！"雪雁道："紫鹃姐姐怕姑娘冷，使我送来的。"黛玉一面接了，抱在怀中，笑道："也亏你倒听他的话。我平日和你说的，全当耳旁风；怎么他说了你就依，

比圣旨还快些！"

这一百多字的细节，真是掷地有声的神来之笔。林黛玉吟桑喻柳，机带双敲，既暗暗地奚落了贾宝玉，又狠狠地敲打了薛宝钗，口吐莲花，妙语解颐。她的叛逆思想性格和敏感锋利的个性被勾魂摄魄地托露出来，故事情节也同时得到了丰富和发展。

腕底蕴秀，尺水生波，前浪未平，后涛又起。作者在情节发展中仍扣住宝玉吃酒细节不放，用它开掘更深广的思想内容，把人物推向更剧烈的矛盾尖端，让它最大限度地发挥表现主题的作用。宝玉三杯下肚，"正在心甜意洽之时"，李嬷嬷上来拦阻，宝玉央告再吃两杯，这时，李嬷嬷说："你可仔细老爷今儿在家，提防问你的书！"李嬷嬷这么一抬出贾政这个封建卫道者的牌子，立刻推动情节扩展到主宰全书主要矛盾卫道者和叛逆者的矛盾上去。这个矛盾在贾政和宝玉父子之间，主要表现在读书仕进问题上。所以，李嬷嬷这一句话，对宝玉立刻产生一种无形的威慑力量，深深地伸入到他的内心世界里。于是，他"听了这话，便心中大不自在，慢慢的放下酒，垂了头"，表现出他那种受着封建势力压抑、束缚而又无可解脱的内心矛盾和痛苦。由此，就可以理解，作者写他这次到梨香院时，"宁可绕远路"走、不想碰到父亲的细节，并非可有可无的闲笔，而是起着烘托父子间深刻矛盾，为这番酒席上的波澜起着性格铺垫的作用。有谁能理解这个叛逆者内心的矛盾和痛苦呢？只有那个素来与他心曲相通的林黛玉。这时立即对他鼓励支持，劝他"赌气"，"别理那老货"。而作为这次小宴主人的薛宝钗，按理应该劝酒，可是却一反常情地一声不吭。原因无他，乃是因为李嬷嬷的话是从更有力的方面对她刚才那"冷酒""热酒"的议论一种积极的呼应。所以，由李嬷嬷这一句话生发出的这一情节波澜，实际上是前一个回合两种思想冲突的继续、发展和深化。

黛玉在临行前为宝玉亲手戴毡斗笠的细节，是这个情节的尾声，显示出宝黛关系经过这场思想冲突前进发展的轨迹。宝玉酒后回去，因豆腐皮包子和枫露茶事，乘醉借题发作，摔碎茶杯，声言对李嬷嬷不能容忍，要赶走她，则是这个情节波澜的余漾。它一方面暗暗通向饮酒劝阻的场面，表现宝玉的叛逆性格，另一方面又借以带出晴雯和袭人性格的对立。这一笔数转、一波三折的尾声和余韵，既使整个情节荡溢着无穷的韵味，又为后来矛盾冲突的开展开拓了广阔的天地。

可见，《红楼梦》所以能“令世人换新眼目”的“新”，是来自情节构思的“新”，而情节构思的新，又出自细节描写的“真”。从这里充分显示出丰富真实的细节描写，对全书带有重大社会内容的情节冲突的充实和发展，对全书思想价值和美学价值的获得，具有何等重要的意义。

《红楼梦》既然把宝黛钗爱情婚姻纠葛，作为全书的中心情节，通过“谈情”来反映重大社会矛盾，而在那封建礼教严酷统治的时代，宝黛是断断不能公开谈情说爱的，作者又不想蹈袭才子佳人幽期密约私定终身的陋辄。怎么办？困难引导前进，推动创新，于是就创造出《红楼梦》里崭新的表现爱情矛盾的艺术境界。

宝黛无法突破时代环境的制约，他们只好把那种带有强烈叛逆性质的爱情埋在心里，非但不敢明说，有时甚至连自己也都不大敢承认，只能在琐细的小事上，欲言又止地流露，旁敲侧击地试探，互相暗暗琢磨拷问对方的心。在三十二回，宝黛诉肺腑之前的爱情试探阶段，他们为摸索试探而吵闹，显得那般痛苦、矛盾和曲折，特别是林黛玉的心病多与薛宝钗牵连者的“金玉之说”纠缠在一起。例如第二十回，史湘云来了，黛玉因讥讽宝玉被宝钗绊住而引起的吵嘴；第二十六回，黛玉到怡红院叫门不开而生的误会；第二十八回，黛玉先用“宝姑娘”“贝姑娘”打趣宝玉后，又说宝玉“见了姐姐就把妹妹忘了”；第二十九回，从清虚观回来，又因黛玉说宝玉“那里像人家有什么配得上”的话，引起砸玉大闹；等等。看来都是些微不足道的细事，然而正是由这些细事构成了波诡云谲、情繁词隐的情节，愈来愈深地伸入人物的感情世界里，使人物性格获得愈来愈全面、愈尖锐的考验，把那种看似琐碎的个人欲望，实是从他们所处的历史潮流中得来的、看不见摸不到的思想感情以及作者的倾向，自然深刻地表现出来。这是《红楼梦》在艺术表现上一个伟大的创造。它既突破时代的限制，又饱和浓郁的时代色彩，开拓出一个崭新的艺术天地，无穷无尽的散溢出频观不厌、常看常新的艺术魅力。

情节，情节，顾名思义，就是要有情有节。曲折的是情，丰厚的是节。情产生节，节又丰富了情，情节的曲折动人，必须建立在充分的细节描写真实的基础上。忽视细节描写对情节——人物性格成长的历史——的作用，片面追求故事的曲折、离奇、惊险，只能写出毫无美学价值的庸劣之作。曹雪芹这方面的伟大成就，不是给我们留下了极为有益的启迪吗?

《红楼梦》在艺术表现上，无论写人叙事、状物绘景，均以精约凝练著称。这个特点又主要表现在对细节和情节那种匠心独运的妥贴处理上。

对《红楼梦》一些重要细节在情节中的安排，特别那些表现人物心理变化的细节安排，不能孤立地去理解，必须把它们放到前后有关细节的矛盾联系中去观察、把握，才能看出它们丰富深厚的内涵。比如，第二十八回，元妃送端午节礼，独薛宝钗跟贾宝玉的一样，作者特地写了薛宝钗不顾大热天气，把沉甸甸的红麝串，硬是套到肥胖的胳臂上招摇人前的细节。为什么?作者没有写。读者只有联系她平日不喜打扮，不爱花儿粉儿的细节和这次元妃节礼的特殊含意，才可能看出她这种反常举动所包含的心理内容。元妃实际上是体察贾母、王夫人的意愿，以其贵妃之尊，用送节礼的方式半公开地撮合她和宝玉的婚事。对此，她自然心领神会，这正是她素日孜孜以求的。所以，这个与她素行矛盾的细节，既深刻地表现出她的机心，又显示出情节发展的进程，作者在这里还意在言外地安排下这样两个细节：

> 薛宝钗因往日母亲对王夫人等曾提过“金锁是个和尚给的，等以后有玉的方可结为婚姻”等语，所以总远着宝玉。昨儿见元春所赐的东西，独他与宝玉一样，心里越发没意思起来。

显然，这里重提金玉配合之论，把它跟红麝串联系起来写，在艺术构思上作者是做了精心考虑的。这两件事，一则象征宿命的安排，一则显示人事的决定，天人合一，达成默契，展示出“金玉良缘”发展的重要进程；而薛宝钗对这两件事此时此地的心理反应，则是作者用以虚显实、借假出真之笔，来突出薛宝钗虚伪矫情的个性特征。因为这两个细节写得相当深曲，必须联系前后掩映关照的其他有关细节，才能看清底里。“总远着宝玉”吗？那是表面文章，是虚的、假的，是以虚远、假远求实近、真近，是表面上制造端庄凝重、幽娴贞静的假象，实际上暗地里跟宝玉又近乎得可以，观乎其平日如影随形地围着宝玉转的行动可知矣。而且就在此后没几天，正当赤日炎炎大中午，一头扎进宝玉房里，不管人家正在午睡，还是赖着不走，甚至一屁股坐到袭人的位子上，还给宝玉绣兜肚呢。可见，“远着”是表象，求近才是实质。元妃节礼与宝玉一样，“没意思”吗？更属此地无银三百两，也要正面文章反面看，果真，像平时对待花儿粉儿那样，把红麝串丢在家里不就行了，干么硬套在胳臂上到处做广告呢?！可见，“没意思”是表象，有意思才是实质，“越发没意思”，就越发显示出其中的大有意思。这种细节处理上的真假虚实、远近有无的对立统一就构成了深刻揭示人物心灵隐秘相反相成的艺术效果，使整个情节既简约凝练，又容量丰厚。

有的细节，看似信手拈来，轻轻几笔，但放在特定情节环境中，就显示出它突出人物性格和丰富情节内容的重要作用。如第三十二回，写贾宝玉从清虚观带回来的金麒麟丢了，被史湘云拾得，他心里很高兴，这时：

> 史湘云笑道：“幸而是这个。明儿尚或把印丢了，难道也就罢了不成?”宝玉笑道：“倒是丢了印平常，若丢了这个，就该死了。”

由失麒麟而引出的这个精彩细节，湘云想到的是作官丢了印，宝玉则全然相反。由这种对“印”的不同的轻重观，一下子就把宝湘二人在仕途经济上的对立性格鲜明地表现出来，又为过渡到下面因贾雨村之来引起二人之间那场围绕“混帐话”的尖锐性格冲突作了巧妙的铺垫。从这里可以看出，一个细节如果安排恰当，毋烦辞费，就能以简赅博、以轻运重，充分发挥它表现性格，推动情节发展的艺术潜力。

《红楼梦》在细节处理上，常常是事溢言外，引而不发，意到笔不到。读者必须在它写的细节之外，连类想象，去体会它所寓的深意，要“睹一事于句中，反三偶于字外”。特别是对那些隐有政治、道德批判微词的细节，犹应如此。这就是中国古代小说评点家常用的所谓“不写之写”。比如，第八回，秦可卿死了，荣国府听到“丧音”，“无不纳罕，都有些疑心”。为什么“疑心”，作者没有明写出来。据脂批，本来这回是写“秦可卿淫丧天香楼”，具体揭露贾珍乖舛伦常、道德败坏的丑行，是那个“畸笏叟”“命芹溪删去”秦氏的死因，改成这样的曲笔。所以，甲戌本脂评在这句上批道：“九个字写尽天香楼事。是不写之写。”[①]原来这个细节，竟暗里隐藏着偌多的情事。下面又写了“贾珍哭的泪人一般”的细节。儿子媳妇死了，老公公竟如此哀毁逾常，毋待明言，其中的隐秘可知矣。故甲戌本脂批：“可笑，如丧考妣，此作者刺心笔也。”[②]再如，第十六回，“贾元春才选凤藻宫”整个情节中的细节处理上，作者用了一系列的曲笔、深笔，隐隐表现出对封建王权的批判态度。第一个细节，写的是元春受封后，“荣宁两处如何热闹，众人如何得意”，独宝玉一个“视有如无，毫不曾介意”。第二个细节，写的是林黛玉葬父归来，“宝玉又将北静王所赠鹡鸰香串珍重取出来，转赠黛玉。黛玉说：‘什么臭男人拿过的！我不要他。’遂掷而不取”。第三个细节，是由筹备元春省亲引出凤姐与贾琏的一段对话，以明褒暗贬之笔，写当今皇上如何“体贴万人之心”，注重“孝道”，如何不忍宫里嫔妃才人多年抛弃父母，不忍她们“父母在家，若只管想念儿女，竟不能一见，倘因此成疾致病，甚至死亡，皆由朕躬禁锢，不能使其遂天伦之乐，亦大伤天和之事”，如何恩准椒房眷属定期入宫探视，又如何得到太上皇、皇太后的赞扬，说他“至孝纯仁，体天格物”等

① 甲戌眉批129b，(法)陈庆浩编著：《新编石头记脂砚斋评语辑校》，中国友谊出版公司1987年版，第233页。

② 甲戌夹批130b，(法)陈庆浩编著：《新编石头记脂砚斋评语辑校》，中国友谊出版公司1987年版，第235页。

等。这三个细节都无不深曲地把批判矛头指向当时最高统治者——皇帝。所以，对这些细节，必须联系其他有关细节，从情节的总体联系中去把握作者的言外之意。

宝玉对元春晋封这件大喜事，毫无兴趣。其所以如此，书中虽写了他感于秦钟病重这个表面原因，但从人物关系来考察，却看不出这种因果关系来。因为宝玉跟元春非同一般的姊弟关系。你看，第十八回，作者以在《红楼梦》行文上极为少见的姿态，公开站出来以“蠢物”即作者的口气，向读者详细介绍元春与宝玉“其名分虽系姊弟，其情形有如母子”的特殊亲密关系。以这样的关系，而对元春晋封这件大事，竟如此冷漠，是不能用朋友病重所能解释得了的，应从人物性格去探寻作者的用心。显然，作者是通过宝玉这个不同流俗的叛逆性格所表现出由对元春遭遇的关切，而激发出这种对皇帝的腹诽态度，来隐寓批判封建专制王权的深意。这意思对照下面两个细节，就可以看得更为清楚、明朗。

对黛玉拒串细节所含批判王权的内容，当然不能像有的论者那样孤立地去看，说黛玉骂皇帝。但是，如把它跟前面第十五回北静王赠串时所说“此系前日圣上亲赐”的细节联系起来，不是也可以清楚看出作者通过林黛玉之口骂包括“当今”在内的封建统治者吗？林黛玉不要“臭男人”拿过的东西，很符合她一贯的性格，不过骂“臭男人”，在她是骂之无心，是泛指；而在作者却是写之有意，是实指，指的就是“当今”和北静王，是毋庸置疑的。

至于对第三个这种直接涉及到“当今”皇帝的细节，就更须像“风月宝鉴”那样，从反面看，才能由假及真。庚辰本第十二回脂评中曾这样提示读者：“观者记之，不要看这书正面，方是会看。”如果把这个细节与第十八回元春省亲，跟贾母、王夫人“呜咽对泣”那个悲哀伤痛场面诸细节对照起来看，后者恰恰从反面为前者作了形象的说明。读者不是可以从元春颤动的哽咽抽泣声中，听到作者批判王权罪恶的弦外之音吗？何况在曹雪芹之前，大思想家黄宗羲就曾激烈地发出批判专制王权罪恶的呐喊：

"敲剥天下之骨髓，离散天下之子女，以奉我一人之淫乐。"①曹雪芹笔下的这些细节描写，正是以他伟大艺术家的勇气，借助形象的刻画，对这种进步的民主思想在艺术领域里作出勇敢的呼应。当然，写得非常隐曲、巧妙，是板着严肃庄重的面孔说反话。对这类严重触忤时忌的细节，不用这种意深言微、神余象表的曲笔，能行吗？要知道，曹雪芹是处在文网森严、文运多厄，动辄要罹杀身灭族之祸的黑暗雍乾时代啊！

正因《红楼梦》在细节描写和处理上，具有这种高度概括、简约的特点，每个细节都像浓缩铀一样，充实在情节结构中，使得每个情节、场面都具有丰赡深厚的内容，发挥出"状难写之情，含不尽之意"的巨大艺术表现力量。所以，在那有限的形式里，能游刃有余地写了几百个人物和无数的社会生活画面，使整个作品获得高度蕴藉含蓄、凝练隽永的独特艺术风格，获得极高的美学价值。

《红楼梦》是一个细节的海洋，它时而水平如镜，风光旖旎，令人心旷神怡；时而风云突变，波涛山立，使人魄夺魂惊。曹雪芹不愧为细节描写的能工巨擘，他为我们提供了无数琳琅满目、美不胜收的细节，它们有如一颗颗五光十色的宝石，浑然无迹地镶嵌在一幅体宏思精、结构天成的现实主义生活画卷上，注视局部无不熠熠闪光，精彩触目；遍观通体则在在相宜，耀眼生辉。笔底锦绣，令人叹为观止。法国19世纪末印象派大画家塞尚，有句被人广泛传诵的名言："天堂就在细节之中。"用来概括《红楼梦》细节描写的伟大成就，可谓当之无愧。

1981年仲秋于江南赭麓凤凰山

［原载《红楼梦学刊》1982年第2辑］

① ［清］黄宗羲：《明夷待访录》，中华书局1985年版，第2页。

漫论《红楼梦》人物性格补充艺术手法

伟大的古典现实主义巨匠曹雪芹，在《红楼梦》创作中，忠实地遵循现实生活的必然逻辑，以超绝千古的艺术腕力，组织成一个包罗万象、宏大严密的形象体系。通过对这个形象体系有机的安排和描绘，生动地具体地概括了中国18世纪封建社会历史的本质。而这种概括则是由这个形象体系的主体内容——面貌各异、性格不同的人物之间复杂的矛盾关系，具体地展示出来。相对地说，《红楼梦》的篇幅并不算太大，加上程高的续书，总计也不过一百万字左右。但就是在这样一个篇幅里，却写了四百多个人物，其中达到典型化的高度，或给人留下鲜明印象的主要的和次要的人物，不下五六十个。一部小说人物塑造获得如此成就，在古今中外的文学史上都是罕见的。曹雪芹为什么能在如此有限的篇幅里，熔铸进偌大的生活思想容量，成功地塑造出如此众多的人物呢？从艺术上来探讨，当然有许多经验值得我们发掘、总结。其中一个重要方面，我认为应当是曹雪芹在艺术构思和人物描写上，相当深刻地把握了人类认识生活所固有的辩证法因素，创造性地运用传统艺术理论中的艺术辩证法，巧妙地使用了多种多样的艺术补充手段，从人物复杂的对立联系中，简洁生动地刻画出人物性格的多面性和丰富性。认真地探讨一下《红楼梦》这方面的艺术经验，不只可以加深我们对这部作品思想艺术价值的理解和认识，亦足为今天的文艺创作提供一些可资借鉴的艺术经验。

相反相成 相互依存

文学是人学，而人的本质，正如马克思所说，“在其现实性上，它是一切社会关系的总和”①。在现实主义文学创作中，这种社会关系通过作家精确的艺术概括，主要地表现为作品中的人物关系。一个伟大的现实主义作家，不管他认识上的自觉程度如何，他在创作中必然要从人物复杂的现实具体的矛盾联系和发展中，多面地立体地刻画和展示人物性格。《红楼梦》作者曹雪芹，正是这样一位伟大的现实主义作家。

曹雪芹塑造人物一个重要的艺术手法，是善于把相反相成这一辩证思维的方法运用到人物性格的描绘中去，这就是充满全书的形象对照描写。所谓对照描写，看来是个艺术手法，属于文学形式范畴。实际上，它是作家对生活带有辩证性质的认识经过深刻的艺术构思之外的表现。曹雪芹笔下的人物，绝无孤立静止描写的情形，他总是把具有不同思想、感情、心理、气质的人物放在矛盾对立的联系中作具体的描绘，写矛盾对立的双方都以对方为自己存在的条件，从双方互相联结、互相贯通、互相渗透、互相依赖的同一性中写出他们的互相对立和斗争。写对立渗透着联系，在联系中更深刻地显示出对立。这种着眼于揭示对立统一的对照写法，在艺术效果上，不只以更加对立的方式，把人物性格区分得更加鲜明，而且可以在着重描写一方的同时，暗里实际上也表现了对方。这样，不烦辞费，即可收到由此及彼、深化补充对方性格的功效。

林黛玉和薛宝钗是两个包含着不同思想意义的对立形象。表面上，她们围绕贾宝玉的爱情婚姻问题，形成复杂的矛盾纠葛，展开了性格冲突，实际上，她们是以贾宝玉做什么人，走什么路为焦点，展开着矛盾斗争。“木石前盟”象征着叛逆者的反封建人生道路。“金玉良缘”则意味着卫道者的封建主义人生道路。其争夺的对象虽同，其争夺的内容则异。林黛玉

① (德)马克思:《关于费尔巴哈的提纲》,《马克思恩格斯选集》第一卷,人民出版社1972年版,第18页。

追求的是建立在思想一致基础上的纯真爱情，属意于获得宝玉一颗挚诚的心，薛宝钗追求的是体现家世利益的封建婚姻，垂涎于宝二奶奶的位子，更多注目于博得贾府上下的好感。由这种社会关系决定了的钗黛性格这般内在的相对而又相关的对立统一关系，是艺术表现上相反相成的客观基础。有了这个基础，才使对立性格的相互生发、相互补充成为可能。当黛玉和宝钗在第三、第四两回相继进入贾府以后，第五回一开始，作者便将她们的对立关系总括地写了一笔：

> 宝玉和黛玉之亲密友爱处，亦自较别个不同，日则同行同坐，夜则同息同止，真是言和意顺，略无参商。不想如今忽然来了一个薛宝钗，年岁虽大不多，然品格端方，容貌丰美，人多谓黛玉所不及。而且宝钗行为豁达，随分从时，不比黛玉孤高自许，目无下尘，故比黛玉大得下人之心……因此黛玉心中便有些悒郁不忿之意，宝钗却浑然不觉。那宝玉亦在孩提之间，况自天性所禀的一片愚拙偏僻，视姊妹兄弟皆出一意，并无亲疏远近之别。

这段文字提纲挈领地从宝黛钗特别是黛钗的联系中，揭示出他们性格的对立，为全书悲剧情节的开展，奠下了一块基石。脂砚斋也朦胧地看到了这一点，故在这段文字上反复批道："因写黛玉实是写宝钗，非真有意去写黛玉，几乎又被作者瞒过。""欲出宝钗便不肯从宝钗身上写来，却先款款叙出二玉，陡然转出宝钗，三人方可鼎立。"[①]这些脂批虽然比较符合作意，但仔细推敲一下，还不免失于片面。实际上，应当是不仅"写黛玉实是写宝钗"，写宝钗亦实是写黛玉，两者相反相成，彼此依存，在对立中互为补充。在荣国府人事复杂的环境里，宝钗的"行为豁达，随分从时"，与黛玉的"孤高自许，目无下尘"，形成对照比较，才产生"人多谓黛玉所不及"的舆论。所以黛玉才坦率地表现出"悒郁不忿"，宝钗却装

① 甲戌眉批63a，(法)陈庆浩编著：《新编石头记脂砚斋评语辑校》，中国友谊出版公司1987年版，第110—111页。

作“浑然不觉”她们各以对方存在为条件，才充分显现出性格的对立意义。

此后，在整个情节发展中，无论写钗黛哪一方性格的某一侧面，莫不着意对立双方的全局，写此及彼，明写此方，暗里呼应补充了对方。

譬如，第二十七回滴翠亭扑蝶这个情节，主要在于写薛宝钗性格中一个重要的潜在侧面，即她的机诈、阴贼和险谲。薛大姑娘这一性格侧面，平时被“罕言寡语”“藏愚守拙”的外在表象严严实实地封裹起来，人们是不大容易看得出来的，只有在触及到她切身利害的时刻里，才有可能得到充分的暴露。这次，她被一双大蝴蝶引逗到滴翠亭畔，无意中听到了怡红院粗使丫头小红的私房话，在躲避不及的情势下，急中生智，使了个“金蝉脱壳”的法子，把这件事可能产生的后果全部转嫁到林黛玉的头上。这件事确乎一针见血地暴露薛宝钗灵魂的丑恶面。薛宝钗性格的这个侧面，迟早总是要暴露的，但通过这个事件来暴露，而且暴露得如此尖锐露骨，与本来同这件事毫无干系的林黛玉纠缠到一起，无论近因和远因，都表现出她和林黛玉在爱情婚姻纠葛中长期形成的思想感情上的严重对立，也是林黛玉孤高傲洁、与世多迕的叛逆性格一种折射。就是说，这里以如此具体情节来刻画薛宝钗的性格，同时也就借此从对立的联系中映射补充出林黛玉的性格。因为薛宝钗的这个行动，看来是情急时一种出于本能的保护性反应，但从心理学角度来看，薛宝钗这种条件反射式的反应，说明林黛玉的性格、行动，平时作为“条件刺激”，在薛宝钗心理上留下多么深刻的痕迹；她的条件反射式反应，愈是本能，愈要不假思索，就愈是从相反方面突现了林黛玉的性格。所谓蓄之既久，其发必速，积之于心，必形诸外。更不要说在扑蝶之前，她看到宝玉进到潇湘馆，对林黛玉已经一肚子不高兴，正无以发泄，恰好碰到这个节骨眼上，就势所必然地成为“金蝉脱壳”这一行动的直接诱因了。最后，作者又进一步通过小红的心理反应，并从小红的眼中对钗黛加以对照评判，明确地显示出对黛玉性格补充的意图。小红忧心忡忡地说道：“若是宝姑娘听见，还倒罢了。林姑娘嘴里又爱刻薄人，心里又细，他一听见了，倘或走露了风声，怎么样呢?”这是一种相当高明含蓄的性格补充手法。林黛玉性格中“孤标傲世”“目无下尘”一面，书中正面具体描写的地方并不多，但形象的整体却清晰地显示出来，给人留下深刻的印象。这种艺术效果的获得，当然是把她放在复杂的人物关系中调动多种艺术手段综合作用的结果，而上述对立性格的呼应、渗透、补充，无疑也起了重要的作用。

再如在金钏投井自杀事件中，薛宝钗闻讯后立即赶去安慰王夫人，为凶手开脱罪行，诬被害者为“糊涂人”，死了“也不为可惜”，随即拿出她皇商的家数，为王夫人出主意：“十分过不去，不过多赏几两银子发送他，也就尽主仆之情了。”让害人者用几个臭钱来平息良心上的“不安”。这里作者是着意于揭露皇商家庭渗透在薛宝钗身上的铜臭气息和她冷漠无情的性格特征，但同时又不忘把她跟林黛玉联系起来。王夫人急于摆脱困境，想拿两套新衣服妆裹金钏的尸体，以掩盖杀人的血迹，装扮“慈善”的假象，偏偏一时拿不出来，遂对宝钗说：“只有你林妹妹作生日的两套。我想你林妹妹那孩子素日是个有心的，况且他也三灾八难的，既说了给他过生日，这会子又给人妆裹去，岂不忌讳。”她一听，讨好的机会来了，便赶忙把自己刚刚做的两套新衣服献出，帮了王夫人的大忙，并说：“姨娘放心，我从来不计较这些。”自然，这一举既博得了王夫人的好感，揭示出她“行为豁达”的本质，又与林黛玉的“有心”形成强烈的对比，从而有力反衬、补充出林黛玉孤高傲世的悲剧性格内容。

反之，具体描写林黛玉性格的情节，也同样在对立的联系中补充和深化薛宝钗的性格。例子很多，不详列述。姑从宝黛爱情试探阶段他们之间的关系来看，黛玉常用“金呀玉的”“宝呀贝的”“见了姐姐就忘了妹妹”来敲打宝玉，从而引起无数次的争吵。这些描写固然为正面塑造林黛玉这个叛逆女性的复杂悲剧性格，展示其内心世界所必不可少；但稍为了解一点他们关系的读者，毋须太多的思索，自然会联想到黛玉所以如此敏感，即所谓“有心”“心细”，难道不正是薛宝钗的“藏愚守拙”“随分从时”，外似仁义、内藏奸险，阴一套、阳一套，在周围大造“金玉良缘”舆论的一种曲折反映？如果说，林黛玉这种性格表现也是一种“条件反射”，那么，形成这种“反射”的条件，自然是来自薛宝钗性格所由产生的诸般活动的长期刺激。“一年三百六十日，风刀霜剑严相逼。”在这些虐杀林黛玉叛逆灵魂的“风刀霜剑”里，包含着多少来自那位不露声色的宝姑娘发出的冷枪暗箭哪！“金蝉脱壳”就是她背地里放出的一支暗箭；第二十五回黛玉见宝玉病愈脱口念了一声佛，她又不失时机地用如来佛忙着来管林姑娘姻缘的话，当众对黛玉进行公开的嘲弄，则是她斜刺里杀出的冷枪。所以，明写林黛玉，也暗脉潜流，山断云连，腕底有意地通向薛宝钗，由此及彼，起到性格补充的作用。

通过揭示矛盾对立面双方公开的或潜在的联系，相反相成，构成对照，显示出性格相互补充生发的意义，这种艺术手法在《红楼梦》里运用得非常充分、普遍。晴雯与袭人、宝玉和贾政都是在性格相互对立中相互补充的显例。晴雯与袭人性格在对立描写中相互补充的同时，又各自从正反两个方面对宝玉性格作了相应的补充。没有对贾政颟顸、愚钝、顽固性格的刻画，从对立中对宝玉性格作出呼应和补充，就无以充分显示出宝玉叛逆性格的进步意义，反之，没有对宝玉叛逆性格的刻画，从对立中对贾政性格作出呼应和补充，亦无以充分显示出贾政性格的政治批判意义。

除了上述两种对立思想范畴的性格相互补充外，还有一种本属同一个思想范畴的人物。由于个性上的差异，在某些具体问题上产生了矛盾对立，在对双方各自的具体描写中，也同样显示出内在的性格相互补充的意义。比如，宝黛在爱情发展过程中，双方怀着相同的心腹事，但都不肯也不敢当面披露，都把心包了起来，吞吞吐吐，欲言又止，相互捉摸试探，常常吵闹得不可开交。林黛玉在这个阶段里的诸种表现——极度的自尊，病态的敏感，她以自己的生命去追求志同道合的爱情，希望完全获得知己者的心，但沉重的传统思想的因袭，险恶的客观环境的压力，使她又不敢承认这种追求的合理性。于是，每当她接触到宝玉不免直露造次却是真诚心曲表白的试探时，就顿时变脸吵闹，甚至不惜矫情作假，要把宝玉的话告诉舅舅去。这一切，就对林黛玉性格塑造言，是充分展示出这位在中世纪严酷礼教统治下的贵族少女内心世界的复杂性和丰富性，但这同时，又何尝不是在既定的联系中对宝玉一往情深、义无反顾的叛逆性格的坚定性一种深刻有力的补充呢?!

人物性格的对立或对照，作为一种艺术手法，并不一定能产生深厚蕴藉的艺术效果，必须在对立中写出性格间的必然联系，相反中写出相成，在人物性格之间引起相互补充、生发、深化的内在反应，才能产生深刻隽永的艺术感染力量。《红楼梦》在这方面为我们提供了丰富的艺术经验。

相辅相成 相得益彰

《红楼梦》另一个习用的性格补充手段是相辅相成，即所谓衬托的艺术手法。这种手法多用于同一思想范畴人物性格间的丰富和深化。通常是借助两个人物既定的紧密关系，着重具体描写一方，烘云托月，以甲衬乙，起到补充另一方性格的作用。

贾宝玉和林黛玉这两个封建贵族阶级的叛逆者，他们个性虽有明显的差异，但在社会人生诸多问题的看法上却是完全一致的。而反对仕途经济，厌弃时文八股，则是构成他们思想一致的一个基本内容。唯因有了这个崭新的内容，才使宝黛爱情彻底摆脱才子佳人的窠臼，远远超过《西厢记》崔张爱情和《牡丹亭》柳杜爱情，从而具有深刻的思想意义和高度的审美价值。但是，作者描写林黛玉性格从未正面涉及这个重大问题，只在那次史湘云劝贾宝玉要常常跟贾雨村之流的“为官做宰的人们”打交道，“谈谈讲讲仕途经济的学问”。宝玉光火之余，说了一句林姑娘从未讲过这些混帐话，画龙点睛地从侧面交代了一下林黛玉对这个问题的态度。实际上，有这么侧面一笔，也就足够说明问题了。所以，林黛玉在门外无意中听了这句话，一切疑虑，顿然冰释，彻底沟通了心曲，他们的爱情遂即出现了一个飞跃，进入完全成熟阶段。在这个问题的处理上，作者正是充分把握了宝黛爱情关系的本质，着力正面描写出宝玉叛逆的坚定性和反抗的顽强性，也就自然衬托补充出黛玉性格这方面的内容。否则，他们的爱情就失掉赖以建立的思想基础，正如宝玉所说：“若他也说过这些混帐话，我早和他生分了。”

赵姨娘这个人物，在一定意义上，是贾政性格一个重要侧面的补充。贾政，作为书中主人公贾宝玉的主要对立面，他是封建主义卫道士，是四大家族政治上思想上的首席代表人物。作者描写他的正面笔墨，主要是着力于刻画他颟顸、顽固、平庸、残暴等性格特点，侧重于政治上的揭露和批判，很少涉及他精神生活的描绘。只在那次中秋夜宴上，他为了承欢贾母，讲了一个怕老婆的笑话，透露出他精神境界之一斑。原来他是一个审美趣味如此庸俗无聊的假道学，他的笑话中那个患惧内室的男人，恐怕就有他自己内心世界的影子。不然，他怎能跟赵姨娘那样一个“阴微鄙贱”猥琐不堪的女人同床共枕，言和意顺呢?！难怪贾母在贾宝玉那次病重时大骂赵姨娘背地“调唆”贾政，要把宝玉逼死。贾母这话，清楚地透露出贾政跟赵姨娘确是两位一体，夫妾相得的。从王夫人对赵姨娘妒意十足的叱詈声中，也可以得到证实。所以，赵姨娘形象，从作品的总体艺术构思看，她是一个从属于贾政形象的塑造，对贾政性格起重要补充作用的形象。有了她，贾政日常生活中的精神空虚、情趣低俗的性格侧面，就得到具体的感性的充实，说明他不仅在政治生活中是个体现封建主义腐朽性的卫道士，在日常精神生活中也是一个“被服儒雅，行若狗彘”的“假正经”有了她，贾政这个封建末世正统派的艺术典型，才如此全面丰满、有血有肉地塑造出来。

宝玉不是有个女人从少到老“三变”的怪论么，他说：“女孩儿未出嫁是颗无价之宝珠；出了嫁，不知怎么就变出许多不好的毛病来，虽是颗珠子，却没有光彩宝色，是颗死珠子；再老了，更变的不是珠子，竟是鱼眼睛了。”早些他不理解“分明是一个人，怎么变出三样来”？到后来随着世事阅历的加深，他悟出一些发生这种变化的道理来了。原来是她们“只一嫁了汉子，染了男人的气味，就这样混帐起来，比男人更可杀了”！他认为女人变坏是来自男人思想的濡染和影响。这种议论，今天看来，在理论上有很大缺陷，因为人们思想性格的变化，是现实社会关系、社会意识诸方面影响的结果，不能笼统地归罪于男人，尽管男人的影响也是一个方面，但这在当时却不失为一种具有进步意义的卓见。他毕竟是以带有辩证性质的发展变化的眼光来思索女人变坏的过程和原因，确也捕捉到某些带有本质意义的现象。当然，宝玉这种女人三变的理论，也适用于赵姨娘。不言而喻。赵姨娘能成为得宠贾政的小老婆，当年也有过袭人一般的少女黄金时代，所以才被看中收到房里，所以才能生出探春这个才貌双绝的三小姐，后来变得这般“阴微鄙贱”，昏聩乖谬，追本溯源，根子自然通到贾政身上。所以，依照作者人物关系的构思，写赵姨娘种种“阴微鄙贱”的见识和种种昏聩乖谬的举动，实际上，正是深刻地暴露了贾政精神世界的低下和鄙俗。我们认为，只有从性格补充的意义上去理解把握赵姨娘这个“小人物”的揭露批判价值，才能作出接近作者创作意图实事求是的评论。有的论者认为“作者在设计、构思、塑造赵姨娘这个人物时，是从牢固的阶级偏见出发的，是从巩固封建等级社会中的嫡庶观点进行思索的，问题的实质就是这样”①。太武断了吧。这样认识，不惟没有抓住“问题的实质”，实乃似是而非，流于表面，亦且曲解作意，厚诬作者，无乃不可乎？

贾宝玉在大观园中有两个心灵上的知己，一个是现实世界的林黛玉，他们之间建立起志同道合、生死不渝的爱情关系；一个是宗教世界的妙玉，他们之间存在着一种友谊有余、爱情不足的微妙精神联系。从这个意义上说，我们不妨把黛玉视为宝玉现实世界心灵的影子，把妙玉视为宝玉宗教世界心灵的影子。她们各以跟宝玉形成的那种深秘隐曲的内在心灵上的特殊联系，对他的性格做了多方面的补充。宝黛的性格补充，前文已有所涉及，此不多赘。妙玉形象书中着笔不多，但她对宝玉性格却具有双重的补充意义。具体说，她既对他的思想性格做了横向的补充，又对他的人生归宿做了纵向的补充。

妙玉和宝玉虽身分各异，地位迥别，在性格气质上却有许多共同点，他们的聪慧和才华，足相颉颃，不分轩轾。妙玉是“气质美如兰，才华馥比仙”，宝玉是“置于万万人中，其聪俊灵秀之气，则在万万人之上”。他

① 严望:《试论赵姨娘》,《红楼梦研究集刊》第7辑，上海古籍出版社1981年版，第137页。

们的个性也都非同流俗，不见容于当世，妙玉是“天生成孤僻人皆罕”，“太高人愈妒，过洁世同嫌”。宝玉是“行为偏僻性乖张，那管世人诽谤”，“百口嘲谤，万目睚眦”。一个身伴青灯古佛，木鱼清磬，却心存世俗，意惹情牵，是个宗教的叛逆——暴露了宗教的欺骗和虚妄，显示了人们对宗教的信仰危机；一个身居膏粱锦绣，珠围翠绕，而志趋异端，行与世违，是个现实的叛逆——暴露了现存制度的腐朽和破绽，显示了封建阶级的政治危机。两者表现不同，其为叛逆则一。惟其如此，他们才有可能打破宗教和世俗、幽尼和公子的界限，成为不同世界心灵相照的知己，书中也才有可能从宗教批判这个方面表现出妙玉对宝玉性格的补充意义。宝玉对宗教的态度，一方面，由于对儒家学说的厌弃，又受到弥漫在当时士大夫阶层禅悦之风的影响，在无可奈何的精神苦闷中，不免向佛道经典寻取性灵上虚幻的慰藉和寄托，玩玩禅理机锋，有一定的逃禅倾向；另一方面，他对宗教迷信却又极其憎恶，常常毁僧谤道，嘲佛骂祖。对宗教的这种矛盾态度始终贯穿在他的思想性格当中，构成了一个重要侧面。只是在他的前期表现得还比较朦胧混沌，偶弄禅机，仅至“无可云证，斯立足境”而已，还未能自色悟空，进入物我两忘，大彻大悟的境界。这一点，恰与妙玉“云空未必空”的性格矛盾相一致，只是妙玉比宝玉表现得远为强烈明朗。作者正是以他们“道是无情却有情”的微妙关系为纽带，使两者发生呼应，从另一世界对宝玉性格这个侧面作了横向的强化和补充，加强和丰富了宝玉性格批判宗教的内容，也拓展了它批判黑暗现实的广度。

性格就是命运。妙玉悲剧性的现在，预示着宝玉悲剧性的未来。这又使妙玉形象构成了对宝玉归宿结局的纵向补充。妙玉本出身于“读书仕宦之家”，只因“自幼多病”，被宗教迷信的习俗恶梦般投入了空门。这样一个天生丽质、才华绝代的少女，如此被迫出家，腰系黄绦，身穿直裰，残酷剥夺了她人生的欢乐。这必然地形成她内心“云空未必空”的深刻矛盾，造成她的性格悲剧。宝玉的最后出家，也同样是被迫的，他的同心共契的情侣林黛玉，在封建势力虐杀下，泪尽夭逝了，他所憧憬和追求的人生理想都遭到无情的毁灭。“沉酣一梦终须醒”。梦醒了，却无路可走。怎么办？浪子回头，向现实屈服妥协吗？这对他更是不堪想象的。他只能走上一条当时贵族叛逆者没有希望的毁灭之路，以表示对现实的抗议和控诉。在《红楼梦》里没有哪个年青人真正愿意以自己青春为代价去换取天国幸福的门票，把虚幻的彼岸世界当作理想去追求。他们都无一例外地肩负着现实人生沉重的苦难，被逼进宗教的门槛，演出一幕幕人生悲剧。宝玉更是如此。他对现实人生绝望之余，怀着一腔无可把握的幻灭和悲哀，以“世人莫忍为”的“情极之毒”，抛弃“宝钗之妻，麝月之婢”，撒手悬崖，遁迹空门，宣告了他对自己的家庭、阶级乃至整个现实彻底叛逆、永不回头的决心。但虚妄的佛门，并不是他真正的“立足”之境。可以想见，宝玉怀着这样的人生大悲哀、大苦痛被迫出家之后，必然像妙玉一样“云空未必空”，陷于无可解脱的矛盾痛苦当中，最后也只能如黛玉为他所续的偈语“无立足境，方是干净”，走向他毁灭的归宿，结束他人生的悲剧。妙玉性格矛盾对宝玉归宿的这种纵向补充，先后辉映，大大增强了宝玉悲剧批判现实的深度。

再看，妙玉的悲剧结局跟宝玉的悲剧结局，也殊途同归，在艺术上构成另一种相互对照和补充，加深了对整个现存制度的批判。妙玉是由宗教走向现实，不得不“屈从枯骨”（靖本脂批），“终陷淖泥”，演完毁灭的悲剧；宝玉是由现实进入宗教，在剧烈的矛盾痛苦折磨中，演完毁灭的悲剧。两个悲剧，从不同的毁灭方向，相互补充，深刻地说明了一个问题：在封建制度的魔影笼罩下，绝无一块不沾血腥气的“净土”，到处都是黑暗的牢笼和陷阱。小尼姑智能把水月庵的“佛门净地”喻为“坑”，小戏子龄官则把荣国府的红粉朱楼比做“牢坑”。现实不正是这样残酷吗？寺院和公府，实质都是“牢坑”，只是门扉颜色不同而已。跳出宗教的牢坑，只能陷身世俗的樊笼；同样，挣脱世俗的樊笼，也只能进入宗教的牢坑。在黑幕层张的封建统治下，整个世界就是一个大的囚牢，宗教不过是插在统治阶级镣铐上虚幻的花朵。一切不愿跟现实妥协的叛逆异端，除了含恨毁灭以外，都不会有更好的命运。《红楼梦》就是通过妙玉对宝玉性格和命运的多方面补充，构成了对现实世界和宗教世界的双重批判，深化了作品批判封建制度的政治主题。

正如世界上没有两片完全相同的树叶一样，世界上更没有两个性格完全相同的人。现实生活中每个具体的人，哪怕比之性情气质十分相近，思想倾向十分相同的人，也必定存在某种程度的差异。这差异表现在艺术形象塑造上，就是写出同一思想范畴或同一生活范畴人物的摇曳多姿、千差万别的个性。曹雪芹不仅写出这种有着细微差别的个性，而且在联系中通过次要人物与主要人物这种同中见异、异中有同的描写，补充、丰富并突出了主要人物的性格。像聪明善良、柔中有刚的紫鹃之衬托补充孤傲真率的林黛玉，锋利机智、出语尖刻的待书之衬托补充精明慧敏的贾探春，均属此类。同样，那个桀骜不驯撕扇作乐的晴雯，也是直接地补充突出贾宝玉主张个性自由的叛逆性格侧面。秦钟和宝玉这一对少年密友，他们在爱情婚姻问题上叛逆封建礼教的思想倾向是一致的，但在人生道路上却有明显的距离。宝玉对仕途经济的叛逆坚定不移，一往无前；秦钟则动摇妥协，有很大的保留。这从秦钟弥留之际给宝玉留下那段“忏悔”味道十足的遗言，可以看得十分清楚。或以为这是曹雪芹的败笔，乾隆梦稿本把这段遗言径改为秦钟还魂以后，“只番（翻）眼将宝玉看了一看，头摇一摇，听喉内哼（哼）了一声，遂瞑然而游（逝）。”这么一改，固然显得含蓄一些了，但却与作者对这个人物的性格构思相悖。因为这样一来就把表现秦钟性格动摇性、妥协性的“这一个”点睛之笔抹掉了，模糊了秦贾性格的差别性。殊不知曹雪芹正是在这种表现人物性格的关键处，以秦之短，衬贾之长，对宝玉叛逆性格的坚定性做了深刻的补充。从《红楼梦》人物关系的总体艺术构思来看，秦钟形象的塑造在很大意义上是从属于宝玉形象塑造的。

相辅相成，相得益彰，左右烘托，前后呼应，从同一思想范畴主次人物性格的联系中，对主要人物做了多侧面、多层次的深化补充。在有限的形式中，浓缩进最大限度的生活容量和思想容量，把现实主义的典型创造推上了空前未有的思想艺术高度，既表现出作者深刻地辩证观察理解生活的认识能力，更表现出作者卓越地辩证把握概括生活的艺术造诣。

虚实相生 彼此互藏

虚实相生，是《红楼梦》人物性格补充又一常见的艺术手法，也是艺术辩证法在《红楼梦》人物性格塑造上又一生动具体的运用和表现。

虚与实，作为一对对立统一的思维范畴，深刻地概括了人类对客观世界某些事物本质联系的辩证认识，这是艺术创作中虚实相生这一艺术辩证法的认识依据。只有如此辩证地认识生活，才能如此辩证地表现生活。曹雪芹运用这一艺术手法塑造人物性格，尤为纯熟洒脱，臻于化境。神余象外，得其环中，甚或不着一字，尽得风流，表现出这位伟大现实主义作家横绝千古的艺术创造力。

艺术创作有它自己的规律和特点。对生活的辩证认识是艺术的辩证概括的基础，但要把生活辩证法转化为艺术辩证法，则需要经过作家的精心营构。曹雪芹运用虚实相生这一艺术辩证法塑造人物，显示出独出的机杼匠心。其具体手法，盖有如下四种。

遥相呼应，以实补虚。这种手法多用于对主要人物某一性格侧面的逻辑补充上，即某个主要人物与某个或某些次要人物并无直接相近相关的联系，只是存在某种隐蔽疏远的逻辑联系，作者正是巧妙地藉助这种联系作为沟通人物性格的地下隧道，在描写次要人物时暗中呼应补充了主要人物。比如，“毁僧谤道”是贾宝玉叛逆性格的重要组成部分，作者对这一点在书中却从未用正面情节具体地展开充分的表现，只在十九回“情切切良宵花解语”里将此作为袭人规劝他的三件事情之一，轻轻虚写了一笔——“再不可毁僧谤道”。仅此而已。袭人是秉承封建家长的意旨来柔化销蚀宝玉的叛逆意志，规他入“正”。这次所劝三事都接触到宝玉叛逆性格内容的核心。可见他平时毁僧谤道、非圣诬法之激烈。宝玉对僧道如此反感、憎恶，其直接缘由，固因那两个飘忽不定的癞僧跛道，插手制造“金玉良缘”的谣言，使他由切肤之感产生切齿之根，但重要的，其所以毁谤，则有着更深刻的社会原因，那就是宗教的罪恶、虚妄和欺骗。于是，作者正面酣畅淋漓地实写了水月庵静虚老尼的虚伪欺诈，伤天害理——口诵佛号，行不由径，夤缘权门，图财害命，一手造成两个青年无辜惨死的悲剧；实写了马道婆的歪邪险恶——两面三刀，惟利是趋，鬼蜮真心，蛇蝎其行，明做宝玉的“寄名干娘”，暗中与赵姨娘结伙，要用“魇魔法”害死贾宝玉，实写了张道士的猥琐鄙俗——阿权奉贵，欺世盗名，胁肩谄笑，媚态可掬，厚着老脸，不择手段地献殷勤，竟要为宝玉作伐保媒，惹得宝玉一肚皮恼火，实写了王道士种种江湖骗子的骗术伎俩。诸凡这些宗教徒恶迹劣行的描写，在情节的正面开展中，既广泛深刻地揭示出宗教的罪恶社会本质，强化了作品社会批判的主题，又为主人公贾宝玉“毁僧谤道”这一性格侧面提供充分的社会根据，注入生动的现实内容。所以，散见于书中这些次要人物的正面描写，莫不与宝玉性格“毁僧谤道”这一笔虚写，遥相呼应，发生必然的逻辑联系，虚实相映，以实补虚，给宝玉性格的这一侧面补充进丰腴的现实生活的血肉。

再如，黛玉性格中敏感的特点，就其形成的现实原因而言，无疑是贾府那个世态浇薄、人情势利的恶浊环境，对这个父母双亡、寄人篱下的贵族少女长期压抑的一种特定心理反应。她孤高傲洁，生恐自己的人格受到凌辱和歧视，为了维护自己的尊严，她的敏感，对个别事件的判断、感受，常常显得近乎多疑、病态。如周瑞家的代薛姨妈送宫花，她疑心是别人挑剩下的才给她；那次到怡红院叫门，晴雯正恼火薛宝钗“有事没事跑了来坐着”，没听出是她的声音，拒不开门，她气得回去哭了半夜。这些当然都是她的误会，实际并非如此。但就贾府整个环境气氛而言，她的敏感又确乎“敏”出有自，“感”发有因。在前期，只因还有贾母这个外婆的疼爱，看“老祖宗”的分上，人们还不便也不敢公然把白眼加到她的身上，或有，也只能在暗中流露。王熙凤曾拿她比做小戏子，带有轻蔑意味，但那毕竟属于开玩笑的性质。所以，林黛玉的敏感特点所由形成的环境根据，作者出于符合当时人物关系的总体构思，没有具体明写直接加诸她身上的“风刀霜剑”（这里指前期，后期随着贾母态度的变化，有明显不同，姑不论），而这种无形的“风刀霜剑”又确实存在，不有所展示就不足以写出典型环境中的典型性格。于是，作者便藉助与她有相类遭遇的邢岫烟投靠贾府后备尝冷遇的实写，遥为呼应，连类为喻，对她这一性格特点形成的现实根据，做了逻辑补充。

场面凹现，以实衬虚。这种手法，有时用于某个主要人物性格特征已经做了比较充分的展露，读者已有了深刻印象之后，接触到某一特定场面，作者就在场的其他人物对某件事物产生的相同心理反应，做了全面细致的描绘，写出他们各具性格特征的不同表现，惟独对在场某个主要人物不着一语，让读者根据已有的印象，通过想象加以补充。最典型的例子，应是那个人所熟知凤姐跟鸳鸯合谋捉弄刘姥姥引起上下哗然大笑的精彩场面。作者以扛鼎的笔力，写出了一瞬间在场人物大笑的千姿百态，无不切合每个笑者的身分、地位、气质和个性的特点，惟独没写那个分明在座的薛宝钗。是作者偶然疏忽漏笔吗？不，这正是作家对场面凹现、以实衬虚的性格补充手法一种高明的运用。因为薛宝钗这个城府甚深的皇商小姐，素以“珍重芳姿”“罕言寡语”见称于贾府，越是当着这种有贾母、王夫人等封建家长在座的公开场合，她就越是要摆出端庄凝重、不苟言笑的大家闺阁风度，以博取她们的好感、垂爱。试想，满屋的人都顿时哄堂大笑，前仰后合，不能自制，独有她一个人“浑然不觉”板着一副严肃的面孔，毫不为动，像个泥菩萨似的坐在那里，那种过分矫情造作的庄重之态，确乎够突出的了。这种以众人失态大笑之实，衬托补充出宝钗性格冷重之虚的写法，所产生的意境是何等蕴藉含蓄，给读者留下了何等丰富想象再创造的余地。“胭脂洗出秋阶影，冰雪招来露砌魂。”细心的读者，看了这个场面之后，掩卷深思，一个“艳若桃李，冷若冰霜”的“冷美人”薛宝钗形象，不是立即浮现在面前了吗?！以实出虚，虚中见实，这也就是古代评论家啧啧赞赏的“意到笔不到”，“不写之写”的意到之笔。正如写意画家的画水，看他只用几笔勾勒出岸上的山石草木、田畴屋宇，再点上一两叶轻帆，那浩瀚汪洋的水面，虽不着一笔，便亦自然呈现于人们的意中，获得实有的形象。

这种手法，有时也用于对某个人物周围与之密切相关的群像描写，即实见虚，让读者产生逻辑联想，补充出这个人物性格的某一重要侧面。比如，第三回林黛玉初进贾府，随邢夫人去拜见母舅贾赦，贾赦并未出场，一进正室，见有“许多盛妆丽服之姬妾丫环迎着”。这一大群盛妆丽服的姬妾丫环簇拥在贾赦屋中，做什么？不言自明，贾赦的荒淫腐朽、渔色无度的老色鬼性格特征，便被这些具有特定身分的人物鲜明地烘托补充出来。再如，贾宝玉性格中的初步民主主义平等思想，也常常是通过怡红院丫环们许多带有民主平等色彩活动的实写，衬托补充出来的。还有那个冷直寡合、性格孤僻的四小姐惜春，在七十四回“绝宁”以前，很少正面写到她，即使偶尔写到也是写意式地寥寥几笔，但性格线条却很清晰明朗。作者对这一性格的塑造，也主要是运用这种场面凹现的手法补充显现的。笔落他人，意在惜春，以实衬虚，虚实互现。

就实见虚，因桑及柳。这种手法，作者常常用于塑造从未正式露过头面的“无形”人物皇帝。这个人物又是书中表达严峻的政治批判主题所不能回避的。可是，动罹不敬大辟之罪的文网，又不容作者正面秉笔直书。骨鲠在喉，不吐不快，怎么办？黑暗的现实，不仅窒息不了伟大作家的聪明和才智，反而激发出他的艺术创造力，推动他的天才得到充分的施展和发挥。严酷的时代，造就了狡慧隐秘的表现手法。作者机智地解决了这个难题，他把旁敲侧击、明褒暗贬等等传统的“史家笔法”，创造性地引进小说创作领域，精心设计并熟练掌握这个艺术表现上的高难度动作。具体地说，即通过某些相关人物的遭际或一些人物对某一事件的反应，使那个魔影般的人间最高权威的实体，隐显形神，对他作了无形的补充。视之，影影绰绰，似有若无，看不到他的“龙颜”真面，思之，却神态可掬，性格宛然，让人真切地感受到他的存在。元春省亲一段文字，乍看来，可说是全书“颂圣”的高潮部分，先有凤姐、贾琏夫妻对话，对“当今”和太上皇、皇太后的“隆恩”作了一番歌功颂德。说什么皇上能“体贴万人之心”，“至孝纯仁，体天格物”，太上皇、皇太后深为赞许，律外施仁“大开方便之恩”，降谕谁许“椒房”回家省亲。可是，就是在那“隆恩殊眷”极尽富贵繁华之盛的表面排场浓笔渲染中，一接触到元春省亲的实质性场面，黄钟大吕，顿变商声羽调。骨肉相见，执手对泣，忍悲强笑，哽咽难言，一派凄凄惨惨“终无意趣”的悲苦气氛。用元春的话来说，皇宫生活虽“富贵已极”，却是个“骨肉各方”，“不得见人的去处”。幽怨悲愤，膈臆难诉。尊贵的政治地位，丰裕的物质供养，却是以她的人身自由被剥夺、青春幸福被吞噬的沉重代价换取的。说穿了，她不过是被幽禁在皇宫这个金丝笼中一只供人玩弄的金丝鸟而已。她是一个在更深刻意义上“薄命”的女性。所以，作者把她列为太虚幻境薄命司金陵十二钗正册中的前列人物。那么元春这种薄命悲剧的制造者是谁呢？不用说，就是那个表面上体恤下情，放她省亲，实际上是“离散天下之子女，以奉我一人之淫乐”[①]的皇帝。明里实写元春归省，暗里虚衬出皇帝性格的专制、虚伪和残酷。皮里阳秋，臧否自现，弦外之音，读者自能心领神会。

再从贾政、贾雨村二人性格、际遇的描写中，同样也是即实见虚地补充出皇帝性格的诸方面。贾政是个平庸低能，碌碌无为的官僚，于家于国，都无所建树。可就是这样一个无能之辈，却得到皇帝老儿的宠信和倚重，言听计从，相得无间。曾遭这位皇帝御批革职罢官的贾雨村，因为走了贾政的门路，得到他“竭力内中相助”，一封题奏，就“轻轻谋了一个复职候缺”，没多久，便荣升了应天府知府的肥缺。这个贪酷枉法，“擅纂礼义”，治下民不堪命的官僚，从此便接履云霄，扶摇直上，最后官升“协理军机，参赞朝政”副宰相。贾雨村的发迹变泰，官运亨通，固属借重贾政、王子腾斡旋、保举之力；而推原内因，则无疑也是由于皇帝赏识了他。有斯君，必有斯臣，见其臣，可知其君。庸碌如贾政，竟有若此回天之力，宠锡有加；贪酷如雨村，竟尔若此风云际会。爵禄高登。明写二贾，暗讥皇帝；写二贾正是为了写皇帝，直笔实写二贾，曲笔虚写皇帝。观乎二贾种种，皇帝的昏聩无能，亲奸近佞，胸无定见，反复率尔的性格面貌，概可想见矣。言外深致，隐然可解。

贾政得到皇帝宠任，倚为股肱亲信，君臣之间似应鱼水相得的了，其实又不尽然。第十六回写了元春受封前的一个场面，就透露了其间一些微

① [清]黄宗羲：《明夷待访录》，中华书局1985年版，第2页。

妙的消息。那天是贾政生辰，贾府人丁正在闹嚷嚷地设宴唱戏，齐集庆贺。忽有太监头子前来“降旨”，传宣贾政入朝陛见。这一声传宣，搅得贾府上下顿时有如大祸临头，“不知是何消息”，人心惶惶，坐立不安，“不住的使人飞马来往报信”。贾府对皇帝传宣陛见如此反应，既真实地概括了雍乾时代统治集团内部激烈政争的现实，同时也曲折地补充出那位降旨皇帝性格的一个重要方面——阴刻寡恩，生杀随意，凶残暴戾，喜怒无常，宸衷难测。

上述元春、贾政、贾雨村等人物，在书中都是相对独立的艺术形象。他们都是通过各自的性格和命运，从不同方面为深刻表达全书的政治批判主题，起着不同的作用，具有不同的思想价值和美学价值。但同时，他们又各都是作者所精心编织的庞大形象体系之网上的一个结，是网之所以为网的实处。没有这无数的实结按照一定的规则联系起来，网是编织不成的，一旦结成了网，诸结之间的虚处——网孔，也就自然地成了网的整体有机部分。对网来说，网结的实处诚然有用，网孔的虚处，也同样必不可少。《红楼梦》这形象体系之网的网孔，有一些就是那个虚中见实的皇帝。他的性格、面目，只有在元春、贾政、贾雨村诸形象的联系中，才清晰地突现出来。实处落墨，虚处着意，虚实并举，一手二牍，实中见虚，虚中有实，“虚实互藏，两在不测”①。

这种即实见虚、因桑及柳的手法，从作者总体艺术构思看，是化整为零，即把皇帝性格各个方面分散开去，异时异地间开，放到元春、贾政、贾雨村等人物相关的情节场面中流露出来，寓作者褒贬于其中，从读者对形象整体的把握看，则是聚零为整，即书中各个散在部分藉助读者的想象加以聚合，构成一个完整的性格实体。散开去，与各个实写人物的性格命运，浑然一体；聚拢来，一个“不写之写”的人物，宛然如在。这一“化”一“聚”，关键在于作者深刻地把握并充分揭示实写人物与虚现人物之间的内在联系。这种联系，既是这个特殊人物塑造中化整为零的分化剂，又是在读者想象中能够聚零为整的凝固剂。塑造神秘的人物，必须出

① [清]刘熙载:《艺概·文概》，上海古籍出版社1978年版，第1页。

之以神秘的笔法。这是伟大作家曹雪芹在艺术表现上一种苦心孤诣的创造。

象征寓意，假虚充实。这种性格补充手法，是曹雪芹把抒情性诗歌的传统手法移植到小说创作中来又一创造性运用和发展。抒情性诗歌属表现艺术的范畴，偏重作者主观感情的抒发，故多虚幻空灵、香草美人的象征寓意之笔。把这种手法运用到叙事性再现艺术中的人物性格塑造，可以给人物性格的客观性注入作者的主观感情色彩，寄寓作者的爱憎，强烈地揭示人物性格的本质。含蓄隽永，意蕴丰厚，使人物性格渗透着浓郁的诗情，洋溢着无穷的韵味，具有巨大的艺术感染力量。

贾宝玉的叛逆性格是中国封建社会末期现实生活的产物。他具有“补天”之质，却不为“补天”之用，叛逆到底，不肯就范，是这个人物性格的本质特征。作者为了强调突出这个本质特征，在真实再现现实生活的基础上，又以象征托寓的手法，拈来女娲炼石补天的神话加以改造，在作品一开篇把宝玉喻为一块不堪补天的顽石。那块顽石神异的缩形——“通灵宝玉”被夹带到人间来以后，始终挂在宝玉其人的脖子上。如影随形，若即若离，成为他叛逆性格的重要标志。就其形体外在表象而言之，宝玉、顽石，异物并立，真假相摩，借假喻真；就其性格内在本质而言之，宝玉、顽石，两位一体，既顽且固，难以点化，你中有我，我中有你，你即是我，我即是你，人物交融，实难分解。这是象征寓意的性格补充手法所造就出来的特殊艺术产物，不能衡之以通常现实主义创作的矩矱。毋怪那位脂砚斋先生在批语中，时而以“石兄”呼顽石，时而又以称宝玉。因为象征手法藉以寄寓作者思想的客体，一旦进入形象之中，化为人物性格的有机血肉，着实难以截然分出主客和你我。实际上，正是在这种似我亦你、似你亦我的迷离惝恍的艺术境界中，人物性格的现实本质得到了补充和强化，才使整个艺术形象获得更高的美学价值。

同样地，为了把林黛玉多愁善感、情重泪多的悲剧性格特征升华到诗意的境界，作者也用此种手法虚构了一个绛珠仙草“还泪”的故事，寓真于诞，寓实于玄。借用超世天国虚幻的假象，规定了林黛玉现实悲剧性格特征的基调，取象传神，寄托遥深。那株遗世独立在灵河岸上柔弱袅娜、露珠滴滴的绛珠仙草，不正是林黛玉形象、性格乃至命运一种富有象征意义的虚化或幻化吗?!

在刻画人物的现实情节描绘中，作者也常常即物起兴，连类取譬，不落言筌地把人物性格的某个侧面，形象地补充强调出来。譬如，上文提到的薛宝钗滴翠亭畔玩的那个“金蝉脱壳”、嫁祸黛玉的把戏，她当着小红、坠儿的面假意搜寻林黛玉，边搜边叨咕：“一定又钻在山子洞里去了。遇见蛇，咬一口也罢了。”这句话，在宝钗是信口而出，说之无心，在作者，则笔底有意，深藏讥贬。孤傲坦率的林黛玉，何曾料到被宝姐姐暗中像毒蛇似的咬了一口呢。毒蛇暗中咬人的特征，在这里富有象征意味地暗暗转化补充为宝姑娘性格特征之一了。再如，为了充分展示宝钗性格阴冷寡情的一面，作者也调动了各种象征托寓的手法，给以多层次的补充，使之更加丰满、更加立体化。她害先天热毒症，服用的丸药名曰“冷香”，寓其性格冰冷无情而香艳动人，贾琏小厮兴儿说她“竟是雪堆出来的”，他们见了她都不敢出气，生怕“气暖了吹化了姓薛的”。薛姑娘实即“雪”姑娘，语涉双关，寓意深永，用她自己借白海棠自况的诗句则是“冰雪招来露砌魂”，用宝玉借白海棠讥她的诗句则是“出浴太真冰作影”。凡此，均属假物见人、借宾定主的性格补充手法的实例。这种写法，亦即古代评论家所说的“假象见意”①，用于小说形象的塑造，既能深刻揭示人物性格的本质真实，又能不落痕迹地渗进作者鲜明的主观评判的倾向，从而熔铸成作品含蓄有致、旨深意远的风格。

这种托物寓旨、假象见义的传统诗歌表现手法，被大作家曹雪芹自放手眼地运用到现实主义小说创作中来，推陈出新，镕裁化铸，成为形象营构的一种特殊艺术手段，赋予它新的艺术生机，拓展它的表现领域，发展并丰富了这个古老的艺术传统。我们应当对《红楼梦》所提供的这种创造性艺术成果，进行研究总结，以建立具有我们历史特点、民族风格的美学理论和小说理论。近年，一些研究者开始注意这方面的探讨，也已获得许

①[唐]皎然:《诗式》卷一，商务印书馆1940年版，第10页。

多有价值的进展。当然，在探讨中不可能一蹴而就。有的说法可能合理因素多一些，有的则可能较多失误。从辩证法的观点来看，错误常常是正确的先导。某一正确理论的建立，也应当包括许多先行者的错误。因为人类认识的规律，正确的东西往往是在错误的东西刺激诱发中逐步完善起来的。我们大可不必见了某种新意的见解，就率尔斥为异端，大张挞伐。艺术领域中某些现象都是比较复杂的，往往需要经过长期艰苦的探讨、切磋，才能获得一个比较接近科学的认识。遽难定于一尊。比如，说《红楼梦》是叙事类小说，它通过刻画具体形象来反映生活。这确乎不错，没有谁否认这一点；但是，如果一口咬定说叙事性小说很难采用诗歌中香草美人象征托寓的传统手法，则不免失之于简单化。特别是就《红楼梦》的形象塑造来谈，就更加讲不通。上面引述的几个例子足为佐证。200多年以前的曹雪芹，他写作《红楼梦》在艺术手法运用上，大概绝无什么“不宜采用”的禁忌，凡是有助于刻画形象、塑造性格，有助于表情达意，统统摄来，兼容并包，为他所用，心中不存怀什么不可逾越的畛哇，笔下也不泥守什么不能使用的成法。所以，他的《红楼梦》融聚了传统艺术的精华，成为集中国古典文学之大成的最高典范。显然，研究探讨这样的作品，既不能削足适履，用今天现成的文艺理论条条去硬套，也不能囿于偏见，无视作品的实际，信口开河；而是应该从研究对象的实际状貌出发，坚持实事求是的科学态度，像曹雪芹那样。绝不株守某种方寸，才能在探索中有所发现，有所发明，有所创造，有所前进。

虚实相生，作为中国古典美学中一个重要命题，渗透了辩证认识的丰富内容，深刻地概括了艺术创作带有规律性的成果。曹雪芹把它广泛地运用到小说创作中来，并给予了高度创造性的发展，充实进更深刻、更生动、更丰富的新内容。上面所谈人物性格塑造种种，不过是这种艺术辩证规律成功运用的一个方面。实际上，《红楼梦》不论对生活的辩证认识，或是对生活的辩证表现，在全书总体艺术构思的各个方面都有所体现。就是本文论及的人物性格补充手法的几个方面，它也足以囊括全部内容。因为无论相反相成的对照补充，或是相辅相成的衬托补充，它们本身无不存在着虚实相生的对立统一辩证关系。本文是就其表现的不同侧重面分开来加以论述。

生活辩证法是对生活中复杂事物从矛盾对立联系和发展中的如实认识法；艺术辩证法，则是在艺术创作中依据艺术的特殊规律和特点对这种认识的如实表达法。曹雪芹在《红楼梦》中表现出的深刻独到的“大眼力”，来自于他对生活带有辩证性质的观察和认识，他的曲尽物情的“大手笔”，则来自于他对传统艺术辩证法创造性继承、运用和发挥。“大眼力”使他能比较准确全面获得对生活本质真实的认识，“大手笔”使得他的“大眼力”获得充分完美的外在艺术表现。双美兼备，遂将中国古典现实主义小说创作推上了难以企及的高峰。《红楼梦》是古代文艺创作中尊重和运用艺术辩证法的卓越典范，它“笼天地于形内，挫万物于笔端”，笔落眼前，神贯八极，注彼写此，目送手挥，双管齐下，一击两鸣；以轻运重，以简驭繁，形成全书浑厚蕴藉、耐人寻味的艺术风格。这从本文粗略论及的人物性格塑造上种种补充手法的运用，亦可略窥一斑。这是思想智慧的结晶体，也是艺术智慧的升华物。我们应当从中吸取丰富的营养，获得有益的启示，继往开来，为繁荣今天的文艺创作，推动社会主义现代化伟大事业前进，建设崭新的精神文明，做出贡献。

壬戌孟秋脱稿于江南赭麓

［原载《红楼梦学刊》1983年第2辑，系第三届中国红楼梦学术研讨会论文］

生动的人物形象 精湛的文学语言

——略谈《红楼梦》两个艺术特色

《红楼梦》是中国古典文学史上思想性和艺术性结合得最好的一部小说。它集中地表现了中国18世纪中叶重大社会主题：揭示出封建社会必然崩溃的历史趋势。它是封建社会没落时期的一部百科全书，写的虽是一个贵族家庭的兴衰际遇，但笔锋所及，却展开了一幅幅广泛的社会生活画面，接触到当时社会矛盾的各个方面。它取材于当时现实生活，又高于当时现实生活，典型地反映出社会矛盾冲突，它继承了我们民族优秀的艺术传统，但又突破了这个传统，在艺术表现上有了创造性的发展。所以，《红楼梦》不论就其深刻的思想性，或深湛的艺术性，都是我国古典文学史上一座巍然屹立的丰碑。鲁迅先生说过："至于说到《红楼梦》的价值，可是在中国底小说中实在是不可多得的……自有《红楼梦》出来以后，传统的思想和写法都打破了。"[①]因此，批判地继承《红楼梦》这宗珍贵的艺术遗产，作为今天文艺创作的借鉴，还是有一定意义的。

把人物写活了

《红楼梦》在艺术上成功地表现了社会批判的主题，最主要的是塑造了众多的性格鲜明的典型形象，通过各种对立的典型性格，复杂的矛盾斗争，具体真实地再现了中国封建社会没落时期的历史面貌。《红楼梦》写

① 鲁迅：《中国小说的历史的变迁》，《鲁迅全集》卷九，人民文学出版社1981年版，第338页。

了四百多个有名字的人物，其中能给人留下深刻印象的典型人物就有几十个。这不仅在中国古代文学史上是少有的，即在世界文学史上也是罕见的艺术奇迹。

《红楼梦》是怎样塑造出如此众多的典型形象呢？

日常生活典型化 构成《红楼梦》迥异于其他古典小说的独具的艺术特色，是作者基本上通过大量日常生活的描写，细致入微、形神毕肖地塑造出生动的人物形象。《红楼梦》所描写的，不论像“秦可卿大出丧”“宝玉被打”和“抄检大观园”等波澜迭起的大事件，或是一次母子家常闲话的小情节，都无不是封建社会触目皆是的日常生活。这些大小事件的本身并没有什么惊心动魄，引人入胜的魅力。试想在《红楼梦》描写的时代里，哪一个上层贵族家庭不在死人时大肆挥霍摆阔气？在名教纲常的统治下，老子打儿子更是司空见惯的常事，哪一个贵族之家内部不是充满了尔虞我诈的矛盾，在醉饱之余经常演出一幕幕狗咬狗的丑剧？又有哪一家的母子不经常闲聊？但是在《红楼梦》里一写出，立即点石成金，化腐朽为神奇，获得艺术的生命力，深刻地概括出社会矛盾的本质，为塑造人物性格、表现重大社会主题服务。姑不论作者倾尽全部功力写的大事件，就拿第七十五回写的一次荣国府寻常的中秋夜宴为例，也可以看出作者卓越的艺术才能。在这里作者紧紧围绕封建贵族阶级子孙不肖、后继无人、日趋衰亡这根轴心，精心提炼日常生活，自然地展示出人物的思想性格，闪烁出进步思想的光辉。这次家常夜宴，是在贾府衰败的征象已经充分显露出来时摆出来的。贾府的老祖宗——贾母，面对眼前的荒凉，缅怀过去的“盛时”，不禁发出无可奈何的感叹，但是这个享乐成性的贵族老太婆，还是强颜欢笑，恣情作用，寻求灭亡前的刺激。这就使得这次夜宴宛如末日来临前一次“最后的晚餐”。贾政讲了一个庸俗不堪的怕老婆笑话，然而却博得贾府统治者一阵无聊的狂笑，充分暴露出这个封建末世统治的精神境界的极度卑下和空虚，已经堕落到何等无可挽救的地步。贾赦又讲了一个母亲偏心的笑话，则暴露出贾府上层统治者母子兄弟间，在天然尊长、伦理纲常外衣掩盖下的深刻矛盾。《红楼梦》里写的大都是这类日常生活的小事，这些生活细事的描绘，如果不跟一个重大的主题思想相结合，必定有如一盘散沙，成为日常生活繁琐的堆砌，那充其量不过是一部毫无价值的自然主义作品。可是，在《红楼梦》里，一经与严肃的社会批判主题黏附起来，它们就成为必不可少的有机组成部分，正如涓涓细流汇成气势奔腾的长江一样。

共性与个性高度统一 《红楼梦》里，肯定人物和否定人物之间的界线是十分清楚的，作者对他们的爱憎态度也是分明的。对封建腐朽势力的代表人物是揭露之，鞭挞之，对叛逆者和被压迫者，则是歌颂之，礼赞之。这些不同社会势力的代表人物的塑造，大多达到了典型化的高度，他们都反映了一定社会力量的本质，而这种社会力量的本质则是通过有血有肉、千差万别的个性表现出来的，也就是说，作者具体而细微地刻画出人物生动个性的同时，就深刻地揭示出人物的阶级共性，把人物的共性和个性相当完美地统一起来，生动形象地阐发出社会批判主题的丰富内容。即令是同一阶级的人物，由于写出他们个性的差异，也就体现了各自不同的思想意义，在作品中具有着不同的作用，从不同侧面反映出共同的社会本质。因此，对立的人物性格之间的矛盾，就表现了不同社会力量之间的矛盾。

《红楼梦》里这种典型性格的成功塑造，都是借助于日常生活反复细致的描写。现实生活的复杂性决定了人物性格的多样性，但并不是任何生活现象都能表现人物性格的。《红楼梦》作者深知这个道理，他根据主题的需要，在生活的海洋里，作了精心的选择，把那些足以表现人物性格的典型细节和情节提炼、集中，并按一定的结构组织起来，把行动着的人物给以逼真的白描，很少有作者静态的客观的介绍，人物性格随着典型细节的反复描绘和在故事情节的发展中逐步展示出来。贾宝玉这个叛逆者的典型，他的重要性格特征之一，是反对儒家提倡的封建宗法等级制度，厌恶尊卑上下、长幼有序的繁文缛节，具有一定的平等思想。对这一性格特征，《红楼梦》选择了大量生活细节，从不同角度把它突现出来，如写他过生日时在怡红院破除封建的虚礼俗套，与丫环们随随便便地饮酒，无拘无束地作歌，写他对家中奴仆很少摆主子的架子，他身上带的香袋、扇坠、金钱等常被下人一抢而光；写他见了奴仆，“喜欢时，没上没下，大家乱玩一阵”，奴仆们“坐着卧着，见了他也不理他，他也不责备。因此，没人怕他，只管随便，都过得去”；写他私祭金钏惨死，痛诔晴雯夭亡；写他结交“优伶”，互赠汗巾；写他在弟妹面前，平等相处，从不摆出兄长的威风；写他大胆与封建贵族阶级提倡的“男尊女卑”唱反调，激烈地提出“女尊男卑”的命题；等等，这些乍看起来都是极平凡的日常生活细节的描绘，却从不同方面刻画出贾宝玉叛逆性格重要的典型特征。再看林黛玉，她与贾宝玉同属贵族青年叛逆者，都是封建社会末期反对宋明理学的进步社会思潮的代表；但是，林黛玉比之贾宝玉，在精神上要承受更多黑暗环境的压力，“一年三百六十日，风刀霜剑严相逼”，加上她多病的身体和孤苦无依、寄人篱下的身世，这诸种特定的主客观条件，形成了林黛玉独特的悲剧性格。作者深刻地把握住这个人物悲哀、多愁、敏感、孤傲等个性特征并根据不同的环境和条件，用浓重的笔调反复地加以渲染和强调，独创地完成了这个悲剧典型的创造，既表现出那个时代贵族女青年在叛逆道路上特有的阶级局限性和她痛苦复杂的内心活动，同时，也愤怒地控诉了封建势力对叛逆者的压迫，揭示出两种社会势力不可调和的矛盾。又如反面人物贾赦、贾政两兄弟，他们都是封建势力的代表，但两者个性的差异，又是那样悬殊，各具不同的典型意义。贾赦是通过勾结贾雨村强取豪夺石呆子古扇案和仗势强逼鸳鸯为妾等典型情节，活画出一个横行霸道的大恶霸和荒淫无耻的老色鬼的形象。贾政是《红楼梦》所反映的矛盾中一个矛盾方面的主要代表人物。对这样一个封建正统人物的典型，作者更是集中了大量的“被服儒雅，行若狗彘”的生活细节，把他放在各种复杂的矛盾冲突的旋涡里，通过他自身的言论和行动，成功地塑造出一个封建末世正统派人物的典型形象。再如王熙凤和薛宝钗，同是出身于四大家族的贵族青年妇女，同是荣国府的管家婆，同是封建势力的体现者，又同是搞阴谋的能手，但由于她们的环境教养、生活经历和所处的地位都不同，她们的性格也迥不相侔。这种相类但又不相同的典型性格，都无一例外地通过选择大量日常生活中相似但又不雷同的细节和情节，加以反复的描绘，而清楚地展现出来，其他如晴雯、鸳鸯、袭人、贾母、王夫人、平儿、薛蟠、贾琏等等正反面典型形象的塑造，也都是如此。

在尖锐的矛盾冲突中表现和发展性格 只有在尖锐的矛盾冲突面前，才能更清楚地显示出人物的本来面目。《红楼梦》除了用丰富的生活细节反复地刻画出人物的个性特征外，还从日常生活中提炼出富有典型意义的生活冲突，把众多的人物推上矛盾斗争的尖端，让他们通过各自的行动，表现和发展他们的性格。这种富有典型意义的矛盾冲突，就是经过各种矛盾纠葛的充分酝酿、激化出现的波澜壮阔的大事件、大场面。“抄检大观园”就是一个典型的例子。这次抄检，交织着复杂的阶级矛盾和统治阶级内部矛盾，其根本原因是封建势力与反抗者的矛盾愈益尖锐化，其直接原因，则是贾府内部邢、王两个派系为了争夺家政大权而展开的狗咬狗的争斗，所以，通过这样一个两类矛盾纠结在一起的大场面，就更能使正反两个方面的人物性格来一次集中突出的大展览、大亮相。王夫人与王熙凤被邢夫人用“绣春囊”狠狠将了一军，搞得很被动。为了化被动为主动，把罪责推卸到奴隶们头上，维护王氏派系既定的地位和权力，王夫人顿时撕下“善人”的伪装，露出残酷狰狞的吃人本相，与王熙凤共同策划了这次大镇压的罪恶活动，最后竟亲自出马，凶相毕露，把正在害病、“四五日水米不曾沾牙”的晴雯赶出去，同时也赶走了一大批她认为是“狐狸精”的女孩子。如果不是把这个人物放在如此尖锐的冲突当中，是不会这样充分地显露出她的残忍凶狠的性格特征来的。在抄检过程中，王熙凤的两面三刀、阴险狡猾的性格，又得到一次极为充分的表演，王善保家的那副丑恶的奴才相，简直呼之欲出，被王夫人收买的宝玉身边的坐探——袭人，驯服地打开箱箧，接受检查；晴雯则不计一切后果，勇敢地采取了抗拒的行动，把邢夫人的走狗王善保家的痛快淋漓地骂了一顿；紫鹃是柔中有刚，含着轻蔑的微笑，对抄检给了两句含蓄幽默的嘲弄；司棋敢作敢为，事发之后，镇定自若，略无惭惧；探春敏感地看到这种“自杀自灭”的行动是家族没落的预兆，“开门秉烛而待”，狠狠地打了王善保家的一个耳光，突出地表现了她玫瑰带刺的个性；迎春则懦弱无能，只能“呆呆的坐着”，听任摆布；惜春胆小怕事，心若死灰，孤僻无情，“心冷嘴冷”。这些人物虽然都只是把她们在尖锐冲突面前的表现，作了几笔白描的勾勒，却准确地突现出她们一贯的性格特征。

贾宝玉的叛逆性格，经过这次事变，也有了更为明显的发展。他不仅觉察到自己身边有“犯舌”的人物，而且对封建势力代表者的凶悍面目有了进一步的认识：“固鬼蜮之为灾，岂神灵而亦妒。钳诐奴之口，讨岂从宽；剖悍妇之心，忿犹未释！”封建统治意欲借助这次残酷的大镇压，剿灭反叛，把这个“浪子”拉回封建主义道路上来。哪知事与愿违，却推动他愈加坚定地在叛逆的道路上走下去。封建势力的倒行逆施，只能促进各种矛盾尖锐化，加速自己的灭亡。这种具有典型意义的大场面、大事件的描写，既在矛盾斗争中写出了人物的成长和性格的发展，也深化了社会批判的主题。《红楼梦》里几个大事件，都是生活的发展中，紧紧围绕着表现主题的需要，起着塑造性格、表现主题的作用。“秦可卿大出丧”和“元妃省亲”这两件红白大事，展现出像王熙凤、贾珍、贾政、贾宝玉、林黛玉、薛宝钗等一大批主要人物的性格特征和精神面貌。特别通过元春册封贵妃的情节，在贾府统治者一派称庆祝贺的欢乐声中，唯独贾宝玉偏偏“视有如无”，“毫不曾介意”，表现出他不同凡俗的叛逆性格特征，揭示出封建贵族后继无人的严重政治危机，同时在这两个大事件中，也着力揭露了贵族阶级在回光返照时期的穷奢极侈、挥霍无度，揭示出贵族阶级必然灭亡的经济原因；也揭露了他们在政治上与上层统治集团的紧密联系，写出了他们炙手可热的显赫声势，批判的矛头曲折地指向了最高封建统治者。

环境与性格的交融 封建阶级日趋衰落这一典型环境的描写与人物性格的刻画交融在一起，是《红楼梦》塑造典型人物的一个重要手段。《红楼梦》对贾府腐朽生活的描写，是非常细致的，但从来也没有作过静止的铺叙，都是跟刻画人物性格紧紧地交织在一起，使人物性格与它借以活动和形成的环境达到高度的融合。在展示环境的同时就深化了人物性格。如

“王熙凤协理宁国府”，写贾府盛时末叶的肆意挥霍、讲排场，但和刻画王熙凤这个末世“英雄”泼辣能干的性格紧密地融合在一起。探春、李纨、宝钗三驾马车当政，这时的贾府处于“在在生事”之秋，经济上陷入内囊空虚、后手不接的窘境，政治上，内外矛盾日趋激化，四大家族已经病入膏肓，崩溃势成。这样的典型环境，又是在刻画探春的“才自精明志自高，生于末世运偏消”的性格和命运中，在刻画宝钗一贯好行小惠、笼络人心以维护贵族阶级根本利益的性格中，展示出来。刘姥姥三进荣国府，通过刘姥姥这个久历风霜的贫苦老寡妇的眼睛，揭露了封建贵族穷极奢靡、腐朽透顶的生活面貌，揭露了贫富的悬殊与阶级的对立，而这一切描写都是和从不同侧面展示众多的人物性格紧密地交织在一起的。

至于具体氛围的渲染和景物的描写，同样也不是孤立于人物性格之外的闲笔，而是涂上了与人物性格相称的色调，产生烘托人物性格独特的艺术效果。阔朗的秋爽斋，“三间屋子并不曾隔断”，地下放着大理石大案，大案上放着大鼎、大盘，大盘里又放着数十个大佛手，壁上挂着颜真卿遒劲墨饱的对联。这种住室的气派，恰好反映了探春这个“生于末世”而又很想有所作为去补封建制度之“天”的地主阶级改革家的思想性格。那“阴森透骨”的萝港之旁的蘅芜苑，屋外长着“愈冷愈苍翠”的“奇草仙藤”，屋内“一色玩器全无”，“像雪洞一般”。这样环境正好绝妙地衬托出薛宝钗阴冷无情的性格特征。对林黛玉周围环境的创造，更是达到了人物的思想感情与环境的景物色彩一致的境界，塑造出在封建势力的重压下一个叛逆妇女的悲剧性格。那“苍苔布满”“翠竹夹路”，“凤尾森森，龙吟细细”的潇湘馆，那“红消香断”“春尽花落”的暮春天气，那愁云惨淡、耿耿不尽的秋窗夜雨，无不强烈地烘托出贵族少女林黛玉一腔无尽的哀愁。

从对照中突出性格 《红楼梦》塑造性格，表现主题，还创造性地运用了对照描写这一艺术手法。事物都是一分为二的。所谓对照，就是把事物矛盾对立统一的双方，抓住本质，通过精心安排的艺术结构，形象地描绘出来，作者的爱憎褒贬的倾向，蕴寓其中。《红楼梦》常常用对立人物不同生活场面的对照描写，显示出人物性格的本质：一方面是真挚无邪，另一方面则丑恶糜烂。如第二十一回先写贾宝玉、林黛玉、史湘云之间亲密无间生活场面，奴才袭人却看不惯这些，认为是“鬼混”，想方设法进行“规劝”干涉，后面接着就写王熙凤和贾琏那种淫荡不堪的生活场面，奴才平儿则巧加掩饰。两相对照，把叛道者和封建统治者根本不同的性格，鲜明地展示在读者面前。再如六十三回用贾宝玉与丫环们欢乐谈笑的生活场景，跟贾蓉在贾敬死后与尤二姐恶俗淫靡的胡调场面，前后映照，表现出两种不同类型的人物精神境界的巨大差别。第十七回“大观园试才题对额”，则更是把封建卫道者贾政拉出来与叛逆者宝玉作面对面的对比，一方面是头脑冬烘，思想僵化，想不出一个像样的对额，只会粗暴地骂人，另一方面则是才华横溢，应对如流。从对照中，写出了他们思想性格、精神面貌的根本不同。

从整个人物形象塑造来看，作者也同样充分地运用了对照的艺术手法，使不同性格的人物像浮雕一样出现在读者面前。或是对立人物的对照，揭示人物性格不同的社会本质，如贾政与宝玉，宝钗和黛玉，袭人和晴雯，都是在整个形象的两两对照中，清楚地写出他们性格对立的阶级内容，或是同类人物的对照，显现出他们个性的差异，如贾赦和贾政，贾琏和凤姐，宝钗和薛蟠，探春和贾环，尤二姐和尤三姐等等，都是从对照中写出共性中的个性。

创造了很好的文学语言

《红楼梦》创造了古典小说中最好的文学语言，它继承、发展了我国文学语言的优良传统，并做出了杰出的贡献。《红楼梦》的语言是以北方群众语言为基础，融汇了古典书面语言的精华，形成朴素、优美的独特语言风格。状物抒情，鲜明生动，散发浓厚的生活气息，具有强烈的艺术感染力。

高度的个性化 人物语言的个性化，是作品成功地塑造典型性格、表现主题思想最重要的艺术手段之一。《红楼梦》在这方面取得的成就，在古典小说中是最高的。

《红楼梦》的人物语言是充分个性化了的，它的每个人物的语言都反映出他们各自特殊的生活经验、社会地位和文化教养。作者让人物以他独具的方式去讲话，他们讲的每一句话，几乎都打上了性格的烙印，都是具有鲜明个性色彩的语言。如王熙凤的性格特征是贪残狠毒、狡猾机诈，作者赋予她的语言风格是泼辣、尖利，同时渗透着浓厚的虚伪粗俗的市井油滑气。先看第十四回，她在协理宁国府伊始时的一席训话："既托了我，我就说不得要讨你们嫌了。我可比不得你们奶奶好性儿，由着你们去。再不要说你们'这府里原是这样'的话，如今可要依着我行，错我半点儿，管不得谁是有脸的，谁是没脸的，一例现清白处治。"这么干脆利落的几句话，就声态并作地把这个"脸酸心硬"的"泼辣货"的个性活现出来。最能表现王熙凤性格本色的，还是她在铁槛寺对静虚老尼讲的几句话："你是素日知道我的，从来不信什么是阴司地狱报应的，凭是什么事，我说要行就行。你叫他拿三千两银子来，我就替他出这口气。"接着又说："我比不得他们扯篷拉纤的图银子。这三千两银子，不过是给打发说去的小厮做盘缠，使他赚几个辛苦钱，我一个钱也不要他的。"传神地写出了末期封建统治者典型的罪恶心理和残酷虚伪的吃人面目。当然，她还是一个善于变化，巧于应付的变色龙，在不同的场合，她能装出不同面孔，拿出不同的声口，但万变不离其宗。作者把她放在复杂的矛盾冲突之中，用她自己的语言和行动，展示出她的心灵每一个丑恶的角落。林黛玉初临贾府，王熙凤为了讨好贾母，先悲后喜，说道："正是呢！我一见了妹妹，心都在他身上，又是喜欢，又是伤心，竟忘记了老祖宗。该打！该打。"媚态可掬，八面玲珑，多么虚伪机变。赚尤二姐进大观园，她满腹杀机，却又那样"好妹妹"不离口，甜言蜜语，娓娓动听。大闹宁国府，她俨然是一个口悬利刃、撒野放刁的泼妇。《红楼梦》把王熙凤这个人物写活了，很重要的一点，活就活在她的每一句话，都是只有她才能说得出来的高度个性化的语言。

再如薛宝钗，是大观园里一个顽固的正统派。她表面端庄凝重，温柔和平，体现了符合封建主义要求的大家风范，但她的骨子里却充满了冷酷、虚伪和自私。适应这样一个人物性格的要求，她的语言特点是，在温文尔雅之中渗透着浓重的道学气，思想庸俗不堪，出语却典雅中节。不论她柔声细语地对宝玉进行“仕途经济”“立身扬名”的说教，或是在论画时的“该添”“该减”，“该藏”“该露”，为封建统治粉饰太平的宏论，或是在论诗时“要善翻古人之意”但又不能背离封建主义根本要求的高见，或是在协助探春理家时，提出做事要用孔孟程朱的“学问提着”的主张，以及“小惠全大体”的建言，等等，真真语语不离孔孟，句句维护名教。这些话有许多看来都似是而非，模棱两可，直到今天还常常引起人们的误解，但联系她根本立场和她一贯的思想行为，这些话从形式到内容，都非常符合她城府很深、世故圆滑的性格特点，非常深刻逼真地表现出她那丑恶腐朽的灵魂。

其他人物语言，如林黛玉的尖锐犀利、含蓄有致，晴雯的锋芒毕露、一针见血，贾政的装腔作势、枯燥无味，薛蟠的满口喷粪、低级下流，无不切合他们各自的身份、地位、教养和性格，令人听其言便立刻想见其为人。

古典诗词是《红楼梦》人物个性化语言的有机组成部分。每个人物的诗词都真切地倾诉出他们内心世界的秘密，表现出主人公鲜明的个性和气质，都把他们性格中最本质而又不易被人把握的最隐秘的内容显示出来。林黛玉的《葬花词》《秋窗风雨夕》《柳絮词》等诗作，都是用悲愤和血泪凝结的诗句，表现出这个孤傲不屈的叛逆者在沉重的封建主义压力下挣扎、反抗的悲剧性格，表现出贵族叛道者那种特有的看不到出路的悲观感伤的气质。“冷月葬诗魂”的诗句，不也正是这种性格、气质以及她的命运真实生动的写照吗？薛宝钗诗词的格调则完全不同，她做诗，是恪守儒家“温柔敦厚”的诗教，歌功颂德，婉而不讽。“好风凭借力，送我上青云”，深刻地表现出她与封建主义鱼水相得的思想性格。那个一心要向上爬的贾雨村，吟出的诗句是：“天上一轮才捧出，人间万姓仰头看。”画出了这个落魄儒生那种充满了权势欲的个性。《红楼梦》人物的诗词，都是这样熔铸在形象之中，对突现人物性格起着重要的作用。

鲜明的形象性 《红楼梦》语言另一个重要特色，是鲜明的形象性。比如写贾府的寄生生活："水来伸手，饭来张口。"写贾琏的挥霍浪荡："油锅里还捞出来花"，"吃着碗里的瞧着锅里"。写薛蟠挨打后的狼狈相："没头没脸，遍身内外，滚的似个泥猪一般。"写贾府统治者内部狗咬狗的争斗："一个个不像乌眼鸡似的，恨不得你吃了我，我吃了你！"这些话都具有民间口语朴质无华的特点，活泼生动，贴切自然，信手拈来，把事物的真实面貌形象鲜明地描绘出来。再如家僮兴儿，讲王熙凤两面派为人："嘴甜心苦，两面三刀"，"上头一脸笑，脚下使绊子"，"明是一盆火，暗是一把刀"；把迎春说成是"二木头"，把探春比作"玫瑰花"，评林黛玉和薛宝钗，则说："是怕这气大了，吹倒了姓林的！气暖了，吹化了姓薛的！"这些语言，精炼形象，在朴素诙谐、饶有风趣之中，一语破的地把人物性格的本质揭示出来。

叙事写景，作者善于把握事物的特征，用简洁的文白相间的文学语言，色彩鲜明地描摹出事物的动态。写杏花盛开"如喷火蒸霞一般"，写落花是"锦重重的落了一地"，写人立在雪地上"如装在玻璃盒内一般"，寥寥数语，就写出一幅幅生动的画面。再如写怡红院夜宴的场面："呼三喝四，喊七叫八，满厅中红飞翠舞，玉动珠摇。"口语中杂以文言，形象地写出大观园少女们偶然获得机会放纵一回的情态。

深刻的概括性 《红楼梦》在语言上再一个重要的特色，是恰当地运用了大量的民间谚语和俗语。这类语言，都是劳动人民斗争经验的深刻概括和总结，都是群众智慧的高度结晶品，通俗易懂，寓意深长。它们在作品中被广泛地运用，不仅增加作品的生活气息，而且从各个方面形象地加强了社会斗争的主题。写开当铺的残酷牟利，用"天下老鸹一般黑"来比喻，揭露反动阶级共同的剥削本质，多么生动、准确。写以贾府为代表的没落阶级外强中干的纸老虎本质，用"外面的架子虽未甚倒，内囊却也尽上来了"来概括，也是恰到好处。这种状况，管家婆王熙凤的体验是：

“大有大的难处。”不是吗？一群寄生虫，坐食山空，还硬是要支撑贵族阶级表面繁华的臭架子，再用“黄柏木作磬槌子——外头体面里头苦”的歇后语来形容贾府这种尴尬局面，是再合适不过了。尽管这在刘姥姥眼里看来还是“瘦死的骆驼比马大”，但当积久的内外矛盾一旦爆发，必致彻底覆亡，“一败涂地”。如此，“树倒猢狲散”，“千里搭长棚，没有个不散的筵席”等含意深刻的谚语，就更十分形象地揭示出贾府和一切没落阶级必然灭亡的历史命运。

《红楼梦》作者对封建末世的社会冲突和统治阶级内部矛盾有深刻的观察和体验，在客观上做出了虽然有些朦胧但却是精辟的符合社会发展规律的概括。他深切地感触到各种复杂矛盾斗争的不可调和，就用通俗的群众语言概括为“不是东风压倒西风，就是西风压倒东风”的名句。他看到了没落贵族阶级必然灭亡的命运，也看到了贵族阶级之间有着“一损俱损，一荣俱荣”的盘根错节的社会联系，他们决不肯轻易地退出历史舞台，他们在灭亡的历史过程中，必然要进行垂死挣扎，总的趋势是灭亡，但这之间，有起有伏。《红楼梦》中两次引用“百足之虫，死而不僵”的古代成语来概括这种历史趋势，不仅准确恰当，而且十分深刻。这些话在今天仍然能够帮助我们认识现实社会斗争的复杂性和长期性。

《红楼梦》所以能取得艺术上这样特出的成就，不是偶然的，这除了作者有深厚的生活基础和艺术造诣，对书中所写的人物和生活非常熟悉以外，最根本的一点，是作者对生活具有鲜明的爱憎感情，而这种感情归根结底又取决于作者进步的世界观。曹雪芹是一位进步的文学家，同时更是一位具有明显的反传统倾向的勇敢的思想家。他继承了进步的思想传统，主张革故鼎新，反对因循保守。在18世纪上半叶的思想领域里，他积极响应明末清初进步思想家李贽、王夫之等人的变革要求，独树一帜，以文学创作为武器，在为宋明理学长期窒息着的中世纪末期的思想界，代表了新兴市民社会势力的要求，发出了石破天惊、冲破封建桎梏的呐喊。从这里，不难看出，在中国封建末期，一个伟大的作家，只有站在反映日益发展的资本主义萌芽要求的初步民主主义思想立场上，才能走在历史潮流的前头，比较正确地观察、理解、分析、评价纷纭复杂的生活现象，才能使作品在思想上获得重大的社会批判主题，才能以高超的艺术才能，用精纯的文学语言，“真实地再现典型环境中的典型人物”，完美地表现出重大社会批判主题。所以，曹雪芹进步的世界观，既是《红楼梦》具有高度思想性的根本原因，也是具有卓越艺术性的根本原因。

［原载《安徽师范大学学报（哲学社会科学版）》
1974年增刊（《红楼梦》评论专辑）］

蕴深曲之致，出难写之境

——《红楼梦》诗歌艺术断想

《红楼梦》是一部最准确意义上的“文备众体”的古典现实主义小说。它别裁传统艺术的“众体”，兼采其长，熔于一炉，化为小说艺术的有机部分，为真实地“再现典型环境中的典型人物”服务。使古典现实主义小说创作臻于完美的艺术化境。我国古代艺术里属表现艺术的诗歌创作特别繁荣，积累了丰富的创造艺术意境的经验。大器晚成的艺苑中后起之秀——长篇小说，必然要受到这宗遗产的深刻影响，并从内容到形式把它囊括吸收进来，《红楼梦》标志着这种吸收消化过程的完成。

《红楼梦》接受传统诗歌造境表现艺术的影响是多方面的。从宏观的艺术角度来看，它那情在词外，境深意远的高度蕴藉含蓄的总体艺术风格，无疑是创造性地化诗歌艺术为小说艺术结出的硕果。此不具论。这里拟从具体的环境描写和气氛渲染这个微观侧面，来观察一下它是怎样成功地运用传统诗歌艺术手段，精炼含蓄地完成了境寓于情，借诗出境的环境创造的。

凝练地展示全书的典型历史环境

《红楼梦》是一幅封建末世宏伟的现实主义艺术画卷。开卷伊始，作者就面临着如何概括地展现全书人物活动的典型历史环境，渲染笼罩全书的悲剧时代气氛，从而为表现全书封建阶级后继无人、必然衰亡的悲剧主题，提供充分客观条件这样一个带全局性艺术构思和美学处理的问题。如果完全用叙述体来交代，易于失之直露“伤时骂世之旨”，触忌贾祸，在艺术上也难免流于枝蔓芜杂，伤于拖沓。于是，作者在开宗明义第一回中，妙运神思，巧抒艺腕，精卓地使用了散韵交错、相辅相成的方式，完美妥善地解决了这个问题。用甄士隐无子失女，家道没落，最后遁身空门这个悲剧性插曲，隐括暗示全书的悲剧主题和主人公的悲剧归宿以及整个时代的悲剧气氛。但甄士隐的悲剧故事，作为全书开端一个现实引子，它的上述思想艺术内涵，很难为读者所把握并将之引入书中所描绘的历史氛围中去。必须给它以哲理性的渗透，使个别中寓有一般，简单中含蕴丰富，在有限的现象、个别的感性形式中展现出本质必然的无限深广的理性内容，呈现出既具体、又抽象，既清晰、又朦胧的艺术境界，给人留下强烈的悬念。而正是在这种感性与理性的统一中，全书人物所赖以活动的典型历史环境，被真实地再现出来。跛足道人的《好了歌》和甄士隐的《好了歌注》两篇通俗韵文，就成了如此再现典型历史环境的点睛之笔，因而也就成为全书艺术机体中的骨骼。

《好了歌》和《好了歌注》是一个整体，它们以带有浓厚虚无主义色彩的宗教唯心主义形式，用粗线条写意式的大笔勾勒绘出封建社会末期统治阶级兴衰隆替、升沉荣辱急剧变化的社会历史图景，揭示出封建伦理道德的全面崩溃，名教沦亡，伦常乖舛，展现出一派礼崩乐坏的世纪末混乱景象。《好了歌》共四章，均以“好”起，以“了”结。各以“功名”“金银”“姣妻”“儿孙”为中心，通过肯定，否定、再肯定，再否定的逻辑，高度概括地把封建“天理”赖以建立的四大伦理支柱——忠、孝、节、义作了全面的否定。全诗又以否定“忠”领始，以否定“孝”终结。这是从封建纲常伦理的核心内容的腐烂瓦解，点出封建阶级已经面临后继无人的政治绝境，揭示他们必将衰亡的根本原因。

如果说，《好了歌》是展示封建社会末期典型历史环境的纲；那么，《好了歌注》就是这个纲上的目。《注》是对《歌》的内涵初步淡色的皴染和比较具体的发挥。它集中了统治阶级荣枯剧变、政治风云动荡莫测的诸般情状，作了铺张扬厉的描绘，对现存秩序发出无可奈何的深沉绝望的叹息。“陋室空堂，当年笏满床；衰草枯杨，曾为歌舞场。蛛丝儿结满雕梁，绿纱今又糊在蓬窗上。”都是用诗歌精炼含蓄的语言，对封建末世统治阶级的倏枯倏荣，作了生动形象的写照，真像演戏一样，“乱哄哄你方唱罢我登场”。这里面确如脂批所示，有许多概括后面人物和情节的地方，但不能、也不必一一指实。因为它的任务不是对全书内容的讦语概括，而是对整个历史环境的诗意浓缩。它旨在调动读者的审美意识，在诗意的审美感受中，进入创造性的审美活动，在只可意会不可言传中，给读者留下驰骋想象的广阔天地，运用自己的审美经验加以补充。

第五回太虚幻境《红楼梦曲》收尾曲“飞鸟各投林”，思想内容和感情色调几与《好了歌》和《好了歌注》同出一辙。略有差别的是它把《好了歌》和《好了歌注》所摄入整个社会图像的远景镜头，拉为书中即将展开具体描写内容的近景镜头，实是远景画面本质部分的集中和放大。它作为“金陵十二钗”的总结曲，是从概括她们各自的悲剧命运中，映出封建社会末期一个具有代表性的贵族家庭发生急剧变化的场景，或者说，把十二钗一个个命运特写画面，虚化为一组叠印画面，最后意味深长地推出一个“食尽鸟投林，落了片白茫茫大地真干净”的悲凉图景，借以凝练含蓄地展示出全书即将揭幕比较具体的典型社会环境和历史氛围，向读者暗示全书故事的悲剧结局。

从第一回的一《歌》一《注》到第五回的一《曲》，前后映照，彼此补充，借用宗教虚幻的形式，充实进现实生动的内容，充分发挥古典诗歌意境经营的艺术作用，言简意赅地完成了全书序曲部分典型历史环境的创造。

就这两歌一曲的现实内容而言，封建统治阶级内部所以会出现如此急剧的兴衰隆替的变化，归根结底，是封建社会末期由于资本主义萌芽的产生和发展，新兴市民势力随之脱颖而出、引起整个社会阶级关系发生深刻的变化，从而推动统治阶级内部发生剧烈震动分化的结果。只是被跛足道人、甄士隐和警幻仙姑给予了宗教唯心主义的解释。

《好了歌》和《注》，一是出自跛足道士之口，一是出自已经“悟彻”即将成为道士甄士隐之口；《飞鸟各投林》则是出自彼岸世界“太虚幻境”警幻仙姑的手笔。所以，它们都渗透了浓重的宗教虚无主义和因果报应的思想，染上某些虚幻朦胧的艺术色彩。这是作者匠心独运的安排。不是有《红楼梦》里的诗歌都是“按头制帽”、诗如其人的说法吗？曹雪芹笔下人物的诗歌无不拟写得酷肖其人，符合他们各自的个性特点、文化素养和社会身份。书中既有黛玉风流蕴藉的潇湘体，有宝钗含蓄浑厚的蘅芜体，有湘云疏放洒脱的枕霞体，也有朴质无文的刘姥姥体，更有猥亵低俗的薛蟠体，等等，都诗出其神，各具个性风采。这两歌一曲也同样是这种“按头制帽”的艺术神品。它们都是体情入微地再现出这些宗教门中人物作歌制曲那种特有的思想格调和艺术风韵，而用这种格调风韵的诗歌来点示悲剧性的典型历史环境，无疑又非常贴切，恰到好处。它们所流露的宗教虚无主义唯心思想和笼罩的浓重悲观主义色彩，都是宗教徒所固有的精神世界之如实反映，其中虽难免渗入某些作者因看不到社会人生出路而产生的感伤情绪的因子，但决非作者世界观消极内容的同义语，两者之间不能划等号。因为作者的思想，不论是积极的光辉，还是消极的阴影，都是渗透在全部形象的褒贬爱憎之中，任何个别人物的思想都不能代表作者世界观中某一完整方面，就是最能体现他的理想的全书主人公贾宝玉，也不例外。他对贾宝玉身上的一些缺点，不也是居高临下地作过许多批判性的描写吗？更不要说那些被他笔下的主人公经常毁谤的缁黄之流了。所以，这两歌一曲，作者的意思无非是通过宗教虚幻的调门传达出一切在“变”的朴素辩证观念，来表达自己对现实的理解，而这种“变”的观念，又与宗教“人生无常”之类的虚无思想纠缠到一起，就弄得真假难辨了。这无足怪。因为曹雪芹在《红楼梦》里多使用这种真真假假的艺术手法，真假错杂，以假掩真。我们只有把握整体，俯察局部，才能深入堂奥，探骊得珠。倘不加剔摘鉴别，把这两歌一曲中的宗教唯心主义消极内容，一古脑儿地算到作者世界观的账上，自不免造成只见树木、不见森林的误解。

诚然，作者的世界观是复杂的。作为中世纪末期一位作家，由于受到历史条件的制约，他的世界观在总体上属于唯心主义思想体系，因而存在一些虚无主义的悲观色彩，自不待言；它虽与宗教虚无主义在表现形式上有许多相近或交叉之点，但在本质内容上却是迥异其趣的，它饱和着深刻的时代现实的色彩。封建社会末期，商品货币经济获得长足的发展，推动整个社会关系开始发生普遍的物化，现实不是力求停留在某种已经变成的东西上，而是处在变动不居的绝对运动之中。在这种日益显示出人的创造天赋不断发挥的历史条件下，一些清醒的有识之士，开始不满足于在先前那种狭隘的规定性上简单地再生产自己。而是追求人的本质的充分发挥，创造发展自己的全面性，但又找不到明确的出路。在彷徨苦闷的求索中，就产生了具有特定内容的“空虚”，或“虚无”。所以，曹雪芹世界观中那些唯心主义的内容，实是历史变革时期“人的意识”觉醒的悲剧性表现，与宗教否定现实存在的虚无主义是判然有别的。

含蓄地补充人物心理的具体背景

典型历史环境是人物性格形成的总根据。而在相同的典型环境中又形成千差万别、各个殊异的个性和完全不同的心理，则是由各个人物的独特命运及其与具体环境的特殊矛盾所造成的。不交代这种具体环境背景，某个人物的特定心理状态就难于为人们所理解。但有时作者或出于对人物复杂微妙关系的考虑，或是出于艺术表现上简洁精炼的要求，所以常不取散文铺叙的直白明言，而出以诗歌咏叹的含蓄隐喻。

譬如，林黛玉多愁善感的悲剧个性，是来自她不幸的身世，由父母娇养的掌上明珠沦为寄人篱下的飘零孤女。她托身贾府以后，便开始了依人为活的悲剧生涯。这个颖悟睿敏的早慧少女，在童年时期，由于父母钟爱，家庭环境比较开明自由，使她获得比较深厚的文化修养，同时，也不可避免地接受东南地区最为活跃的新兴启蒙思潮的影响，从而较早地形成与发展了她那具有异端气质的性格。她带着这样虽未成熟但已成形的性格气质，在父母双亡之后，孑然一身，投靠贾府，而贾府虽是个表面上宗法森严，温情脉脉的贵族阀阅，实际上却是尔虞我诈、人情势利的角逐场所。如此，她的个性要求和人生追求，势必与环境发生剧烈的冲突。她不能浑俗和光，变心易辙，就难免情与世乖，行与境违，因而时时、处处、事事从心理上、感情上都与周围扞格不入，凿枘难合。虽说有贾府老祖宗外婆贾母的疼爱怜恤，也有贾府"凤凰"老表贾宝玉的真情体慰，人们还不敢对她公开放肆，白眼相加，然终不免召来"孤高自许，目无下尘"这类众口交毁的物议，使她感受到沉重的精神压力。她无可告语言诉，只能怀着满腔的积郁和悲愤，临风洒泪，对月伤怀，从而形成她带有极其浓重的感伤主义个性色调。她跟环境这种冲突，因为有贾母和贾宝玉这两层特殊关系在，在当时不能公开化、表面化，还只能是一种仅可意会无法言传弥漫在人际关系的气氛——一种从四面八方阴暗角落里吹向她的砭人肌骨的冷风，使她那孤傲高洁的心灵遭到无形的摧残和伤害。这种人物与环境视之无形、听之无声，察之实在、感之实有的冲突，着实是一个难以实写明出，但又不能不写不出的高难度艺术表现课题。艺术就是克服困难。曹雪芹又是创造性地运用古典诗歌含蓄蕴藉、长于出情造境的特点，完美地解决了这个难题。

在遍地愁绿惨红的暮春季节里，大观诸艳都欢乐地祭饯花神，作者让林黛玉怀着一腔无可宣泄的幽愤和哀愁，避开众人，来到山坡之旁，面对花飞花谢、落英缤纷的暮春景色，踯躅徘徊，感物伤怀，破开了感情的闸门，在呜咽悲泣声中，唱出了一曲哀艳绝伦的《葬花词》。在这首词里，她托物咏怀，既以落花的飘零来象征感叹自己的身世，又以惜花葬花来寄寓自己"质本洁来还洁去，强于污淖陷渠沟"那种孤标傲世，坚决不肯与世俗同流合污的高洁情怀和意志，同时，更婉转含蓄地把那"一年三百六十日，风刀霜剑严相逼"摧残落花的严酷环境自然托出。在这里，花与人，花的环境与人的环境，完全合二而一，融为一体，"葬花"实即"葬侬"，伤花实乃伤己，落花的遭遇实是黛玉的遭遇。这种用诗歌象征托寓、人物交融的艺术手法所创造出因物见人，即景出境的高度谐和统一的艺术境界，使读者在获得强烈审美愉悦的同时，真切地感受把握到造成女主人公悲剧感情那种“风刀霜剑”深刻潜在的心理背景。

再如，第七十九回贾宝玉那首《紫菱洲歌》，也同样是借诗出境的杰作。那时，已是抄检大观园之后，贾府的衰败没落，开始明显地呈露出来。贾赦因无力偿还新荣暴发户孙绍祖的五千两银子，竟把亲生女儿迎春当作抵押品，接出大观园，待嫁府中。晴雯、司棋、芳官等早被赶逐出园，死的死，走的走，出家的出家。胜地不常，盛筵难再。大观园里已无复往日的鸟啭花香，欢声笑语，笼罩着一派繁华消歇、风流云散的穷秋衰杀景象。大观园里的悲剧，由晴雯之死、司棋之逐等奴婢丫头的悲剧揭开了序幕，现在演到主子姑娘迎春的头上了。大厦将倾，狂澜已倒，“悲凉之雾，遍被华林”[①]。承担这全部悲剧重荷的贾宝玉，“爱博而心劳，而忧患亦日甚”[②]。就是在这种境况之下，贾宝玉呼吸领会日益浓重的悲剧气氛，怀着对迎春命运难卜的忧虑，骨肉即将离散的惆怅和对往昔姐弟欢乐相处的眷恋，天天到迎春故居紫菱洲一带徘徊瞻顾，但见“轩窗寂寞，屏帐翛然”，衰草凄迷，残荷零落，人去楼空，景移物换，不胜沧桑凄恻之感。这种物是人非、荒凉寥落的景象，恰是贾府处于风雨飘摇，行将破落，“树倒猢狲散”的形势一种自然的烘托。作者在这里抓住这个富有象征意义的自然环境，进一步向纵深开掘拓展，给以诗意的升华，在个别的自然景物中，注入丰富的社会内容，以简驭繁，举重若轻，让它集中把贾府此时衰败的形势，通过可感触到诗歌形象，明确而又含蓄地昭示给读者。于是，作者对紫菱洲一带的暮秋景物通过贾宝玉的眼睛作了一番点染之后，即让他在情不能已的心理感受中，发此哀吟：

池塘一夜秋风冷，吹散芰荷红玉影。
蓼花菱叶不胜愁，重露繁霜压纤梗。

这里状景写境，境以景出，又情在景中，以景结情。秋风萧瑟，吹散

① 鲁迅：《中国小说史略》，《鲁迅全集》卷九，人民文学出版社1981年版，第231页。

② 鲁迅：《中国小说史略》，《鲁迅全集》卷九，人民文学出版社1981年版，第229页。

芰荷，重露繁霜，摧残纤梗，隐喻贾府衰败的严酷形势，又以暗示迎春的不幸命运和宝玉悲凉伤感的心境。境、景、情三者在这两联诗中达到了浑然一体的融合，其中尤以写境为主。因为那荒凉之景和惨怛之情，都是主人公呼吸领会整个环境悲凉气氛一种特定主观感受的艺术外现。

简洁地烘托环境的发展变化

《红楼梦》以贾府的盛衰为背景展开人物悲剧命运的描写，其盛衰递嬗有个渐进发展的过程。人物的精神风貌和感情心态，无不伴随这盛衰变化之迹而染上不同的色调。作者总是"追踪蹑迹”地巧妙发挥诗歌艺术长于意境营构的特点，在不同时期安排了大量的人物诗作，把这种不同的色调显示出来。一声两歌，一手二牍，不仅丰富了人物的性格内蕴，而且以高度简洁精炼的省笔，交代出环境发展变化的轨迹。

元妃归省，大观诸人应制唱和，是诗现贾府“烈火烹油，鲜花着锦”鼎盛时期的标志。所以，这一组诗都充斥着歌功颂德、粉饰升平的陈腐“颂圣”的内容，艺术风格亦皆雍容华贵，秾艳纤巧。连那个“孤高自许”，格调不凡的林黛玉，也未能免俗，虽不无应景凑热闹的味道，但也在清新明丽的意境中，流露出怡悦的心绪。“香融金谷酒，花媚玉堂人”“盛世无饥馁，何须耕织忙”等诗句，正是此种心绪的反映。贾宝玉的三首五律，也同样在清婉柔媚中流泻出富贵气、快活腔。那曲径秀竹、绿蕉红棠，都罩上了一层轻柔香艳的暖色调。他们不正是在“深庭长日静”的悠闲生活中，做着“好梦昼初长”的太平美梦吗？薛宝钗的诗更是典型的应制体调，她恪遵“温柔敦厚”的诗教，表现她端庄凝重的淑女风度，以博取皇妃的青目。故其诗从命意谋篇到造语用事，都旋绕元妃的“文风”“孝化”“睿藻仙才”，作了堂皇富丽的铺排，发出情溢乎词的歌颂，传递出对现实发乎至诚的乐观心声。难怪元妃会大加称赏，并在以后送端午节礼时明显地暗示出牵合“金玉良缘”的意图。至于余人各首，亦皆根据各自的性格和素养表现同一“颂圣”的主题，展示出好一派万物生辉、文采风流的熙朝盛世气象。

这是通过多个不同性格的诗作，对同一事物表现出相近的感受，借以构成一组群体组诗，化零为整，形成一个生活横切面的总体艺术意境，集中地显示出环境的状貌。

在同一时期里，为极写贾府繁华之盛，又在第二十三回写宝玉搬进大观园后，“心满意足”，悠游闲适，珠围翠绕，粉淡脂红，终年过着浅斟低酌、轻吟悄唱、甘肥饱腹、锦绣裹身的豪华寄生的生活。他遂把这种“富贵闲人”行乐图，发为吟咏，写出个人组诗——《四时即事》。诗中句句不离花情月痕，首首无非煮酒瀹茗。这一组诗，时间跨度较大，实际上，是概括了封建贵族阶级整个黄金时期日常生活一个典型的侧面——一个缩影式的纵剖面，它以一年春夏秋冬四季的时间顺序为排列组合的线索，以四季不同的景物特征和四季互异的贵族生活典型细节为内容，联缀四个画面构成一幅纵轴总体画面，把贵族之家盛时的风月繁华集中摄入。这在艺术处理上，让贾宝玉自己用诗歌浓艳的彩笔，来概括他性格发展的早期过程那种珠光宝气的生活状貌，既真实具体，又简练紧凑；同时也自然地反映出他赖以寄生的那个“温柔富贵乡”的生活环境。

这一组个体组诗与元春归省那一组群体组诗，前后映照，纵横交错，彼此衬托，互为补充，以相同的艺术色调，共同完成了贾府极盛时期的环境写照。

随着贾府内部矛盾的逐渐展露，特别是封建家长贾政与叛逆者贾宝玉之间围绕着人生道路所发生的对立冲突，也已显示出不可调和的对抗性质，因而导致了第三十三回宝玉挨打。从这以后，贾府开始显出衰败的征兆，“渐渐的露出那下世的光景来”，尽管从由盛到衰整个发展过程来看，还仍属前期盛的阶段。所以，迄于第三十七、三十八两回，作者在借大观诸人结社赋诗的形式，又连续安排了《咏白海棠》和《咏菊》两组群体组诗。景因境变，情随事迁。大观园里的诗风跟环境气氛发生同步的变化，艺术格调开始由浓艳趋于素雅，思想气韵则是从欢愉中流露一缕缕淡淡的哀愁。整个意境开始现出一丝丝秋的凉意，用贾宝玉《咏白海棠》诗中

“秋容浅淡映重门”“清砧怨笛送黄昏”两句来概括，大体近之。当然，这些诗都是表现贵族阶级公子小姐们的闲情逸致，其本身没有什么太大的价值。但作者在通过它们来表现不同人物的性格和心理来烘托开始变化了的环境气氛，在艺术上确是成功的。特别值得注意的是，作者把对贾府形势变化非常敏感的三小姐探春的两首诗，一为《咏白海棠》组诗的领首，一作《咏菊》组诗的殿后。这种精心的安排，是隐寓深意的。“金风未动蝉先觉。”[①]这里实际上是用探春这两首七律的起句——“斜阳寒草带重门”（《咏白海棠》），“露凝霜重渐倾欹”（《残菊》），来概括地表示当时贾府那种“夕阳无限好，只是近黄昏”的环境形势。但此际毕竟还属盛时，所以，紧承《咏菊》组诗之后，又安排了三首《咏螃蟹》组诗，让三个主人公在吃蟹赏桂、兴致勃发之际，各吟一首，移宫换羽，跌宕有致，以欢快的节奏，明朗的旋律，奏出一曲强弩之末的盛世余音。

从第四十四回到五十三回，是贾府由盛转衰的过渡阶段。作者在这十余回中，通过不同的场面，用了大量花样繁多的韵文体式——酒令、灯谜组诗、歌行、联句、律组等，带有明显的诗谶性质，暗示人物的悲剧命运和归宿，为后半部故事情节的发展埋下伏线，并借以烘托出环境氛围的变化。艺术色调由暖变凉、变冷，由明转灰、转暗，充分表现出作者意境营构的卓越才情。

第四十四回贾母两宴大观园席上行的牙牌令，借薛姨妈的令词“织女牛郎会七夕”“世人不及神仙乐”二句，似隐寓后来金玉离异、宝玉出家的内容，宝钗的“处处风波处处愁”之句，则是对贾府即将面临诸种矛盾不断激化爆发的总形势之谶语概括。

第四十五回林黛玉卧病潇湘，秋窗夜雨中，百感交集，发为章句，写的那首《代别离·秋窗风雨夕》，除了因病势加深表现出极度苦闷、颓伤的情绪外，也隐约地流露出未来与宝玉生离死别的预感。同时，就在那秋花秋草、秋夜秋灯、秋风秋雨拌和着黛玉凄凉的秋情和泪水交织而成的潇

① [元]尚仲贤：《尉迟恭三夺槊》第二折，徐沁君校点：《新校元刊杂剧三十种》上册，中华书局1980年版，第275页。

湘夜雨图中，那缠绵悱恻，冷气透骨的意境，不也是即将出现的带有浓重秋意的悲剧环境气氛，一种诗的预示吗？凭着感情直观敏感到的东西，一时是难以把握理解的。所以，她不禁搔首问天：“助秋风雨来何速？惊破秋窗秋梦绿。”为什么肃杀的秋风秋雨来得这么快啊？无情地粉碎了春意正酣的繁华美梦呢？黛玉朦胧，作者清楚。这留待后文悲剧情节的进一步展开，作具体的呼应和印证。

及第五十回至第五十二回，贾府已濒临盛时的末端，随着贾府内外诸种矛盾的聚结酝酿，悲剧环境气氛日趋浓重。第四十九回写薛蝌携胞妹宝琴进京发嫁，邢夫人兄嫂带女儿岫烟进京投奔，李纨的寡婶也带两个女儿李纹、李绮奔上京来。这一群贵族阶级破落户儿女，像被深秋狂飙猛烈袭击拔地而起的断梗蓬草，惶惶若丧家之犬，急急如漏网之鱼，不远千里，由南到北，一齐窜迹京都，拥进贾府，冀望借这株内部已经腐枯朽烂的大树的荫庇，暂避时代暴风骤雨的吹打。作者通过这些人物齐入贾府，隐曲地透露出东南沿海地区由于资本主义萌芽的进一步发展，引起社会的剧烈震荡，推动社会矛盾的激化，从而造成贵族地主阶层迅速破产败落、狼奔豕突的混乱景象。特别是通过薛宝琴随父经商、游历异邦经历的介绍，暗示当时在商品经济获得相当发展的条件下，商品交换关系已开始突破封建王朝闭关锁国的状态，扩展到海外。整个封建帝国正面临着内外交迫的严重挑战，在作困兽之斗。这样，就把贾府即将衰亡的局部环境形势，跟贵族地主阶级普遍破落的总体社会形势，有机地勾连起来，以广阔的社会历史背景，作为贾府必然衰亡的烘托。六亲同运，休戚相关。整个贵族社会都处在瓦解崩溃的剧变之中，贾府这只“死而不僵”的“百足之虫”，又能苟延残喘多久呢？

更何况，四大家族此际也处于日薄西山、朝不虑夕的境况之中。就在宝琴、岫烟等人奔入贾府的同时，作者笔意深曲地宣告了“阿房宫，三百里，住不下金陵一个史”的史氏家族首先垮台的消息，为四大家族的衰亡敲响了第一声丧钟。说的是保龄侯史鼎“迁委”了外省大员，而且行色匆匆，“不日要带了家眷去上任”，连少失怙恃的侄女史湘云也顾不得了，被贾母收容了去，挤进大观园薛宝钗的蘅芜苑里去住，成为跟林黛玉一样的寄食贾府的孤女。其狼狈仓惶之状，由此可见一斑。试想一个都门中累叶清华、声势赫奕的侯门显贵，倘非在统治集团内部政争中失势，罹罪遭祸，受贬左迁，何至如此被连根拔掉，举家赶出京城。当年王子腾升任边缺，家眷不是仍留居京都吗？实际上，作者在这里是用了“不写之写”，“意在言外”的笔法，婉转地暗示出个中难以直言的底里。

史家没落了。它是“护官符”上“连络有亲，一损皆损，一荣皆荣，扶持遮饰，俱有照应”的金陵四大家族即将全部衰亡的先声。史家的衰亡，可以虚笔暗写；贾府的衰亡，就必须实笔明出，但又不能过于笔锋直露，那容易触忤时忌，露出“伤时骂世”之旨。于是，作者便利用当时封建文人社会圈子中普遍流行、相习从风的聚会玩乐、饮酒赋诗、彼此唱和、逞奇斗巧的种种形式，在第五十回到第五十二回，借大观园玩花赏景、吟风弄月的诗坛，又一次集中展览了诗酒唱和的新花样，或争抢联句以逞才，或借咏物以抒怀，既如实地反映了当时有闲阶级文人的嗜好情趣和诗风结习，更妙巧含蓄地用挹此注彼、目送手挥的手法，把贾府日就没落的环境气氛流溢展现出来。

第五十回作者用墨如泼地连连写了“芦雪庵即景联句”“咏红梅花”四首律组和“雅制春灯谜”三首绝组（中插一只“点绛唇”谜语曲子）几个吟咏场面。就大观园历次诗会的规模来看，此番雅聚，其参加人数之众。唱和形式之多，确乎盛况空前，兴会淋漓，连目不识丁的管家少奶奶王熙凤也给联句来上一句粗而不俗、有余不尽的起句。但这只是盛筵将散前一种繁荣的表象。这群家道已经没落和正在没落的末世贵族儿女，他们的心底都程度不等地笼罩着严冬将临的凛冽寒意。所以，各组诗总的情调是低沉的。彩藻丽句中流泻出羽调商声，眼前的欢乐潜伏着未来的哀伤。王熙凤的一句“一夜北风紧”，就为整个联句定下了悲凉凄冷的基调。“寒山已失翠”（李纹），“冻浦不闻潮”（岫烟），“坳垤审夷险”（湘云），“深院惊寒雀”（探春），“空山泣老鸮”（岫烟），“缤纷入永宵”（黛玉），“寂寞对台榭”（黛玉），“清贫怀箪瓢”（湘云）等诗句，无不染上冷寂清寒的感情色泽，连薛宝钗也情不自禁地发出“鳌愁坤轴陷”的低调。诗为心声，这实是即将没落的环境气氛在人们心上投下阴影的反射。但北风紧起，没落势成，谁也无力起倾振衰了。

《咏红梅花》律组，前三首是对岫烟、李纹、宝琴三个新出场人物的特写式补笔，各以一首咏物抒怀诗，既提示了她们各自的身分、性格和气质的特点，又暗示了她们未来的命运。贾宝玉那首颇洒脱飘逸，流露出他的真性情，也同样对他的“来历”和归宿作了暗示。这组诗歌，不仅对全书情节发展起了前呼后应的作用，使结构安排更加紧凑细密，也是对盛衰之际的环境气氛一种艺术烘托。

至于本回最后湘、钗、宝、黛所作的那组灯谜诗曲，亦皆隐寓三个主要人物未来悲剧命运的深意，为后文故事情节的开展蓄势，并从深沉感伤的悲怀中隐约透露出环境气氛的悲凉。

第五十一回薛宝琴那十首“怀古绝句”，更是声情低回的变徵之音。关于这十首诗谜，自《红楼梦》问世以来，就成了一桩累代聚讼的公案，一个无法解开的千古之谜。古往今来，有那么一些“红学”家，费尽心思，猜这猜那，猜到于今，迄无定论，劳神无补，羌无必要。其实，我们只要摆脱狭隘的局部、孤立思维的方式，拨开作者故意撒布的真真假假的迷雾，放眼全书，从宏观总体的联系中去探求它们的艺术底蕴，其真正的“谜底”，是可以寻绎而出的。至于每首所隐之物，是有是无，是此是彼，倒是无关宏旨的。它们的真正“谜底”是什么？我同意蔡义江同志这样的看法：它们“就是《红楼梦》的‘录鬼簿’，是已死和将死的大观园女儿的哀歌。”“名曰‘怀古’，实则悼今，说是‘灯谜’，其实就是人生之‘谜’”[①]“喧阗一炬悲风冷，无限英魂在内游。”我们从这组大观园女儿悲剧命运咏叹的哀歌中，不也感受到盛去衰来那种阴风凄凄的悲剧环境气氛扑面袭来吗？

从第五十三回以后，贾府的极盛繁华时期结束了，开始步入节节衰败的没落阶段。过去还只是有某些衰亡的预感和征兆，这时开始转化为具有

① 蔡义江：《红楼梦诗词曲赋评注》，北京出版社1979年版，第260页。

日益充分的严峻的现实内容了。“出去的多，进来的少”，奢华的积习，阔绰的排场，又不能稍加收敛改易，食齿浩繁，积重难返，经济危机正在酝酿。管家婆王熙凤病倒了，遂有探春、李纨、宝钗三驾马车代理家政之举。一番小修小补“兴利除弊”的改革，不仅于实际无补，反而加剧并引起内部诸多矛盾。她们刚上任没几天，大观园内就风波迭起，“各处大小人儿都作起反来，一处不了又一处”。随着又连连发生尤三姐饮剑而亡、尤二姐吞金自逝的悲剧，谁也没有兴致领头结社、吟诗作句，大观园诗社一散就是一年。诗坛寂寞，逸兴萧索，暗衬人事环境的变迁。这年暮春，大家看到林黛玉作的一首《桃花行》，勾起诗兴，重整诗社旗鼓，改“海棠社”为“桃花社”。但这不过是落日余晖映射在西方天际的一抹残霞，全部诗作无不流露出来末世浓重的哀音，对自己的命运和家族的前途唱出了一曲曲无可奈何的挽歌。

桃花社的作俑之章《桃花行》，虽是以桃花的憔悴来托寓林黛玉的命薄，象征她即将泪尽夭亡，实也为这个时期大观诸作定下悲凉凄怆的基本格调。同时，那“泪眼观花泪易干，泪干春尽花憔悴”，“一声杜宇春归尽，寂寞帘栊空月痕”，也是在对个人命运的伤悼中，通过泪眼模糊的视线折射出悲剧环境惨淡的色调。所以，宝玉看了之后，“并不称赞，却滚下泪来”。且断定只有“曾经离丧”的林黛玉，才能“作此哀音”。桃花社时期仅有的一次像样子的诗会作品，是第七十回那组《柳絮词》。性格是命运的内在根据。每首词的作者都在自我性格的写照中，以柳絮“轻薄无根”的特征取喻寄情，概括出各自悲剧的未来。史湘云的首卷《如梦令》，用她亲手“拈来”的一团柳絮春光，预示她新婚美满生活的暂短飘忽，虚浮不实，虽占得一线春光，终然无可把握，好景不长，瞬息“别去”，落得个牛郎织女式的“白首双星”的结局。探春的半阕《南柯子》以柳絮“也难绾系也难羁，一任东西南北各分离”，喻她后来骨肉分离，远嫁难归；宝玉续成后半阕则又使全词成为他后来与黛玉生离死别的诗讦。黛玉的《唐多令》，更是托物寓人，语涉双关，凄恻婉转，寄托遥远。以柳絮的飘泊不定，自况薄命的身世，倾泻美好理想即将遭到毁灭的哀愁。所以，众人看后，感叹之余，说她“太作悲了”。宝琴的《西江月》，众人虽赞她“声调壮”，但仍“不免过于丧败”。词中那“离人恨重”的悲慨和叹息，那愁红满地，残絮风飘，“江南江北一般同”的零落丧败景象，正是当时整个封建贵族阶级所面临普遍没落境况的反映。薛宝钗的《临江仙》是诗会的压卷之作。她嫌众人词作情调“过于丧败”，立意要作翻案文章，可是就是在她那“好风凭借力，送我上青云”充满自信的欢愉高调中，在她那“白玉堂前春解舞，东风卷得均匀”洋洋得意的自我欣赏中，不也写出“蜂围蝶阵乱纷纷”的句子，透露出贾府丧败纷闹那种乱哄哄的情景吗？悲剧的环境规定着人们的悲剧命运，也决定着人们的悲剧感情。不管薛宝钗主观上怎样打起精神，装点欢容，要超尘拔俗，标新立异，终难逃既定悲剧环境的制约。她虽勉强跳出黛玉等人词境的小套，却无法跳出整个环境的大套，像孙悟空尽管有一个斛斗云十万八千里的本事，仍跳不出如来佛的手掌心一样。

第七十六回的中秋夜即景联句，是紧承抄检大观园风波之后的一篇排律。那年中秋之夜，贾母率领众人开宴大观园，强颜欢笑，品笛赏月。席间气氛冷落，大家都没情没绪，无精打采，贾母也不觉为之“长叹”。这时，林黛玉和史湘云两个同命相怜的孤女，离开众人，来在凹晶馆前，面对寒塘冷月，耳闻凄笛悠扬，即景联吟，同遣悲怀。一唱一和中，在发出“酒尽情犹在，更残乐已谖。渐闻语笑寂，空剩雪霜痕”这种悲音的同时，一个说：“是时候了。”一个说：“这时候可知一步难似一步了。”明指作诗，实寓深意，关合着当时贾府步履艰窘的形势。“寒塘渡鹤影，冷月葬花魂。”这两句“清奇诡谲”的绝唱，恰好是在浓重的悲凉诗意中，概括了她们各自悲剧的未来。而通篇联句在漏永吟残中所造出那种“颓败凄楚”的意境，也正是贾府日就衰颓没落景象和气数的一种诗情的烘托。

第七十八回的《姽婳词》和《芙蓉诔》，是《红楼梦》总体艺术构思中借诗出境的两篇至关重要的文字。它们把贾府西风残照、日暮途穷的衰亡形势，与整个统治集团政治窳败、腐朽和黑暗有机地勾联起来，把典型环境的描写从贾府个别的一隅，拓展为上层封建贵族政治的整体，把个别家族衰亡的偶然性纳入整个阶级衰亡的总趋势中，使之体现历史发展的必然性，更加突出深化全书社会政治批判的主题。

具体说来，作者在同一回书里通过主人公贾宝玉连连写了这两篇哀恻动人的诗赋，对两个青年女子各因不同的政治缘由而致惨死表示揄扬和哀悼，寄托自己对现实政治的深沉感慨。《姽婳词》是借一个血染沙场为统治阶级殉葬“烈女”事迹的铺叙，深刻暴露最高统治集团的极端腐败，无可医救，巢倾卵破，势所必至。《芙蓉诔》则是借痛悼一个抱屈含诟、饮恨夭亡的丫环为由头，着意发挥，因情言政，对最高统治者的昏聩无能，贤愚不辨，进行了猛烈的抨击，愤怒的谴责。前者是在社会阶级矛盾激化的广阔现实背景上，揭示由于统治阶级的腐朽所引起的严重政治危机，从而必将导致最后全面崩溃的严重后果，昭示出历史发展的必然趋势，后者则是作者企图从统治集团内部政争的角度来揭示招致祸败、家国丧乱的原因，这跟第七十四回抄检大观园时探春怀着极大的悲愤说出的那番道理：“可知这样大族人家，若从外头杀来，一时是杀不死的，这是古人曾说的‘百足之虫，死而不僵’，必须先从家里自杀自灭起来，才能一败涂地！”前后呼应，异曲同工，只是宝玉将其思想外延加以扩大，由个别贵族之家推衍到整个贵族统治集团。所以，《姽婳词》和《芙蓉诔》，两者有着密切的内在思想逻辑上的因果联系，相辅相成，非常巧妙自然地把贾府的衰亡置于更宏阔社会历史环境的背景上去描绘，使之获得更充分的典型意义。

毋庸讳言，《姽婳词》和《芙蓉诔》的思想内容相当复杂，它们在当时非常敏感的社会政治问题上反映出作者世界观中的矛盾。特别是《姽婳词》，近年时论尤多歧异。从对它思想内容的理解上看，论者或根据诗中情节认为作者对正在酝酿聚结的社会矛盾属有比较清醒的认识，开始担心大规模农民起义不久就会重新出现，哀叹没有人能“挽狂澜于既倒”，这首诗正反映了作者这种深怀隐忧的没落阶级的思想情绪。就是说，它反映了作者世界观中消极落后乃至反动一面，说明他没有完全背叛自己的阶级。这种看法无疑是有其现实根据的。我们不论从他出身阶级的教养打在他思想深刻的烙印上，或是从他所体现的新的剥削阶级前身——市民阶级意识中，都可以找到他反对用暴力推翻现存制度合乎逻辑的解释。这从第一回用“鼠盗蜂起”“鼠窃狗偷”等贬义词语来描绘农民“抢田夺地”的情景，也可得到佐证。也有论者，从考证史实的角度，认为林四娘死于抗清，“非与义军为敌者”，说此诗实与义军无关，其对立面是侵扰青州之清军，从而作出作者可能有反清意识的论断。这当然亦可备一说，但联系全书来看，却不能根本否定上述作者对农民暴力革命持否定态度的论点。我认为，我们在这里即使看到曹雪芹某些思想缺陷，也不会影响他的伟大，白珪之玷，未足诟病。作为一位两百多年前的作家，他的思想中没有这样那样的历史的乃至阶级的局限，才是怪事呢！更何况，作者通过贾宝玉写这篇《姽婳词》的主要意图，不是用来正面去表示对农民起义的否定态度，而是借颂古来非今，把批判的矛头直指以皇帝为首的最高封建统治集团。“天子惊慌恨失守，此时文武皆垂首。何事文武立朝纲，不及闺中林四娘！”廊庙上下，自天子之尊一至衮衮文武，在祸难危急之际，竟不若一个纤弱卑贱的侍妾。这是何等辛辣无情的嘲笑啊！在这里，贾宝玉又一次借题发挥了他素来宣扬的“女尊男卑”这种新的伦理观念。对林四娘死于非命、以身殉主的“义烈”行为，虽不无同情和赞美，但流露出的是更多的惋惜之情，惋惜她死非其所，死得没有价值，轻如鸿毛。“我为四娘长太息，歌成余意尚徬徨！”这两句意味深长的结语，包含着多少隽永含蓄的潜台词！他“太息”什么？为何“徬徨”？结合贾宝玉反对“文死谏，武死战”和视男子为“须眉浊物”的一贯离经叛道的思想性格来理解，是不难窥得其真正思想底蕴的。

同样，《芙蓉诔》把一个被主子迫害而死的女奴跟历史上在政争中罹祸身死的人物——贾谊、鲧、石崇、嵇康、吕安等作某种意义上的比拟，看似有点不伦不类，实则也是小题大作，吟桑寓柳，笔诔晴雯，意在詈世，明师楚骚，暗砭当今，笔致深远，流悲溢愤。作者实是通过贾宝玉这篇《离骚》式的诔文，效古人的“微词”手法，表现自己讥评当时黑暗政治现实的真意。当然，在这里也明显地暴露出作者的认识局限，他不可能了解他所哀悼的那个命运悲惨的女奴与他用以类比的那些统治阶级内部政争中受害者之间的阶级差别；也表现出他对天运变幻不可理解，寻求现实人生出路那种上下求索、荷戟彷徨的苦闷和悲哀。

《姽婳词》和《芙蓉诔》，就是这样通过对两个女子不幸命运的哀悼，彼此映照补充，因果相承，构成了一幅完整的封建制度行将崩溃的典型画面，为即将展开描写贾府的衰亡提供更深刻的政治背景。

从情节结构的安排上看，《芙蓉诔》紧接晴雯之死，水到渠成，顺理成章。惟《姽婳词》笔势奇崛突兀，如飞来之峰，凌空直插而下，与前后似少连属。我认为，作者这一险笔，除了上述有为后文情节开展埋下伏笔和提供环境背景的“启后”作用外，从统摄全书的宏观角度来看，也具“承前”的作用，即与第一回《好了歌》《好了歌注》遥相呼应，是以现实朝纲不振的实写，对它们作一次“点睛”式的印证。正如脂批所云：“《姽婳词》一段与前后文似断似连，如罗浮二山烟雨为连合，时有精气来往。”

《红楼梦》的作者曹雪芹以健笔凌云的气概，写出了这部伟大的现实主义巨著。他创造性地运用中国传统诗歌的诸种表现手段入小说，使之化为小说艺术的有机血肉，从而铸成这部著作瑰丽多姿、优美含蓄的独特艺术风格，在有限的篇幅中，蕴含着无限的思想艺术容量。诗歌在《红楼梦》整个艺术大厦的构造中发挥了多方面的妙用，诸如绘景状物，写形体神，浓缩情节，紧凑结构，活跃文情，曲现心理等等，都起到了散文叙述语言无法代替的作用。可惜80回以后迷失无稿，我们已无法看到这位天才作家更多妙摄神理的精彩诗作。后40回续书中的几首诗歌，虽尽力模仿前作，亦步亦趋，但才力远逊，捉襟见肘，庸陋不堪，毫无诗情韵味，更与环境描写、性格塑造全然游离，姑置不论。

［原载《红楼梦学刊》1988年第3辑，1986年国际红楼梦研讨会论文］

经典情节论析

芥豆之微展须弥

——“刘姥姥一进荣国府”论析

一

《红楼梦》前五回是全书的序曲。在这个序曲里，既有寓意丰赡、耳目之外的神话世界，又有绘声绘色、闻见之内的社会人生；既有迷离惝恍的虚幻梦境，又有世情历历的现实图景。真真假假，虚虚实实，真假互摩，虚实相生，凝练地浓缩了全书的内容。它概括地展示出故事的社会背景和具体环境，纲领式地介绍了主要人物和主要故事线索，明确地点露出全书的政治主题，暗示人物的命运和前途，含蓄地规定了全书深沉哀怨的悲剧基调，为全书勾勒出一个似清晰实模糊有余不尽的轮廓，引导读者进入一个广漠无垠的艺术想象空间，为下文即将展开的现实主义描写，提供充足的根据和必要的条件。

前五回，就描写的动静时空而言，虽有一些动态的纵向描述，但主要侧重于静态横向铺叙；不无工笔细描，主要却是粗线条写意式的大笔勾勒，有点近似于电影的定格镜头，其作用在于介绍全书的故事梗概。所以，从全书的总体艺术结构来看，它还只能是笼罩全书的一个序曲，或云开端。真正进入正文，正式展开封建贵族家庭动态的纵横交错的日常生活画面的现实主义描绘，是从第六回“刘姥姥一进荣国府”开始的。这，就决定了这回书在全书结构安排上承前启后的重要地位。而通过刘姥姥这个人物形象的引入和塑造，又为从一个特定敏感的社会角度，深刻地表现全书揭露批判的主题，为充分拓展生活的广度和开掘思想的深度，铺设下必要和可能的前提。

《红楼梦》是一部中国封建社会末期辉煌的现实主义艺术画卷。在艺术表现形式上，作者机杼独出，精心结撰，创造了一个庞大复杂的多层次网状的结构体系，容括了那个时代千汇万状、林林总总的现实生活，其艺术构思之缜密，艺术结构之严谨，可说达到了古典长篇小说再现艺术的成熟完美的极致。在这张庞大的艺术之网上的每一条线和每一个结，既有各自相对的独立意义，人们可以对它们作微观式的审美欣赏和有限的思想艺术定性分析；也与总体艺术结构有着多面放射形的有机的血肉联系。这就要求人们在注目部分的时候，更要放眼全书宏观发展联系的总体，才能做出科学的审美评价。《红楼梦》序曲结束，正文伊始，从“千里之外”拈来一条线索，引出一个“芥豆之微”的人物刘姥姥，写了“刘姥姥一进荣国府”的故事，带动了贾府日常生活滔滔汩汩的现实主义描绘，就是全书结构布局中这样重要的一条线索和一个结。这条线，时隐时现，纵贯全书；这个结，收束序曲，领起正文。

“刘姥姥一进荣国府”这个故事片断，是由作者一段简洁的插话和故事本身的描写两个部分组成的。

插话部分是通过作者第一人称独白的方式，在这即将展开正文构思，用“千里之外，芥豆之微”的刘姥姥这个“头绪”，作为提契全书正文描写的“纲领”。这段插话，虽属非情节因素，但在全书结构上的作用，却相当重要。它一方面把序曲部分粗具规模的线索之网作一次收拢，另一方面又为过渡到正文描写拎出“头绪”和“纲领”，让读者带着一种强烈的悬念，跟随刘姥姥的步履，从贫困凋敝、生计艰难的农村进入贾府风月繁华、富贵奢靡的花花世界中去。

“刘姥姥一进荣国府”故事部分，由“议求”“进府”“谒凤”“尾声”四个段落构成。第一段“议求”，写刘姥姥一进荣国府的缘由。首先紧承上文插话提出那个“小小之家”的“头绪”，交代刘姥姥女婿王狗儿的祖父早年曾与荣国府王夫人之父、凤姐之祖有过“连宗”之谊的“瓜葛”；继而，介绍刘姥姥的身世：是个积年的贫穷老寡妇，现在女儿家“帮趁”过活。这年冬天，因“冬事未办”，生计竭蹶，衣食无着，全家计议由刘姥姥出面到荣国府打抽丰。第二段写刘姥姥带领外孙板儿进荣府登堂入室的过程。先到荣府大门，再绕到荣府后门，才找到王夫人的陪房奴仆周瑞家的，由她作入府的引线，一路上带领刘姥姥二人先到侧厅略等，得到平儿的同意，方引他俩进凤姐院内，入堂屋，再进东边屋内凤姐女儿大姐儿睡觉之所，坐等凤姐。第三段写刘姥姥拜见凤姐赧颜求帮的场面，是这个故事片断的高潮，中间插入贾蓉借屏一事。第四段写刘姥姥告辞，故事片断结束。

“刘姥姥一进荣国府”的故事情节虽比较简单，其思想艺术意蕴却异常丰赡深刻。它宛如一块从无法计量的生活矿石中提炼出的高能量放射性元素的结晶体，它的射线具有无形的穿透力，足以照彻机体内部恶性的瘕块和腐烂的溃疡，清晰地显示给读者。这既表现出作者对生活的深刻认识和高度概括的能力，又表现他意匠营构运思的超卓和高妙。

二

首先，从揭示全书社会批判主题的意义上看，这个故事片断以及由它所引发出来的这条故事线索，具有特殊强烈的对比揭露作用。人所熟知，通过揭露以贾府为代表的封建贵族阶级腐朽糜烂的种种罪恶，从而展示封建制度必然灭亡的历史命运，是《红楼梦》主题的一个重要方面。而刘姥姥这条故事线索的结撰，则使这个主题获得了更广泛、更深刻的社会内容。在艺术构思上，作者用刘姥姥这条结构线索把贫困萧条农村社会跟富贵豪华的贵族社会有机地连结起来，在强烈的贫富对立映照中，突出并深化了主题的内蕴。

“刘姥姥一进荣国府”故事，主要是从刘姥姥这个农村老妪所代表的贫穷下层社会的角度，初步展示了上层贵族生活一个侧面，为深入展开贾府日常生活的描写作引。这里集中渲染的，是从刘姥姥眼里看到的贵族生活那种豪华的气派。荣府大门石狮子前，轿马簇簇，门禁森严，“几个挺胸叠肚指手画脚”的看门奴仆守在那里，令人望而生畏。从后门迈进荣府的高墙之内，逶迤入深院，穿侧厅，才能到达当家媳妇凤姐的内阃。屋里异香满室，陈设之物耀眼争光，使得刘姥姥如在云端，头晕目眩，唯有“点头咂嘴念佛而已”，那新奇的自鸣钟当的一声响，也把她唬的一展眼，不知是个什么“爱物儿”。连丫环平儿都遍身绫罗，插金带银，竟使刘姥姥误认为凤姐，至于凤姐浑身上下就更是穷极华丽了。凤姐一顿早餐，“桌上碗盘森列”，她也“不过略动了几样”，仍是满满的鱼肉都剩下了。凤姐一行动，便有一二十妇人衣裙窸窣地跟随。总之，他们住有高厦深院，富丽堂皇；衣有绫罗绸缎，竟体生辉；食有山珍海错，餍肥饫甘；行有舆马轿车，群仆簇拥。富贵风流，穷奢极侈。而这一切通过农村贫妇刘姥姥目击而出，就更加显示出不同寻常的揭露批判意义，把封建统治阶级从生活上置于千夫所指的历史审判的地位。

“欲知目下兴衰兆，须问旁观冷眼人。”第三回演说荣国府的冷子兴，是个经营古董的市民，走南闯北，阅历广，世情熟；又是王夫人陪房周瑞的女婿，对贾府的内情了若指掌，所以，他作为冷眼旁观的第三者，以其鉴别古董真赝的锐利深刻的眼光，从贾府的历史和现状的“演说”中，透过目前繁华的表象，切中肯綮地道出了这个富贵之家“儿孙一代不如一代”，奢靡腐化，坐食山空，行将衰败的原因和实质，对贾府的盛衰作出了理性的集中概括，成为纵贯全书揭示主题的纲领性文字。刘姥姥也是一个冷眼旁观的第三者，她虽是一个“积年的老寡妇”，有较多的人生阅历，但贫苦农民小生产方式的局限和与贾府关系的疏远，规定了她不可能有冷子兴那样的认识水平。她对贾府奢侈豪华的生活也有精彩的劳动农民式的议论和评说，只是她的这种议论和评说是通过“一进”“二进”“三进”荣国府的具体见闻和实际感受分散展开的，她的每一见闻感受、议论评说都有着强烈的贫富对比的意义。这就使刘姥姥这条结构线获得了逐步具体展示批判主题的重要思想价值，刘姥姥这个第三者也就成了贾府盛衰过程的见证人。倘说冷子兴在第二回里的"演说"是对全书主题的核心观点的集中概括，侧重于衰败的政治原因的揭示，提出全书理性形态的纲领；刘姥姥从第六回、第三十九回及八十四回以后三进贾府的感受和评说，则是对冷子兴的观点一种分散的具体的印证，侧重于衰败的经济原因的暴露，成为全书感性形态的纲领。两个纲领，前者虚出，后者实写，前后呼应，虚实互映，使全书主题得到充分的表现。本回刘姥姥进贾府写的是经济上的求帮，第七回冷子兴因为打官司让他老婆进贾府则是政治上的求助，都是着意于点出这两个"冷眼人"表现主题的作用。

这个故事片段，又是前五回序曲中所反复点示强调全书主题内容的具体生发，并由此引出后文的一系列贾府内部骄奢淫逸、腐朽堕落行径的具体深入揭露。前五回每回都从不同侧面围绕贵族阶级子孙不肖、后继无人这个全书主题的核心，展示出封建末世礼崩乐坏、名教沦丧，势将衰亡没落的历史必然趋势。此回插入贾蓉借屏一节，正是为具体表现上述主题而设的俨如斧钺的深笔。刘姥姥所见到的贾蓉那种嬉皮笑脸的儇薄之态，凤姐那种欲言又止的神情，都清楚地透露出这对青年婶侄之间个中的暧昧关系，透露出用以维护封建统治的伦理纲常业已动摇瓦解大乱其套的信息，成为后文焦大骂府所抖露出来种种乱伦丑行的发轫张本之笔。

三

其次，这个故事片断也承前启后地为全书提供多层次的典型社会环境和历史背景。它上承第一回、第二回中甄士隐、林如海两个中小地主官僚之家的消亡，在故事一开始又通过祖上做过小京官的王狗儿家的破落，沉沦底层，流入农村，再次皴染了地主阶级普遍衰败的情景。这就把即将全面展开贾府盛衰的描写放到更广阔的社会背景上，从而具体地烘托出其历史的必然。凤姐对刘姥姥先说："不过是借赖着祖父虚名，作个穷官儿，谁家有什么，不过是个旧日的空架子。"又说"外头看着虽是烈烈轰轰的，殊不知大有大的艰难去处"等等，虽不免有对刘姥姥的求帮"告艰难"的意思，但大体上却也道出了贾府内里的实情。这是从荣府内部家政主持者的角度，对第二回冷子兴给贾府现状作出的那番带有哲理性的概括——“百足之虫，死而不僵。”“如今外面的架子虽未甚倒，内囊却也尽上来了。”——的一种具体的映照，并为之注入生动的现实血肉。刘姥姥说的“‘瘦死的骆驼比马大’，凭他怎样，你老拔根寒毛比我们的腰还粗呢”，更是用形象的对比对冷子兴的话作出通俗的说明。这些描写着墨虽不多，但却是瞻前顾后牢笼全书的典型环境描绘的精彩点睛之笔，为后文故事情节的展开，人物性格的塑造布置下充分的客观根据。

如果说，第三回林黛玉进贾府是通过一个贵族小姐的视野来全面介绍贾府的环境，从她的感受中写出贾府自奴婢的吃穿用度，举止行动到主子的起居仪注，繁文缛节，陈设排场，穷尽铺张，果自“与别家不同”，借林黛玉的眼睛映射出贵族社会不同生活层次的差别对比；那么，刘姥姥一进荣国府则是借助来自底层社会的村妪，对贵族生活，作了深入的扫描，映射出贫富悬殊的鲜明对比。这既是第四回环境描写的补充，又为后文“二进”“三进”进一步展开贫富对比的描写留有余地。两者同中有异，犯而不犯。由于林黛玉和刘姥姥这两者视角主体社会地位之不同，使得两个近乎雷同相犯场面的描写，蕴蓄着颇有差异的内涵。前者侧重于环境的介绍，后者着意于主题的展示。

四

再次，这个故事片断也承前启后地借刘姥姥这个次要人物引出主要人物王熙凤，并为她的出场作了精心的安排，生动的刻画，突出的烘染，为贾府诸般腐败罪恶行径的展开描写立下人物的主脑。由于王熙凤在贾府所处的特殊地位，使她的行动成为诸种矛盾集中的焦点，要充分表现贾府盛衰的主题，就必须让她首先出场亮相。她第一次出场是在第三回，那是林黛玉初进贾府时为她出场安排的一个精彩的特写场面。在这个场面里，她的每一个行动都通过林黛玉的眼睛集中全面地反映出她的性格特征，表现了她在贾府的特殊地位，给读者留下了鲜明、深刻的印象。这番是她第二次出场，是通过刘姥姥耳目闻见的感受写出的。刘姥姥到贾府打抽丰，本来是奔着二十年前有过一面之缘的王夫人去的，经周瑞家的道出贾府的内情：“如今太太竟不大管事，都是琏二奶奶管家了。”接着，又对王熙凤的简历作了一番叙述性的介绍，她是“太太的内侄女儿，当日大舅老爷的女儿，小名凤哥的”。最后归结到刘姥姥“今儿宁可不会太太，倒要见他一面，才不枉这里来一遭”。这段虚写，既补充了第三回出场所未及，又把凤姐在贾府中实际掌权者的身份和举足轻重的地位作进一步的明确交代。之后，还是借这个仆妇之口的几笔虚写，顺便带出凤姐性格两个重要侧面——精明能干，待下严酷。她“年纪虽小，行事却比世人都大”，她“少说些有一万个心眼子。再要赌口齿，十个会说话的男人也说他不过”，“就只有一件，待下人未免太严些个。”既而，又写了刘姥姥见平儿的场面，从刘姥姥的视觉和听觉两个方面为凤姐出场烘托渲染气氛。经过这几度曲折回宕，顿挫“那辗”，方进入凤姐出场的正面实写。

凤姐一出场，就围绕刘姥姥求帮一事，通过她自己的言语、动作展开性格描写，把她的雍容华贵的仪态，骄矜傲慢的举止，矫揉造作的虚情，乖滑伶俐的口齿，干练周到的行事以及淫逸秽乱的心灵，都声情并作地和盘托露出来。这既是她第一次出场性格诸侧面纵深的扩展，又是后文她的全部人生传记描写的性格伏笔。

同是一个人物的出场，同是借助别人耳目而出，又同是表现一个人物性格的重笔，但却同而不同，特犯不犯，腕底翻出变化莫测的艺术波澜，出自然之趣，得神理之妙，具有各自独特的审美风姿。

五

最后，从全书艺术结构的安排上看，这个故事片断，也同样是承前启后的重要过渡环节。王熙凤是联接贾府内外正面揭露贵族腐朽没落、政治窳败诸般恶行劣这条情节线索上一个关键性的内线人物；刘姥姥则是以她三进荣国府构成的行动线索，为贾府的兴衰变化起着映照对比作用的一个外线人物。两个人物，两条线索，在这里同时并出，以前者为主，后者为辅，时分时合，平行发展。上连第五回太虚幻境中巧姐的判词和曲子，以凤姐对刘姥姥的周济，呼应“偶因济刘氏”和“留余庆”“积阴功”“济困扶贫”等诗谶式的提示，同时埋下八十回后三进荣国府“巧得遇恩人”的伏线。所以，此回由王刘二人同时出场所引出的两条线索具有提挈全书的作用。

凤姐这条内线的重要作用，自不待言。刘姥姥这条外线也同样不可缺少，这条线每次出现，都标志着封建末世贵族阶级回光返照式的兴衰发展进程的一个阶段。“一进”处于序曲与正文之间的关键环节，相当于机体的颈部，是首部储存的信息输向全身的通道；“二进”处于矛盾充分展露、正当贾府“瞬息的繁华”阶段，相当于机体的腰部，借刘姥姥具有鲜明对比意义的感受和评说，集中揭示贾府必将衰败的根因；“三进”则进入情节趋于结束阶段，贾府彻底败落，刘姥姥不忘当年周济之恩，仗义搭救巧姐，相当于机体的膝部。

总之，如果说，《红楼梦》是以贾府的兴衰发展过程为贯穿全书的主线，那么，刘姥姥三进荣国府则是突出这条主线关键部位的一条副线。有了这条副线，不仅使全书的主题思想获得充分的发挥，且使全书的通体艺术结构展现出清晰匀称的立体感和曲线美。而“刘姥姥一进荣国府”这个故事片断，正是在这种“整体效应”中显现出深刻的思想艺术光辉。

[原载《名作欣赏》1985年第4期]

深刻的思想 凝练的艺术

——“王凤姐弄权铁槛寺”论析

“王凤姐弄权铁槛寺”是《红楼梦》第十五回里的一个片段。全文虽然不长，总共不过四千字左右，却深刻地暴露了封建阶级罪恶吃人的本质和宗教僧侣虚伪欺世的嘴脸，成为揭示全书批判主题的重要情节，表现出作者深厚的思想修养和卓越的艺术才华。

这个故事片段的情节，主要写的是，王熙凤主持秦可卿的丧事，送殡到贾府家庙铁槛寺，料理善后，晚间“事毕宴退”，寄居于“离铁槛寺不远”的馒头庵里。老尼姑净虚与王熙凤趁机勾结，密室策划，凭借贾府的势力，嗾使长安节度使云光，强行拆散民女张金哥的婚事，逼得一对未婚青年走投无路，终于酿成双双殉情自尽的悲剧。在这当中，又同时穿插描写了小尼姑智能儿和秦钟之间的爱情。这段爱情在第十六回里，也同样为黑暗现实所不容，造成了另一幕人间悲剧。两对青年男女的婚姻和爱情悲剧，以各自不同的思想意义，交错而出，相互补充，拓展了全书表现的深广社会内容，突出了批判封建制度的主题。

凤姐受贿弄权，一举害死了张金哥与其未婚丈夫的性命，白花花三千两银子带着血腥味流进了她的腰包。这件事集中地揭示了封建时代吏治的黑暗，官场的污浊，暴露了封建国家机器腐朽罪恶的本质。当凤姐听到净虚为张家财主重金求情的话以后，说道“这事倒不大”。说得何等漫不经心，轻如拾芥，易如反掌。果然，派出一介奴仆之使，送去一纸托名书信，那个“久欠贾府之情”的长安节度使云光，立即听命照办。荣国府一个年轻的晚辈媳妇，为什么能如此神通广大，竟可以轻易调动节度使这类方面大员，听其驱遣？问题的本质，罪恶的根源，在《红楼梦》作者曹雪芹的笔下，没有仅仅归因于某一个人的道德品质、意志情欲，而主要是指出其受封建社会末期特定的社会政治关系所规定、制约。只要存在第四回所写那张“护官符”所支配的社会关系，只要存在贾史王薛四大家族“连络有亲”、损荣与俱的封建寡头政治，他们的世交亲友盈朝野，门生故吏遍天下，整套封建国家机器就必定要体现他们的意志，服从他们的贪欲；各级官吏也必定要成为他们颐指气使的鹰犬，不管是新任应天府知府的贾雨村，或是长安节度使云光，乃至后来被凤姐玩弄于股掌之间的都察院大僚们，对四大家族这些权豪势要，只能夤缘攀附，奉命唯谨。张金哥式的悲剧，冯渊式的悲剧，尤二姐式的悲剧，就会这样必然地、不断地被制造出来。明乎此，就难怪凤姐为非作歹，有恃无恐。所以，她尝到了这番甜头，从此“胆识愈壮，以后有了这样的事，便恣意的作为起来”。

凤姐受贿弄权，这件事既是对第四回由“护官符”展示出来的那个黑暗社会政治环境的呼应和强调，使之更为强烈，更加典型化，进一步丰富了全书的思想内涵，突出了政治批判色彩，同时，又对“护官符”的内容作了生动具体的揭示和发挥。

人所熟知，“护官符”上的四句“俗谚口碑”，主要是突出贾史王薛四大家族的财富和权势。一个钱，一个权，是四大家族赖以逞凶肆虐的两件法宝。两者相互依存，相辅为用。权势是攫取金钱的前矛，金钱则是行使权势的后盾。权愈大，钱愈多，权更大。所谓“争权夺利”，所谓“有钱能使鬼推磨”，都说明了政治上的为非作歹和经济上的巧取豪夺之间的紧密联系。一张“护官符”正是高度浓缩地从经济状况（富）来昭示政治地位（贵），从而揭露了封建贵族阶级的种种罪恶。王熙凤铁槛寺弄权害死了两个青年，是以权弄钱；后来又贿通都察院，上下其手，翻云覆雨，终于害死了尤二姐（第六十八回），是以钱弄权。而弄权的目的，归根结底，还是在于保钱。这些描写，都无不在情节的发展中，从不同方面形象地体现了“护官符”的核心内容和基本精神，愈益深刻地揭示出地主阶级和封建制度行将崩溃的历史必然性。

“王凤姐弄权铁槛寺”的社会批判意义，还在于它通过净虚老尼这个反面形象的塑造，对宗教的虚伪性和欺骗性，做了鞭辟入里、剔肤见骨的揭露。净虚这个老尼姑，虽身处“五蕴皆空”的佛门净地，实际上却是一个披着袈裟的骗子。她假借宗教活动这个“方便法门”，交通官府，奔竞权门，长袖善舞，为虎作伥。

你看，她口中一面高诵“阿弥陀佛”，一面又巧言令色，鼓弄如簧的毒舌，通关节，下说辞，干着杀人不见血的勾当。撕破她身上那件“慈悲”宗教画皮，她的本相，原来是匍匐在食人者人肉筵席桌子下面一只舔血食骨的饕餮的恶狗。

在封建社会里，各级政权衙门的官吏是贵族权门巧取豪夺的爪牙，宗教世界的僧尼道士则是他们吃人吮血的帮凶。《红楼梦》作者在这个情节里，把这些牛鬼蛇神放在同一个平面上，以铸鼎象物，魑魅现形般的艺术手段，一声两歌，一手二牍，巧妙地揭示出他们共同的罪恶社会本质。

智能的爱情悲剧，以另一种思想意义与张金哥婚姻悲剧紧紧呼应，相得益彰，从而把这个故事片断的社会批判内容，开掘得更深更广。智能跟秦钟这段恋情，注定要遭到被扼杀的命运。智能作为一个少年女尼，颈子上还多了一副宗教枷锁的束缚，承受着更沉重的人生苦难。所以，她向秦钟表示：“除非等我出了这牢坑，离了这些人，才依你。”这里智能要急于挣脱的“牢坑”包含两重意思：一是具体指斥净虚主持的水月寺是摧残少年女尼的“牢坑”，从被损害、被压迫者的痛苦呼号中，把净虚凶恶残酷的面目勾勒得更加清晰；一是带哲理性的具有普遍象征意义的概括，就是说，那个由人的自我异化而产生的虚幻的彼岸世界，并非可以解脱现实苦难的“天国”，实乃充满精神奴役和肉体折磨的“牢坑”。这与小戏子龄官把贾府比做囚鸟作戏的樊笼，先后辉映，异曲同工。智能把尼庵比作“牢坑”，是对黑暗的宗教世界的强烈抗议；龄官把贾府喻为樊笼，则是对苦难的现实社会的激越控诉。尘海茫茫，狐鬼满路，遍地都是制造悲剧的人肉厨房，到处都张着吞噬弱者的血盆大口。在第七十七回里，作者进而通过芳官、藕官、蕊官三个女孩子被拐出家为尼的情节，对这样的现实就揭露得更加清楚、彻底。水月寺另一老尼智通和地藏庵尼姑圆信，听说芳官等三人被迫要出家，王夫人不许，她们嘴巴上对王夫人大谈“佛法平等”之类的说教，心里头却打着“巴不得拐两个女孩子去做活使唤”的鬼主意。女孩子碰到了拐子，还会有什么好下场吗！于是，芳官等遂从红粉朱楼的世俗樊笼，堕入青灯古殿的宗教牢坑。虎口脱身，狼窝殒命，终究还是逃不脱那个黑暗无边的悲惨世界为她们安排下的悲剧命运。所谓“慈航宝筏”，原来是载着人肉的牺牲，送献给食人者罪恶祭坛的贩奴舟；所谓“佛法平等”，也只是僧侣地主从事坑蒙拐骗活动的口头禅。法鼓晨钟，夹杂着多少屈死冤魂的呜咽悲泣；百八伽楠，同样浸渍着无数被迫害者的斑斑血泪！

张金哥的婚姻，本是按照“父母之命，媒妁之言”定下来的一件平常的婚事，完全符合封建道德规范的要求。只因张金哥被府太爷的小舅子李衙内一眼看中了，非要娶她不可，于是，乃有佛门恶尼的饶舌，豪门媳妇的弄权，衙门赃官的枉法，活活地把两个青年绞杀了。这是一出在正常封建秩序下面本来可以避免的悲剧。智能的爱情，既为佛门清规所不许，又为封建礼教所不容。这种带有双重叛逆性质的爱情，在当时演为悲剧，自属必然。总之，在那个社会里，个性普遍遭到扼杀，理性完全被摈置度外，不管是传统秩序的遵守者，或是叛逆者，都同样得不到正常的归宿。这样的制度已经丧失了任何一点存在的合理性。所以，两幕悲剧，殊途同归，以净虚和智能这两个人物为纽带，从思想意义上内在地联系起来，统一地显示出批判现实的深度和广度。比较而言，前者侧重于揭露社会政治的黑暗与封建制度的腐朽，后者则着力于批判宗教禁欲主义扼杀正常合理人性的残酷。

在人物性格的塑造上，弄权铁槛寺这个情节，是揭示凤姐全部性格中阴毒、机诈、贪婪、诡谲这个主导面的点睛之笔。秦可卿出丧这个大事件的中心人物是凤姐。作者在这里，淋漓尽致地写出了凤姐过人的才干。写她杀伐决断，赏罚严明，指示挥霍，调度得体；写她忙于送往迎来，而言辞爽利，举止雍容，面临千头万绪的大事情，而应付自如，井然有序。但这并非凤姐性格的全部，在这个事件的最后，必须加上“弄权铁槛寺”这一节，才能比较完整地展露这一典型性格的主要特征。极力渲染她的精明应变之才，是为突出她的大奸巨恶作好性格上的铺垫。以才济恶敛财，以才行奸弄权，粉面含春其表，豺狼蛇蝎其心，这才是曹雪芹笔下王熙凤这个艺术典型的全部性格内容，而弄权铁槛寺则为这个典型性格定下了发展的基调。

锐敏而精确地捕捉富有内在意义的典型细节，运用朴素简练的白描手法，把人物最隐秘的精神状态和心理活动，通过他们自己的行动和语言裸露出来，是这个故事片断表现和深化人物性格特征的一个主要艺术手段。净虚企图在这个事件中拉线搭桥，坐收渔利，她情有所偏袒，心有所依违。分明是张家老财要攀高结贵，悔约退婚，才引起守备大闹，诉之以法，打官司告状，她偏是要拿不是当理讲，硬说守备家“不管青红皂白”，无理取闹。所以，出语含糊，闪烁其辞，没头没绪，破绽百出。言为心声，曹雪芹正是通过这种声口的具体描摹，勾魂摄魄地展露出这个江湖骗子那种卑污虚诈的心灵状态。这段说词，尽管语无伦次，逻辑混乱，但有一点却是非常明确清楚的，那就是，她深深掌握了凤姐贪婪好货的心理，安排下一块肥肥的诱饵，开口伊始，就交代张家是个“大财主”，到最后，又着重点明，若是肯帮忙，“张家连倾家孝顺也都情愿”，真是大有油水可捞。当然，心机深细，世情谙练的凤姐，也不是个好对付的。她既要把银子捞到手，又要不失大家身份，把架子拿足，又要把话说得冠冕堂皇。于是，作者用他那高妙绝伦的艺术腕力，以形出神，写出了一个勾心斗角的精彩场面：

> 凤姐听了笑道：“这事倒不大，只是太太再不管这样的事。”老尼道：“太太不管，奶奶也可以主张了。”凤姐听说笑道；“我也不等银子使，也不做这样的事。”净虚听了，打去妄想，半晌叹道：“虽如此说，张家已知我来求府里，如今不管这事，张家不知道没工夫管这

事，不希罕他的谢礼，倒像府里连这点子手段也没有的一般。”

凤姐听了这话，便发了兴头，说道：“你是素日知道我的，从来不信什么是阴司地狱报应的，凭是什么事，我说要行就行。你叫他拿三千银子来，我就替他出这口气。”老尼听说，喜不自禁，忙说：“有，有！这个不难。”

在这里，作者把人物复杂的隐蔽的心理活动，完全渗透在人物对话和情态的如实描绘中。凤姐心里已有成算，虽知道这件事见不得人，也要趁机揽事敛财，嘴上偏说不干这样的事，但话说得很含蓄，开口轻轻一句“这事倒不大”，既隐约向对方为做出要干的暗示，又大吊对方的胃口，等待移舟就岸狡猾的净虚，心里也参透她这套以退为进的把戏，表面上装着很失望，似乎“打去妄想”，脑袋里却在盘算着最有效的招数。于是，思忖了“半晌”，才使出“激将法”来，递给凤姐一个下台的梯子。其实，凤姐又何尝不知道净虚的这套鬼计谋，只不过这个老法子正好投合了她贪婪爱财、喜欢逞能的个性，所以，便顺势急下，“发了兴头”，本相毕露，张口就要三千两银子。“阴司地狱报应”，她“从来不信”，“凭是什么事，我说要行就行”。优越的社会地位养成的所谓“杀伐决断”的劲头，赤裸裸地亮出来了。这段文字，表面上，没有露出一点心理刻画的痕迹，骨子里，每一句话都蕴藏着丰富深刻的特定心理内容，都显现出人物心灵暗中剧烈的折冲、交锋和搏斗。

要了银子，还要为自己涂脂抹粉，来一通假撇清：“我比不得他们扯篷拉牵的图银子。这三千银子，不过是给打发说去的小厮做盘缠，使他赚几个辛苦钱，我一个钱也不要他的。”这套此地无银三百两的鬼话，当然谁也骗不了，只是更加暴露了这个封建统治者极端虚伪丑恶的心理。

善于察貌观色、巧于趋奉贾母的凤姐，也必然喜欢别人奉承自己。净虚正是抓住她这种心理特点，投其所好，见机而作，狡黠地接过话头，给凤姐大戴其高帽子：“这点子事，在别人的跟前就忙的不知怎么样，若是奶奶的跟前，再添上些也不够奶奶一发挥的。只是俗语说的，‘能者多劳’，太太因大小事见奶奶妥贴，越性都推给奶奶了，奶奶也要保重金体才是。”这个老尼姑确是个精通拍马艺术的高手。这通话，既满足了凤姐逞胜好强的心理，又表示对她“金体”的关切，当然同时也就自然地达到敦促她快些行动干那件事的目的。果然，甘言如饴，恰恰搔到痒处，立收奇效，“一路话奉承的凤姐越发受用”了。

《红楼梦》艺术容量所以那样宏博深广，艺术风格所以那样含蓄隽永，自是由多方面因素构成的。其中一个重要的艺术手段，就是借助人物形象在矛盾联系中的补充映衬，或相辅相成，或相反相成，从而获得充实、丰富人物性格的艺术效果。这里净虚形象所包含揭露僧道骗子的内容，作为一个反面形象，固有其独立的思想艺术价值；但是，如果把它放在全书形象体系的联系中去观察，它又是以这种被批判的内容，对主人公贾宝玉叛逆性格一个重要侧面，即“毁僧谤道”作了具体的补充。贾宝玉如何“毁僧谤道”，作品从未正面展开描写，只是在第十九回袭人的规劝中虚写了一笔。其实，作者对贾宝玉这一性格侧面的塑造，就是运用形象之间以实补虚、以虚映实的艺术补充手法完成的。因为只要充分地写出了净虚、马道婆、张道士等等宗教骗子的可憎可恶，实际上就为贾宝玉“毁僧谤道”的性格内容，提供了充分的社会根据。

这个故事片断的艺术结构，亦颇具匠心。章法井然，针线细密，前呼后应，浑然一体。比如，开始写凤姐为了表现她的“尚排场有钱势”，不与众人同住铁槛寺，一定要独自下榻馒头庵。这就自然地为她弄权准备好适宜的环境，同时也从社会地位和气势派头等方面，为她能随意弄权渲染出充足的气氛。再如，净虚对贾府的社会关系和凤姐的性格心理，均了若指掌。原来她是贾府内壶中的常客，能得与贾府的太太、奶奶经常接触。而这一点，在凤姐一进馒头庵跟净虚的寒暄中就顺便点出。《红楼梦》的每一个场面，每一个情节、细节，看似信手拈来，自然流泻纸上，实际都是作者呕心沥血、惨淡经营的结晶。每一描写无不千锤百炼，自然浑厚，达到了出神入化的艺术境界。“极炼如不炼，出色而本色。”① “弄权铁槛

① [清]刘熙载:《艺概·词曲概》,上海古籍出版社1978年版,第121页。

寺”正是以它丰富深刻的思想内容和凝练朴素的艺术表现之完美统一，进入这种艺术化境，成为镶嵌在《红楼梦》这幅宏伟瑰丽的艺术画卷上一颗熠熠生辉的明珠。

1982年仲春于安徽师大

[原载《阅读和欣赏·古典文学部分(7)》,北京出版社,1983年版]

缘情入微 赅博笼巨

——“宝玉被打”论析

“宝玉被打”故事发生在《红楼梦》第三十三、三十四两回中。它是小说中第一次以在封建宗法制度下所习见的剧烈形式，深刻地揭示出笼贯全书的基本矛盾以及这种矛盾不可调和的对抗性质，从而丰富和加强了全书的政治主题，展现了典型的历史氛围，深化了人物性格，形成全书情节的第一个高潮，进而推动故事向纵深发展。从事物的相互联系和生动具体的描绘中，揭示它们的社会本质及其发展的必然，达到了艺术真实与生活真实的完美的统一。

一

《红楼梦》第一号主人公是封建贵族阶级叛逆者贾宝玉。贾宝玉所坚持的反封建主义人生道路跟封建家长所期望于他的封建主义人生道路的斗争，就构成了贯穿全书的基本矛盾冲突。全书故事的发展和情节高潮的形成，都无不直接地受这个基本矛盾的规定和影响。这个矛盾冲突是封建社会末期具有典型意义的社会矛盾在贵族阶级内部的反映，是历史变革时期新旧冲突的艺术再现。看似寻常实奇崛。老子打儿子，司空见惯，虽言在耳目，笔落家常，然涵茹深广，义蕴丰富；识见高卓，运思精审，缘情入微，赅博笼巨。“都来眼底复心头，辛苦才人用意搜。”[①]用常而得奇，出色亦本色，使得每个人物性格在日常生活的描写中浓缩入巨大的社会容量，具有鲜明的时代感和充实的历史感，达到了充分典型化的高度。

“宝玉被打”这场封建贵族家庭内部父子之间的激烈冲突，其激化爆发的直接缘由，是由两个偶然事件促成的。一个是忠顺王府长史官奉命前来追索逋逃的琪官，一个是金钏被逼投井致死贾环歪曲事实向贾政进谗。于是“在外流荡优伶，表赠私物，在家荒疏学业，淫辱母婢”，就构成了贾政对宝玉声罪致讨、必行笞挞的充足口实，一场残酷凶狠的毒打暴行不可避免地发生了。

这两个事件是“宝玉被打”的外因，带有很大的偶然性，但它们不是孤立的，而是迅疾引爆内因震动的外因，体现必然内容的偶然。有如两根交缠在一起已被点燃的引信，其中包藏着浓烈的致爆因素，那就是弥漫贾府内外的统治阶级内部的诸种矛盾。忠顺王府追索琪官事件，是由贾宝玉结交忠顺王爷驾下承奉的艺奴——名优蒋玉菡引起的。作为贵介公子贾宝玉，竟与卑贱的俳优为伍，而且“相与甚厚”“表赠私物”，这本身就是一种破坏贵贱有别的封建等级制度的“狎邪”行径，已为封建卫道者所不许；更何况还涉及拐带王府逃奴、私匿亡命之嫌，开罪素来关系就很疏远的忠顺王爷，引起贾府与更有权势的上层贵族之间的矛盾。难怪贾政出于家世切实利害的考虑，顿时感到大祸临头，“气的目瞪口歪”，必欲把宝玉这个“孽根”“祸胎”“着实打死”，以免自己“上辱先人下生逆子之罪”。仅此一端，宝玉被打已成定势，至于贾环进谗，则是在已经燃起的熊熊怒火中撒上了把盐。

当然，贾环所以借端进谗，也非偶然，实乃贾府内部争夺财产权、继承权的嫡庶矛盾的必然产物，是第二十五回赵姨娘、贾环母子处心积虑要治死贾宝玉实现夺嫡阴谋的延续。那次赵姨娘勾结马道婆搞“魇魔法”，企图用迷信手段咒死宝玉，贾环则伺机推倒热油灯，想烫瞎宝玉的眼睛。

① [清]爱新觉罗·永忠:《因墨香得观〈红楼梦〉小说吊雪芹三绝句(姓曹)》,一粟编:《红楼梦卷》,中华书局1963年版,第10页。

结果，这两个毒计均未得逞，母子两人仅遭到王夫人、凤姐和贾母等人一顿劈头盖脑的臭骂，落得个没脸，处境益发尴尬不堪。从此结怨愈深，恨毒日甚，暗中窥伺，以求一逞。所以，金钏投井事件刚刚发生，赵姨娘就立即暗里散布栽诬贾宝玉的谣言，煽风点火，扩大事态。这底里，贾环在那席鬼鬼祟祟的“小动唇舌”中讲得很清楚：

我母亲告诉我说，宝玉哥哥前日在太太屋里，拉着太太的丫头金钏儿强奸不遂，打了一顿。那金钏儿便赌气投井死了。

可见，这番贾环的进谗，中伤乃兄，毒根实在赵姨娘身上——她为了实现夺嫡阴谋，也为了发泄第二十五回受辱挨骂的积怨，想假手贾政制贾宝玉于死命。设无贾环撞上贾政这个进谗的偶然机会，她也会在枕头边上摇唇鼓舌，拨弄起贾政的怒火的。这种嫡庶矛盾的蓄积与发展，也足够促使贾政和宝玉之间矛盾的必然激化，更遑论还加之以忠顺王府追索琪官事件了。这样，就把第二十五回已经展露的贾府内部嫡庶之间“乌眼鸡”式的争夺，通过贾环进谗这一细节自然地给以呼应延伸，并充分利用它，使之成为推动主要矛盾迅速发展的一个必要条件，从而使“宝玉被打”矛盾冲突成为统治阶级内部错综复杂的多层次矛盾有机组合聚集的焦点，极大地拓展了这个情节高潮的系统表现功能。就结构布局、行文运笔而言，宛若云龙雾豹，草蛇灰线，隐现出没，错落有致，自然浑成，决无牵强捏合之痕。

二

正当贾政盛怒之际，板子下去得又狠又快，把宝玉的屁股打了个稀烂，已动弹不得了，王夫人闻讯赶来了。从王夫人抱着宝玉失声哭诉中，深刻地揭示出封建时代嫡室夫人的典型心理状态，充分地展现出这场冲突中所包含的嫡庶矛盾的具体内容。

在“母以子贵”的封建宗法制度下，贾宝玉的有无，是王夫人的现存地位与未来命运之所系。她所以要死命抱住贾政的板子，保住贾宝玉这条命，虽不无发自本能母爱的护犊之情，但最重要的却是出于自己的现实切身利害的考虑——保住了贾宝玉的性命就是保住了她自己的一切。贾政为了维护阶级和家世的利益，免得日后酿到贾宝玉“弑君杀父”的地步，所以面对着王夫人的哭劝，仍然执意要用绳索勒死贾宝玉，“以绝将来之患”！而王夫人对丈夫管教儿子、督促儿子走封建主义的“正路”，并无异议，只是不能将他置于死地。因为她只有这一个儿子，靠他来维护自己的正统地位。所以，在这贾宝玉存亡的关键时刻，便不顾一切抱住宝玉失声大哭道：

> 老爷虽然应当管教儿子，也要看夫妻分上。我如今已将五十岁的人，只有这个孽障，必定苦苦的以他为法，我也不敢深劝。今日越发要他死，岂不是有意绝我。既要勒死他，快拿绳子来先勒死我，再勒死他。我们娘儿们不敢含怨，到底在阴司里得个依靠。

她一边哭着“苦命的儿吓”，忽又想起早夭的长子贾珠来，便叫着贾珠哭道：“若有你活着，便死一百个我也不管了。”后来她又“儿”一声、“肉”一声地哭道：

> 你替珠儿早死了，留着珠儿，免你父亲生气，我也不白操这半世的心了。这会子你倘或有个好歹，丢下我，叫我靠那一个！

王夫人心底情愫的这些直白，每一笔都深入到人物性格的肌髓，准确地挖掘出为封建宗法制度所扭曲了的贵族阶级母爱的内容。在这里，发乎天性的纯朴圣洁的母爱已经泯然无存，而代之以现实利害关系的计较。她维护贾宝玉，主要是为了维护自己嫡室夫人的合法地位。而赵姨娘和贾环之所以要处心积虑地除掉贾宝玉，也正是出于对这种地位的觊觎。倘若那个十四岁就进了学足以克绍箕裘、肯堂肯构的贾珠不死，贾政要打死贾宝玉这个不肖之子，王夫人虽不至完全无动于衷，恐也不会这般全力以护。贾珠死了，贾宝玉决不能再被打死。“你倘有个好歹，丢下我，叫我靠那一个?”这正道出了这位贵夫人内心的凄楚和悲哀。正如那块被视为贾宝玉的命根子“通灵宝玉”一样，贾宝玉也是王夫人的命根子啊!

宝玉挨打的当天夜里，贾环进谗的口风吹进王夫人的耳朵，王夫人立刻叫来袭人进行追查。袭人虽云不知，王夫人凭自己对这个问题的特殊敏感，认定宝玉挨打有贾环煽动这个“别的原故”在。这就从王夫人的角度再次强调突出这个次要矛盾对导致宝玉被打事件的潜在作用。

宝玉虽仗着王夫人的软磨和贾母的权威从贾政的大板下得救了，但王夫人的威胁并未消除。要根本消除这个威胁，就必须把宝玉从叛逆不肖的“邪路”拉回“仕途经济”的“正路”上来，才能和贾政对贾宝玉的要求取得一致，才能真正杜绝赵姨娘和贾环的夺嫡企图，也才能保住自己的尊荣和地位。为了实现这个意图，她亟需从贾宝玉身边笼络一个得力的帮手，来加强对宝玉全面的控制、监护和约束。所以，当她听到袭人那番婉转的说辞提出“君子防不然”的建议，采取把宝玉搬出园外来住的隔离防范措施，以保护“二爷一生的声名品行”时，正与她的隐衷相契合，于是，一时不免忘情，竟不管主奴的严格界限，一口一声“我的儿”，亲热地叫着袭人，并立即托以心腹，畀以监护宝玉的重任，明确地许之以做姨娘的地位。最后，她向袭人交代说：

> 难为你成全我娘儿两个声名体面……你且去吧，我自有道理……你今既说了这样的话，我就把他交给你了，好歹留心，保全了他，就是保全了我。我自然不辜负你。

从此，她们主奴间结下了严密防护贾宝玉趋于异端的神圣同盟。这，一方面继“挨打”场面之后，再次充实深化王夫人对贾宝玉“母爱”的现实内容，给读者留下深刻的印象；另一方面也遥为全书第二个情节高潮——抄检大观园事件埋下伏笔。尽管临时由于诸种复杂因素的左右，王夫人未能断然对宝玉采取“隔离”措施，但后来王夫人撕下“菩萨”的假面，凶残地撵晴雯、逐芳官，均肇端于此。嫡庶争夺的矛盾在“宝玉被打”的冲突中，还是一个推动主要矛盾激化的次要矛盾；到了“抄检大观园”中，则是以贾府内部派系角逐的形式出现转化为主要矛盾了。而作为“抄检”事件的余波，晴雯、芳官等人的受害，无疑是袭人隔离宝玉的建议以一种铲除异端势力的残酷方式之彻底实现，其根本目的是保嫡保权。

三

“宝玉被打”的主要矛盾是封建卫道者和反封建叛逆者之间的冲突。这是推动宝玉被打事件必然发生的深刻内因。这个矛盾不是寻常的父子龃龉，而是封建社会末期新旧两种思想、封建主义和反封建主义两条人生道路激烈搏斗的生动反映和真实概括。惟因有了这个必然的内在根据，才使上述王府索琪和贾环进谗这两个偶然的外在条件在特定场合下起了诱发内因的作用。而这两个偶然条件实又藏着必然的因素，是必然内容合乎逻辑的外在表现。

贾宝玉思想性格所体现的初步民主主义精神，代表了处于萌芽状态新兴市民社会势力的思想政治要求。这对封建统治阶级无疑是一种可怕的叛逆异端，是他们所赖以生存的制度一种严重的破坏力量。所以，贾政和宝玉的性格冲突，不是出于琐碎的个人欲望，而是来自于他们所处的历史潮流，是历史运动的客观矛盾在贵族阶级父子关系中具体而微的反映。这是贯穿全书的基本矛盾，也是形成全书第一个情节高潮——“宝玉被打”的基本矛盾。

这个基本矛盾，有个积渐发展的过程。作品紧紧扣住贾府盛衰的深刻历史背景来展现这个过程。处于风雨飘摇、危机四伏的贾府，已经濒临内囊空虚、大厦将倾的绝境。造成这种情况的原因很多，其中最为重要的，正如第二回古董商人冷子兴所指出：“如今的儿孙，竟一代不如一代了！”

第五回贾府老祖宗荣宁二公之灵也在对警幻仙姑的“剖腹深嘱”中说过：“故遗之子孙虽多，竟无可以继业。”惟有嫡孙贾宝玉“聪明灵慧，略可望成”。封建卫道者贾政，正是在这种家业日趋萧疏的形势下，把兴衰继绝、扶倾挽澜的希望寄托在贾宝玉身上，要他“留意于孔孟之间，委身于经济之道”，严厉督促他读四书，学八股，考科举，登仕途，光大门楣，丕振家声。为此，强迫他经常跟贾雨村之流交游，企望按着贾雨村这种模式，把贾宝玉打制成一个封建官僚。可是，“乖僻邪谬”的贾宝玉对这一套传统调教，深恶痛绝。他志趋异端，行为叛逆，斥制艺应考是“饵名钓禄之阶”，骂为官作宦是“国贼禄鬼之流”，以四书为无用，视官场为畏途；更讨厌与贾雨村谈讲“仕途经济的学问”。就在挨打前一刻，贾雨村来访，他迫于严命，不得不出去虚与应付，也“全无一点慷慨挥洒谈吐”，惹得贾政一头恼火。怠慢贾雨村，拒绝以他为榜样走贵族子弟读书做官的传统人生道路。这就是他们父子矛盾的实质关键之所在，也规定了这个矛盾迟早必然激化的对抗性质。别看贾雨村这个人物在宝玉被打之前一闪而逝，挨打似与他无关，实际上他却是构成矛盾激化内因的重要因子。他像鬼魂一样附诸贾政之体，遂使贾政在这场冲突中的凶残表现，远远超出了严父教子的范围。那大板，那绳子，实是大理寺公堂上的刑杖和绞索，体现整个统治阶级的意志，渗进了严酷无情的政治内容，对可能酿成“弑君杀父”、亡国败家之祸的叛逆异端分子，实行灭绝人性的惩罚。

倘说贾政完全丧失人性，毫无父子之情，也不公道。不是嘛，他正在雷霆震怒之中，　听到王夫人提到死去的贾珠，便伤感难已，“那泪珠更似滚瓜一般滚了下来”，流露出对亡子无限钟爱的情怀，多么富有人情味呵！对贾珠如此深情痛惜，对宝玉却又这般切齿痛恨，爱憎何其分明！而人们不正是在贾政这瞬间感情的剧烈起伏变化中，清晰地看到了他的好恶的鲜明思想倾向，看到了他的人性的具体社会内容，也看到了“宝玉被打”这场冲突的深刻内因吗！

如果说，在这场冲突中，王夫人要保住贾宝玉的行动，揭示出封建阶级母爱的具体性；那么，从贾政对贾珠、宝玉的爱憎强烈对照中，则揭示出封建阶级人性的具体性。世上绝无抽象的母爱和人性，也没有无缘无故的爱和恨，它们都是具体的，无不打上阶级的烙印。曹雪芹现实主义地揭示出这个真理。

无独有偶，《红楼梦》写了荣国府两次老子打儿子的事件。这次是贾政打宝玉，用的是正面展开的实写，另一次是在四十八回贾赦打贾琏，用的是侧面补叙的虚笔。耐人寻味的是，宝、琏两位少爷致打之由，均有贾雨村的鬼影子从中作祟，构成了父子冲突爆发的内因。前者是贾政痛恨贾宝玉拒绝接受贾雨村的影响和走他的人生道路；后者是贾赦痛恨贾琏没有贾雨村贪赃枉法、残民以逞的本事。穷书生石呆子藏有二十把古扇，爱之如命，贾赦命贾琏出重金购求，石呆子执意不售，贾赦天天骂儿子“没能为”。不料此事被贾雨村听到，便罗织罪名，讹石呆子拖欠官银，将之逮捕，抄没古扇，送给贾赦，弄得石呆子倾家荡产，死活不知。贾琏不以这种作法为然，竟公开在乃父面前加以讥弹：“为这点子小事，弄得人坑家败业，也不算什么能为!”触怒了贾赦，把他“打了个动不得”。急得平儿忙来向薛宝钗讨宝玉挨打时用过的棒疮药。从艺术构思看，作者以薛家的棒疮药为线索，把宝玉、贾琏被打事件串连起来。前后呼应，虚实互藏。前者是在宝玉被打的正面实写中，揭示冲突的根本原因，其中潜藏着贾雨村道路的幽灵；后者则是在贾琏被打的侧笔补叙中，着重揭露贾雨村阿奉权门，贪酷虐民，诬害善良的罪行，隐含着对贾政要求宝玉走贾雨村道路的针砭和否定，深沉含蓄地流露出作者对贾政、宝玉父子间两条人生道路斗争的臧否是非的思想倾向。

四

“宝玉被打”事件又是宝黛钗爱情婚姻悲剧发展进程中一个里程碑。

如前所述，既然“宝玉被打”的矛盾冲突是全书基本矛盾的情节体现，那么，作为全书的中心故事——宝黛钗爱情婚姻纠葛，也必定要受到它的深刻影响和支配。

封建贵族阶级的婚姻，不是取决于个人的意愿，而是取决于家世的利益。这就造成了封建时代个人自由爱情和封建包办婚姻的矛盾，造成了无数青年爱情婚姻悲剧。到了《红楼梦》的时代——封建社会末期，随着新的社会因素的产生和早期民主主义思潮的兴起，遂使青年争取爱情婚姻自由的斗争，带有要求个性解放，尊重人性的鲜明时代色彩，成为新兴社会势力反对封建主义斗争的一个重要组成部分。贾宝玉的爱情婚姻问题，正是在这样的典型社会历史环境中，围绕着个人选择意愿和封建家世利益的矛盾展开的，而这又集中表现在贾宝玉人生道路这个焦点上。所谓“金玉良缘”和“木石姻缘”的矛盾，钗黛性格的对立，本质上实是封建末世两种社会思想、两条人生道路斗争在爱情婚姻问题上的具现。这样，就把宝黛钗爱情婚姻纠葛自然地纳入“宝玉被打”的、也是全书的基本矛盾中去，从而使这个爱情婚姻悲剧达到了前所未有的反封建的思想高度。

就宝黛爱情的发展过程来看，在宝玉挨打的前一刻，通过诉“肺腑”场面，彻底沟通了双方的心曲，摆脱了“金呀，玉呀”宿命论婚姻观念的困扰，结束了长期痛苦的爱情试探阶段，进入了两情相许、双心默契的成熟时期。这种经过长期相互了解建立在思想志趣、人生道路一致基础上爱情的成熟，意味着他们在叛逆家世利益的道路上迈出了坚实的一步，也意味着在沉重如磐的封建势力压抑下悲剧性毁灭的开始。“宝玉被打”故事正式地揭开了这个悲剧的序幕。

“宝玉被打”冲突因王夫人的出场得到了缓冲，但贾政依然余怒未息。最后还是摔出来贾府的最高权威——贾母，借助她对宝玉的纵溺，用封建伦理的“孝道”，才彻底制住了贾政，使这场冲突归于平静。封建正统派贾政，只能在“孝以事亲”的神圣准则下乖乖地收敛起毒手，始则向母亲“躬身陪笑”，继而“苦苦叩求认罪”。封建主义者向来是打着“孝”的招牌，用以齐家、治国、平天下的。而孝尤以“色难”，这是孔圣人的名训。如今，贾政因“教子”而触怒母亲，有违“事亲尽色养之孝”[①]的古训，迹涉不孝，所以，他只好暂时置对宝玉“弑君杀父”的忧虑于不顾，变颜

①［南朝宋］刘义庆：《世说新语》上，上海古籍出版社1982年版，第37页。

作笑，服从“事亲为大”的原则，作了妥协，保证以后再不打宝玉了。从贾政这种前后矛盾的尴尬表现中，既暴露了封建伦理的破绽，暴露了封建社会末期以男性为中心的封建宗法制遭到破坏，业已倾塌难扶的现实，也从人物关系总体的系统作用把握中，真切地揭示出人物性格冲突的社会本质。

但是，贾政和宝玉之间的矛盾，并未根本消除，而是以另一种形式向纵深发展着。这集中表现在宝玉对爱情婚姻对象于钗黛之间作出了清醒的、理智的、明确的选择。这以前，他在感情上虽多倾心于黛玉，但对宝钗的姿色与才情也不免时或流露出歆羡和垂慕，痴若“呆雁”，忘乎所以，这以后，他的心理情操，获得了一个质的飞跃，汰除了杂念和秽污，升华到纯净的自我完善的境界，开始了凄婉顽强的悲剧战斗历程。曹雪芹就是这样把自己笔下的人物放到生活的严峻考验中，去锤炼他的性格，揭开他性格发展历史的新篇章。

贾政的大板并未使宝玉从叛道的道路上回头，实际效果恰恰相反，皮肉的痛楚引起了他心理上强烈的逆向反应。挨打之后，宝玉养伤怡红院。作者在这里精心安排了宝钗、黛玉先后探伤的场面。在这两个场面的对比映照中，细致地描绘了宝黛钗各自复杂的心理情态，从而揭示出甫经风暴之后将展开悲剧情节的深刻的性格根据。

首先来到怡红院的是手托着一丸棒疮药的薛宝钗。这位谨守封建规矩、视听言动皆循“礼”的薛大姑娘，看到重伤卧床的贾宝玉，不免一时忘理任情，点头叹道“早听人一句话，也不至今日。别说老太太、太太心疼，就是我们看着，心里也疼。”可是，刚刚说了这么半句，不自觉地漾出一缕人性本能的涟漪，就慌忙以理制欲，把话咽住，且“自悔说的话太急了，不觉就红了脸，低下头来”。就是她那破口的第一句话，也是抱怨多于同情，在宝玉被打问题上，显示出她的性格冰冷的封建主义素质。看似有情却无情。深厚的封建道德修养，业已把她的“童心”本性腐蚀殆尽。这就决定了她不可能对贾宝玉这个封建阶级叛逆者产生真正强烈的爱情，也决定了她在宝玉被打这个问题上必然自觉地站在封建主义者一边，甚至她心里明知乃兄“素日恣心纵欲”，什么坏事都能做得出来，她还是要曲意为之辩护。当袭人提及宝玉被打也有薛蟠从旁“唆挑”煽动的缘由时，她立即委婉地说道：

> 你们也不必怨这个，怨那个。据我想，到底宝兄弟素日不正，肯和那些人来往，老爷才生气。就是我哥哥说话不防头，一时说出宝兄弟来，也不是有心调唆：一则也是本来的实话，二则他原不理论这些防嫌小事。袭姑娘从小儿只见宝兄弟这么样细心的人，你何尝见过天不怕地不怕、心里有什么口里就说什么的人。

这席话，绵里藏针，柔中有刚，既巧妙地开脱了薛蟠的不端，文饰了他的丑恶，又堂而皇之地指实了宝玉的过误“素日不正”，“不在外头大事上做工夫”，才惹得老爷生气，被打是咎由自取，理所应当，“不必怨这个，怨那个”。其爱憎是何等的鲜明，立场又是多么的坚定！这正是为贾府统治者所需要、所赏识的封建淑女贤德的本质。

但是，薛宝钗毕竟是一株“任是无情也动人”，艳冠群芳、雍容华贵的牡丹，在宝玉看来，自属豆蔻年华的“宝珠”之列，所以，对她前来探望所流露出的“怜惜悲感之态”，也不免为之动情，从中获得贾宝玉式的精神满足：“既是他们这样，我便一时死了，得他们如此，一生事业纵然尽付东流，亦无足叹息，冥冥之中若不怡然自得，亦可谓糊涂鬼祟矣。”宝玉对宝钗此刻感情火花之瞬间一闪，虽感到温情脉脉，不觉“怡然自得”，但这也不过是“宝玉一生心性”[①]——爱博情多的本性一种本能自然的流露，是他“俱有一痴情去体贴”[②]一般女儿情怀的“意淫”性格之常规反应，是“警幻情榜”对他的结论式评语“情不情”在特殊心理背景下的具体表现，即用情于不知情之物和不知情之人。宝钗固具封建闺秀式的

① 甲戌夹批79a，(法)陈庆浩编著：《新编石头记脂砚斋评语辑校》，中国友谊出版公司1987年版，第130页。

② 甲戌眉批124b，(法)陈庆浩编著：《新编石头记脂砚斋评语辑校》，中国友谊出版公司1987年版，第192页。

"无情"品格，人性的正常要求虽被湮没在封建教条的冰水之中，但其纯真尚未尽泯灭，其少女的风韵和追求，也自有"动人"之处。这种悲剧性的性格矛盾，原其根由，无疑是封建主义思想长期毒化的结果，罪恶的渊薮是那个吞噬人间一切美好事物的制度。它既残酷地虐杀了它的叛逆者、反抗者，造成黛玉式、晴雯式的悲剧，也无情地毒杀了它的信奉者、拥护者，造成了薛宝钗式的悲剧。唯因如此，呼吸领会整个时代悲凉气氛的贾宝玉，才会以其悲天悯人的襟怀，对她产生与一般女儿同样的心理反馈。当然，这种心理反馈与志同道合的爱情是迥然有别的。挨打之后，使他昭然地划清了与薛宝钗、林黛玉两者之间具有异质异趣的感情内涵的界限。所以，没多久，他在午睡梦中喊骂道："和尚道士的话如何信得？什么是金玉姻缘？我偏说是木石姻缘！"在这里，所谓"金玉姻缘"跟"木石姻缘"的矛盾实已超出了性爱对象争夺的狭隘内容，而是渗透了封建末世封建主义、反封建主义两种思想、两条人生道路激烈搏斗的深广历史内容。选择别人就是选择自己。性爱对象的选择，实是对自己人生理想和人生道路的选择。宝玉这种舍钗就黛的选择，正是他的叛逆性格经过挨打之后趋于完善成熟的标志。自此，两阵对圆，互不相让，悲剧主题开始进一步展开和深化。

宝钗送药探望走后，天色将晚，宝玉昏昏默默，似睡非睡地进入梦乡，"只见蒋玉菡走了进来，诉说忠顺府拿他之事；又见金钏儿进来哭说为他投井之情"。用梦境潜意识活动再现被打的缘由，表现宝玉对蒋玉菡、金钏的悲惨遭际深情忘我的系念和给他留下的切齿腐心的伤痛。薛宝钗的棒疮药只能医治他皮肉针挑刀挖般的痛楚，却无助于他心灵创巨痛深伤口的愈合。惟有林黛玉那真挚爱情的眼泪才是他宽解痛苦、净化心灵的圣水，才是他在命运苦难的重压下汲取精神力量、获得醍醐灌顶般快慰的甘露。

果然，他在梦中听到了"悲戚之声"，睁眼一看，林黛玉带着"肿的桃儿一般"的两个眼睛和"满面泪光"，怀着一腔莫可名状的痛切之情探望他来了。她面对伤势沉重的情侣战友，柔肠百结，感慨万端，气噎喉堵，哽咽难言，抽泣了半天，千头万绪凝结成一句异乎寻常的话："你从此可都改了罢！"这饱含着无限心理内容和感情分量的一句话，既有对残贼者的抗议和控诉，又有对知音者的痛惜和关切，既有风云突变惊魂未定的惶惑和惊恐，也有对心曲方通风雨同舟的伙伴之殷切期冀与激励。"心有灵犀一点通。"对这一切，宝玉早已默契于衷，遂"长叹一声"，坚定地回答道："你放心，别说这样的话。就便为这些人死了，也是情愿的！"这铮铮作响、掷地有声的几句话，是宝玉在他人生道路新的战斗起点上向戕害人性的封建势力发出的义无反顾的庄严誓言，也是对黛玉的爱情一个永矢弗渝的忠实保证。为了解脱历史积淀下来的苦难，他决心顽强地战斗下去，虽殒身而弗恤，甘愿付出生命的代价。所以，就在当天夜里，宝黛双方遂在这个充实深厚的心理背景上，继"诉肺腑"之后，大胆地作出了赠帕定情之举。美好的充溢反封建内容的爱情成熟了，在凄风苦雨中更加惨烈挣扎的战斗也随之开始了，直到他们短暂悲剧一生的结束——林黛玉泪尽而逝，遗恨绵绵，魂归太虚；贾宝玉"悬崖撒手"，遁入空门，石返大荒。

历史的长河以不可阻挡之势曲折地奔腾向前，反映历史发展进步趋势的新生力量是不可战胜的；相对强大的腐朽势力尽管逞淫威于一时，却无法逆转历史的潮流。两百年前伟大作家曹雪芹，以他深刻的睿智、旷代的才情描写的"宝玉挨打"故事，正现实主义地揭示出这历史运动的辩证法。

穷精显微 尺水生波

——“鸳鸯抗婚”论析

“鸳鸯抗婚”是古典现实主义巨著《红楼梦》中一个脍炙人口的精彩片断：荣国府大老爷贾赦，为了满足个人私欲，看上了贾母的贴身大丫鬟鸳鸯，嗾使他的老婆邢夫人出面奔走，讨鸳鸯来做小老婆。鸳鸯在他们多方利诱威胁面前，矢志不屈，机智勇敢地挫败了他们的阴谋，使他们大出洋相，大丢面子，讨了一场大没趣。

这种逼嫁娶小的事，在封建时代贾府那样贵族阶级腐朽淫靡生活的海洋中，不过是一朵司空见惯的小浪花。要把这朵小浪花写得尺水生波，深刻隽永，从寻常的生活琐事中，曲尽世相，写出非同寻常的思想意义，决非轻易能够做到的。但是在曹雪芹的腕底，却是文若游龙，笔酣墨饱，在平凡简短的情节中，浓缩了极为丰赡的思想和艺术容量。

暴露封建统治阶级的荒淫腐朽，赞美被压迫者的觉醒和反抗，是《红楼梦》批判封建制度并展示其必然崩溃历史命运的两个重要内容。残酷野蛮的婢妾制度，作为奴隶制的残余被封建制度吸收保存下来，成为封建贵族的特权——封建多妻制一种必然的补充。通观《红楼梦》全书对这方面的描写，应该说，作者在主观上既不反对一夫多妻制的封建婚姻制度，也未否定体现贵族地主阶级特权如“通房丫头”之类的婢妾占有制度。书中正面人物主人公贾宝玉就有几个这种以婢作妾的预备对象。袭人是王夫人公开为他定下的准姨娘，晴雯是贾母暗许给他的，他与晴雯又有默契，设无王夫人从中作梗，晴雯也定然成为他的侍妾，后来的麝月和薛宝钗的贴身丫鬟莺儿成为他的法定“通房丫头”，更是天经地义的事。足见，在一般意义上，曹雪芹对这种不合理的婢妾占有制度有很大的保留，只是对婢妾的人身和人格给予相当程度的尊重和怜恤，在违反人性的关系中渗入了某些微弱的民主平等的合理因素。曹雪芹在这个问题上还未能摆脱传统习惯的偏见，他笔下不无歆羡赞美之情地通过对贾宝玉式婢妾占有关系的肯定，从而基本上肯定了一夫多妻制乃至婢妾占有制，暴露了他世界观中伦理观念和美学思想的历史和阶级的局限。但是，还应该看到，曹雪芹这种伦理观念和美学思想在具体形象的描绘中，又呈现出特殊的复杂性。他在肯定贾宝玉式婢妾占有关系的同时，又怀着对被压迫少女的深切同情，强烈地控诉了贾赦、贾珍、贾琏、薛蟠一干“淫污纨绔”之流，“惟知以淫乐悦己，并不知作养脂粉”的兽行，鞭挞了他们践踏少女青春、蹂躏少女人身、亵渎少女人格尊严的罪恶，从而相当深刻地否定了他们那种“皮肤滥淫”式的粗暴野蛮占有关系。这具体形象所显示的实际批判意义，无疑也体现出曹雪芹对封建婢妾占有制的批判精神，构成了《红楼梦》对封建制度总批判的一个有机部分。“鸳鸯抗婚”正集中地表现出作者这种批判精神，成为表现全书批判主题光彩夺目的一章。

肯定封建多妻制和婢妾占有制，是曹雪芹世界观总体中一个次要的保守方面，但即使这个保守方面在他现实主义创作实践中转化为艺术形象，也迸射出进步思想的火花。“鸳鸯抗婚”故事就是这样一束灿烂的火花。作者在这个故事描写中实际上突破了他世界观保守方面的局限，愤怒地暴露了老色鬼贾赦渔色无度、蛮横霸道的无耻嘴脸，热情地赞美了少年女奴鸳鸯为了维护人的尊严和价值，敢于反抗、善于斗争的精神，奏出一曲奴隶反抗的颂歌，与后来尤三姐“耻情归地府”、晴雯“抱屈夭风流”等壮烈场面同其精神，交相辉映。它们宛如划破封建社会末期沉沉夜空的一道道闪电，预示着摧毁封建制度的惊雷即将震响，荡涤社会污浊的风暴即将到来。

现实生活的复杂性决定人物关系的复杂性和人物性格的复杂性。曹雪芹在深刻把握现实生活复杂性和充分再现复杂人物关系的基础上，“如实描写，并无讳饰”，写出人物性格的多面性和复杂性。所以，他笔下的人物被鲁迅誉为“都是真的人物”。他以巨大艺术腕力刻画的主要人物如贾宝玉、林黛玉、薛宝钗、王熙凤等，仪态万方，性格丰富复杂，富有立体感，自不必说，即着墨不多的次要人物，也同样莫不血肉饱满，栩栩如生，具有丰富的性格内容，而且个性鲜明，给人留下深刻难忘的印象。每个人物性格都有一个显示个性的基调，次要人物性格的基调，大都借助一两个矛盾冲突比较尖锐、戏剧性很强的场面，集中展现出来。鸳鸯就是这样一个次要人物，“抗婚”则是她性格基调的定音场面。

鸳鸯作为贾府的“家生女儿”，她的地位属奴隶当中的底层，本是最为卑贱的，可是，她却是贾府奴隶中一个具有特殊地位的人物，不仅普通奴仆见了她都毕恭毕敬，就是爷们、哥们、夫人、奶奶对她也皆优礼有加，青眼相待。“抗婚”以前，作者并用正笔实写和侧笔虚写两种手法，极力烘托出她这种特殊的“显要”地位。比如，第三十八回在史湘云设的螃蟹宴上，她竟跟管家奶奶王熙凤恣情调笑，甚至伸出腥手赶着凤姐要抹她一脸，凤姐也只好满口“好姐姐”向她赔笑告饶。这是借助凤姐这个不同寻常的人物，正面衬托出鸳鸯的地位。第四十回“史太君两宴大观园”，她跟王熙凤合谋，拿刘姥姥开心取乐，行酒令时她还被推上令官的席位。这是通过较大的公共场面，把她放到支配在场人物的中心地位，让她锋芒初露，正面展示她灵心慧舌，聪敏伶俐的资质和长于应付人事的能力。

鸳鸯在贾府获得如此地位的背景又是什么呢？作者在第三十九回通过李纨的评论，从侧面作了交代——

> 比如老太太屋里，要没那个鸳鸯如何使得。从太太起，那一个敢驳老太太的回，现在他敢驳回。偏老太太只听他一个人的话。老太太那些穿戴的，别人不记得，他都记得，要不是他经管着，不知被人诓骗了多少去呢。

从李纨的这些话里，清楚地点明了鸳鸯的地位是深深植根于她跟贾母的特殊关系之中。原来她是用尽心服侍贾母的高昂代价，换得了在贾府这种特殊地位。正像那次林之孝家的查夜时教训贾宝玉说的，“便是老太太、太太屋里的猫儿狗儿，轻易也伤他不的”，应当受到后辈主子尊重一样。

此外，“抗婚”以前，作者还用侧笔补充出鸳鸯性格中另一些侧面。如李纨称赞她正直善良，存心公道，“常替人说好话儿，还倒不依势欺人的”。她处事很像好行方便，息事宁人的平儿；邢夫人说她“是个要强的人”，“素日心高志大”，她的个性又很近乎“心比天高，身为下贱”的晴雯。

这些虚实交映、正侧并举的描写，都与“抗婚”场面遥相呼应，成为“抗婚”的前奏，为“抗婚”提供充足可信的人物关系根据和人物性格根据。只有与贾府的最高权威贾母有如此关系的鸳鸯，才具有能跟贾赦这位大老爷抗争的条件；也只有如此性格的鸳鸯，才具有敢于跟他抗争的魄力。

特定人物性格之间的矛盾激发出特定的情节，而情节的发展又不断展现、丰富和深化人物性格。“鸳鸯抗婚”情节建立在贾赦和鸳鸯性格深刻矛盾的基础上。贾赦荒淫无耻，“胡子苍白了”还一个劲儿的渔色，讨小老婆；长得“水葱儿似的”女奴鸳鸯，自然就成了他垂涎已久的猎逐对象。而鸳鸯偏偏又是一个素来“要强”“心高志大”，不为利诱所动、不为威胁所屈的姑娘，因而构成“抗婚”故事主要情节线索。这是贯穿故事始终的一条明线。同时，又因鸳鸯是贾母诸事离开不得的贴身丫鬟，遂出现贾母与贾赦的矛盾，构成“抗婚”故事一条次要的情节线索。这是一条潜在的暗线。两条线索，以明线为主，暗线为辅，逐步把故事推向高潮，使人物性格得到充分的显现。

贾赦先指使他老婆邢夫人出面向贾母讨鸳鸯。只知承顺丈夫意旨的邢夫人问计于足智多谋的儿媳王熙凤，哪知王熙凤听了，大为摇头，说出一席切中事理的话来。首先，她着重强调贾母“离了鸳鸯，饭也吃不下去”，向她去讨，等于“拿草棍儿戳老虎的鼻子眼儿”，准碰钉子，“招出没意思来”，为鸳鸯抗婚预布下得力的背景；其次，通过贾母平时对贾赦玩小老婆不满的议论，一箭双雕，既揭示出他们母子之间的矛盾，又对贾赦老色鬼的性格特征作了集中的展露；最后，归结到事情闹开了，影响太坏，有失体面。王熙凤这番话，提纲挈领，笼罩全局，起着为“抗婚”故事具体展示人物关系、作好人物性格铺垫和渲染气氛的作用。

可是，愚蠢的邢夫人听不进去，机灵的王熙凤就赶忙转变口风，随她触贾母的霉头去。

“鸳鸯抗婚”的第一个回合，是邢夫人出面跟鸳鸯谈判，手段是甘言利诱。邢夫人先给鸳鸯戴上一串高帽子，夸她是女孩子里头拔尖的人物，所以贾赦看上了她，要讨去做小老婆，接着大谈作姨娘的“体面”“尊贵”，见鸳鸯不为所动，又从反面下说词：“若果然不愿意，可真是个傻丫头了。放着主子奶奶不作，倒愿意作丫头！三年二年，不过配上个小子，还是奴才。”最后，向鸳鸯开出一张空头支票“我管你随心如意就是了”，来进行诱骗。

鸳鸯呢，她在这个回合中的应变之策是柔中有刚，无言软抗。先是锐敏地“猜着三分，不觉红了脸，低了头不发一言”；既而，邢夫人要拉她去回贾母，她又“红了脸，夺手不行”，邢夫人再说，她还是“只低了头不动身”，还是“只管低了头，仍是不语”，直到最后，还是个“仍不语”。弄得邢夫人只好讪讪而去。“此时无声胜有声”：鸳鸯这一连串的“不动”“不语”，在表面的沉默中蕴藏着丰富的心理内容。它们表现了鸳鸯对贾赦、邢夫人的极度轻蔑和憎恶，显示出她跟他们在精神上深刻的对立。明明是对人格的污辱，却被说成是“福分”和“造化”。对这个庸妇无耻的饶舌，有什么必要去理睬，去对牛弹琴呢！沉默“不语”，此时此地好像裹着钢丝的橡皮鞭子，使得愚钝的对手受到透骨的笞挞，还不自知。同时，在这沉默“不语”中，也更加凸现出鸳鸯镇定、沉毅和胸有成算的性格特点。“不在沉默中爆发，就在沉默中死亡。”她暗暗地下了决心，选择前者，宁为玉碎，不为瓦全。这在后来情节的发展中越来越清楚地表现出来。

她在园子里与平儿、袭人诉怀，坦直地披露自己的心腹，表现出对贾赦最大的轻蔑和厌恶，显示出她高傲伟岸的心灵，她说：“别说大老爷要我作小老婆，就是太太这会子死了，他三媒六聘的娶我去做大老婆，我也不能去。”平儿、袭人问她拿什么“主意”对付贾赦，她说：“什么主意！我只不去就完了。”平儿深知贾赦决不会对她轻易放过，认为即使眼前仗着贾母，免遭涂毒，将来贾母死了，还是难免要“落了他的手”。她毫不犹豫地回答：“老太太在一日，我一日不离这里，若是老太太归西去了，他横竖还有三年的孝呢，没个娘才死了他先纳小老婆的！等过三年，知道又是怎么个光景，那时再说。纵到了至急为难，我剪了头发作姑子去；不然，还有一死。”她就这样下定了破釜沉舟的决心，去保护自己的尊严，必要时不惜付出生命的代价。曹雪芹通过这个诉怀插曲，既把鸳鸯对邢夫人“不语”的潜台词补充出来，将她的反抗性格推上一个新的高度，又对贾赦荒淫而残暴的性格特征从侧面作了渲染。

鸳鸯“叱嫂”，是邢夫人利诱手段的继续。邢夫人嘱咐鸳鸯的嫂子去劝诱。这女人也把这视为“天大的喜事”，欣然领命，“只望一说必妥”，没想到遭到鸳鸯一顿劈头盖脑的痛骂。“叱嫂”，实质叱赦，也是骂世，是对趋炎附势、媚上邀宠的无耻世风的揭露和痛斥。

这第一个回合，主要着意刻画故事主人公鸳鸯的反抗性格，为故事高潮爆炸性场面的出现，作好性格的准备。

利诱失败，继以威逼。这是“鸳鸯抗婚”的第二个回合。邢氏溃退，贾赦亲自披挂出马，叫鸳鸯的哥哥金文翔再去诱逼，鸳鸯还是“咬定牙不愿意”。赦大老爷恼羞成怒，顿即现出霸道、凶残的狞狰本相，大发淫威，下了最后通牒：

> 叫他细想，凭他嫁到谁家去，也难出我的手心。除非他死了，或是终身不嫁男人，我就伏了他！若不然时，叫他趁早回心转意，有多少好处。

他责令金文翔即传达鸳鸯，不得有违，否则，要他仔细脑袋。

这第二个回合，主要集中展露贾赦性格的基本特征，借以推动故事主要矛盾的激化，为故事高潮的到来，创造了剑拔弩张的充足气氛。

明志剪发，是“鸳鸯抗婚”的第三个回合，也是整个故事的高潮。面对贾赦扼住命运咽喉的魔爪，鸳鸯沉着地“想了一想”，机智地做出应变的决定。她佯称“愿意”，拉她嫂子一同去见贾母，恰好碰上王夫人、薛姨妈、李纨、凤姐、宝钗等一大群人都在贾母跟前。鸳鸯一把扯住嫂子，对着贾母，边哭边说，从前到后把赦、邢诱逼的经过，和盘抖露出来。最后，针对贾赦无耻的污蔑和威胁，凛然发出斩钉截铁的誓言：

> 我是横了心的，当着众人在这里，我一辈子莫说是“宝玉”，便是“宝金”“宝银”“宝天王”“宝皇帝”，横竖不嫁人就完了！就是老太太逼着我，我一刀抹死了，也不能从命！

说着，就掏出事先藏在袖子里的剪刀，打开头发就铰。实际上，就是把贾赦和邢夫人推上公开的审判台，对他们的罪行发出强烈的抗议，激越的控诉。这抗议，这控诉，不啻一声石破天惊的霹雳，震撼着贾府这个黑暗王国。

曹雪芹用这样最有力的一笔重彩，最后完成了鸳鸯光辉反抗性格的塑造，使她成为《红楼梦》人物画廊中一只真正的、耀眼生辉的“金鸳鸯”。

鸳鸯的反抗激化了贾母与贾赦的矛盾。贾母听了鸳鸯的哭诉，“气的浑身乱战”。贾母“气”得如此厉害，并非出于对儿子这种荒唐行为的愤慨，尽管她平时对贾赦成天玩小老婆也很有微词；主要的，是基于儿子对她切身利益的侵害。这个贵族老太婆，是个享乐主义者，她的享乐又离不开鸳鸯的服侍。所以她说：“我通共只剩了这么一个可靠的人，他们还要来算计！”她并不决然反对儿子讨小老婆，只是恼火这番竟把主意打到鸳鸯的身上来，夺其所需，使她不得安静地享乐，太不孝顺。儿子为了满足自己淫乐的私欲，要霸占鸳鸯为妾；母亲则为了保证自己享乐的私欲，要“保护”鸳鸯为奴。这就是他们母子矛盾的实质。这个矛盾以贾母对邢夫人的一段话亮了底，并达成暂时的妥协。她说：

> 他要什么人，我这里有钱，叫他只管一万八千的买，就只这个丫头不能。留下他伏侍我几年，就比他日夜伏侍我尽了孝的一般。

鸳鸯在贾氏母子这种追求各自私欲的矛盾夹缝中，得以暂时逃脱被侮辱的厄运。贾母死了以后，她的命运又将如何呢？由于八十回以后“迷失无稿”，曹雪芹笔下鸳鸯结局的构思，无法臆测。高鹗续书第一百一十一回把她写成“殉主登太虚”的义仆，化抗暴捐生的刚烈为尽义殉主的愚忠，无疑是对鸳鸯性格内容的歪曲，曹雪芹断不出此。但这样处理，完成了鸳鸯的悲剧，也自有其值得肯定的价值。如果从贾府后来彻底败亡的情节格局来考虑，鸳鸯这个身命微贱、才貌出众的女奴，在那黑幕层张、陷阱密布的吃人社会里，其结局终归还是个悲剧。因为她即使逃脱贾赦的“手心”，也难逃脱另外权势者的魔掌，她即使不以自杀来昭示社会的罪恶，而用看破红尘“剪了头发当尼姑去”作为自己的归宿，还不是跟智能、芳官一样，跳出世俗的“火坑”，又陷身宗教的“牢坑”。她命运的悲剧是那个社会给安排定了的，死或不死，则无关宏旨。

在尖锐的性格冲突中凸现众多的人物性格特征，是“鸳鸯抗婚”艺术表现一个主要特点。鸳鸯是故事的中心人物，所以集中笔墨，用正面实写层层深入地刻画出她的反抗性格；对贾赦，除用逼婚场面正面突出他凶残专横的主要性格特征外，余皆多以侧笔补出。其他如邢夫人的愚左自用，贪婪克啬；凤姐的见风使舵，机变诡谲；贾母的享乐自私，探春的锐敏机灵，都无不给以恰如其分的展露。《红楼梦》漱涤万物，牢笼百态，用一个简单的情节，表现出如此丰富众多的性格内容，把全书主题批判腐朽、歌颂反抗两个方面巧妙地结合起来，其营构之巧，运思之妙，可谓出神入化，臻于语言艺术的极致。

围绕人物性格塑造，交错地运用多种艺术表现手法，是“鸳鸯抗婚”艺术上又一重要特点。有正笔，侧笔，重笔；有顺叙，倒叙、插叙；有虚写，实写；有对比，烘托；有大笔勾勒，也有工笔细描；有心理刻画，也有肖像描写。笔势纵横，流宕不羁；穷精显微，曲尽物情。纡回曲折，尺幅中现千里；深入浅出，平凡中显卓特。

“鸳鸯抗婚”作为《红楼梦》巨幅画卷中一个片断，它好像一片微型牙雕，在毫厘之微的平面上镌刻着许多须眉毕现的人物，运思抒腕，鬼斧神工。《红楼梦》不正是由无数这类微型牙雕式凝练隽永的画面连缀一起，从而显示出它穷形尽相地揭示封建社会本质而又高度含蓄蕴藉的艺术风格吗！

1984年孟秋中浣于芜湖

［原载《阅读与欣赏·古典文学部分(10)》，北京出版社1984年版］

词语典故考释

"白首双星"考释

——关于史湘云的结局

《红楼梦》的读者和研究者都知道，曹雪芹写的《红楼梦》原稿只有前八十回（有几回还残缺不全），后几十回的稿子已迷失不传。所以前八十回写到的人物性格和命运，大多是神龙见首不见尾，有始而无终。这些人物的最后归宿，尽管作者在前八十回里，通过诗、词、曲，用隐寓、象征等多种艺术手法向读者有所暗示，脂砚斋等人的批语也间或有所透露；但作者那些谶语式的概括，毕竟太隐晦、太抽象，脂砚斋的提示，也语焉不详，过分简略。到底作者在后几十回是怎样具体、形象地描绘他笔下人物的命运和结局呢？这个问题成了中国文学史上的千古之谜。两百多年来，人们从不同方面进行探索、考证和推测，企图展露这个谜底，弄清曹雪芹整个的艺术构思和创作意图。其中许多重要问题，一直世代聚讼，至今不得其解。如金陵十二钗中重要人物之一史湘云的结局，就是这样一个红坛注目的疑窦横生、矛盾交出的老大难问题。本文拟通过对《红楼梦》第三十一回回目"因麒麟伏白首双星"的考辨，对这个问题进行一些探讨，提出一些不成熟的看法。

一、红学中一大疑案

《红楼梦》中的史湘云，在前八十回中是曹雪芹浓笔重彩着力塑造的典型人物之一。她是第四回护官符上写的金陵贵族史侯家族的遗孤，是

《红楼梦》中唯一的联系史侯家族衰替过程正面描写的人物。她是贾府的老祖宗贾母的内孙女，自幼也得到贾母的爱怜，所以能经常到贾府里住，与贾宝玉在天真烂漫、两小无猜的童年生活中，建立起青梅竹马的亲密关系，而且，她身上偏偏又佩带了一只金麒麟，这与贾宝玉在清虚观打醮从道士们那里得到的一只金麒麟，恰恰是一雌一雄，配成了一对，用脂批的话来说，这是作者用绘画的“间色法”隐然又写了一桩金玉良缘，在贾宝玉爱情婚姻悲剧的纠葛里，她似乎也若即若离地卷入进去，使这个悲剧更加深刻动人。凡此，都足以看出史湘云这个人物在《红楼梦》整个形象体系中所占的重要地位，和对表现全书主题、深化爱情婚姻悲剧的社会内容所起的重要作用。可惜，在曹雪芹的笔下，同其他几个主要人物一样，史湘云的形象，是一个没有完成的形象，她的性格尚待丰富充实，她的命运正在变化发展。高鹗的续书对这个形象的处理，比起别的人物来，更显得过分的草率和低劣，完全违背曹雪芹原来的艺术构思，致使这个在前八十回里栩栩如生、呼之欲出的人物，顿时黯然失色，让人感受不到一点生气了。正是由于上述这些原因，两百多年以来，史湘云在八十回以后的命运和结局，就成了红学界致力探索和研讨的问题。

曹雪芹在前八十回中对史湘云未来命运留下的伏笔和提供的暗示，不仅非常少，而且就是这仅有的可供思索推绎的几个线索，它们本身已够含蓄隐晦，可以导致人们产生不同的理解，作出不同的判断；它们之间的关系，看来又是那样的冲突矛盾，也给人们造成更大的疑团和歧异，各执一端，可以得出根本对立的结论。有人认为，史湘云的结局是早卒，或守寡，总之是伉俪不终。持此说的根据，是第五回太虚幻境中史湘云的图册题咏和曲子。有人则认为史湘云的结局是琴瑟和合，夫妻偕老，根据是第三十一回回目“因麒麟伏白首双星”。至于史湘云跟谁结婚，有的认为是贾宝玉，有的认为是卫若兰，有的则认为是别的一个什么人。所据的材料不同，所得的结论也迥异。两说似各有道理，也各具缺陷，都难以讲得圆通。

曹雪芹留下《红楼梦》这部未竟稿，在18世纪60年代谢世以后，首先接触到这个难题的，是那些续书的作者。现存后四十回高鹗的续书，没有让史湘云露面，只在第一百零六回通过史家两个女人之口介绍说"姑爷长的很好，为人又和平"，"文才也好"，了了几个字，算是呼应曲子里"斯配得才貌仙郎"一语。在第一百零九回又侧面交代了一下，说贾母病危，想看湘云，派人去接，派的人回来说，史湘云哭得了不得，因她的丈夫得了暴病，大夫都说病恐不起，难以望好。贾母要死了，她也不能过来送终。到一百一十八回又交代一下她丈夫死了，她立志守寡。高鹗只是依据第五回的判词和曲子，硬是派给史湘云嫁给了某个不知姓氏的人，而且很快就守了寡，丝毫不考虑这种安排与第三十一回回目之间的抵牾。这与曹氏原来的构思相去远甚，难怪后来一些论者对高氏颇有微词，并指出他的续书的破绽。清人平步青这样讲过："初仅钞本，八十回以后轶去。高兰墅侍读鹗读之，大加删易。原本史湘云嫁宝玉，故有'因麒麟伏白首双星'章目，宝钗早寡，故有'恩爱夫妻不到冬'谜语。兰墅互易，而章目及谜未改，以致前后文矛盾，此其增改痕迹之显然者也。"[①]

在高本续书流行的同时，还有另一种面目的续书在社会上流传。这个续本，现已不传，据清人和近人所记述的一切材料，这个续本对史湘云这个人物的处理，可以大致窥出基本轮廓。

甫塘逸士《续阅微草堂笔记》载："《红楼梦》一书，脍炙人口，吾辈尤喜阅之。然自百回以后，脱枝失节，终非一人手笔。戴君诚甫曾见一旧时真本，八十回之后皆不与今同。荣宁籍没后，均极萧条；宝钗亦早卒，宝玉无以作家，至沦于击柝之流；史湘云则为乞丐，后乃与宝玉仍成夫妇，故书中回目有'因麒麟伏白首双星'之言也。"[②]这一段材料，当是后来上海《晶报》刊载的《臞媛笔记》里的《红楼佚话》中一段之所本。清人赵之谦在《章安杂说》（咸丰十一年手稿本）里说，《红楼梦》后面写

① [清]平步青：《霞外捃屑》，光绪刊本，卷九，一粟编：《红楼梦卷》，第394页。

② [清]甫塘逸士：《续阅微草堂笔记》，光绪二十二年石印本，一粟编：《红楼梦卷》，第395—396页。

到“宝玉作看街兵，史湘云再醮与宝玉，方完卷”[①]。董康《书舶庸谭》卷四也记载他母亲“幼时见是书（指《红楼梦》）原本，林、薛夭亡，荣、宁衰替，宝玉糟糠之配实维湘云，此回目中所以有‘因麒麟伏白首双星’也”[②]。周汝昌先生《红楼梦新证》[③]录有启功先生《记传闻之红楼梦异本事》、褚德彝跋《幽篁图》中谈《红楼梦》续书情节和张琦翔先生谈日人儿玉达童教授所见过的三六桥本，率与《续阅微草堂笔记》等书所载续书故事情节相似，都说薛宝钗婚后，以难产死，贾宝玉穷困落魄，沦为看街人；史湘云出嫁而寡，遂与宝玉结缡。

从上数则资料所涉及到的情节和内容看，我们虽然不能肯定诸家所记就是同一个版本，但说是同一类型的续书是没有问题的。这种续书对几个主要人物的处理，悉与高续相左。贾府抄家之后，一败涂地，宝玉穷愁潦倒，沦为击柝的更夫，宝钗以难产早卒，在贫贱中宝玉与湘云结为婚姻。这类续书对史湘云命运的这样安排，完全是为了照应第三十一回回目“因麒麟伏白首双星”这一伏笔，而置第五回图册题咏和《乐中悲》曲子的暗示于不顾。可见“因麒麟伏白首双星”这个回目对这类续书作者的影响之大了。高鹗对史湘云的续笔固然平庸低劣，而这类续书也未见高明，它同样失于偏执，未能理解曹雪芹的原意。

关于史湘云这个人物的结局，不只使那些无法望曹雪芹项背的续书作者捉襟见肘，窘相毕露，也使历代红学家们困惑不解，聚讼纷纭。论者提出各种各样的设想和推测，但均无法使第五回词曲与第三十一回回目两者统一无间。

对第三十一回回目“因麒麟伏白首双星”，在高续120回本中所造成的矛盾，很早以前的评论者就曾指出过：

> 人亦有言《石头记》八十回为雪芹主笔，其下四十回则另有人续

①［清］赵之谦：《章安杂说》，稿本，一粟编：《红楼梦卷》，第375—376页。

②董康：《书舶庸谭》卷四，周汝昌：《红楼梦新证》，人民文学出版社1976年版，第929页。

③周汝昌：《红楼梦新证》，人民文学出版社1976年版，第931—939页。

之者……此当是有俗手增损。唯三十一回目“因麒麟伏白首双星”，后半绝不照应，此却是大大疑窦。历来批家未尝摘出，不知何故。①

很早以前，也有人试图对高本续书出现的这种前后失去照应的矛盾，作出解释。一是：

或曰：三十一回篇目曰：“因麒麟伏白首双星”，是宝玉偕老者，史湘云也。殆宝钗不永年，湘云其再醮者乎？因前文写得宝玉钟情于黛，如许深厚，不可再有续娶之事，故删之以避笔墨矛盾；而真事究不可抹煞，故于篇目特点之。②

这是将曹著、高续和另一续书混为一谈，并把小说家言当作真事，强作解人，根本与曹作原意无涉。另一是“索隐派”王梦阮的说法：

是书内廷进本，义取吉祥，特以湘云匹宝玉，俾得两不鳏寡，故三十一回有“白首双星”之目。此说流传已久，全无实证，殆不知本回所伏何事，故创为是言。岂知目中所包，正是老年夫妇，并非他日双星，与二十九回参看，自易明也。③

王梦阮在这段话里批评社会上流传已久毫无根据的说法，即曹雪芹因乾隆皇帝索阅《红楼梦》，急忙修改，因而改成宝湘结合、义取吉祥的团圆结局。这一批评是有道理的。惟他认为三十一回回目“白首双星”“伏”的是前面第二十九回贾母与张道士之间的什么事情，却纯属荒诞无稽的臆测，不仅异想天开，既于情理未合，而且以后文伏前事，于文理更属不通。

“旧红学派”以抉微发隐为务，在作品中寻找微言大义，影射比附，

① [清]野鹤：《读红楼札记》，一粟编：《红楼梦卷》，中华书局1963年版，第292页。

② [清]佚名：《读〈红楼梦〉随笔》，巴蜀书社1984年版，第36页。

③ [清]王梦阮：《红楼梦索隐提要（节录）》，原载1914年《中华小说界》，一粟编：《红楼梦卷》，中华书局1963年版，第300页。

穿凿附会，把一部文学作品当作某一朝代历史事实的图解。他们不懂得文学的特点和社会作用，他们对这类疑难问题的解释是无能为力的。

真正把这个问题提出来，并认真进行探讨思索的，是20世纪20年代前期“新红学派”的俞平伯先生和顾颉刚先生。他们集中了有关的资料，比较了不同的观点，反复论难，多方推考。他们讨论认识的过程和结果，在俞平伯先生1922年写的《红楼梦辨》一书中有详细的纪录。嗣于50年代该书又经俞平伯先生修订出版，改名为《红楼梦研究》。在这本书里，俞平伯先生又重申并肯定了他们20年代的观点和结论，也保留了他们没有解决的疑案。俞平伯先生从第三十一回脂评中找到了两条与史湘云结局有关的批语。根据这两条批语，他认为第三十一回中写的金麒麟事“是文章底间色法，并没有宝湘成婚之说。”[①]“湘云夫名若兰，也有个金麒麟，即是宝玉所失湘云拾得的那个麒麟，在射圃里佩着。我揣想起来，似乎宝玉底麒麟，辗转到了若兰底手中，或者宝玉送他的，仿佛袭人底汗巾会到了蒋琪官底腰里。所以回目上说‘因’‘伏’，评语说‘草蛇灰线在千里之外’。”俞平伯先生在这里，既否定了高鹗续书的写法——“湘云嫁后（非宝玉，亦不关合金麒麟）丈夫早卒，守寡。”也否定了所谓“旧时真本”（实即另一种续书）的结局——“湘云嫁宝玉，流落为乞丐，在贫贱中偕老。”提出“湘云嫁了卫若兰，串合了金麒麟”[②]的论断。这对史湘云结局的探讨，应是一个有意义的进展。但俞平伯先生对三十一回回目上的“白首双星”，应做何解释，却依旧茫然。直到50年代在《红楼梦研究》里，还仍然把这个问题挂了起来。他说：“现在只剩下这‘白首双星’了，依然费解。湘云嫁后如何，今无可考。虽评中曾说‘湘云为自爱所误’，也不知作何解。既曰自误，何白首双星之有？湘云既入薄命司，结果总自己早卒或守寡之类。这是册文曲子里底预言，跟回目底文字冲突，不易解决。我宁认为这回目有语病，八十回的回目本来不尽妥善的。”[③]

① 俞平伯：《红楼梦研究》，棠棣出版社1953年版，第214页。

② 俞平伯：《红楼梦研究》，棠棣出版社1953年版，第157页。

③ 俞平伯：《红楼梦研究》，棠棣出版社1953年版，第215页。

这件公案到了50年代和70年代周汝昌先生的《红楼梦新证》（按此书50年代出版，70年代又经作者增订再版）一书中，又重倡宝湘结合之说，既不同意高鹗续书，也不同意俞说。他认为据第三十一回脂批提到卫若兰在射圃所佩之麒麟，就是湘云后来嫁了贵公子卫若兰的证据，是不对的。说宝玉手中的麒麟"后来到了若兰腰间，恰如'茜香罗'事件一样，暗示它起了作用，引线牵丝。"也失之"简单而又浮浅"，曹雪芹"不会去写'茜香罗'的雷同文字。"周妆昌先生认为曹雪芹笔下史湘云的结局应当是：

> 贾家事败……史家同样陷于败局。被抄家籍产的同时，人口女子，例要入官，或配与贵家为奴，或发卖与人作婢。此时史湘云前者"不答"的那件道喜的婚事（按指第三十二回袭人向湘云道喜事），早已生了变故，成为虚话，未婚少女，遂在被籍由官府处置发落之数内（出家的、已嫁的、早死的，都幸免了这一命运）。
>
> ……
>
> 由此，我们可以推测，湘云系因此而流落入卫若兰家。当她忽然看见若兰的麒麟，大惊，认准即是宝玉之旧物后，伤心落泪，事为若兰所怪异，追询之下，这才知道她是宝玉的表妹，不禁骇然！于是遂极力访求宝玉的下落。最后，大约是因冯紫英之力，终于寻到，于是二人遂将湘云送到可以与宝玉相见之处，使其兄妹竟得于百状坎坷艰难之后重告会合。这时宝玉只身（因宝钗亦卒），并且经历了空门（并不能真正"空诸"一切）撒手的滋味，重会湘云，彼此无依，遂经卫、冯好意撮合，将他二人结为患难中的夫妻。——这应该就是"因麒麟伏白首双星"一则回目的意义和本事。①

周汝昌先生这些设想，确实匠心独运，悲欢离合，曲折动人。但如果剥掉其中主观臆测的成分，把这样一种安排说成是第三十一回回目的"本事"，到底有多少经得起推敲的根据？这与全书故事发展的总趋势和全书

① 周汝昌：《红楼梦新证》，人民文学出版社1976年版，第920—921页。

主题的要求相一致吗？第三十一回回目中“伏”的竟是这样绕了一个大圈子的宝湘婚姻，是否也有点简易直露之嫌呢？难道“悬崖撒手”出家为僧的贾宝玉会回头还俗吗？已经回到青埂峰下的顽石，曹雪芹还会再次把它搬到人间来吗？第五回图册题咏和曲子对史湘云命运的暗示与第三十一回回目“因麒麟伏白首双星”之间所存在的矛盾，在周汝昌先生的著作里，仍然没有得到令人信服的解决。

近些年来，也有些人在著述中论及这个问题，或赞俞说，主湘卫成婚（如赵冈、陈锺毅《红楼梦新探》），或持周说，主宝湘结合（如林语堂《平心论高鹗》）。他们在个别论点或论据上虽有所发挥、补充，但其基本观点均未超出俞、周。俞、周没有解决的由第三十一回回目所引起的矛盾，他们也依然是不解之谜。

这个红楼之谜，在曹雪芹身后200多年以来，一直困惑着红学界，成为《红楼梦》研究中的一大疑案。

这个疑案到底能不能解决？回答应当是肯定的。只要我们认真吸收已有的研究成果，记取过往的教训，跳出仅仅据个别材料、局部问题就事论事的狭隘思考探索的圈子，摆脱孤立静止、主观臆断的研究方法，把这些材料和问题放在作品有机整体的联系中去考察，立足全书，俯视局部，史湘云命运中一些重要疑点，是能够获得合乎逻辑的解释的。如果我们能切实把握住《红楼梦》批判封建阶级腐朽没落的政治主题，了解史湘云这个人物在表现主题上所起的作用，了解这个形象所体现的社会本质，尽管我们无法得知曹雪芹在八十回以后是怎样具体描绘史湘云这个人物的命运，但她的基本趋向是可以大致了解的。第三十一回回目与第五回史湘云的图册题咏和“乐中悲”曲子之间的关系，也完全可以协调起来。

二、驳“宝湘结合”及其他

如前所述，过去所谓“旧时真本”一类续书的作者和现代一些《红楼梦》论者，主张让贾宝玉和史湘云迟暮好合，结为连理，以应第三十一回

“因麒麟伏白首双星”这个回目所“伏”的内容。这恐怕是对作者原意一个很大的误解。因为这样做，表面上虽使第三十一回回目有了着落，从局部看似不失为一种合理的推测，但从全局观之，殊不知这样做就要改变几个主要人物的结局和他们性格的倾向，而大大违背曹雪芹对全书的总体艺术构思。

为了让贾宝玉跟史湘云结合，首先就必须要薛宝钗早死，腾出位子。但在前八十回里，曹雪芹没有透露出任何让薛宝钗早死的迹象，倒是要让她活着，在贾宝玉“悬崖撒手”，出家当了和尚以后，空闺独处，“焦首”“煎心”地守着活寡，守着“琴边衾里总无缘”的宝二奶奶的空位子。这个封建主义虔诚的信奉者，尽管封建家长帮助她取得了梦寐以求的名义和地位，到头来是人去楼空，什么也没有捞到，成为贵族家族的牺牲品。她正是以这样的悲剧结局进入“太虚幻境”的“薄命司”，从她这个独特的侧面突出了全书批判封建主义的主题。曹雪芹并没有想用“难产”一类的办法轻而易举地送她到“太虚幻境”去销案。这是宝湘结合不可能的理由之一。

为了让贾宝玉跟史湘云结婚，也必须彻底改变封建阶级叛逆者贾宝玉的思想性格。我们知道，曹雪芹在前八十回里以大量的细致的现实主义笔触，塑造了贾宝玉这个叛逆者的典型形象。他的叛逆思想性格反映了当时正在成长发展的新兴市民的初步民主主义思想要求，在一系列重大问题上，如仕途经济、人生道路以及爱情婚姻问题等等，都与封建传统观念发生了尖锐的冲突。他跟另一个叛逆者林黛玉的命运联结在一起，相当坚决地走上了叛逆自己家庭、阶级的道路。在这些问题上，贾宝玉确像他颈子上那块“通灵宝玉”一样顽强而又坚硬，他体现了当时新兴社会势力和进步社会思潮的要求，是绝不会走回头路的。只是由于当时资本主义经济萌芽尚很微弱，反映这种经济要求的新兴市民也处在软弱的幼年时期，他们还没有形成为一个独立的创造历史的力量。他们虽然比较明确地感受到现实存在的不合理性，但却找不到变革现实的出路，看不到自己的前途。所以，像贾宝玉这类人物，亲历了从富贵繁华到抄家破落的巨大政治变故以后，对现实和人生有了更深切的体会，在绝望之余，他只有斩断尘缘，遁入空门，复归到青埂峰下的原位去了。第二十一回有这么一条脂批："宝玉看（有）此世人莫忍为之毒，故后文方能'悬崖撒手'一回，若他人得宝钗之妻，麝月之婢，岂能弃而（为）僧哉。"[①]就是说，比较熟悉曹雪芹创作意图的脂砚斋等人，也看到后数十回曹氏的手稿，故知贾宝玉最后采取了封建阶级无法理解的决绝的行动，毅然抛弃"宝钗之妻""麝月之婢"，"悬崖撒手"，义无返顾地去当了和尚。按之前八十回所展示贾宝玉思想性格的全部内容，其最后的归宿，也只能是这样。任何要把贾宝玉留在人间，或重新拉回尘世，硬是把他跟史湘云强行捏合到一起，都是根本违背贾宝玉思想性格的逻辑的。这样写出来，只能是一出凡俗平庸，悲欢离合的小喜剧，决不是曹雪芹笔下动人心弦，用意深永的大悲剧。由此可知，"因麒麟伏白首双星"非伏后面宝湘之间的婚姻关系，是显而易见的。这是宝湘结合不可能的理由之二。

宝湘结合不可能，从史湘云这个人物思想性格的基本倾向看，也是很清楚的。曹雪芹在前八十回用饱和着眷恋和赞叹之情的笔调，对史湘云从外在的仪表风度到内在的灵魂、性格和才华等等，都情溢乎词地作了出色的描绘。这个美丽多才，坦直豪放的贵族少女，给世代读者留下了深刻的印象。但是，作者在充分展示这个人物许多正面品格的同时，也现实主义地揭出她思想性格中的封建主义落后面。在大观园里的封建正统派与反映新兴市民社会势力要求的叛逆者之间的思想搏斗中，她总是与封建主义者薛宝钗沆瀣一气，而与贾宝玉和林黛玉针锋相对。尽管她与薛宝钗在个性上有很大的差别，但在思想体系上，她们却是一样的。正是基于这样一种思想状况，从第二十回她正面出场以后，薛宝钗与她的关系越拉越紧。到史家政治上垮台，她的叔父史侯全家出都，她这个被自己家族摈之度外的孤女，只得投靠贾府。在搬进大观园时，贾母要给她单设一个住处，她坚决不肯，一定要到蘅芜苑与薛宝钗同住。这种生活上的接近，说明她们思

① 庚辰468，(法)陈庆浩编著：《新编石头记脂砚斋评语辑校》，中国友谊出版公司1987年版，第394页。

想感情上的气味相投。第二十一回她一巴掌打落贾宝玉手里拿起要吃的胭脂，开始展露出这个贵族少女身上的道学气。在对待贾宝玉的人生道路问题上，她与薛宝钗也是一唱一和，同声相应的。第三十二回她先是当着贾宝玉的面盛赞薛宝钗，攻击林黛玉，随着，又用薛宝钗式的腔调劝贾宝玉去结交贾雨村之流的官僚，走仕途经济的道路，结果使贾宝玉大为光火，立即斥之为"混帐话"，给她难堪，赶她到别屋里去坐。在大观园的诗坛上，她也与薛宝钗引为同调。她的诗歌的格调和意趣与薛宝钗所恪守的"温柔敦厚"的诗教之旨相表里，而与贾、林的"异端"思想相对立。从"咏白海棠诗""菊花诗"到"柳絮词"，都表现出她与薛宝钗相同的旨趣。特别是在"芦雪庭对雪联句"中，当时她们虽面临着"寒山已失翠，冻浦不生潮"一派颓败衰杀的气氛，她对自己垂死的阶级却仍抱天真的幻想，高唱着"颂圣"的调子，对皇帝老子眷眷无穷。从这一切，可以看出，史湘云的受封建主义濡染很深的思想性格，与贾宝玉愈来愈坚定的叛逆性格，是多么的格格不入。贾宝玉是叛逆到底的，最终也没有回头，"改邪归正"；史湘云的性格在前八十回中也看不出有什么根本转化的端倪。试想，这么两个对世界和人生具有根本对立看法的人，作者怎么可能违背人物性格逻辑的制约，让他们晚年好合，"结为患难中的夫妻"?!

有人认为史湘云的结局，可能是嫁后早死。这种说法也是对第五回图册题咏和曲子的误解。要想较为确切地理解第五回图册题咏和曲子所隐示的内容，应当从史湘云这个人物对表达全书主题所起的作用来考察。从《红楼梦》的艺术结构安排来看，曹雪芹所以要着力塑造史湘云这个艺术典型，主要是通过她的命运的展示，具体地表现赫赫侯门的史家衰亡过程。这种为表达作品主题所做的艺术处理，就为史湘云一生遭际定下了基调。所以，第五回在"金陵十二钗"册子里，史湘云的画面是"几缕飞云，一湾逝水"，题咏是："富贵又何为，襁褓之间父母违。展眼吊斜晖，湘江水逝楚云飞。""乐中悲"曲子里又讲："斯配得才貌仙郎，博得个地久天长，准折得幼年时坎坷形状。终久是云散高唐，水涸湘江。"把上述画面、题咏和曲子三者的内容联系起来，则可以看出画面上的"飞云逝水”，题咏里的“水逝云飞”，曲子里的“云散水涸”，包含的是同一个意思，都象征着夫妻生活的不终、即暗示史湘云后来与一位“才貌仙郎”结婚，谁知好景不长，不知为什么，“湘云为自爱所误”[①]，很快又遭婚变，与丈夫劳燕分飞，在贫困中抱恨以终。在分析研究第五回里这些材料的时候，不能孤立地抓住“逝水”“水逝”“水涸”的字样就认为预示湘云的早夭，相反，人们倒可以从她“幸生来英豪阔大宽宏量”的个性特征里，看出她不会是一个短命的人物。而且十二钗中既然有林黛玉、贾元春、贾迎春等人的享年不永，从不同角度揭露封建阶级的极端腐朽及其必然灭亡的历史命运，作者也就没有什么必要再把史湘云这个豪放开朗的人物，送进短命鬼的行列。实是要让她活在世上，让她背负不幸命运的重担，在颠沛流离之中挣扎着，预示着封建阶级和封建社会走向崩溃瓦解的历史趋势。

三、应循原意释“双星”

既然“宝湘结合”与曹雪芹原来的创作意图不符，那么，第三十一回回目“因麒麟伏白首双星”，到底“伏”的什么内容呢？

据脂批提供的线索，这条回目与这回里写的关于金麒麟的情节，毫无疑问都是八十回以后写与史湘云命运有关故事的伏笔。“后数十回若兰在射圃所佩之麒麟，正此麒麟也。提纲伏于此回中，所谓草蛇灰线，在千里之外。”[②]在甲戌本第二十六回又有一条畸笏叟的批语：“惜若兰射圃文字迷失无稿，叹叹。”[③]由此可知，第三十一回贾宝玉遗失被史湘云拾到的金麒麟，在曹雪芹已经写出但不幸“迷失”的后面的稿中，不知通过何种具体的周折，落到了一个叫卫若兰（曾出现于第十四回）的贵公子手中，似

① 庚辰494，(法)陈庆浩编著：《新编石头记脂砚斋评语辑校》，中国友谊出版公司1987年版，第415页。

② 庚辰回末总评729，(法)陈庆浩编著：《新编石头记脂砚斋评语辑校》，中国友谊出版公司1987年版，第525页。

③ 甲戌回末总评209a，(法)陈庆浩编著：《新编石头记脂砚斋评语辑校》，中国友谊出版公司1987年版，第490页。

预示史湘云后来与卫某结为婚姻。诚若此，那么，“伏白首双星”一语又怎样才能跟史湘云未来的实际命运联系起来呢？许多人都望文生义，把“白首双星”肯定地解为白头偕老的夫妻。与此同时，他们也觉得这样解释，如果结合作品前后的情节线索仔细推敲，就又矛盾丛生，难以自圆。于是，便索性把矛盾一古脑推给作者了事，说什么“这是八十回本身之矛盾，又要拆散，又要偕老，是不可能的事”①。果真如此吗？不见得。这里的关键，在于对“双星”一词如何确切地理解。

“双星”一词，在中国古代文学语言里，是一个专用名词，从古以来，它一直具有固定的、特有的内涵，即指牵牛、织女二星，不能另作他解。据《焦林大斗记》载：“天河之西，有星煌煌，与参俱出，谓之‘牵牛’；天河之东，有星微微，在氐之下，谓之‘织女’。世谓之‘双星’。”②民间的古老传说，天河两岸的牛郎、织女一年一度在七月七日相会，故俗以七月七日为“双星节”。《瑯嬛记》：“陈丰与葛勃屡通音问，而欢会未由。七月七日丰以青莲子十枚寄勃，勃陷未竞，坠一子于盆水中，有喜鹊过，恶污其上，勃遂弃之，明早有并蒂莲花开于水面，如梅花大，勃取置几头，数月始谢……自此乡人改‘双屋节’为‘双莲节’。”③“双星”一词很早就有如此明确的界说，不容与他事混淆。

再从唐宋以来的诗人对“双星”一词的使用上，亦可看出它的这种严格的，确定了的内容。如唐初诗人沈俭期《奉和驾幸昆明池诗》：

> 双星移旧石，孤月隐残灰。④

中唐大诗人杜甫《奉酬薛十二丈判官见赠》：

---

① 林语堂：《平心论高鹗》，湖南文艺出版社2019年版，第86页。

② [唐]卢仝：《玉川子诗集》卷一，清刻晴川八识本。

③ [元]伊世珍：《瑯嬛记》卷下，明万历刻本。

④ [清]彭定求主编：《全唐诗》卷97，中华书局1960年版，第1045页。

相如才调绝，银汉会双星。[①]

宋代诗人张元干《如梦令·七夕》：

雨洗青冥风露，云外双星初度。[②]

宋代大词人辛弃疾《绿头鸭·七夕词》：

凤驾催云，红帷卷月，泠泠一水会双星。[③]

金代李俊民《七夕诗》：

云汉双星聚散频，一年一度事还新。[④]

元代诗人元好问《后平湖曲》：

春波澹谵无尽情，双星盈盈不得语。[⑤]

元代马祖常《拟唐宫词》：

银河七夕度双星，桐树逢秋叶未零。[⑥]

---

①［清］彭定求主编：《全唐诗》卷226，中华书局1960年版，第2366页。

②唐圭璋编：《全宋词》，中华书局1965年版，第1087页。

③［宋］辛弃疾：《绿头鸭·七夕词》，《稼轩词补遗》，民国刻强村丛书本。

④［金］李俊民：《庄靖集》卷5，《四库全书·集部别集类》第1190册，上海古籍出版社1987年版，第585页。

⑤施国祁：《元遗山诗集笺注》，人民文学出版社1958年版，第297页。

⑥［元］马祖常：《拟唐宫词》，［清］顾嗣立编：《元诗选》初集上丙集，中华书局1985年版，第720页。

元代张翥《小游仙词》：

> 双星一夜叙离别，狼藉碧莲秋露多。①

明代大作家吴承恩《临江仙》：

> 何时当七夕，云雨会双星。②

“双星”一语见诸历代诗人的诗作中，都确切无疑地指牵牛、织女二星。以曹雪芹的渊博，这应是他所熟知的，特别是，他在这种言简意赅，高度凝练概括的回目上使用这个词语，肯定是严格遵照其传统规定的含义来运用的。

如果上面的解释是对的，那么，第三十一回回目所“伏”的内容，就大体可以合乎逻辑地推断出来。曹雪芹无非是通过这个回目和这回里写的关于金麒麟的情节，暗伏后来史湘云跟她的丈夫婚后因某种变故而离异，一直到老，就像神话传说中天上隔在银河两岸的牵牛、织女双星那样，虽然都活在世上，但却不得离剑再合、破镜重圆，而永抱白头之叹。这如果再与前面引的第三十一回脂批里“提纲伏于此回中”一语联系起来参详，意思就更为清晰可辨。所谓伏于此回中的“提纲”，就是“因麒麟伏白首双星”，说得具体一些，就是第三十一回里关于金麒麟情节的描写，隐寓着史湘云后来的命运。那只雄麒麟，原在贾宝玉手中，贾宝玉遗落在大观园里，被史湘云跟她的丫环翠缕正在谈阴阳道理时拾到，恰与史湘云身上戴的雌麒麟构成一对，后来贾宝玉到处寻找，史湘云就还给了他。这对一雌一雄金麒麟，在第三十一回里短暂地聚到一处、很快就又分开了。这种预谶式的“提纲”，分——合——分，正象征着后来史湘云与她的丈夫卫

---

① [元]张翥，《小游仙词》，[清]顾嗣立编：《元诗选》初集中戊集，中华书局1985年版，第1381页。

② [明]吴承恩：《临江仙》，《吴承恩诗文集》，古典文学出版社1958年版，第177页。

若兰的聚散关系。如此解释，似较顺理成章，过去的一切疑点都将顿然冰释，既与这条回目的字面含义不乖，又与作者的创作意图无迕，符合第五回图册题咏和《乐中悲》曲子给史湘云所规定的“云散高唐”的悲剧命运。我们知道，太虚幻境里的图册题咏和曲子，是作者用以描写人物性格命运的提纲，“楚云飞”“云散高唐”都是化用宋玉《高唐赋》中楚襄王梦见与能行云作雨的巫山神女幽会的典故，来比喻史湘云婚后幸福生活的短暂，像楚襄王与神女欢会的梦境一样，好景不长。这与牛郎织女双星婚后被拆散，不得重聚的神话，是前后一致，遥相呼应的。

《红楼梦》是产生于我国18世纪中叶封建社会末期的一部伟大现实主义作品。作者曹雪芹以他高度的思想修养和精湛的艺术造诣，通过一系列丰富多彩的故事情节的安排，通过一系列典型环境中典型人物的塑造，全面深刻地批判了封建制度的腐朽。笔锋所向，几乎触及封建社会末期整个的上层建筑，揭破了用盛世假象掩盖着的通体溃疡，暴露出用冠冕堂皇的外衣装饰着的种种罪恶，预示腐烂透顶的封建阶级和封建社会即将垮台的历史进程。它的这种强烈的反封建政治主题，根据作者在第五回通过“太虚幻境”的图册题咏和红楼梦十二支曲子所透露全书的提纲，是用浮沉在那个时代激流中贵族社会许多人物的命运悲剧，汇成了一个“落了片白茫茫大地真干净”的社会大悲剧来表现的。史湘云以其具有独特个性色彩的悲剧结局，进入“太虚幻境”的“薄命司”，成为全书大悲剧的有机组成部分。曹雪芹笔下史湘云的归宿，只能是一个缠绵悱恻、凄楚婉转的悲剧。像高鹗续书那样草率收场，像所谓“旧时真本”以及一些论者那样在既定悲剧的主旋律中注入一些悲欢离合的喜剧杂音，都无疑违背曹雪芹的创作意图，大大削弱全书的批判战斗精神，严重损害作品反封建的政治主题。

所论当否，未敢自是，愿就正于《红楼梦》研究界。

1979年3月下浣于北京恭王府藤萝苑

［原载《红楼梦学刊》1979年第1辑，原题为《释“白首双星”》，收入《红楼梦散论》一书时，作者对个别词语作了修改。本书据该版文字辑录］

“饕餮王孙应有酒”一联考释

——兼谈宝黛钗三首《螃蟹诗》

《红楼梦》第三十八回写贾宝玉在持螯赏桂之余，诗兴勃发，即兴挥毫，写了一首七律《螃蟹咏》。这首诗的颔联为“饕餮王孙应有酒，横行公子却无肠”。出句是宝玉以“饕餮王孙”自嘲，照应首联吃蟹时“泼醋擂姜”那种豪兴狂态，对句则托蟹自喻，寓褒义于贬词，在诙谐的谑语中隐括他“行为偏僻性乖张”的叛逆性格的一个重要侧面。“饕餮王孙”是明指，“横行公子”是暗喻。明暗相映，物我交融，对仗极为工切。粗看似信笔而就，妙手偶得；细察却出语有据，化旧为新。

先谈对句。此句系用金代诗人元好问《送蟹与兄》诗中“横行公子本无肠”句，稍加点窜，赋予新意。倘再向前推溯一下，则元好问的诗句是把晋代葛洪《抱朴子·登涉》中“无肠公子”和宋代傅肱《蟹谱》中“横行介士”这两个螃蟹的雅称，一个斩头，一个去尾，化聚组合而成新句。及至贾宝玉的《螃蟹咏》，只将元氏诗句中的“本”字改为“却”字。就诗意言之，宝玉此句一语双关，既白描似的写出螃蟹八足横行与肚中无肠，又以调侃的口气画出自己与世乖迕的叛逆性格和胸无城府的坦率襟怀。

再谈出句。“饕饕王孙”一语，出典较僻，盖本于明代浙江山阴名士徐渭《钱王孙饷蟹》诗。为便于叙述，兹录徐诗并略加诠释，以飨同好。

鲰生用字换霜螯[①]，
待诏将书易雪糕[②]。
并是老饕营口腹[③]，
省教半李夺蛴螬[④]。
百年生死鸬鹚杓[⑤]，
一壳黝黄玳瑁膏[⑥]。
不有相知能饷此，
止持斋脯下村醪[⑦]。

钱王孙无考，不知其为何许人，从诗中“不知相知能饷此”之句来看，他是徐渭的好友大概是没有问题的。既被多才多艺的徐文长视为相知，可能也是个颇具风雅的文士。精于书法的徐渭给钱王孙题写了一些字，这位钱王孙就回敬他几只肥蟹作为润笔之资。于是，徐渭便以螯佐酒，美美地大嚼了一顿，写下了这首诗。首联二句，徐渭把自己用字换蟹跟某位待诏将书易糕，作为两件文人雅事并列而出，既点出蟹所由得，又表现自己高雅放达的作风。颔联两句意谓，我徐渭跟那位待诏都像贪馋好吃的老饕一样，为自己的肚子而奔忙经营，只要能得饱口福，哪管他食物

① 鲰生：本为汉高祖刘邦辱骂儒生的口头语，后演为文人对自己的谦称。这里是徐渭自指。《新方言·释言》：“古人凡言短小，义兼愚陋，高祖骂人一曰鲰生，二曰竖儒，三曰腐儒，皆同意。”霜螯：秋螯。螯，蟹钳，诗词中多用以代蟹。

② 待诏：指待命供奉皇宫内廷的人。唐代的待诏除文词经学之士外，还有画待诏、医待诏等。明清时翰林院亦设有待诏属官，系一种掌校对文史章疏的低级官吏。待诏将书易雪糕事，未详待考。

③ 老饕：指贪馋好吃的人。语出苏轼《老饕赋》。又据《左传》文公十八年注云：“贪财为饕，贪食为餮。”饕本作贪财义，自苏东坡在《老饕赋》中用为贪食之义，后皆因之。贾宝玉《螃蟹咏》中饕餮连用，义同。

④ 半李夺蛴螬：典出《孟子·滕文公》下：“匡章曰：‘陈仲子岂不诚廉士哉？居於陵，三月不食，耳无闻，目无见也。井上有李，螬食实者过半矣，匍匐往，将食之，三咽，然后耳有闻，目有见。’”杨伯峻译注：《孟子译注》，中华书局1960年版，第158页。陈仲子，即《荀子·不苟篇》《韩非子·外储说右》中提到的田仲，《荀子·非十二篇》作陈仲。於陵，在今山东长山县南。蛴螬，即金龟子。

⑤ 鸬鹚杓：一种酒杯。在诗词中多指代美酒，这里即此义。李白《将进酒》：“鸬鹚杓，鹦鹉杯。”

⑥ 黝黄玳瑁膏：黝，黑。玳瑁膏，指蟹壳中的蟹黄。

⑦ 斋脯：这是指咸菜和干肉。村醪：薄酒。

是怎样来的，省得像古代陈仲子那样，摆放着大肥鹅，硬是装模作样地表示自己的清廉而不去吃他，结果饿了三天，眼花耳鸣，快不行了，看见井上有个李子，已被金龟子吃掉了一多半，他爬了去，从金龟子嘴里夺来吃；我才不干那种傻事呢。颈联二句，写饮酒食蟹，说自己平生就是要在酒杯之中讨生涯，今有肥蟹下酒，更宜痛饮。尾联二句，表示对钱王孙赠螯的感谢之情。如果不是钱王孙这位知己好友送了这种难得的美味，我也只能用酸咸菜和咸肉干喝一点村醪淡酒了。

徐渭这首诗，通过得蟹、食蟹、饮酒，表现出这位才气超逸的山阴名士那种玩世不恭，旷达豪放的思想性格。出语颇具幽默感，惟笔嫌直露，意欠含蓄。贾宝玉的《螃蟹咏》，在思想风格上，直承徐氏而与之有某些相通之处，义蕴却更为深永，可谓"青出于蓝而胜于蓝"。"饕餮王孙应有酒"一句，用事造语，尤见功力。它囊括徐诗的诗题与诗意，依据人物所面临的特定情景，熔裁锻冶，洗旧翻新，真乃出神入化，巧夺天工。表面看来，作者似信手拈来，朴质平淡，未为警策，没有见过徐诗的读者，亦可凭诗句的字面意思明确地直会诗义。这种不落痕迹、浑然天成的用典造语手法，是非常高明的，宛如羚羊挂角，无迹可求，为古代许多诗人所极意经营追求，若非造诣精深的巧手巨匠，很难臻乎此种语言艺术的化境。这在古代文学评论中称之为用"暗典"，用近人王国维氏《人间词话》里的术语，叫做"不隔"，即让人丝毫不觉得有任何斧凿藻饰的迹象。难怪《红楼梦》诗词的一些注家，多被曹雪芹这种鬼斧神工的造语技巧所瞒过，对这句诗往往只满足于表面字义的笺注训诂，而不去深求其用典的底奥。

倘若我们再将"饕餮王孙应有酒"一句跟该诗尾联两句——"原为世人美口腹，坡仙曾笑一生忙"联系起来，做进一步的探求，就又可以发现，这首诗与北宋豪放派大诗人苏轼的《老饕赋》和《初到黄州》等作品的继承关系。

苏氏《老饕赋》用赋体铺张扬厉的笔法，渲染出一个贪馋嗜吃的老饕形象，这里节录其中有关部分：

庖丁鼓刀，易牙烹熬。水欲新而釜欲洁，火恶陈而薪恶劳。九蒸暴而日燥，百上下而汤鏖。尝项上之一脔，嚼霜前之两螯。烂樱珠之煎蜜，滃杏酪之蒸羔。蛤半熟而含酒，蟹微生而带糟。盖聚物之夭美，以养吾之老饕……引南海之玻黎，酌凉州之葡萄。[①]

“老饕”身上也有苏东坡自身的一些影子。人们都知道，这位苏学士，不只是个诗文大家，而且也是个美食大家，他不是也曾发明出什么“东坡羹”“东坡肉”一类吃的花样吗？不怪他这篇《老饕赋》带着恁般浓厚的欣赏情调，同时拌和些许婉嘲，来描写那个“老饕”平生为口福而奔忙。他在另一首诗中就坦率地自述：“自笑平生为口忙，老来事业转荒唐。”[②]可见，《老饕赋》在很大程度上，既是苏氏的自赏，也是苏氏的自嘲。

贾宝玉写《螃蟹咏》时，联系到自己王孙公子的身份，竟在吃螃蟹时表现出那种饕餮的狂态，自不免想起东坡笔下的“老饕”。所以，在《螃蟹咏》的尾联，便自然浮想联翩地出入于上面引录苏氏的赋境诗意之中，从而脱化出“原为世人美口腹，坡仙曾笑一生忙”的诗句。就是说。世上的人本来就是为了自己口腹得到满足、享受，东坡先生曾经嘲笑过“老饕”一类人一生为了馋嘴而忙碌啊！

咏物诗大多是托物抒怀，即物言志。曹雪芹在《红楼梦》里的咏物诗，更是借以塑造人物性格的一种手段。如前所述，贾宝玉就是借咏蟹来表现他的我行我素“那管世人诽谤”的叛逆精神。那个与贾宝玉“心有灵犀一点通”的林黛玉，看到贾宝玉的诗后，也立即心领神会，引为同调。故唱和中对螃蟹亦多赞词。“铁甲长戈死未忘”，言其死而不已的战斗精神，进而又美其螯为“嫩玉”，称其膏为“红脂”。这一来，不免激起薛宝钗针锋相对的诗性。她一反素遵“温柔敦厚”诗教的常态，骂道：“眼前道路无经纬，皮里春秋空黑黄。”最后又恨恨地写道“于今落釜成何益”，

①[宋]苏轼：《老饕赋》，孔凡礼点校：《苏轼文集》卷一，中华书局1986年版，第16页，

②[宋]苏轼：《初到黄州》，[清]王文诰辑注：《苏轼诗集》卷二十，中华书局1982年版，第1032页。

认为如蟹世人不会有好下场。曹雪芹笔下每个人物的诗作，都表现他们的特定性格，具有很高的典型意义。

我想，对曹雪芹笔下人物诗歌的某些关键性词句，比如本文所谈“饕餮王孙”联，除弄懂其字面意义外，还必须从人物的基本性格出发，把它们放在纵横左右的总体联系中去考察探究，看它们从前代遗产中继承了一些什么，又是怎样融化为人物性格的血肉，为塑造典型服务的。惟有如此，才有可能真正揭示出这些诗句深刻隽永的丰富内涵；如果只是孤立地、静止地就事论事地搞训诂考证，虽不尽无益，但终不能登堂入室，探得其中艺术上的秘奥。

[原载《江淮论坛》1980年第1期，发表时有删节，收入本集以原稿付排]

“皇商”小考

《红楼梦》第四回点出“护官符”上金陵四大豪门之一的薛家，系“现领内帑银行商”的“皇商”。这“皇商”究属何种名色？曹雪芹既赫然笔之于书，定当有现实生活的依据。但翻检了许多清代前期有关食货方面的资料，“皇商”一名却于史无征。再据《红楼梦》所提供的有关内容来考察，文献史料虽未见“皇商”之名，却载有《红楼梦》所写薛氏一类“皇商”之实。

《红楼梦》第四回在薛家进京之前，作者借薛蟠买香菱打死冯渊一事，介绍了薛家的家世，是“领着内帑钱粮，采办杂料”的“皇商”。迨及薛蟠，因他是个斗鸡走马的花花公子，“一应经济世事，全然不知，不过赖祖父之旧情分，户部挂虚名，支领钱粮”。他进京的目的之一，是“亲自入部销算旧账，再计新支”。由此可见，“皇商”隶籍户部，从户部“支领钱粮”，还要按时到部“销算旧账”。它的任务是为政府和宫廷采办各种物资。

查清代史料，凡属政府、宫廷所需物资的置备购办，统由当时国家财政最高管理机构户部筹理，称之日“采办”，或“采买”。《清朝通考》载，顺治十三年，“户部以江南采买布匹粗恶，令人觐官带回，另买”[①]。王庆云著《石渠余纪》卷四“纪采办”条：“我朝无均输和采买之政，凡宫府

①《钦定皇朝文献通考》，文渊阁《四库全书·史部》第632册卷三十二，台湾商务印书馆，第666页。

所需，一出时价采办，而不以累民。”[①]足证清代前期确有一批隶名户部到地方上给官府“采办”各种物料的人。这些人到了各地，便以皇家买办的身分，骚扰滋事，横行不法，口称按实价采办，实乃短价强买，乃至恃强霸占关津，依势垄断集场，盘剥黎民，坑害百姓。《清朝通考》中载有许多关于这类“采办”“借端累民”的事件。康熙五年“谕户部：近闻内外奸棍，违禁交称显要名色，于各处贸易马匹、缎匹及各项货物河路，霸占船只关津，恃强妄为”。康熙六年“禁止四川、湖广、江西、浙江、江南五省采办楠木官役，借端累民”；同年“又严察福建、广东、江南三省采办香料借端累民之弊”。康熙二十五年，“上谕地方采办买狐皮一倍费至十倍，故百姓困苦。此后俱著停止，应用狐皮令户部在京采买”。康熙二十六年，“令估计采买物料，皆依时价”[②]。

这些记载，均与《红楼梦》描绘薛家的情况相合。可见当时为官府“采办”的人就是“皇商”。“皇商”谅系民间对这类人的贬义的俗称，故文献无载。曹雪芹吸取了民间这个用语，并通过薛蟠这个呆霸王的形象，具体生动地描绘出清代前期社会中一个极其腐朽的侧面，艺术地再现了当时官方所谓“采办”的历史真实，表现出进步的思想倾向，显示出现实主义创作的杰出成就。

［原载《红楼梦学刊》1983年第3辑，署名“归珍”］

①［清］王庆云：《石渠余纪》卷四，北京古籍出版社1985年版，第165页。

②《钦定皇朝文献通考》，文渊阁《四库全书·史部》第632册卷三十二，台北商务印书馆，第666—669页。

红楼辨讹二则

《红楼梦》第五回里，用铺张的手法渲染了一通贾宝玉梦游“太虚幻境”前的现实环境。贾宝玉随贾母等人到宁国府会芳园游玩赏梅，有些倦意，要睡中觉，先是被秦可卿引到上房内间，因看到墙上贴着劝人读书的《燃藜图》，心里就有些不快活，又见贴着一副“世事洞明皆学问，人情练达即文章”的对联，便断然不肯在这个房间里呆下去；于是，秦可卿便乘机把他让到自己卧室，并亲自展衾移枕扶侍他睡下。贾宝玉就这样进入了“太虚幻境”。作者在这里为了讥刺秦氏生活的淫靡和堕落，用烘云托月的笔法，极写其房中陈设和用物的奢华，在表面上的古雅中透露出一股秽烂的气息，看到这一切，就不难想见秦可卿的为人。这些书画器物，有的是出于作者的虚拟假托，比如那副唐伯虎画的《海棠春睡图》，就是作者根据传说虚拟出如此画名而假托到唐伯虎这个仕女画高手的名下。那副“嫩寒锁梦因春冷，芳气袭人是酒香”的对联，也是模仿秦观风格的拟作，在秦观的《淮海集》里是根本找不到的。也有的是作者信手从旧小说、戏曲和诗文笔记里的一些香艳故事中拈来，半真半假地一古脑儿放到秦氏房里。行文虽极其夸张，但却让人感到真实，因为只有如此这般的环境，对秦可卿这样的人物才是相配称的，也只在如此这般的环境里睡觉，贾宝玉才能进入“太虚幻境”，才能做出那样一个遍历饮馔声色之乐的粉色的梦来。

可见，这里写到的每件器物，与突出秦可卿的性格，与贾宝玉神游

“太虚幻境”这个故事情节的发展，都有着内在的思想上的联系。所以，弄清楚这些器物的出处或根据，有助于领会作者通过它们所寓的批判揭露的深意。

这里除虚拟的一联一画外，总共写了七件器物，其中大部分或在戏曲小说，或在笔记杂著里可以找到文字资料上的根据，只有两件东西需要经过一番考索订讹，才能弄清或勉强弄清其底里。

其一，是“安禄山掷过伤了太真乳的木瓜”。太真即杨贵妃的道号，在安史之乱以前，她与安禄山均受宠于唐玄宗。因为这个缘由，杨贵妃曾认安禄山为养子，在政治上，他们相互勾结，求幸固宠；在生活上，他们关系暧昧，糜乱淫秽。但安禄山掷木瓜伤了杨贵妃乳房事，却未查到有这类情事记载的资料。当然，曹雪芹写《红楼梦》，作为小说家言，不必一定实有其事，他可以依据安杨之间乌七八糟的关系加以虚构。木瓜伤乳事，一则可能是曹雪芹据《诗经·卫风·木瓜》一诗中“投我以木瓜，报之以琼琚”[①]的诗句联想而来，因为《木瓜》诗本来就是男女间谈爱的赠答之辞，把它放到秦氏房中作为陈设品，显得很谐调。但木瓜与安杨的暧昧情事扯到一起，是出于曹雪芹的创造、隐含讥贬，还是早有作俑者，则须待考。

再则据宋代高承的《事物纪原》“诃子”条称，安禄山指爪伤贵妃胸乳之间，遂作诃子饰之。并云此事出自《唐宋遗史》。又据清代启蒙读物《幼学故事琼林》卷二“衣服”中亦称：“贵妃之乳服诃子，为禄山之爪所伤。”[②]所以，掷瓜伤乳，由于“掷”“指”音同，“瓜”“爪”形近，或即由此讹转附会而来，姑录以备考。

其二，是“寿昌公主于含章殿下卧的榻”。查古代公主且前面冠以寿昌者，没有能跟“含章殿下卧的榻”连得起来的。实际上，寿昌公主应是寿阳公主之误。寿阳公主，是南朝宋武帝刘裕的女儿。据《太平御览·时序部》引《杂五行书》：“宋武帝女寿阳公主，人日卧于含章殿檐下，梅花

① 程俊英：《诗经译注》，上海古籍出版社1985年版，第119页。

② [清]程允升：《幼学故事琼林》卷二，天津市古籍书店1985年版，第90页。

落于公主额上，成五出花，拂之不去，皇后留之……宫女奇其异，竞效之，今梅花妆是也。”[①]寿阳公主睡在这样的榻上，留下这样一段风流佳话，所以把这个榻再放到秦可卿的房间里，难怪秦可卿干出许多风流的粉色的勾当，也难怪贾宝玉在游园赏梅之后，睡了一下就做出一个风流的粉色的梦来。寿阳公主在现存《红楼梦》各种版本里，均误作寿昌公主，是源于曹雪芹的笔误呢？抑是早期传抄中致讹呢？反正是错了，不应再错下去，今后再版《红楼梦》，似应当注明。

1979年7月4日于北京恭王府天香庭院

[原载《红楼梦学刊》1980年第3辑，署名“祝式祖”]

① 《太平御览》卷三十，清乾隆文渊阁四库全书钞侍讲張焘家藏本。

释"唾绒"

贾宝玉梦游"太虚幻境"，警幻仙姑先带他到"薄命司"看了大厨子里面他家上中下三等女子的终身册籍图咏以后，又携他进入"幽微灵秀地，无可奈何天"的房间里。贾宝玉但见房内陈设不俗："瑶琴、宝鼎、古画、新诗，无所不有，更喜窗下亦有唾绒，奁间时渍粉污。"这里的琴鼎画诗之类的东西，人们比较熟悉，惟贾宝玉"更喜"的那窗下的"唾绒"，到底是种啥玩艺儿？多数读者是感到陌生的。

所谓"唾绒"，顾名思义，当即口中唾出之绒。古代妇女常在室内窗前作针黹刺绣一类的女红，每届停针处辄用牙齿咬断绣线，以此，常有线绒粘留口中，故随时轻轻唾至窗上或窗下，就是这里所说的"唾绒"。南唐李后主在一篇香奁体词《一斛珠》中有句云："烂嚼红茸（与'绒'通），笑向檀郎唾。"[①]明代杨孟载《春纺绝句》中亦云："含情正在停针处，笑嚼红绒唾碧窗。"[②]均可证实上面的释义。如果再分贾宝玉这个人物素有爱红之癖的个性特征来看，他见到窗下沾有从女孩子口中唾出的线绒，而感到高兴，这是很自然的。读过《红楼梦》熟知贾宝玉为人的读者，也就容易了解"唾绒"一语的意思了。有的注本释为古代贵族男女用

① [唐]李煜:《一斛珠》，詹安泰校注:《李璟李煜词》，人民文学出版社1958年版，第16页。

② [明]杨孟载:《春纺绝句》，[清]冯金伯辑:《词苑萃编24卷》卷二，清嘉庆刻本。

以调情之物，恐未确。

1979年8月于北京恭王府藤萝苑

[原载《红楼梦学刊》1979年第2辑，署名“文沉”]

“种得蓝田玉”析

贾府三小姐探春，病中寂寥，顿生雅兴，倡议在大观园里成立诗社。恰好这时贾芸给宝玉送来两盆白海棠，作为孝敬之礼。于是，这个诗社便以咏白海棠为题，限韵赋诗，开张成立。探春、宝钗、宝玉、黛玉各赋得七律一首，诗社也遂以海棠命名。那个才思敏捷的史湘云，次日方到，当即次韵奉和两首。“种得蓝田玉一盆”，即“其一”首联的对句。此句就内容言之，关联全诗，用典蕴藉自然，意味隽永。过去注家对此句注释，多只孤立地注出“蓝田玉”一词，而对“种玉”一事，均忽略不顾。但这个典故的寓意却提挈全诗，是理解这首诗的关键之处，应当辨析清楚。

像海棠诗这类咏物诗，一般多是作者托物以抒情，寄托自己对生活中某种事物的见解。用薛宝钗的话来说，“不过都是寄兴写情耳”。曹雪芹笔下人物的这类诗词都是高度个性化了的，在寄意咏怀之中，展示出人物性格和命运的某个侧面。史湘云这第一首海棠诗，联系前后故事情节和其人的思想性格，不难看出，她是借白海棠的素雅高洁来比喻称颂封建妇德的，可能暗喻薛宝钗。“种得蓝田玉一盆”一句，则通过典故的内蕴，集中地表达了这种题旨。“蓝田”，众所习知，古代陕西著名美玉产地，这里借指白玉。“种玉”，系用《搜神记》中杨伯雍的故事：

杨公伯雍，雒阳县人也。本以侩卖为业，性笃孝，父母亡，葬无终山，遂家焉。山高八十里，上无水，公汲水，作义浆于坂头，行者

> 皆饮之。三年，有一人就饮，以一斗石子与之，使至高平好地有石处种之，云："玉当生其中。"杨公未娶，又语云："汝后当得好妇。"语毕不见。乃种其石，数岁，时时往视，见玉子生石上，人莫知也。有徐氏者，右北平著姓，女甚有行，时人求，多不许。公乃试求徐氏，徐氏笑以为狂，因戏云："得白璧一双来，当听为婚。"公至所种玉田中，得白璧五双，以聘。徐氏大惊，遂以女妻公。[①]

这里杨伯雍种石得玉，实是种玉得妇，而且是得个符合封建道德规范的"好妇"。所以，史湘云这句诗，既以白玉的颜色比花，又以种玉的故实喻人。巧手熔裁，不落痕迹。尤其是，这个典故非常切合史湘云这位侯门闺秀封建名教思想的实际。就是说，只有像史湘云这样与薛宝钗志同道合、常劝贾宝玉搞仕途经济的人，才能将这种典故得心应手地如此出之于诗作。可谓诗如其人。如果再联系诗中颔、颈两联的寓意寄托，和在这不久前她与薛宝钗之间愈益密切的关系，按迹寻踪，说她这首诗，借贾宝玉得白海棠一事，来颂赞薛宝钗封建淑女的品德，隐隐关合"金玉良缘"，也理在事中。且看：就是在前一回书里，她和林黛玉在怡红院纱窗之外窥见薛宝钗坐于正在午睡的贾宝玉身边，边绣花边给贾宝玉赶虫子，她虽不想跟林黛玉一道来取笑薛宝钗，但聪明如她，心中早已洞悉其中的深曲和奥妙。所以这首诗的首联，用种玉得好妇的典故设喻，含蓄地点出贾宝玉跟薛宝钗的关系；第二、三两联表面上铺叙海棠色白，实则紧承种玉典故，用谐义（如"偏爱冷"与薛宝钗性格的关联）和谐音（如"雪"谐音"薛"）的手法具体地将白海棠拟比薛宝钗。这一点，薛宝钗是心领神会的，难怪当天晚间对史湘云表现出那么大的热情。

对《红楼梦》这部针线极端细密的现实主义杰作中每个细节，都不能随意忽略，特别是对其中这类属意言外的诗作，若不把握人物性格，不把它放到由许多特定细节组成的前后人物矛盾关系中去考察，仅仅独立地就

① [晋]干宝撰，汪绍楹校注：《搜神记》卷十一，中华书局1979年版，第137页。

诗论诗，是很难从那些扑朔迷离的形象描绘中，捕捉到作者真正命意所在的。

1980年秋于芜湖

［原载《红楼梦学刊》1981年第1辑，署名"洪铸"］

“煮芋成新赏”的出典

《红楼梦》第五十回，在落了一场大雪之后的一天，住在大观园里的公子小姐，在大嫂子李宫裁的率领下，聚拢到芦雪庵里举行了一次赏雪雅会。席间赋诗，大家做了一首五言排律的即景联句。既然面对白茫茫一片大雪来即景联句，诗人们当然都要扣紧与雪相关的一切，来摛藻铺陈，施逞才情。其中有一联是：“煮芋成新赏（林黛玉），撒盐是旧谣（史湘云）。”（此联在程高本上被窜改为“苦茗成新赏，孤松订久要”，不伦不类，莫名其妙。）对句“撒盐是旧谣”，用晋代谢朗以撒盐喻雪飘的典故，是很清楚的，毋庸赘言。唯出句“煮芋成新赏”典出何处，则需费一番斟酌。

苏东坡被贬谪到儋耳（在今海南岛）时，有一首诗写到煮山芋（即芋艿）事，或即此句所本。苏诗的题目兼小序很长，叫作《过子忽出新意，以山芋作玉糁羹，色香味皆奇绝。天上酥陀则不可知，人间决无此味也》：

香似龙涎仍酽白，
味如牛乳更全清。
莫将南海金齑脍，
轻比东坡玉糁羹。[①]

① [宋]苏轼：《过子忽出新意，以山芋作玉糁羹，色香皆奇绝。天上酥陀则不可知，人间决无此味也》，[清]王文诰辑注：《苏轼诗集》卷四十二，中华书局1982年版，第2316—2317页。

有人用此诗诗题中“以山芋作玉糁羹”句，来穿凿附会，强作解人，硬说苏轼雪天煮芋。琼岛常绿，雪天何来！真乃郢书燕说，南辕北辙。其实，林黛玉这句诗是取苏诗所写用山芋作的“玉糁羹”颜色的“酽白”（纯白）来形容雪色之白，所以下句引出史湘云“撒盐是旧谣”的对句。两句都是就雪的颜色着意用典，而与“雪天煮芋”无涉。又因苏轼把幼子苏过别出心裁的“香似龙涎仍酽白”的“玉糁羹”，赞赏得不得了，竟说出“人间决无此味也”的话来，故黛玉一语双关，吟出“煮芋成新赏”的诗句，既云苏轼对“玉糁羹”的“新赏”，又寓她们对像“玉糁羹”一样“酽白”的雪景的“新赏”。

1979年11月于北京恭王府天香庭院

［原载《红楼梦学刊》1980年第2辑，署名“于今”］

“三尺”辨析

《红楼梦》第五十回芦雪庭即景联句，主题是咏雪。大观园诸人围绕这个主题，驰骋才藻，用典取喻，踔厉风发，互争高下。其中林黛玉在与史湘云才力悉敌的抢联中出了一句“诚忘三尺冷”，史湘云应声对了一句“瑞释九重焦”。此联里史湘云所用“九重”一典比较容易理解，以皇帝深居九重之内代指皇帝。宋玉《九辩》：“岂不郁陶而思君兮，君之门以九重。”[①]但林黛玉句中“三尺”一语却令人颇费踌躇。它究竟典出何处呢？许多《红楼梦》诗词注家都认为“三尺”指剑，用汉高祖刘邦“吾以布衣提三尺，取天下”[②]的典故，借以说雪天守边将士的戍守之苦。此说虽可通，但从三尺剑攀扯到雪天戍守将士，弯子绕得太大，且又与林黛玉的思想性格很不协调。

细玩诗意，既然是咏雪、赏雪，林黛玉不外是就自身的雪天感受而言，意思是说，诚意赏雪的雅兴，使我忘记了三尺微躯的寒冷。“三尺”喻弱小，代指身躯，可能撷自唐代王勃《滕王阁序》“勃三尺微命，一介书生”[③]之句。

对王勃的“三尺微命”一语，注家亦多歧义。或径注为三尺的低微身

① [战国]宋玉：《九辩》，马茂元：《楚辞选》，人民文学出版社1958年版，第236页。

② 庄适选注：《前汉书·高帝纪》，商务印书馆1933年版，第54页。

③ [唐]王勃：《滕王阁序》，阙勋吾等译注：《古文观止》，岳麓书社1988年版，第455页。

命[1]，或钩索旧典，旁求曲致，把“三尺”解为佩三尺长的绅（古人一种服饰，指束在礼服上的大带的下垂部分）的人。“微命”训为“一命之士”，认为王勃曾为虢州参军，所以自比于一命之士[2]。这里，把“三尺”释为佩绅，虽于古有征，但用以释王勃文义，殊为费解；把“微命”训为“一命”，在训诂上更属穿凿。这种辗转相训的释义方法，把一个浅显易晓的文句弄得艰深难懂，不免失之刻意求深。其实，王勃此句不过自叹年少运蹇，身命低微，与下句“一介书生”自然成对，互文见义，均言人微位卑，无足轻重。按照骈文对偶用事的习惯，既然“一介书生”未见所据，对“三尺微命”也似大可不必泥守改实，强寻出处。

如果林黛玉句中“三尺”一语本此，全句意思就豁然自明，实乃黛玉对雪自抒襟怀，而与三尺剑并由此及于雪天戍边将士了不相涉。联系林黛玉其人的身世遭际和思想性格，在大观园赏雪雅会的特定环境中，似亦不大可能想到《汉书》上刘邦提三尺剑取天下的豪言壮语，更不要说进而会想到与她的生活命运毫无干系的戍边将士了；但却很容易从王勃《滕王阁序》中“时运不齐，命途多舛”“三尺微命，一介书生”等等身世之感中得到共鸣。人所熟知，王勃年少即以文才蜚声海内，“年十有四，时誉斯归”[3]。《唐摭言》卷五载：“王勃著《滕王阁序》，时年十四。”[4]前人已辨其妄，姑置不论，但他少年早慧，命途坎坷，却是事实。这一点上，同样少年早慧而又曾经离丧、寄人篱下的林黛玉在感情上与之有相通之处，所以她在联句吟诗中，造语取典，不假思索地从脍炙人口的王勃诗文中借事遣怀，无疑是情理中事。

1981年春于芜湖

[原载《红楼梦学刊》1981年第4辑，署名“田楚”]

① 冯其庸等主编：《历代文选》下册，中国青年出版社1990年版，第11页。

② 王力主编：《古代汉语》第三册，中华书局1981年版，第1185页。

③ [唐]杨炯：《王勃集序》，[宋]李昉编：《文苑英华》第五册卷六九九，中华书局1966年版，第3608页。

④ [五代]王定保：《唐摭言》卷五，古典文学出版社1957年版，第61页。

“三尺”出典再辨析

——答王启熙先生

《红楼梦学刊》1982年第3辑“红楼一角”栏，刊载王启熙先生《关于“诚忘三尺冷”的我见》一文，对拙作《“三尺”辨析》中的论点和论据提出质难。我由衷地欢迎这样不同见解的切磋和讨论。对《红楼梦》这部书稍有研究的人，都知道其中的诗词曲赋是全书的有机组成部分，是作者运用传统韵文形式入小说创作并使之浑然化为小说的血肉一个创造性的贡献。其形式兼备众体，琳琅满目；其内容浩博渊深，囊括故典。可以说，《红楼梦》中的诗作，是曹雪芹丰厚的文学素养、功底和卓越的艺术创造才力的结晶。他取精用宏，自铸华章。驱事运典，贴切自然洗旧翻新，自放手眼，师心匠意，不泥故实。唯因如此，就为今天《红楼梦》诗词中典故的注释工作留下一些尚待考索的难点，第五十回芦雪庭即景联句林黛玉“诚忘三尺冷”句中“三尺”一语典故的出处，就是其中的一例。无疑地，准确注出这类典故的来路及其在特定诗境中作者侧重借用的内涵，不仅可以帮助读者扫除理解诗意的障碍，也更有助于人们从微观细小的侧面去深入把握人物性格的美学倾向。显然，要确切弄明白《红楼梦》中诗词用典的意思，必须把它们放到人物性格和人物关系的总体联系中去考察，对诸种说法进行筛选，才有可能做出比较符合作者用意的诠释。任何执其一端、不及其余，只见树木、不见森林的做法，都难免失之毫厘，谬以千里。拙作《“三尺”辨析》一文所以不取《汉书·高帝纪》“三尺剑”和杨时“程门立雪”等说，而取王勃《滕王阁序》“三尺微命”说，盖基于此。但未敢以为必是，故在立据时写道：“‘三尺’喻弱小，代指身躯，可能撷自唐代王勃《滕王阁序》‘勃三尺微命，一介书生’之句。”既云“可能”，即非确指，意在略伸管见，聊备一说，以就教于通人。

用“程门立雪”典故为“三尺”作注，此说并非自王先生始。早在1979年12月江西人民出版社出版的江西大学中文系《红楼梦诗词译释》和与王文几乎同时面世的1982年11月人民文学出版社新校本《红楼梦》第三次印刷挖改本（第一、二次印刷本从“三尺剑”说）均据此说，但注者引据史料的态度较王先生远为慎重严肃。应当说，在尚未稽出“三尺”一语更符合特定诗意的典实之前，此说虽有些勉强，但较“三尺剑”说为长，不失为一种平实可通之论。可是，王先生立论所据，却有点似真而假，似是而非了。

王先生持论的史料根据之一，是摭拾旧版《辞源》第217页“程门立雪”和第234页“立雪”两条释文而录其一：

> “宋游酢、杨时初见程伊川。伊川瞑目坐。二子侍立不去。既觉，谓二子曰：“贤辈犹在此乎，命之退。出门，门外雪深三尺矣。
>
> （按王文引文标点有误，照录未改。）

这是旧版《辞源》“程门立雪”条的释文，同书“立雪”条的释文，文字稍有变化，但也有“雪深三尺”一语。可知这两条注文出于一位注家之手。“雪深三尺”，白纸黑字，言之凿凿，似无可置疑，取以为据，岂不顺理成章？其实，却大谬不然。旧版《辞源》，疏漏讹误之处甚多，“立雪”注文之误，即其显例之一。故该书于1915年出版后，学界即察其失，为绳讹纠谬，旋于1915年至1935年又兴起编纂旧版《辞海》之役；解放后，也相继有新编《辞海》《辞源》出版，都是青出于蓝、后来居上的工具书。王先生在下笔为文之前倘能稍为审慎一点，翻检一下这些随处可见的辞书，或者再沿波穷源，进一步核查一下“程门立雪”诸种原始材料，自可避免为旧版《辞源》的讹误所蔽，从而导致文中这类常识性的错误。

为澄清史实真相，勘旧版《辞源》注文及王先生大作之误，兹不惮辞费，将有关“程门立雪”的早期记载资料引录两则，用资佐证。

由程颐、程颢门人所记录，后经朱熹在南宋乾道四年（1168）编次成书的《二程遗书》卷十二：

> 伊川瞑目而坐，二子（杨时、游酢）侍立。既觉，顾谓曰：“贤辈尚在此乎？”曰：“既晚，且休矣。”及出门，门外之雪深一尺。①

《宋史》卷四二八《杨时传》：

> （杨时）程颐于洛，时盖年四十矣。一日，见颐，颐偶瞑坐。时与游酢侍立不去。颐既觉，则门外雪深一尺矣。②

此外，明清之际黄宗羲《宋元学案》卷二十五《龟山学案》、清代张伯行据朱熹《二程遗书》稍加删订编次的《二程语录》卷十七（引侯仲良《侯子雅言》），均有著录，叙述文字或稍异，惟“门外雪深一尺”则尽同。这些材料都是一些并不难查找的大路货，而王先生竟连新编《辞海》《辞源》这类习见的工具书都不去查一下，轻信旧版《辞源》中两条误注，就率尔做出结论，实属遗憾！

王先生抓住旧版《辞源》误注中“雪深三尺”这一条以后，便以此立论；进一步又把林黛玉这句诗中充满诗情语言的“诚”字跟封建道学家祖师爷“以诚为本”的唯心主义哲学基本概念攀上亲，强行对号“落实”，毋乃不伦不类！殊不知“诚”虽一字，却内涵殊异，不能相混。如果把这种解释放到道学气十足的薛宝钗头上倒是铢两悉称，若合符契；可是，这句诗偏偏出自深恶程朱理学的大观园中叛逆异端分子林姑娘之口，此说就着实有点风马牛了。人所熟知，林黛玉之所以能够赢得那个异端之尤贾宝

① [宋]程颢，程颐著：《河南程氏外书》卷第十二，《二程集》，中华书局1981年版，第429页。

② [元]脱脱等撰：《宋史》卷四百二十八，中华书局1977年版，第12738页。

玉的倾心钟情，盖因她从不操程朱道学的腔调，说“仕途经济”一类的“混帐话”。曹雪芹也决然不会把与林黛玉思想迥然异趣的诗句强加给她。正如前文所述，对《红楼梦》诗词典故，如果脱离人物思想性格的基本倾向和人物关系的总体联系，攻其一点，不及其余，不仅无以获得比较符合实际的阐释，且难免“牵强附会”“闹了笑话”，实际上歪曲了人物性格，造成混乱。

然平心而论，倘说王先生不懂这个常识性的道理，也欠公道。他的大作开宗明义提出对“三尺微命”的驳论中，不就是连引《滕王阁序》中“冯唐易老，李广难封”，以及终军请缨，宗悫长风等句，来证明林黛玉不会从王勃的身世之感中引起共鸣的吗？此说姑不论诸多方面尚有值得商讨之处（下文再议），仅就方法论而言，则不无一些道理。因为它毕竟照顾到王勃“三尺微命”一语前后文所流露的思想情绪，尽管对这种思想情绪概括得并不准确。但遗憾的是，王先生未能一以贯之把这种驳论的方法用之于自己的立论中去，以致造成全文前后逻辑方法上的矛盾，把二程“主敬存诚为本”那一套理学教条强加给林黛玉，即使如王先生所说，林黛玉不会从王勃“功名不得志”的思想情绪中引起共鸣，难道她竟会从二程理学的基本命题——“诚”——中引起共鸣？宁不怪哉？在学术讨论中对别人的观点材料诘其偏失，求全责备，以裨补缺漏，这种攻磋是有益的，但不也应该以同样严肃科学的态度律之于己吗？不揣浅陋，愿质高明。

再就王勃“三尺微命”前后文所流露的身世之感能否引起林黛玉的共鸣一节，重申管见。窃以为王先生引出冯唐、李广、终军、宗悫等句，把王勃“时运不齐，命途多舛”的感叹概括为“分明是指功名不得志”，却并不“分明”准确，起码不够全面。因为这没有触及到王勃这段文字命意的实质。细按文意，王勃用这两个抒发身世之感的文句领起，引出冯唐、李广、贾谊、梁鸿四个汉代历史典故，意在说明即使在汉文帝、汉武帝、汉章帝那样的“圣主”“明时”，也有贤者怀才遭厄之叹，志士有功不赏之悲。既借古以方今，委婉地讽喻朝政之不明；又假典以自况，因为他写了一篇《檄英王斗鸡文》的戏作而触逆鳞，见逐于唐高宗。出语含蓄，用意深婉。少年早慧，才华过人，时乖运蹇，与世多忤，且又洁身自励，不同流俗。这位年轻才人把这种自许、自伤、自勉的身世感喟，在其溺水夭亡之前，发为骈俪华章，写出这篇传诵千古的奇文，千载而下“一目十行”的才女林黛玉自必烂熟于胸，在群艳竞妍斗胜的联吟中，随意拈来“三尺”一语以成句，亦属情理中事。揆情度理，以林黛玉的遭际，说她从王勃这种身世之感中引起共鸣，总比从二程道学语录中去寻求共鸣更符合人物的性格逻辑吧。

王先生又在引出王勃文中“请缨”“投笔”两句后，反问：“难道林黛玉也会与‘请缨’和‘投笔’引起共鸣吗?”这实际上也是一种似是而非的责问。诗文中的用典运事，常是连类取比，借端抒怀。比喻就难免瘸腿，决非取喻的客体事物与所比的主体对象在每一细节上都完全等同。这是修辞学上的常识。林黛玉虽不会从王勃的“请缨”“投笔”文句中引起共鸣，却完全可能从王勃坎壈失志的总体命运中引起共鸣，正如王勃的遭遇虽不尽同于贾谊，却可用“屈贾谊于长沙，非无圣主”的典故以寄慨，也正如晴雯虽与贾谊无法并论，但贾宝玉却在《芙蓉诔》中用“高标见嫉，闺闱恨比长沙”的典故来比喻她的抱屈夭亡。凡此都是取其命运大体相似，连类想象为文，谁也不会去指责作者的荒唐不通。

王先生还认为：“‘三尺’二字必须与雪有关联。”我看解诗大可不必如此泥执，定要字字、词词坐实。只要把“诚忘三尺冷”全句联系赏雪的背景，扣紧咏雪的主题，一个“冷”字就含蓄地点出雪来。倘“三尺”一定坐实为雪，那么史湘云对句“瑞释九重焦”的“九重”，又当如何坐实“与雪有关联”? 还不是借一个“瑞”字暗示出来！这副对子的“三尺”与“九重”，均以借代的修辞手法构成出句与对句实词的严格对应关系，既然史湘云借“九重门”代指尊贵的皇帝，林黛玉借“三尺长”代指自己微弱的身躯，以人的尊卑自然成对，似比借“三尺深”以代雪更为工稳贴切。此解亦甚合林、史二人的思想性格。林姑娘是个尊重自我感情的叛逆者，故其诗句多强调自我感受的抒发；史姑娘则颇多封建意识，故其诗句不免流露出代皇帝设想的颂圣高调。何况以“三尺”指童稚微弱的身躯，在古代典籍中也并非王勃文中一个仅有的孤例，兹再检出二则：

南宋胡铨《上高宗封事》：

> 夫三尺童子，至无知也，指犬豕而使之拜，则怫然怒。①

明朝欣欣子《金瓶梅词话序》：

> 此一传者，虽市井之常谈，闺房之碎语，使三尺童子闻之，如饫天浆而拔鲸牙，洞洞然易晓。②

可见唐宋以降，以“三尺”指童子已为人们所习用。

当然，就律诗的对仗关系而言，若能找到切合人物性格的出典，以“三尺”深之雪对“九重”门中之人，似亦无不可。“三尺雪”，在古代诗文中也可找到，如李商隐《悼伤后赴东蜀辟至散关遇雪》诗：“散关三尺雪，回梦旧鸳机。”③可是，林黛玉在第四十回随贾母陪刘姥姥游大观园时说过：“我最不喜欢李义山的诗，只喜他这一句‘留得残荷听雨声’。”这样，在她不假思索争抢联句之际，就未必会取意于“散关三尺雪”之句，故拙作亦未取，兹录以备考。

王先生持论的材料根据之二，是他“记得从前姓杨的人家多贴了一副门联，就是‘师门三尺雪’‘相府四知金’”。这类由道听途说而来的旧时某些杨姓人家自我标榜炫耀家世清贵的门对，拾来当作酒后茶余的趣闻谈资，未尝不可，用以为文立论，则未免查无实据，于书无征，不足为训。

［原载《红楼梦学刊》1985年第2辑，署名“田楚”］

① ［元］脱脱等撰：《宋史》卷三百七十四，中华书局1977年版，第11581页。

② ［明］欣欣子：《金瓶梅词话序》，方铭编：《〈金瓶梅〉资料汇录》，黄山书社1986年版，第165—166页。

③ ［唐］李商隐：《悼伤后赴东蜀辟至散关遇雪》，刘学锴，余恕诚著：《李商隐诗歌集解》，中华书局1988年版，第1115页。

西施结局小议

《五美吟》是多愁善感的林黛玉借“古史中有才色的女子”的“终身遭际”，以寄托自己的感慨之作。其中的首吟是咏叹春秋时代越国的美女西施。这首诗第一句“一代倾城逐浪花”，含蓄地点出了西施这位古代绝世美女不幸的命运和悲惨的结局。惟因这里涉及西施的最后归宿问题，而这又是弄懂全诗作者寄托的关键，所以近年出版的各家《红楼梦》诗词注本，对这个问题都作了介绍。但因越国灭吴以后，西施的命运毕竟都是一些传说，无信史可征，致使注者或含糊其词，出语模棱，说“西施成为奴隶主残酷斗争中的牺牲者”[①]；或诸说并列，不置可否，“越国灭吴后，西施的命运有二说：一说重归范蠡，跟着他游江海去了；一说吴亡，沉西施于江，以报答被夫差沉尸于江的伍子胥。诗中只是泛说逝去。”[②]注家们均未明确注出林黛玉这首诗中对西施结局所持的说法。如果这里“只是泛说逝去”，也就包含她可能终其天年而自然死去的意思在。诚若此，作者又何必用“头白溪边尚浣纱”的效颦东施来对西施的命运致慨呢？显然，这里林黛玉未取西施重归范蠡，偕游五湖自然逝去的结局，而执沉江悲剧说，才得以生发出那种弥漫全篇的对西施“红颜薄命”的深沉感叹。

吴国亡后，西施被沉于江，又是什么人“沉”的呢？据上引蔡注的说法，当是吴人愤西施祸国，将之沉江溺死，为吴国大将伍子胥报仇。但遍

---

① 哈尔滨师范学院中文系：《〈红楼梦〉诗词评注》，黑龙江人民出版社1979年版，第286页。

② 蔡义江：《红楼梦诗词曲赋评注》，北京出版社1979年版，第285页。

稽稗乘，此说未见有任何文献或传说的根据，未悉所本者何？

西施被沉事，从古代文献上可以找到一些蛛丝马迹。最早见于《墨子·亲士篇》载："西施之沈，其美也。"[①]这里只讲西施因为长得漂亮而被沉，但未道及其被沉的具体缘由。究竟西施何以被沉而死？西施故事中这个悲剧情节又始于何时呢？据明代杨慎《丹铅总录》载，他见到过《修文殿御览》引录的一段《吴越春秋》佚文说："吴亡后，越浮西施于江，令随鸱夷以终。"[②]东汉赵晔《吴越春秋》这段佚文，如果杨慎所载无误，那么西施沉江的悲剧，当是赵晔摭拾《墨子》提供的线索或据当时某些民间传说虚构而成。如再进一步把这段佚文加以推考，又可发现此中所云，实际上也是蔡注所列西施命运二说的同一渊源。

其一，据这段佚文，沉杀西施于江的凶手是越人。可能越王灭吴之后，鉴于西施之美足以导致亡国的教训，因而把她装进"鸱夷"（即皮袋子），抛入江中。可见沉西施者乃越人，而非蔡注所云为伍子胥报沉尸于江之仇的吴人。

其二，据《史记·货殖列传》载，越国谋臣范蠡在助越王勾践灭吴雪耻之后，便功成身退，易名换姓，到了齐国叫鸱夷子皮。这样，《吴越春秋》这段佚文中"令随鸱夷以终"一语，也可以理解为让西施跟随弃官退隐的范蠡（鸱夷子皮）泛游江南，以终天年了。这种理解就是后来广泛流传的范蠡偕西施去越离乡、泛舟五湖故事之所本。

总之，传说中西施姑娘的结局有两说：一是归范蠡，得善终；一是被沉江，遭惨死，谋杀者是越人，而非吴人。林黛玉在《西施吟》中取被沉说以寄慨。

1982年冬于芜湖赭麓

［原载《红楼梦学刊》1983年第4辑，署名"归璞"］

① ［清］孙诒让著，孙以楷点校：《墨子间诂》上册，中华书局1986年版，第4页。

② ［明］杨慎：《丹铅总录》卷十三，清乾隆文渊阁四库全书钞浙江范懋柱家天一阁藏本。

“素女约于桂岩”解

《红楼梦》第七十八回，贾宝玉为了痛悼晴雯之死，倾注自己的无限深情，写了一篇《芙蓉女儿诔》。诔文的结尾部分，贾宝玉在悲诉膈臆之余，大骋其浪漫主义的想像：既然晴雯死后被上帝任命为掌管芙蓉花神，那么她莅位之日，必然会有许多仙女列队欢迎。这些仙女中第一个就是相约于桂岩的“素女”。这位素女究竟是个什么样的仙女呢？注家多据《史记·封禅书》中的一段话：“太帝使素女鼓五十弦瑟，悲，帝禁不止，故破其瑟为二十五弦。”[①]他们都把素女释为古代神话中善弹瑟的女神。这样解释固然持之有据，颇有道理。但再仔细考求一下，却似未必尽然。联系“素女约于桂岩，宓妃迎于兰渚”一副骈句和下文几名出场仙女的具体描绘来考虑，这位素女不应是弹五十弦瑟的那位仙女，因为贾宝玉并没写她弹五十弦瑟来迎接，像下文写到的“弄玉吹笙，寒簧击敔”那样，而只写她约晴雯于桂岩。仙境何处有桂？当然只有月中桂树最为有名，南朝诗人沈约《登台望秋月》诗有“桂宫袅袅落桂枝”[②]之句，故月宫亦称桂宫。这里写作“桂岩”，是骈俪体要求与下句的“兰渚”对偶的缘故。既然约请晴雯到月宫去，此素女当即素娥，亦即嫦娥。这里所以将素娥改作素

① [汉]司马迁：《史记》卷二十八，中华书局1959年版，第1396页。

② [梁]沈约：《登台望秋月》，[陈]徐陵编，[清]吴兆宜注，[清]程琰删补，穆克宏点校：《〈玉台新咏〉笺注》卷九，中华书局1985年版，第417页。

女，盖出于骈文声韵平仄对偶的要求所致。

1979年8月于北京恭王府藤萝苑

［原载《红楼梦学刊》1979年第2辑，署名“艾辰”］

“弄玉吹笙”辨

《红楼梦》第七十八回贾宝玉写的《芙蓉女儿诔》里，有“弄玉吹笙”一句，用的是众所周知的秦穆公女儿弄玉的故事，但跟《列女传》和《列仙传》上说的小有不同。这两本书载弄玉吹的是箫，而不是笙。注家注到这里，便据以认为这里的“笙”当作“箫”。或云，笙和箫都是吹奏乐器，古代的箫是排箫，和笙相近，所以，被贾宝玉改作“笙”。

实际上，曹雪芹并没有错，贾宝玉也没有改。“弄玉吹笙”确有出典，贾宝玉是信手拈自明代冯梦龙编的《东周列国志》第四十七回。冯梦龙在这回书里绘声绘色地写了一个美丽的带有浓厚浪漫色彩的故事：秦穆公的幼女弄玉姿容绝世，聪明无比，善于吹笙，声如凤鸣。弄玉到了十五岁，穆公要给她择女婿，她发誓说：“必得善笙人，能与我唱和者，方是我夫，他非所愿也。”[①]一夕，弄玉梦见一个美男子吹奏赤玉箫，非常悦耳动听，神思俱迷，便引为同词，心已许之。后来穆公派人在太华山访得其人，就是萧史，二人遂于八月十五结成婚配。半年后，夫妇月下双双乘龙跨凤，成仙而去。冯梦龙则是采自明董斯张《广博物志》所载秦穆公之女善吹笙事。

曹雪芹为什么让贾宝玉笔下的典故，采自稗官之流的《东周列国志》，而不用被刘向封建化了的《列女传》，或已被引入正史的《列仙传》中同一故事呢？道理很清楚，主要是让这么一个小小的细节为突出贾宝玉的叛

① [明]冯梦龙，[清]蔡元放编：《东周列国志》上，人民文学出版社1979年版，第408页。

逆性格起作用。

不是吗？凡是读过《红楼梦》的都知道，贾宝玉性格中一个重要方面，就是从心里讨厌读诗书，学八股，饵名钓禄，走仕途经济的道路；但他并非不喜欢读书，他喜欢的却是别一种书，即戏曲传奇、稗官野史一类所谓“杂书”，用薛宝钗的话来说，就是什么“杂学旁收”。所以在写《芙蓉女儿诔》时他摒弃《列女传》中同一故实，而摭拾为一般封建文人所不屑一顾的稗官小说中的说法，让弄玉吹起笙来，跟素女、宓妃、寒簧等一班仙女们来迎接晴雯这位新上任的芙蓉花神。这既表现了贾宝玉的“杂学旁收”和博闻强记，也深化了他性格中的叛逆面。

凡是读过《红楼梦》的，也都知道，贾宝玉性格中又一个重要方面，那就是在爱情婚姻问题上相当彻底的反封建。他追求的是男女双方思想志趣相互一致基础上的爱情婚姻，反对封建家长包办强行捏合的封建婚姻。这种反映了当时历史进步要求的初步民主主义思想，是他在《芙蓉女儿诔》里取《东周列国志》的“弄玉吹笙”，而不取《列女传》一类封建气十足的“弄玉吹箫”的深刻思想上的原因。《东周列国志》里的弄玉形象，在某种程度上是一个要求婚姻自主的少女形象。她明确地提出了择夫的条件：“必得善笙人，能与我唱和者，方是我夫。”①也就是说，她的丈夫必须是她的知音。后来寻得善吹箫的箫史，由于双方“知音”这个根本条件已经具备，笙箫之不同器，也就可以不去管它了。所以，成亲之后，“夫妻和顺”。

大概正是因为这个故事具有若许反封建色彩，便引起一些封建卫道士的深恶痛绝。清代乾隆时期，一个道学气十足的评点派封建文人叫蔡元放的，就嗅出了这个故事与封建纲常名教有碍的味道，便挥动秃笔，把弄玉骂了个狗血喷头。这从反面证明了“弄玉吹笙”故事所包蕴的进步内容。如果孤立起来看，弄玉吹笙或吹箫，是无关宏旨的，但联系这个故事从《列女传》到《东周列国志》的发展变化来看，吹笙和吹箫就体现了各自不同的特定思想意义。《列女传》里吹箫的弄玉是被刘向作为一个封建淑

① [明]冯梦龙，[清]蔡元放编：《东周列国志》上，人民文学出版社1979年版，第408页。

女的典型，而《东周列国志》里吹笙的弄玉，则是一个具有某种叛逆气质的女性。当然，也应该看到，《东周列国志》所写的弄玉和箫史的爱情婚姻，仅是感情爱好的相同，而不是以政治上叛逆为基础。然而，它毕竟包含着若干民主性的因素，曹雪芹正是吸取了这一点，融入自己的笔端，让弄玉吹奏起她心爱的碧玉笙，在“蓉桂竞芳之月”，参加天上众仙女欢迎新任芙蓉女神的行列。当年争取爱情婚姻自主的弄玉，成了仙，升了天，此时因反抗封建压迫而致死的晴雯，在贾宝玉的心中也成了神，升了天。弄玉和晴雯是体现了不同时代精神的少女形象，但在反封建上，她们的精神却有着一些相通之处。让弄玉吹笙来迎接晴雯，就人物性格之间的内在联系言之，也是出之有据，用之有理的。这恐怕就是曹雪芹在《芙蓉女儿诔》里让贾宝玉用“弄玉吹笙”，而不用“弄玉吹箫”的深刻命意所在吧。

由此可见，注释曹雪芹笔下的每个典故，若不掌握他所塑造人物的性格特点，不理解曹雪芹的思想倾向，只是亦步亦趋地用朴学家就事论事训注典籍的法子，是很难准确无误地揭示出作者委婉深曲的用心的。

1979年10月于北京恭王府天香庭院

[原载《红楼梦学刊》1979年第2辑，署名“归璞”]

关于红学现状与发展的刍议

一

随着“双百”方针和对外开放政策的切实贯彻执行，春风骀荡，化雨时沾，学术界开始呈现出一派生机勃勃、欣欣向荣的局面。红学，在这片凝聚传统精华的肥沃园地上，一株艳冠群芳的学术之花，以其独特的茁壮绚丽的风采，充沛旺盛的生命力，在万象更新的早春中竞先吐蕾、怒放，迎接着祖国学术繁荣春天的到来。其主要标志是1979年5月《红楼梦学刊》的诞生。

从《学刊》出版到今天，又阅八个星霜。它共出了32辑，每辑26万多字，共830余万字。这是一个很可观、很说明问题的数字，它已经远远超过了红学史上任何时期研究文字的总和。如果再把踵《学刊》之后相继创刊的《红楼梦研究集刊》（已出13辑）、《曹雪芹学刊》和各地的红学专刊特辑，以及散见于全国许多报刊上有关评论文字和近年出版的几十部个人红学专著计算在内，则全部无虑达三千余万字。而且不仅文章数量多，在质量上也较前有了长足的进步和提高。许多文章都能出新意，具创见，富文采。它们在五六十年代研究成果的基础上，从广度到深度都有所拓展，有所开掘。至于新论点的提出，新材料的发掘，新角度的开发，新方法的运用，亦较前有所创发，有所建树。

桃李无言，下自成蹊。《红楼梦》依然是两百多年前问世的《红楼梦》，它不仅没有在历史前进的巨轮下成为来去匆匆、瞬息即逝的过客，却以其愈来愈放射出耀灿夺月的思想艺术光芒，穿过岁月的风尘，透入不同时代读者的心灵，赢得愈来愈广泛的喜爱和关注。八年来红学发展空前繁荣的盛况和取得的辉煌实绩，充分地证明了《红楼梦》是一座永远也发掘不尽的宝藏。它超越了今古的时空，调动不同时代读者的审美活动，拨动他们的心弦，从中获得丰富的精神滋养和审美娱悦，提高了文化素养和审美境界，进而把握现实，创造未来。《红楼梦》的价值是不朽的，魅力是永恒的。只要我们所处的天体没有毁灭，人类的历史活动必将无限地绵延发展下去。日月经天，江河行地，《红楼梦》这颗人类文化宝库中的明珠，也必将与之争辉并存，红学之树也必定亘古而常青。不管当今社会上对红学的抑扬轩轾之间有多么大的差距，但谁都不能也无法否认这铁一般的事实。

前两年曾一度出现的那些对红学发展持揶揄怀疑的态度、停止悲观的论调、无可作为的想法乃至急于求成要给有待深入发展的问题率尔下结论的做法，都是没有根据的，因为它们都经不起红学发展事实的严肃检验。历史已经把红学推上了“显学”的地位，这是我们民族的骄傲，我们应引为自豪。同时，也任重道远，我们应当怀着强烈深沉的历史使命感，为这门“显学”的丰富发展，添砖加瓦，尽到自己的责任，以求无负于曹雪芹，无负于《红楼梦》。

红学天地，无限广阔；红学发展，前程似锦。海内同仁，大有可为。不管风吹浪打，我们都将昂首奋胸，走自己的路。

二

同世界上任何事物的发展一样，红学的发展也不是一往直前的。八年来红学前进的状貌明显地呈现出波浪式起伏推进、螺旋型辗转上升的发展历程。这约略地可分为“热”与“冷”前后两个阶段。

先谈“热”。从1979年春《红楼梦学刊》创刊起，到1983年秋纪念曹雪芹逝世220周年学术讨论会之间，被称为“红学热”阶段。这几年里，红学引起社会上广泛的兴趣和瞩目，开谈《红楼》，一时蔚为风尚，大量的评论研究文字喷薄涌出，云蒸霞蔚，气象万千，形成一股声势浩大的“红学热”。“寒凝大地发春华”，这是十多年来经久储积的学术热情能量一次集束爆破式的释放。其中不少文章凝结学者们长期思索和研究的心得，迸射出智慧的火花，从不同方面丰富了红学的内容，体现出红学发展的新水平。当然，作为一股“热”的潮流，自不免裹进社会上各色人等，其中固不乏有甘愿下地狱决心的严肃探索者，也不少趋时逐兴的票友；具有创见卓识、掷地有声的文章应运而出，一些荒唐离奇、痴人说梦式的怪论也在在泛起。这并不足怪。一个具有辩证内容的历史运动，在其发展进程中总难免泥沙俱下，鱼龙混杂。红学发展又何能例外！这无碍于红学研究的健康发展，也无损于这股红学热潮所创造出来的历史成果。

这成果，我认为主要表现在两个方面。其一，通过这阵“红学热”，对《红楼梦》这部伟大著作，在社会上不同文化层次的读者中间，展开了一次相当广泛深入的普及活动。这种普及，无疑将会对提高民族文化素质、加强精神文明建设产生积极深远的影响。《红楼梦》这部书，是我们民族智慧的结晶品，是我们民族思想文化高度成熟的标志。这样一部作品能被广大青年读者有所认识、理解，从中吸取精神营养，自会对提高民族自尊心、自信心、增强民族自豪感产生潜移默化的作用。这个带有全社会性的普及成果，其作用和价值是不可低估的。一些数字和情况很足以说明问题。比如，新校本《红楼梦》自1982年春出版以来，发行数字不断上升，五年来各种装帧开本的总发行量已达170余万部，且不少地区此书的供应经常脱销。偌大数量的《红楼梦》进入社会性的阅读流通之中，对全民文化心理素质的提高所产生的影响，是不言而喻的。再比如，在这股“红学热”中，社会上涌现出大量自发的红学业余研究者，他们出自不同的社会阶层，有着各自不同的社会经历，对《红楼梦》也有着各个殊异的体会和理解，他们发而为文，常见新意。他们宛如散兵游勇，人自为战，一颗颗红学火种，散布在社会各个领域，各个角落。凡此，都足以说明那股持续数年的“红学热”，为红学培植了多么广泛深厚的社会基础，为今后红学的发展提供一支多么宏大的新生后备队伍。红学界如能对他们给以适当的提挈和奖掖，一些红学新秀必将脱颖而出。

其二，通过这股“红学热”，涌现、锻炼出一批中青年红学研究的骨干力量。这批力量散布在全国各地的文化、教育和科研战线上，构成现今红学界的主力。他们以其质高量多的成果，显示出近年红学研究新水平。这些人几乎全是1979年以后掀起的红学热潮中崭露头角的，并不计冷热，无问寒暑，坚持在这块学术园地上辛勤地耕耘着。他们肩负着承前启后、继往开来的历史使命，对我国红学事业的发展起着决定性的推动作用。倘无那股红学热潮所创造的气候和环境，红学界这种俊彦并出、群英荟萃局面的出现，是很难想象的。

这股“红学热”对中国红学发展所建树的业绩是辉煌的，不朽的。任何空穴来风式闲言碎语的议论，都不能磨灭它彪炳汗简的勋业。

再谈“冷”。从1983年到现在，红学研究的势头似进入一个低潮期。它相对于前几年的“红学热”，似有些冷落岑寂，不那么热气炙人了。但如果透过这“冷”的表象，深入到事物的内在本质去探察，那末，与其说红学近年处于冷落岑寂低潮期，莫若说，它迈入冷静沉潜的深入发展期，更为确当。事物运动的辩证发展，总是冷热相济，起伏相倚、隐显相潜的。炽热的钢水，经过冷却之后，才能见它质地的坚硬和凝重；巨浪排空的大海，风暴平息之后，方能显出它气度的宏阔和渊深。红学经过一场铺天盖地式的热潮之后，出现当前这个冷静深沉的局面，自是“天行之常”，事物发展运动之必然。它带来的必将是红学事业更多的充实和丰富，更大的进步和发展。事实最为雄辩。不是嘛，经受那一阵“红学热”大浪淘沙的筛选，浅尝辄止的票友们走开了，应景即兴式的文字减少了，红学队伍逐步精干起来，成熟起来，留下来的都是一些自甘淡泊、宁静致远，愿意把精力、心血和才智奉献给红学事业的菁英；拿出来的都是经过艰辛探索、呕心沥血的成果。近两年发表的许多论文和论著，无论思想艺术分析、人物评论、家世探讨、版本考证、比较研究等，均较前有所进展。它们或是沿用传统的治学方法，熔“义理、辞章、考据”于一炉，对某些论题有了深化和充实；或是运用新方法，从新角度对红学领域作扫描式的开拓和探讨。这些，都纵横深广多方位地开阔了红学研究的视野，提出更多的研究新课题，为红学的新发展、新突破做了准备，打下基础。

更何况，学术研究欲求新的进展，一个重要的因素决定于研究者的素质，就是说他们必须具有相当深厚的学术造诣，从事学术探索，才能蹊径独辟，有所建树。毋庸讳言，当前中青年红学研究者都或多或少存在着学术发育不全的跛足现象，确实存在着文化素养、理论素养亟待提高的问题。现在冷静下来，对我们自身和红学作一番全面深刻的反思，就会看到许多缺陷和不足，加以弥补和充实，求得学术上的逐步成熟，进而以丰厚的实力推动红学的繁荣发展。这是红学发展一项必要的基本建设，而这项基本建设正应在当前这个冷静稳定发展时期中浇铸出它的基础工程。

三

正是在近年红学进入冷静稳定发展时期中，红学中人怀着急切焦虑的心情思索并议论着红学如何“突破”的问题。这种心情是可以理解的，因为这种心情表现了人们不抱残守缺，渴望发展，急于追求进步的强烈愿望。但是，学术研究中的任何突破，都不可能一蹴而就，呼之即出的。具有开创一代风气意义的学术突破，既需有长期的学术积累，更需有一定历史因缘的际会。红学史上这样的突破，共有两次。一次是20年代近现代交替时期“新红学派”对“旧红学派”的突破；一次是50年代现当代递嬗之际当代红学对“新红学派”的突破。这两次突破的出现，都与社会历史的发展密切相关，前后踵武，因是因非，参伍相变，因革为功。它们都具有世界观、方法论的变革意义，都推动红学面貌发生迥异往昔的变化。以胡适、俞平伯为代表的“新红学派”，是西方实用主义哲学与中国传统的考据方法混合的产物。他们通过史料的钩稽，考证出《红楼梦》的作者及其家世的基本状况；他们对早期发现的一些脂批抄本作了研究，创立了“红楼梦”的版本学；他们在考证的基础上提出“自传说”，尽管对《红楼梦》的思想艺术价值无法在总体上作出符合实际的判断，甚或作了许多唯心主义的歪曲，但披沙拣金，其中也不无某些合理的因素，比之旧红学那种穿凿附会的索隐，应是一个不小的进步。新红学派这些成就的总和，形成20年代红学研究突破的局面，开了一代红学考据学风的先河。它主盟红坛达30余年，其流风余韵，迄今在海内外学人中仍不绝如缕。

但是，由于新红学派唯心主义世界观的严重局限，导致思维方法和治学方法的形而上学、片面僵化。当接触到《红楼梦》博大精深的思想艺术内涵时，他们就不免捉襟见肘，露出窘相，无力再深入前进一步了。迨及50年代，马克思主义科学世界观辩证唯物主义和历史唯物主义，为学界所普遍接受，新红学派的观点、方法愈加相形见绌，显得陈旧不堪了。在反对资产阶级唯心主义学术思想的斗争中，红学先鞭独着，折冲在前。50年代中期，红学界首先发难，在全国学术界掀起一场对资产阶级唯心主义学术思想的批判运动。于是，出现红学史上一次革命性的大突破，引起红学面貌发生空前深刻的大变化。这次大突破最重要的成果，是把红学研究奠立在马克思主义世界观、方法论的基础上，使之焕发出蓬勃的青春活力，批判地吸收了前人的成果，创立了具有鲜明时代特色的当代红学，为红学发展开辟极其宏阔的前景，筚路蓝缕，功在不泯。此后，50年代后期、60年代前期以及近八年来涌现的一批批重大研究成果，都是在这次大突破所开创的学术环境中获得的，都是马克思主义与红学实际相结合的产物。其成就不容低估，其发展方兴未艾。

正如人们对事物的认识有个由浅入深的辩证发展过程一样，我们红学界对马克思主义的立场、观点、方法的掌握运用，也有一个逐步成熟发展的过程。马克思主义科学是在历史运动中不断获得丰富和发展的；在马克思主义指导下的当代红学，也必定与时代发展同步前进，获得内容不断深化、开拓和更新。如果以十一届三中全会为界，建国后的30年间，由于种种历史原因，红学研究是在相对封闭的现实环境中独立发展的，缺乏对外的广泛学术交流，这在客观上无疑限制了红学视界的扩展。再从红学研究者的主观上来看，把马克思主义与红学研究相结合，尚处在有待进一步完善的发展阶段，所使用的批评方法还不够多样化，批评内容也不免畸重畸轻。十一届三中全会以后，由于对外开放政策的全面推行，形势发生了根本性的变化，学术界摆脱以前那种封闭式状态，出现开放发展的大好局面。西方一些具有现代色彩的思潮、方法和理论，通过各种交流途径，一时纷纷杂沓而来。红学界经过1980年和1986年两次国际性学术研讨会，让人们接触到海外学者的学风与文风，以及他们治学的方法和观察问题的角度。这种形势，为我们当代红学提供了博采众长、兼收并蓄的有利客观条件。随着这个吸收消化过程的不断发展，加上我们对马克思主义日趋纯熟的掌握，一个具有新的历史特色的红学大突破，必将以其更为丰赡的学术内涵出现在中华大地之上。

为了开拓红学研究的新局面，我认为，当前红学界亟需加强与协调三个方面的工作。

第一，进一步加强资料建设工作。这是开展深入研究工作的基础，这项工作过去虽做了一些，比如，历代评论资料的汇集，脂评的辑校书录叙录的汇编，论文目录索引的编次，一些重要版本的校注，海内外红学论文的选编，还有已付梓的大型脂批版本汇校本和各家正在编纂的红学词典等等，都是很有价值、很有成效的。但这些资料的搜集整理都是在散漫自在状态下进行的，缺乏总体统筹的规划和安排，系统性与完备性都难免受到限制。有鉴及此，近年来海内外红学界人士多次发出建立红学研究和资料中心的呼吁。这项工作历史地落到红学研究和资料已具相当规模和基础的红楼梦研究所的肩上。相信红楼梦研究所定不负海内外红学界的重托，尽快完成这项有益当代、流惠后世的工作。

第二，积极加强宏观研究和微观研究的联系。过去的红学研究，就其总体状况来看，基本上侧重于红学自身诸方面的微观研究，比较忽略宏观研究。宏观研究分纵向和横向两个方面，纵向研究，就是把红学放到历史发展的联系中，做系统的追溯和考察。《红楼梦》是我国古典文学一部总结性的巨著，既凝聚着它之前源远流长的民族文化传统中全部精髓，又释放着对后世文化发展之深刻影响的巨大能量。我们如果不对它进行这种纵向的宏观研究，红学本身的许多问题就无法深入下去。比如，如果不对从先秦诸子中经两汉魏晋唐宋元明清诸大家，一迄现代的鲁迅等那种心事浩茫、幽愤深广"有所为而作"的悲剧性传统文化心理特点，有相当的研究和了解，就不可能深刻理解并揭橥弥漫在《红楼梦》中那种"悲凉之雾，遍被华林"[①]的深沉忧患意识；再如，如果对《诗》《骚》所开创的文学创作传统之嬗递演化过程，不作一些宏观的考察，也无从具体地勘察出《红楼梦》是怎样在充分继承传统的基础上，创造性地完成了现实主义与浪漫主义、典型塑造与意境营构、再现与表现、写实与写意、人籁与天籁、朴质与绚丽等等一系列对立范畴的浑然融合，当然更无从评判出曹雪芹划时代的伟大贡献。伟大的曹雪芹，以其非常绝特之才，"究天人之际，通古今之变"从而"成一家之言"[②]——《红楼梦》。这部奇书虽出于曹侯之手，实乃融合了千古之心思才力，尽百家之美，才达到如此完美独造的极致。对这样一部集中历史文化智慧的巨著，我们如果不站在历史的制高点上，对它作系统全面的考察，就曹论曹，就《红》评《红》，是无以得其壸奥的。

宏观研究还包括红学与相关学科的横向交叉研究。过去的红学研究，主要用道德批评与社会批评两种方式，比较注意红学与史学、与哲学的交叉研究，而对与其他学科的交叉研究则相当薄弱。为了把《红楼梦》放到那个时代总的社会文化背景中去观察研究，红学还必须展开与宗教、与民俗、与社会心理、与美术、与考古等学科的交叉研究，形成一个辐射型横向研究格局。同时，再与纵向研究密切结合，必将推动红学筑起纵横上下立体交叉的研究结构。学术研究有如掘井，井口的纵横、延伸面的广狭，与开掘的深浅度是成正比例的。

① 鲁迅：《中国小说史略》，《鲁迅全集》卷九，人民文学出版社1981年版，第231页。

② [汉]司马迁：《报任安书》，[汉]班固传，唐颜师古注：《汉书》卷六十二，中华书局1962年版，第2735页。

第三，为逐步做好上述红学研究结构的调整，红学界还必须通过各种途径，运用各种手段，积极发展红学队伍，并加以有效的引导和组织，使每一研究个体成为能够充分发挥系统效应的有组织的力量。我们应当充分发挥全国和地方红学会的组织效能，开展形式多样、不拘一格、大小型结合的学术交流和信息交流。也应该充分发挥《红楼梦学刊》《红楼梦研究集刊》及其他几种红学专刊联系作者面广和对作者特点比较熟悉的优势，因各类作者之长，进行有计划、有重点的组稿和发稿，展开有针对性的学术争鸣和探讨，把红学中一些主要问题逐步引向深入。倘若能通过某种形式把各种红学刊物联系起来，组成一个联谊性的协调机构，使各家都有所侧重地组稿和刊稿，或更有利于红学研究结构的调整。

第四，刍荛之议，未必尽当。愚者千虑，或有一得。聊效野人献曝之忱，与海内红学同仁共勉，为争取当代红学的更大繁荣和发展，贡献绵薄。

1987年仲春于江曲冰庐

［原载《红楼梦学刊》1987年第3辑］

附录

论孙悟空

浪漫主义神话英雄形象——孙悟空，是《西游记》的主人公。在他身上，集中地表现了作品的战斗主题和作者的社会理想，流露出全书进步的思想倾向。《西游记》实际上是孙悟空这个神话人物的一部英雄传奇。所以，如何分析评价孙悟空这个艺术形象的社会内容和典型意义，是正确理解《西游记》全书的关键。

一、孙悟空形象的社会历史根据

《西游记》这部积极浪漫主义长篇神话小说，是作者吴承恩立足于明代后期的社会现实之上，对民间流传了几百年的带有浓厚宗教色彩的唐僧取经故事，进行了创造性的加工而写成的一部文学作品。中国古典长篇小说的创作发展，在吴承恩时代，还依然处于对前人所提供的文学素材进行整理、加工的再创造阶段。这种再创造不只是对前人文学资料简单的润色和连缀，而是在作者所付出的巨大艺术劳动中，打上了鲜明的特定时代的政治经济生活的印记。恩格斯在谈到十八世纪欧洲的哲学和文学时曾深刻指出："不论在法国或是在德国，哲学和那个时代的文学的普遍繁荣一样，都是经济高涨的结果。经济发展对这些领域的最终的支配作用，在我看来是无疑的，但是这种支配作用是发生在各个领域本身所限定的那些条件的范围内：例如在哲学中，它是发生在这样一种作用所限定的条件的范围内，这种作用就是各种经济影响（这些经济影响多半又只是在它的政治等等的外衣下起作用）对先驱者所提供的现有哲学资料发生的作用。经济在这里并不重新创造出任何东西，但是它决定着现有思想资料的改变和进一步发展的方式，而且这一作用多半也是间接发生的。”[①]恩格斯在这里虽然主要是针对哲学思想的发展而言，但对我们研究文学史上的文学现象，特别是像《西游记》这类文学现象，也同样具有指导意义。因为《西游记》这类作品的写成，在当时，也“都具有由它的先驱者传给它而它便由以出发的思想资料作为前提。”我们只要把吴承恩以前流传下来的《大唐三藏取经诗话》《西游记杂剧》和《西游记平话》等，与吴本《西游记》略作比较，姑不论艺术上显著的精粗之别，在主题思想和人物形象上，也不难看出它们之间的巨大差异。这种差异，归根到底，应是明中叶以后社会经济的发展对文学领域所起的最终支配作用的结果，是现实的各种经济影响通过各种复杂的渠道这样或那样地决定着西游故事创作的先驱者所提供的现有文学资料的改变和进一步发展的方式的结果，而孙悟空形象在吴承恩笔下的高度理想化及其在全书中绝对的主导地位的确立，就充分具现出这种改变和发展的方式。

为了集中突出地塑造孙悟空这个理想人物的形象，吴承恩在现实生活的启示下，根据明代后期所出现的新的社会历史内容，对前人所提供的取经故事这个传统文学题材，进行了大胆的改造和创新，把一个以宣扬佛教精神、歌颂虔诚佛教徒为主的老故事，改造成为具有鲜明民主倾向和时代特点的浪漫主义神话小说。

从塑造孙悟空这个理想的英雄形象、充分表现作品主题的需要出发，吴承恩独具匠心地更动了传统的艺术结构。《大唐三藏取经诗话》第一章原阙，从通篇故事发展线索来探究，可能是写唐僧取经的缘起，第二章才

① (德)恩格斯:《致康·施米特》,《马克思恩格斯选集》第四卷,人民出版社1972年版,第485页。

出现主动帮助唐僧取经的猴行者形象。元代的《西游记杂剧》[①]，开篇先写唐僧出世的“江流儿”故事。《西游记平话》则是以佛祖西天灵山说法肇端。这些前人留下的文学资料，都是把“大闹天宫”的故事放在后面（《取经诗话》仅在第十一章露出一点影子），作为介绍孙悟空（《取经诗话》是猴行者）出身的一个次要部分来写的。而吴承恩却把它做为全书的一个大部分，提到全书的开头，并且用了整整七回的篇幅，集中地描绘铺叙了孙悟空的来历，以及他大闹三界的英雄战斗经历。这七回书既开宗明义地表现了全书的思想倾向和理想，也为孙悟空的典型性格定下了发展的基调，也更加鲜明地突出孙悟空在全书形象体系中的主导地位。

西天取经故事，在故事情节发展上，以孙悟空参加取经以后的遭遇，跟前七回紧相联接，在思想内容上也是与前七回一脉相承的。在这里，作者把孙悟空放在新的更为复杂的环境条件下，通过一系列灭妖除怪的艰难困苦战斗历程，通过一系列错综交织的矛盾斗争，把孙悟空这个艺术典型所反映的社会本质表现得更丰满、更强烈、更集中、更具有现实生活的血肉。与此同时，作者对现实的批判和揭露，也在那层浪漫外衣的掩护下，

① 关于《西游记杂剧》的作者，现在文学研究界皆据孙楷第先生的考证，定为明初人杨景贤所作。但详审《西游记杂剧》的内容、风格以及考察全部前人有关该剧的资料，孙说殊难据为定论。从史料上看，据万历刻本《西游记杂剧》题“元吴昌龄撰”。明代著名杂剧收藏家臧晋叔、赵美琦等以及明末清初人的有关戏曲目录著作，亦都认为吴氏作。至孙楷第先生始据《录鬼簿续编》和现存部分明清人曲选、曲谓中录下的极少几支曲子题名为出自吴昌龄《西天取经》，而不见于今传《西游记杂剧》，因以今传《西游记杂剧》为杨景贤所作。其实，《录鬼簿》于吴昌龄名下著录的《西天取经》，与《西游记杂剧》实际是一个内容，只是《西游记》名字比较后起，像《莺莺六么》后来改称《西厢记》一样。宋话本、元杂剧同实异名者不少。在《西游记》一名已经流行之后，明人在刊刻吴氏《西天取经》时，完全有可能把它改称《西游记杂剧》。再以明刊、明抄本同名的杂剧与元刊杂剧三十种中同名的杂剧相对照，曲子被删去的不少，曲词的改动亦更大，似不能根据某支曲子不见于今传《西游记杂剧》，就把向来认为吴昌龄的剧作改归杨景贤。再从现传《西游记杂剧》的内容、曲辞、说白来看，《西游记杂剧》故事情节简单幼稚，宾白语言粗率朴拙，颇不似戏曲发展史上明代的作品。将该剧与宋元时期的《大唐三藏取经诗话》略作对照，不难发现《西游记杂剧》不过是以连本杂剧形式，对《取经诗话》中的一些内容情节稍加扩展，收演成篇，故事顺序，两者亦大体相同。据曹寅刊本《录鬼簿》，吴氏还有《鬼子母揭钵记》杂剧，内容应与今传《西游记杂剧》第十二出有联系。又吴昌龄，西京人（今山西大同），杨景贤，杭州人。现传《西游记杂剧》的曲辞、说白，带有较浓厚的华北地区色彩，很难看出南词和江浙方言的遗迹。据此种种，《西游记杂剧》应是元代前期流传下来的而后经过明初人修改过的剧本，其创作年代还应归于元代前期较为合理。这个看法，承王起先生提供许多宝贵意见，谨此致谢。

随之在更广泛更深刻的领域里展开。

孙悟空形象的塑造，吴本《西游记》较之以前取经故事，不论思想上，或是艺术上都是一个质的飞跃。《取经诗话》中初具形态的猴行者自不必说，《西游记平话》中对孙悟空形象的具体描绘，不可得见，也姑置不论。流传下来出自元代和元明之际文人手笔的《西游记》和《二郎神锁齐天大圣》两个杂剧，其中孙悟空形象与吴本《西游记》中的同一人物，妍媸高下，简直不可同日而语。《西游记杂剧》里的孙悟空，取经以前还是一个反面的妖魔形象，身上妖气十足，还抢了金鼎国公主为妻，偷了王母娘娘的仙桃、仙衣，在花果山开庆仙衣会。也没有什么太大的神通，听到玉帝遣李天王来追捕，吓得慌忙逃走。参加取经后，这个形象仍然充满了糟粕，从语言到行动都夹杂着许多庸俗低级、猥亵下流的市井流氓气。但是，到了吴承恩的笔下，则汰除污垢，脱胎换骨，使孙悟空成为体现作者美学理想的神话英雄形象文学是现实生活的反映。文学创作中一些新的人物形象的出现，都有其深刻的社会历史根据。西游记故事中孙悟空形象发生这样巨大的变化，最根本的原因，应是明代后期封建社会内部出现的新的经济因素，引起社会生活各个领域发生深刻变化的反映。

恩格斯在论及文学作品典型人物的社会意义时指出："主要人物是一定的阶级和倾向的代表，因而也是他们时代的一定思想的代表，他们的动机不是从琐碎的个人欲望中，而正是从他们所处的历史潮流中得来的。"[①]吴承恩《西游记》里孙悟空这个浪漫主义艺术典型，究竟熔铸了何种特定的社会阶级内容，代表了那个社会力量的本质，反映了什么样的时代精神？

吴承恩的时代，即明代后期，中国古老的封建社会，经历了漫长的历史发展过程，进入了末世。就其基本政治经济状况来看，它仍然是封建社会，但已经出现了资本主义生产关系的萌芽，中国资产阶级的前身——新兴市民社会势力在社会生活中开始崭露头角，让会阶级矛盾日趋复杂化。

① (德)恩格斯:《致斐·拉萨尔》,《马克思恩格斯选集》第四卷,人民出版社1972年版,第343—344页。

中国社会面临着新旧交替的历史大转变的时期。《西游记》就是在这种历史背景下问世的。它表现了要求变革的时代精神，反映了新兴市民社会势力的政治思想要求。孙悟空形象就是新兴市民社会势力的政治思想面貌，在文学上以理想化了的浪漫主义形式的表现。

明代后期的新兴市民社会势力，作为新的生产关系萌芽的体现者，他们是封建阶级的对立物。商品货币经济的日益发展，推动他们逐步产生突破封建势力的桎梏和压迫的革命要求。在政治经济上，他们要求自由发展，自由贸易，在思想上，要求个性解放。所以，他们具有一定的进取精神和冒险精神。在当时的历史条件下，他们确实表现出新兴社会力量特有的那股生气勃勃的劲头。但是，他们毕竟还处于他们成长史上早期的发展阶段，正如他们所依附的经济还处于萌芽的状态一样，他们在政治思想上也同样处于幼稚的童年时期。也就是说，他们当时还只是一种嫩弱的自在状态的社会存在，还没有形成为一种堪与封建势力抗衡的独立自为的政治力量。他们一方面是封建阶级的对立物，另方面又与封建社会这个母体存在着千丝万缕的联系。他们与封建势力就是处在这样一种对立统一的矛盾关系之中。反映在《西游记》特别是在孙悟空形象里那种浪漫主义幻想，恰恰是由新兴市民在反封建斗争中这种政治上的不独立和软弱性产生的。

唯其如此，新兴市民社会势力在发展中明显地存在着进步和保守两种因素交织在一起的复杂现象。由于当时封建势力还占有强大优势的影响，新兴市民中一些人，由经营工商业起家，当积累了相当数量的财富以后，把大量的资本不是投入扩大再生产，发展工商业，而是用来购买土地，使自己兼为地主，或完全转化为地主官僚，让儿孙通过科举走读书作官、仕途经济的道路，挤进封建统治阶级的行列。吴承恩同时代人张瀚祖上的发家史和徽商阮弼经营浆染业致富后资本的转化，就是两个典型的例子。张瀚祖上最初只是“购机一张”的小手工业者，逐渐营运成为拥有几十张织机的手工业作坊主，因而“家业人饶”，到了张瀚时就转化为大地主大官僚。阮弼在芜湖经营浆染手工业发了大财以后，没有倾投资力，继续扩大浆染业的再生产，反而把资本投到土地上去。据明人汪道昆《太函集》卷三十五《明赐级阮长公传》载："既而业大起，家人产俱在芜湖，城内外筑百廛以待僦居，治甫田以待岁，凿湾池以待网罟，灌园以待瓜蔬，腊饔飧，不外索而足，中外佣奴各千指，部署之，悉中刑名。"[①]他把自己的农庄，经营成为自给自足的封建庄园，他一家也就转化为工商业兼大地主了。在明人文集中载有这类市民工商业者置田老归的事例是很多的。这种情况，在明代后期的文学作品中也有所反映。《醒世恒言》卷十八中那个小手工业者施复，他在拾到两锭银子以后，心里就这样盘算：

> 如今家中见开这张机，尽够用了，有了这银子，再添上一张机，一月出得多少绸，有许多利息。这项银子，譬如没得，再不要动他。积上一年，共该若干，到来年再添上一张。一年又有多少利息，算到十年之外，便有千金之富。"那时造什么房子，买多少田产。[②]

明代新兴市民工商业者的这种状况，是由他们现实的阶级利益和当时阶级力量对比的形势决定的。很清楚，这种由新兴市民工商业者向地主阶级转化，不论对地主阶级，或是对新兴市民本身，都有利而无害。对封建地主阶级说来，由于这种转化，就在一定程度上缓和了资本主义萌芽与封建主义之间所必然发生的矛盾，从而巩固了自己的统治；同样，一些新兴市民由于这种转化，有的甚至爬进统治集团中去，就可以获得比经营工商业所能得到的更多财富。所有这一切，既显示出中国资本主义原始积累时期发展的曲折性和迟缓性，同时也充分地表现出新兴市民在政治上、经济上具有明显的二重性，既有反封建的反抗性、进步性，也有与封建势力合流的妥协性、保守性。恩格斯谈到德国16世纪资本主义萌芽阶段市民阶级代表人物马丁·路德时，曾深刻指出："路德动摇不定，当运动日益严重时反而害怕，终至投效诸侯。这一切和市民阶级两面摇摆的政治态度完全

① [明]汪道昆：《明赐级阮长公传》，《太函集》卷三十五，明万历刻本。

② [明]冯梦龙编著，顾学颉校注：《醒世恒言》卷十八，人民文学出版社1956年版，第360页。

符合。”[①]路德所代表德国市民阶级这种阶级特征，尽管具有独特的社会历史色彩，但其基本的属性，却是与他们几乎同一时代东方中国新兴市民兄弟的二重性相一致的。具有这种阶级特征的新兴市民社会势力的兴起，就使流传了几百年的取经故事的发展，获得了新的社会阶级基础。于是，在文学领域里，便决非偶然地产生了优秀古典长篇神话小说《西游记》。它的主人公孙悟空思想性格中的矛盾，他的命运前后的变化，都寓言般地、典型地概括了新兴市民社会势力这种二重性，表现了他们这种“两面摇摆的政治态度”。孙悟空大闹三界时那种大无畏的反抗精神，不正是新兴市民社会势力反封建进步性一面在艺术创作中带有夸张性的升华吗?！孙悟空在封建势力欺骗和重压下悲剧性的妥协，不也同是这个社会势力先天的妥协性一面的真实概括吗?！要想正确把握理解孙悟空形象的典型意义，只有把它放在它所由产生的这种特定历史条件下社会关系的矛盾中，放在这种现实的物质前提中，进行全面的考察，才能得到比较合理的解释。

二、孙悟空形象的典型意义

那么，孙悟空这个典型形象，到底反映了新兴市民社会势力哪些进步历史要求的新特点呢?

孙悟空形象表现的历史新特点，首先在于它一定程度地曲折地概括了新兴市民社会势力渴望突破封建势力束缚，获得发展自由、贸易自由的进步要求。

孙悟空原系东胜神洲傲来国花果山上破石而生的天产石猴，他一出世，就“目运两道金光，射冲斗府”[②]，惊动了那个坐在天宫宝座上的最高统治者玉皇大帝。他纵身一跳，潜入飞流直下的瀑布之中，在那瀑布后面，铁板桥头发现了“洞天福地”“水帘洞”。从此他被群猴推为“美猴

① (德)恩格斯:《德国农民战争》,解放社1949年版,第55页。

② 本书所引《西游记》原文,均出自朱彤、周中明校注:《西游记》,四川文艺出版社1987年版。后同,不另出注。

王”，在这“仙山福地，古洞神洲”，过着“不伏麒麟辖，不伏凤凰管，又不伏人间王位所拘束，自由自在”的生活。这种“乌托邦”式的“自由乐土”，跟人间充满封建压迫的黑暗现实社会，形成强烈的对比。但是，这个美猴王仍然有他的“烦恼”和“远虑”，他感到冥冥中还有压迫存在，还不够自由，那就是“暗中有阎王老子管着”，“不得久注天人之内”，他决心要“躲过轮迴，不生不灭，与天地山川齐寿”，求得更大的“自由”。为实现这个愿望，他毅然辞别群猴，远涉重洋，访师求道，通过艰苦的修炼，终于学得了七十二般变化，十万八千里的“筋斗云”和降龙伏虎的广大神通。回到花果山后，便开始向正统的神权统治发动进攻。他闯进东海，闹了龙宫，强索金盔金甲和如意金箍棒；他不服阴间的勾摄，打死鬼使，闹了冥司，强行勾销猴类的死籍。孙悟空要求自由的挑战，直接触犯了象征封建势力的“三界”神统治，东海龙王敖广、幽冥教主地藏王菩萨相继上告天庭。以玉帝为首的神界统治者，对孙悟空这个“魔界”英雄的反抗行动，交替使用了“招安”欺骗和武装镇压反革命两手政策，但都无法使他俯首就范。最后还是西方佛祖如来前来“救驾”，帮了玉帝的忙，把孙悟空压在五行山下。一方面是追求自由的新兴“异端”势力的反抗斗争，另一方面是象征封建专制主义的神权统治的欺骗和镇压。这个矛盾，就其所包含的斗争性质的特点来看，正是在神话形式中再现了封建社会末期所特有的阶级矛盾——新兴市民与封建势力之间的矛盾。

孙悟空追求自由，而玉帝则竭力维护专制和压迫。两者都深深植根于现实阶级利益之中，形成根本的政治利害冲突。孙悟空经过斗争，虽然可以获取一些自由的成果，也可以由于妥协得到玉帝暂时的承认；但是，妥协之后，在狡猾多端的神权统治者的阴谋摆布之下，这些自由成果终归要丧失殆尽，化为乌有。在以玉帝为首的神权统治者眼中，孙悟空这类人物永远是威胁神权统治秩序的异己势力，在施行政治笼络麻痹的同时，还时刻提防他的“不轨”。孙悟空接受了玉帝钦授“齐天大圣”的空衔官品以后，在天上一时倒也“无事牵索，自由自在，闲时节会友游宫，交朋结义”，东游西荡，“行踪不定”。可是，孙悟空这样一点点“自由”，也不能为神权统治者所见容。不久之后，经过一番策划，为了限制他“无事闲游”的行动，派他做了蟠桃园的守卫，一举把他变成玉帝的家奴。孙悟空受骗上当而不觉，还“欢喜谢恩”，“喝喏而退”。直到蟠桃盛会未在被邀之到，他才恍然大悟，愤然盗酒偷丹，再次大闹天宫，为争取自由而重新战斗。但是，终因现实阶级力量对比的悬殊，在仙佛联合围剿中，他被沉重的封建势力压在五行山下，完全失掉了自由。五百年后，他再次屈辱妥协，摩顶受戒，皈依沙门。这些情节虽然都有着传统取经故事明显的影响，但在吴承恩笔下却注入了新的历史内容，相当深刻地再现了中世纪末期的阶级关系和新兴市民的悲剧命运，也相当真实地再现出孙悟空形象所反映的新兴市民社会势力的阶级特征：他们在争取自由斗争中那种反封建的进步要求，以及在这同时所表现出那种政治上的幼稚性和妥协性。

孙悟空形象表现的历史新特点，也在于它一定程度地曲折地概括了新兴市民社会势力反对传统的封建等级制度，提出具有早期启蒙色彩的初步民主平等要求。

恩格斯说过：“在封建的中世纪的内部孕育了这样一个阶级，这个阶级在它进一步的发展中，注定成为现代平等要求的代表者，这就是市民等级。”[①]孙悟空形象所表现出来的带有初步平等民主倾向的特征，正是新兴市民这种历史要求的反映。孙悟空以他对天庭统治的反抗行动，大胆地亵渎、冲击了天宫神圣森严的封建等级制度，又以他勇敢践踏传统礼仪的举动，在黑幕层张的中世纪末期，石破天惊地提出了初步的民主平等要求。这种要求也必然与天庭专制独裁的神权统治，发生尖锐的矛盾。他对天上神权统治者始终保持着桀骜不驯的“异端”的特性，他从不理会儒家那套君君臣臣、尊卑有序之类的封建教条，对天宫神界大小统治者表现出很大的蔑视，就是对那神界至尊的玉帝，也不例外。他每次参见玉帝，都是昂然挺立在灵霄殿上，口称“老孙”，傲不为礼。吓得那些文武官僚大惊失色，连呼：“该死了！该死了！”他满意了，也不过喝喏而退；不满意，就扯出棍子闹腾起来，确实有点无法无天。反下天官，他竟然打出“齐天大

①（德）恩格斯：《反杜林论》，《马克思恩格斯选集》第三卷，人民出版社1972年版，第144页。

圣”的旗号，所谓“齐天大圣”也者，就是要求与玉帝分庭抗礼、平起平坐之谓也。官拜“齐天大圣”以后，他与诸天神圣交游，“不论高低，俱称朋友。”“见三清，称个‘老’字；逢四帝，道个‘陛下’。与那九曜星、五方将、二十八宿、四大天王、十二元辰、五方五老，普天星相、河汉群神，俱只以兄弟相待，彼此称呼。”孙悟空这种与天上神界统治平等相处的关系，不正是人间现实社会正在发生变化的阶级关系的反映吗？不正是新兴市民反封建、求平等的初步民主思想的表现吗？不也正是新兴市民希望侧身于统治阶级这种阶级要求的表现吗？但这却是当时还处于统治地位的封建专制主义所不能允许的。所以，两者之间就不断地酝酿着新的冲突和对抗。随着孙悟空与天庭统治者之间矛盾的发展、激化，孙悟空的政治要求也愈来愈升级。如果说，孙悟空打出“齐天大圣”的旗号，要求的还是与玉帝平分一些统治权，并没有否定玉帝的统治权，那么，到了“八卦炉中逃大圣”，最后一次大闹天宫的时候，索性连玉帝的统治地位也不承认，公然宣称要取而代之了。“皇帝轮流做，明年到我家”，竟与玉帝争起轮流当皇帝的平等权利。他理直气壮地提出，要玉帝让出天宫，“若还不让，定要搅攘，永不清平！”“灵霄宝殿非他久，历代人王有分传。强者为尊该让我，英雄只此敢争先。”这一曲昂扬英雄精神的造反战歌，应是现实世界中新兴市民向封建统治阶级争取民主平等权利斗争高度理想化的回响，也是半个世纪以后进步思想家黄宗羲猛烈攻击封建君主制度、提出近代民主平等思想的先声。

取经路上，孙悟空虽然经历了压在五行山下五百年的磨难，但他依然以天庭统治者的“异端”姿态，出现在新的战场上，他的战斗性格也依然保持当年的风采。所以，如来佛才给他头上套上了那个拘束“反”性的紧箍。在新的战斗中，他经常驱遣山神土地、四海龙王、值日功曹以及诸天神圣为他效劳，稍不如意，他就大动肝火，要他们“伸过孤拐来，各打五棍见面，与老孙散散心。”第四十五回他在车迟国与妖精斗法，他要妖精用五雷正法召来的诸天神，遵从他的意旨行事，若有违逆，就要“各打二十铁棒”，诸天神也都唯唯听命。第三十三回唐僧路阻平顶山，他仅仅为了把两个小妖手中的宝贝弄到手，竟命令玉帝把天借给他装半个时辰，“若道半声不肯，即上灵霄宝殿，动起刀兵!”在这里，人们看到的依然是当年大闹天宫时齐天大圣的派头。玉帝也只好乖乖地答应他的要求，并说：“只得他无事，落得天上清平是幸。”孙悟空形象中所反映的这种大胆的反对封建等级制度的战斗精神，虽然在作者浪漫主义的笔触下，被大大地理想化了，但却有其充分的现实根据，那就是新兴市民身上所迸发出要求民主平等的火花，被作家在典型化的过程中作了合理的艺术夸张。

孙悟空尽管在要求民主平等的斗争中，相当强烈地反对了封建专制主义黑暗暴政的体现者——昏君，却不曾否定皇帝。他虽然也提出过要与玉帝轮流当皇帝的要求，但不管你做，我做，他还是认为天宫总应该有个“皇帝”来统治。就拿大闹天宫来说，开始他也并不是就想去闹事。第一次被骗上天，给他一个弼马温，起初他还十分尽心职守地干了半个月，把马“养得肉膘肥满”第二次上天，他有了齐天大圣府的衙门，也一时满足于“齐天大圣”的官衔，颇安静了一阵子。但终归他还是一再大闹起来，而且闹得一次比一次更凶。看他所以闹的直接因由，都是因为天上歧视了他，使他受到侮辱。可是闹来闹去，他只想把那个“轻贤”“不会用人”的昏庸的玉帝撤掉，换一个人来干，他从来也没有想到要否定皇帝。在这里，一方面出现了新兴市民强烈反对封建君主专制制度可贵的先进思想胚胎，另一方面也反映了当时处于微弱状态的新兴社会力量还不可能提出一套崭新的政治主张。既然要有一个皇帝，当然就很自然地幻想有一个“贤君”。所以，难怪在取经途中，遇到像玉华王那样“重爱黎民”的“贤王”，他就欣然接受王子“拜他为师，学他手段，保护我邦”的请求，热心地向他们传授神力和武艺。凡此都从一个重要侧面反映出新兴市民二重性阶级的特征。

孙悟空形象表现的历史新特点，还在于它突出地概括了新兴市民社会势力机智聪明、勇敢进取和积极乐观的阶级特征。

孙悟空从他拿起武器对天庭神权统治发动攻击开始，到最后证了佛门正果结束，不管碰到多么巨大的困难，或是遇到多么凶强的敌人，从不畏惧退缩，都坚定刚毅，顽强战斗到底，哪怕暂时失利被执，他也毫不悲观气馁，一旦得手，他又是呼啸而起，再次拿起武器，进行新的战斗。大闹天宫的斗争是如此，取经路上也同样保持这种乐观的战斗本色。即他早期在花果山上，敢于一跳冲破飞泻的瀑布，为群猴找到安身立命的家室，以及此后为了跳出三界五行，躲过生死轮回，飘然背井离乡，只身泛海、拜师学艺，不辞辛苦，都无不在幻想中夸张地表现出新兴阶级那种勇敢进取的冒险精神。

取经途中，他总是斗志昂扬，敢打敢拼，剪妖除怪，荡涤任何敢以为害作耗的恶势力。每当发现妖魔，他就感到技痒，摩拳擦掌，准备迎接战斗。有人请他除妖，他非常高兴地认为是“照顾老孙一场生意”。勿怪猪八戒说他“听见说拿妖怪，就是他外公也不这般亲热”。困难再多再大，也难不住他，敌人再凶再狠，也吓不倒他，他都会想出办法来克敌制胜。如第二十五、二十六两回写孙悟空大闹五庄观的经过。孙悟空偷吃了人参果。把人参树推倒，闯下大祸，跟镇元大仙斗起法来。他们师徒四众先后两次被镇元大仙用“袖里乾坤”的法术逮住，镇元大仙恨死了他，但鞭打打不伤，支起油锅炸他，反被他弄手段捣了灶，同时还得意洋洋地把镇元大仙狠狠地嘲弄戏耍了一顿，并得镇元大仙气急败坏，束手无策，只好服输，跟他妥协。第四十一回跟红孩儿怪的战斗，他虽吃了大亏，弄得火气攻心，险些丧命，但苏醒过来，仍咬着牙，忍着疼，继续与敌人周旋苦斗。至于第五十回到五十二回与青牛怪的战斗，第六十五、六十六回与黄眉怪的战斗，都是迭遭失利和挫败，仍旧百折不挠，坚持战斗，最后制服强敌，赢得全胜。还值得指出的是，在这一系列的艰苦战斗中，他从不蛮干，顽强中表现出机智，勇敢中显示出聪明。唐三藏途阻火焰山，孙悟空三调芭蕉扇，就充分展示他的性格这个重要方面。孙悟空形象的这些具有浪漫色彩的英雄气质和品格，归根结蒂，是艺术地概括了明代后期新兴市民社会势力特有的精神风貌和阶级特征。

与此同时，孙悟空身上还存有浓厚的封建性，比如爱好虚名，自命清高等等弱点，在书中几乎随处可见。途经盘丝岭，遇见七个女蜘蛛精，把唐僧捉去。孙悟空本可以一顿棍子把她们打死，除掉祸害，但他认为“男不与女斗”，随便打杀几个毛丫头，——尽管她们是害人的妖精——就是低了他老孙的“名头”。这是典型的封建阶级的思想意识在作怪，结果贻患后来，险些遭了她们的毒手。为了表示他“一生豪杰”，甚至对妖精也不肯暗里算计。比如第八十五回，他在半空中看见妖精正喷云吐雾，如果他当时来个突然的“捣蒜打”，顷刻之间就可以把妖精除掉，又是怕“坏了老孙的名头”的思想在作怪，轻易放过了有利的战机，引起后来的许多周折。对害人的妖精似大可不必讲这套务虚名而招实祸的“名头”。取经途中，他从来不肯干那些脏活、累活，凡是碰到这类事情，他总是想办法照顾猪八戒这个呆子。如乌鸡国下井捞国王的死尸，就是他用软哄硬胁的手段捉弄猪八戒干的。所以猪八戒说他“尊性高傲”，常常在师父面前进点谗言，给他制造些小麻烦。在天里，他一听到“弼马温”是个未入流的马夫，就大嚷：“养马者，乃后生小辈，下贱之役，岂是待我的？”这些话在反抗玉帝的歧视，保卫自己的尊严上，自有其进步的一面；但同时，也流露出他的阶级局限。还应当指出，作者写这些内容，是作为肯定的东西来赞赏歌颂的，暴露出作者世界观中落后的封建意识。孙悟空身上这些弱点，究其现实根源，是反映了新兴市民阶级意识的消极面。

此外，作者在塑造孙悟空生性乐观战斗一面的同时，也给这个形象涂上了一层浓厚的唯心主义英雄史观的色彩。大闹天宫的情节，虽然是用幻想夸张的神话形式，反映了新兴市民对腐朽封建势力强烈反抗的愿望，表现了在现实斗争中尚属软弱者的 种美好的理想，但过分强调孙悟空这个英雄人物个人单干的力量和作用，则表现了作者把变革黑暗现实的希望，寄托在个别杰出的英雄人物身上的观念，根本看不到人民群众创造历史的力量。孙悟空作为一个浪漫主义的艺术典型，曲折地、生动地概括了新兴市民复杂的社会本质，它是成功的；但孙悟空在作者所描绘的环境中打来打去，始终是他一个人在反抗，在苦斗，看不到有任何其他力量在起作用，这纯粹是个人英雄主义的空想，其结果必然导致与旧势力的妥协。孙悟空形象的这个特点，既是作者唯心史观形象化的表现，也是新兴市民个人奋斗的狂想在文学中的反映。

总之，孙悟空形象是个成功的浪漫主义的艺术典型，它的现实基础是明代后期崛起于封建社会内部的新兴市民。他的热烈追求自由和平等，他的积极乐观主义，他的冒险进取精神，他的丰实社会阅历，以及他的机灵乖巧，多才多艺，甚至他的诙谐放浪中带着点油滑的独特风格，与新兴市民某些先进人物所表现出的社会阶级素质，是多么的相似！凡此都足以说明孙悟空实际上是穿着神话外衣的市民英雄形象，而决非一个淳朴农民起义英雄的典型。在他身上看不到任何作为农民阶级所固有的思想意识和性格特征。因此，孙悟空对天庭神权统治的反抗，是新兴市民反封建进步要求的反映。他跟神界统治的妥协，也是事实，但他这一面却不属于对自己原来阶级的背叛性质，而是他代表的新兴市民所固有的阶级性——妥协性一面在政治斗争中的表现。孙悟空这个带有浓厚幻想色彩神话形象的出现，只能是一种社会力量尚处在软弱的不独立的历史阶段的产物，当它一旦成长壮大为一支独立的、堪与旧的统治阶级分庭抗礼的政治力量，在文学上这类幻想，也必然随之消失，而代之以现实主义的形象。如果，我们无视上述的全部内容和根据，不坚持对具体事物作具体分析的原则，认为在封建时代里，凡是反抗封建统治的，必为农民起义英雄，凡是与封建统治妥协的，也必定是叛徒。诚若此，孙悟空势必是一个神话作品中的宋江，而《西游记》这部作品的思想内容，当然就大成问题了。难道我们应当对一个复杂的古典艺术形象作如此轻率简单的毁誉吗？难道几百年来人民群众不论妇孺老小，会如此历久不衰地喜爱一个叛徒的形象吗？吴承恩的杰出之处，就在于他通过孙悟空这个复杂的艺术典型的塑造，历史地、真实地却又是浪漫主义地概括出封建社会末期新兴市民所特有的政治面貌和阶级特征。而这，恰恰是符合当时历史发展的进步要求的。

三、关于取经故事中的孙悟空形象

取经故事长达八十七回，共包含四十多个故事，是《西游记》的主体部分。它与前七回孙悟空大闹三界的主题是不是一致的？孙悟空的思想性格前后是不是统一的？这两个问题的中心关系到如何评价取经故事中的孙悟空形象。多年以来，在《西游记》的评论中，这一直是个聚讼纷纭的问题，不少人都在研究探索。而这种研究探索好像都不约而同地在一个确定了的前提下进行的，那就是，前七回孙悟空大闹天宫的故事，是封建时代农民起义的反映。既然如此，大闹天宫时代的孙悟空，无疑是农民起义英雄的化身了。这种农民起义反映说，就是用来分析前七回孙悟空大闹天宫的情节，也是捉襟见肘，难以自圆，更不要说把这种观点推而衍之，作为研究全书的立足点了。但是，正是由于这种观点的影响，长期以来给取经故事的解释，造成了很大的歧异和混乱。主要的说法，可以归纳为下面两种。

一种说法，可以称之为“叛逆投降说”。它认为，取经故事跟前七回一样，仍然是反映社会斗争中的复杂关系，但叛逆者孙悟空投降了，反转来为了维护神道而去惩罚别的“魔”和“邪”，就像《水浒》里的宋江投降政府后，又转而为宋王朝卖命去征方腊一样。这样，取经故事所反映的矛盾，自然是“封建社会的统治阶级与人民——主要是农民——之间的矛盾和斗争”了。这种说法的逻辑，必然导致否定取经故事和取经故事中的孙悟空形象，乃至否定《西游记》全书；但他们又不愿得出这种否定的结论，最后只好归之于“作者解决不了《西游记》主题问题上的矛盾”，归之于“这部作品里有些地方作者的立足点是模糊和混乱的。”①

另一种说法是“主题转化说”。即认为：“在七回以后，《西游记》的主题，有了转化。从孙悟空的性格来看，作者集中力量刻画了他的不怕困难、不畏险阻的坚忍卓绝的毅力和那种忠于一定事业的伟大精神，透过神话的主题，歌颂了中国人民征服自然和征服困难的英雄气魄。”取经故事中的孙悟空形象，“充分表现了中国人民征服自然、征服困难的伟大理想，表现了中国许多历史人物献身于理想和事业的坚忍不拔的毅力和信心”。因而取经故事的矛盾是“神话英雄孙悟空和阻碍他完成取经伟业的一切恶

① 张天翼：《西游记札记》，《西游记研究论文集》，作家出版社1957年版，第3页、7页。

势力的矛盾”[①]，是“取经者和阻挠取经者之间的斗争”[②]。这种说法虽然弥补了“叛逆投降说”给评价取经故事所造成的破绽，但在理论上却陷于了更大的荒谬。因为它抽象地肯定取经是“美好的理想”，是“伟大的事业”[③]，孙悟空则是为这个抽象的“理想”和“事业”进行艰苦战斗的英雄，含含糊糊地把孙悟空从一个具体反抗者的形象偷换成一个抽象的克服困难的形象。这就不可避免地跌进唯心主义的泥坑，颂扬了作品中应当严肃剔除的糟粕。

这两种说法在理论上的错误，都是形而上学地把封建社会的基本矛盾——地主阶级与农民阶级的矛盾，硬套到孙悟空形象上去，削足适履，强作解释。他们只看到封建社会阶级矛盾普遍性的一面，而没有看到封建社会末期在社会基本矛盾制约下出现的阶级矛盾特殊性的一面。具体地说，他们无视或忽视了明代后期在中国封建社会的母体里已经产生了资本主义经济萌芽，以及代表这种经济萌芽要求的新兴市民社会势力；他们无视或忽视了这些新的社会政治经济因素在16世纪中叶对《西游记》加工、创作的巨大影响。

其实，只要把握孙悟空形象的新兴市民的阶级属性，就不难理解《西游记》前七回与取经故事在主题思想上的一致性，不难理解孙悟空思想性格逻辑发展的前后统一性，也不难理解取经路上孙悟空与各路妖魔矛盾冲突的性质。现实社会中代表资本主义萌芽要求的新兴市民，始终是封建统治阶级的对立物，在封建势力还处于相对强大，新兴势力还很弱小的条件下，他们之间的矛盾，有时可以出现暂时的缓和，但却永远不能消除，一有适当时机就一定要出现新的对抗。孙悟空与天庭统治者之间，就始终处在这样复杂、微妙的关系之中。取经路上，孙悟空与诸妖魔之间的矛盾斗争，仍然是幻化了的现实阶级矛盾。就其社会矛盾性质而言，是前七回大

① 李希凡：《西游记的主题和孙悟空的形象》，《论中国古典小说的艺术形象》，上海文艺出版社1961年版，第317—318、322、323页。

② 中国科学院文学研究所：《中国文学史》第3卷，人民文学出版社1962年版，第908页。

③ 中国科学院文学研究所：《中国文学史》第3卷，人民文学出版社1962年版，第908页。

闹天宫矛盾斗争的继续和发展。不是吗？西天路上那些妖魔绝大部分都与天上的神佛有关系，或者就是天上神佛的部属下凡为妖，即使个别的与天上神佛没有组织上的联系，也是天上神权统治的社会基础。所以，孙悟空在取经路上与妖魔的斗争，是在新的条件下，在另一个战场上对天上神权统治的惩创，而不是一个投降统治阶级的叛徒，回转来替统治阶级屠杀自己过去的同伴。矛盾相对的统一包含着绝对的对立，权宜的妥协蕴藏着新的持久的斗争。

孙悟空与天庭神权统治者之间：这种统一中的对立，妥协中的斗争，更加深刻地表现出孙悟空形象现实阶级属性——新兴市民的二重性。所以，取经故事不论主题思想，或是孙悟空性格逻辑，都是与前七回大闹天宫故事息息相通的。如果说，大闹天宫故事表现的是孙悟空与以玉帝为首的神权：最高统治集团进行面对面的斗争，那么，取经故事表现的就是孙悟空与玉帝在凡间代理人——妖魔之间的搏斗。二者歌颂新兴事物的反抗的主题是一致的，批判反动事物的腐朽性也是相同的。从这里，我们可以明确地看出贯穿《西游记》全书一条主要的矛盾线索，即孙悟空与天庭神权统治者神佛及其在凡间代理人妖魔之间的矛盾冲突。这条主要矛盾线索，实际上是作者通过幻想的神话形式，曲折地概括了明代后期现实生活中一个重要的社会矛盾，即新兴市民社会势力与腐朽的封建势力之间的矛盾。孙悟空在西天路上打垮了一个又一个霸据一方的妖魔统治势力，消灭了沿途的重重阻碍，在客观上都是新兴市民要求发展自由、贸易自由的曲折反映，都是资本主义萌芽要求冲破封建势力重重限制束缚的愿望在神话中的表现。但令人费解的是，为什么孙悟空这些战斗有时还常常得到天庭的赞助？这个矛盾只有放在《西游记》写作的具体政治背景中来考察，才是合理的。16世纪70年代，明王朝正是张居正当国，为了挽救危机，维护封建统治阶级的长远利益，在全国范围内推行了一系列补苴罅漏的改良措施，一定程度地摧抑了地方豪强势力，加强了封建中央集权的统治。孙悟空西天路上的行动所以有时得到天庭的助力，正是现实世界封建统治阶级这种特定政治要求的反映。

孙悟空与唐僧之间的矛盾冲突，是贯串在后八十七回取经故事中取经队伍内部的一条矛盾线索。这条矛盾线索，就《西游记》全书来说，是一个次要矛盾。它在思想上和艺术上为突出全书主要矛盾服务，是在更复杂的内外矛盾的斗争发展中，为更加丰满地塑造孙悟空性格服务。它是在全书主要矛盾的制约、规定和影响下，反映了取经队伍内部两种思想的尖锐斗争。这个矛盾的一个方面是唐僧。唐僧形象是明代思想领域儒佛思想杂交的混血体，是宋明理学典型的艺术标本。他在妖魔和恶人面前，总是一味愚蠢地坚持“仁义”“慈悲”和“不杀”等等儒家教条和佛门戒律。所以，他常常弄得人妖颠倒，是非混淆。他“对敌慈悲对友刁”，动不动就念起“紧箍咒”，残酷地折磨孙悟空。这个矛盾中的另一个方面孙悟空则相反，他具有锐敏的洞察力和不屈不挠的战斗精神，见恶必除，除恶务尽，从不理会儒家和佛家那一套，尽管他常常受制于唐僧的“紧箍咒”，在斗争中又不能不有所顾忌。有名的“三打白骨精”故事，既充分突出唐僧善恶莫辨、好歹不分的“愚氓”性格，也充分表现出孙悟空性格中的这些可贵方面。西天路上，每一次唐僧与孙悟空性格冲突的结果，事实总是证明孙悟空是对的，唐僧是错的。孙悟空从思想到行动，经常与儒家和佛家荒唐虚伪的教义相对立。他的英勇无畏的战斗行动，都是对儒家特别是佛家反动教义的武器的批判，他的光辉战斗业绩，都是一曲曲对传统宗教观念批判的胜利的凯歌。从这个意义上看，孙悟空又是一个披着宗教行者外衣的反宗教战士的形象。尽管最后他也成了“正果”，名列佛榜，显示出他还具有妥协性的一面，但他的佛号却是与佛家“不杀”“不争”的教义大相悖逆的“斗战胜佛”，这本身就是对佛教的一种嘲弄和讽刺。《西游记》正是通过这条矛盾线索，即通过孙悟空和唐僧的矛盾斗争，既深化了孙悟空性格中二重性的社会阶级内容，也巧妙地把对明代后期黑暗现实的批判，深入扩展到意识形态领域中去。

当然，取经故事和这些故事里的孙悟空形象都掺杂了许多落后的消极的内容，我们应该在严肃批判的基础上，剥取其中有价值的内核。首先，从取经故事题材的传统性来看，唐僧西天拜佛取经无疑是一种宗教行为，这件事本身是没有任何值得肯定之处的糟粕，决不应把痈疽当宝贝，对它进行抽象的肯定和颂扬。取经故事早在《大唐三藏取经诗话》中，就已经被利用来宣扬宗教迷信，并且在后来的发展中逐步形成了故事的基本轮廓。吴承恩把它拿来，在很大程度上淘汰了这个故事传统的宗教内容和主题，借用了这个故事的外壳，寓托自己对黑暗现实的批判和对理想英雄人物的歌颂。但吴承恩没有彻底突破传统宗教故事框框的束缚，也不可能完全摆脱宗教思想的影响，这部作品不少地方涂上了一层消极的色调，损害了孙悟空形象积极的战斗意义。如在一些故事的结尾常常来一通“一饮一啄，莫非前定”的因果报应的劝惩，大大地削弱了故事的批判内容。凤仙郡孙悟空的劝善活动，更是与他一贯的战斗性格相乖迕，不适当地突出了孙悟空性格中妥协性的一面。好在《西游记》中对取经目的和佛法的说教，多半是游离于故事情节之外的附加成分，多是用概念化的方式来表达的，很少真正溶化为艺术形象的血肉。

其次，从取经故事中孙悟空形象所蕴含的实际意义来看，他在两界山下接受观音菩萨的度脱，表示愿意保唐僧取经，这无疑是失败后的妥协，如前所述，这是他所代表的新兴市民社会阶级属性的表现。但在取经故事中，作为一个真正艺术典型浮现在读者面前，并留下深刻印象的孙悟空形象，却不是一个无所作为的屈服者，更不是一个追求佛门正果的宗教徒，而是一个敢说敢骂，敢怒敢打，善于降妖除怪，叱咤风云的英雄。取经过程中，他与诸路妖魔的斗争，有不少次的直接起因，是因为妖魔要吃唐僧肉，妨害了取经，但这些妖魔从其社会属性来看，都是作恶多端、残民以逞的地方恶势力的化身，这就使孙悟空的战斗远远超出了取经这个狭隘宗教目标，从而获得积极的社会意义。更何况也有一些妖魔根本没有妨害他们取经，他也要找上门去锄除呢！如第六十八回到第七十一回，他为了救朱紫国的王后，主动跑到距西天大路老远的麒麟山獬豸洞，与妖王赛太岁所杀搏斗，而赛太岁根本没有跟他们捣乱。再如第六十二回，他因替祭赛国金光寺僧众昭雪被诬的冤情，也曾主动不远千里找上乱石山碧波潭，跟万圣老龙和九头驸马索宝作战。可见，孙悟空在取经路上的战斗，并不是单纯为了那个取经的目的，而是为了剪除他所遇到的一切为非作歹的邪恶势力。在这里，取经不过是孙悟空为消除人间的不平所进行一系列战斗的引子。这一点，在《西游记》写得相当清楚。总之，孙悟空参加取经这件事的本身，并没有什么值得歌颂和肯定之处，值得肯定的，是他与妖魔所展开的那些刀光棍影的斗争所包含的丰富社会内容，是通过取经队伍内外交错的复杂矛盾斗争，更加深刻地展示出孙悟空形象的二重性。

孙悟空形象，这个中国封建社会末期新兴市民理想的浪漫主义化身，作为当时代表新生事物的艺术典型，它的身上虽然残留许多旧的痕迹，需要放在它所由产生的具体历史条件中，加以说明。但其基本的主流，则是它所放射出的那种反映进步历史要求的理想光辉，鼓舞着、激励着世世代代人民为争取自由解放而斗争的信心和勇气。这就是孙悟空这个机灵活跳的猴子所以赢得人民喜爱的根本原因，也是这个文学典型具有永久性艺术魅力的根本原因。

［原载《安徽师大学报》1978年第1期］

论吴承恩的思想

吴承恩是我国古典小说史上一位杰出的浪漫主义作家。他的神话小说《西游记》，赢得了世世代代人民的喜爱，是我国文学宝库中一件光彩夺目的环璧。在中国封建社会里，小说作家，不论他的生前或死后，遭遇多是十分不幸的。他们虽才情秀出，却不得见重于当世，只能泯涂困穷，赍志而殁。他们身后，作品虽然幸运地流传下来，成了人民珍贵的精神财富，他们自己却湮没无闻，名不见史传，生平资料亦多散佚，荡然无存。吴承恩就是这样被历史淹没了几百年的一位大作家，甚至他的代表作《西游记》的著作权，也曾无端地被剥夺了三百多年之久。只有知其人，才能更好地论其书。要正确评价《西游记》的思想艺术价值，应当尽可能全面地了解一些吴承恩的思想。在这里，拟就现存有关吴氏的资料，联系他所处的中国16世纪那个特定历史时代的诸种条件，来探索一下吴承恩的思想。

一

吴承恩（1510？——1582?），字汝忠，号射阳山人，明淮安府山阳县（今江苏淮安）人。他出身于一个小商人的家庭，曾祖、祖父曾“两世相继为学官，皆不显”。父吴锐，字廷器，少年时代，家道败落，不得已入赘岳家徐氏。徐氏是个以“卖彩缕文縠”为业的小坐商，后来吴锐“遂袭徐氏业”，由一个“家世久者”的世家子弟沦落为一个小商人，穷居市廛，

“终其身未尝入州府”。吴锐平生酷爱书史，“自六经诸子百家，莫不流览”。由于小商人低下的社会地位，常遭官府胥吏的敲诈凌辱，所以，每谈时政，“意有所不平，辄抚几愤惋，意气郁郁”①，对当时的黑暗政治，颇感愤懑。这样的家庭环境，给了吴承恩多方面的熏陶和影响。

关于吴承恩的生平事迹，多泯灭不传，现只能根据仅见的几则材料，窥其生平的大略。吴承恩“髫龄即以文鸣于淮”。明天启《淮安府志·人物志》中说：“性敏而多慧，博极群书，为诗文下笔立成……善谐剧，所著杂记几种，名震一时。”②同治《山阳县志》也说他“英敏博洽，为世所推”③。明代隆庆年间作过淮安知府的陈文烛，对他的文才更是推崇备至，说他在淮安历史上是宋代著名文人“文潜以后，一人而已”④。称誉他的文章是射阳射坡之上的两颗明珠之一。然而，就是这样一个才华出众的淮上名士，却“屡困场屋”，仕途蹭蹬，直到中年以后，才补了一个岁贡生。他生格倔强、清高，“一意独行，无所扳援附丽”⑤，以致风尘颠沛，潦倒终生。嘉靖隆庆之际，他迫于家贫母老，勉强出仕长兴县丞。未多久，又“不谐于长官”⑥，“耻折腰，遂拂袖而归”⑦。晚年家居，徜徉山水，啸傲烟霞，以诗文自娱，《西游记》当是这时的作品。

他的著作很多，惜因贫老无嗣，遗稿大都散失。诗文有后人汇辑的《射阳先生存稿》四卷，解放后重印，改书名为《吴承恩诗文集》。

---

①［明］吴承恩：《先府君墓志铭》，刘修业辑校：《吴承恩诗文集》，古典文学出版社1958年版，第106—108页。

②［明］天启：《淮安府志》，刘荫柏：《西游记研究资料》，上海古籍出版社1990年版，第3页。

③［清］丁晏：《重修山阳县志》，刘荫柏：《西游记研究资料》，上海古籍出版社1990年版，第3页。

④［明］陈文烛：《吴射阳先生存稿叙》，刘荫柏：《西游记研究资料》，上海古籍出版社1990年版，第13页。

⑤［明］李维桢：《吴射阳先生集选叙》，刘荫柏：《西游记研究资料》，上海古籍出版社1990年版，第14页。

⑥［明］吴国荣：《射阳先生存稿跋》，刘荫柏：《西游记研究资料》，上海古籍出版社1990年版，第14页。

⑦［明］天启：《淮安府志》，刘荫柏：《西游记研究资料》，上海古籍出版社1990年版，第3页。

二

吴承恩的思想是复杂的，充满了新与旧的矛盾。作为一个封建时代的知识分子，终其一生都是处在当时占统治地位的传统儒家思想影响陶冶之下，带有着浓厚的正统儒家色彩。就整个思想体系来看，吴承恩同他那个时代即令是最进步的思想家、文学家一样，都属于地主阶级文化范畴里的人物。所以，毫不奇怪，在他的作品特别是他的诗文中，明显地表现出他世界观中封建性的庸俗落后面。比如他的诗文每当接触到现实中的皇帝，他总是诚惶诚恐，毕恭毕敬，献上一些肉麻的颂圣的腴词。《明堂赋》就是一篇典型的为当朝皇帝歌功颂德的文字，在这里，他竟然把荒淫腐朽的嘉靖皇帝的罪恶统治，吹捧为"顺人望，承天心"，"纳黎元于化日，合上下于和气"的盛世"德业"，情不自禁地发出"崇功伟烈，天子万寿兮"[①]的祝愿。在他死前不久写的《瑞龙歌》，把淮河岸边高家堰治水工地发掘出一堆龙骨化石，说成是"吉兆协神龙"[②]的祥瑞，把万历皇帝的统治又大大地恭维了一番。"身虽老贡生，名出显贵上。"[③]他凭借自己笔下的文才，侧身于地方官僚士绅的社交圈子。他终生相当活跃地浮沉在这个烂泥坑里，"一时碑版金石、祝嘏赠送文辞，俱出其手"[④]。在这类文字里，他用了大量的陈词滥调，对一些中上层大官僚、大地主、大商人的文行出处，给予了情溢乎词的赞扬、奉承和讴歌。这虽出于社交应酬的需要，有不少还是代人捉刀之作，不足以反映吴承恩思想的整体，但从中却可以看出吴承恩在思想上、行动上与封建统治阶级密切联系、气味相投的一面。

---

① [明]吴承恩:《明堂赋》，刘修业辑校:《吴承恩诗文集》，古典文学出版社1958年版，第1页、2页。

② [明]吴承恩:《瑞龙歌》，刘修业辑校:《吴承恩诗文集》，古典文学出版社1958年版，第13页。

③ [清]吴进:《吴射阳遗集跋》，刘荫柏:《西游记研究资料》，上海古籍出版社1990年版，第15页。

④ [清]吴进:《吴射阳遗集跋》，刘荫柏:《西游记研究资料》，上海古籍出版社1990年版，第15页。

吴承恩的思想当然不可能摆脱时代和阶级的局限。

然而，吴承恩所处的时代，毕竟是进入封建社会的末期，资本主义经济萌芽的产生，新兴市民社会势力的兴起，以及与此相应在意识形态领域里早期启蒙思想异端的出现，等等，这些新的社会因素，必然对吴承恩发生这样或那样的影响。吴承恩的市民小商人的家庭出身，卑下而又不稳定的社会地位，特别是吴承恩终生奔走其中的东南地区社会环境，都无不构成了吴承恩正面接受时代新潮流影响的主观根据和客观条件。吴承恩自幼生长在运河岸上的淮安城。淮安地处当时交通要冲，工商业十分繁荣，是明后期运河岸上资本主义经济萌芽比较发达的先进地区。吴承恩一生主要活动地区，除他的家乡淮安以外，就是在当时工商业最发达，资本主义经济萌芽出现最早，发展最快的江南地区。这个地区拥有当时最发达、最先进的五大手工业，即松江各镇的棉织业，苏州各镇的丝织业，铅山石塘镇及浙西开化的造纸业，芜湖的浆染业和江西景德镇的陶瓷业。加上又处在倚江沿海，大运河斜贯其中的得天独厚的地理位置，所以，它不仅是16世纪全国工商业的中心地区，而且也是交通文化的枢纽。吴承恩当过几年县丞的长兴县，就在浙西北的太湖岸上，与比邻的湖州同是当时丝织手工业繁荣发达的地区。他一生的行踪几遍杭州、南京、镇江、采石等长江大三角洲一带地区。由于他作为名上的特殊社会身分，也由于他实际的比较贫寒低下的社会地位，使得他能与城市中的官僚士绅、经营工商业的新兴市民，以及广大的下层社会，都有着广泛的社会联系。在日常生活中，他与处于相同经济地位的那些中下层市民，联系当尤为密切；而这类市民恰恰是新生资本主义萌芽经济关系的体现者。吴承恩思想中包孕的反映社会进步要求的内容，它的根源应该是深藏在上面的物质的经济的事实中，在思想上主要是体现了新兴市民工商业者的要求。

中国16世纪后期的市民工商业者，作为一种新兴社会势力，它正处在依存于旧社会躯体的形成发展阶段中，所以，一方面，它本身还带有浓厚的封建性，另一方面，它也体现了历史发展的某些进步要求。这种新旧矛盾对立统一的状况，是与当时资本主义经济萌芽的发展程度相一致的。反映在意识形态上，就呈现出他们的思想既有适应历史发展的进步因素，又受传统思想严重束缚的复杂面貌；而且他们的进步的思想要求，大都是层层包裹在陈旧的封建外衣里面。所以，从整个思想体系讲，他们还属于地主阶级思想体系中的一个派别。吴承恩的思想正是相当典型地反映了这个社会力量、这种思想面貌的实际状态。按照吴承恩所受的教育和表面上的社会地位来看，他与这个社会力量颇不一样，但他的思想却与他们一致，这正如当年马克思在论及民主派代表人物与小店主的关系时所说："使他们成为小资产阶级代表人物是下面这样一种情况：他们的思想不能越出小资产者的生活所越不出的界限，因此，他们在理论上得出的任务和作出的决定，也就是他们的物质利益和社会地位在实际生活上引导他们得出的任务和作出的决定。"①剥开吴承恩思想陈旧的封建主义外壳，披沙拣金，不难发现其中确实存在某些体现了市民工商业者要求的进步社会思想内容。

三

吴承恩对待社会历史的基本观点，是唯心主义的英雄史观。他深切地感受到明代后期封建专制统治的腐朽性，认为这种制度需要有所改变。那么，怎样去改变呢？他是把希望寄托在个别的叱咤风云的英雄人物身上的。如在《秦玺》一文中，他认为要改变秦汉以来专制政治的积弊，使之斩然不见于后世，只能依赖于所谓"豪杰之士"，所以在文章的结尾，他以充满期待之情的笔调，一再强调："其必在豪杰之士也乎？其必在豪杰之士也乎？"②当然，这只能是一种历史唯心主义的幻想，因为最终决定历史命运的，是人民群众，而不是个别的"英雄豪杰"。他的这种唯心史观，在《西游记》主要英雄人物孙悟空形象塑造上，也表现得非常突出。孙悟空天上地下，阳世阴间，打来打去，只是靠他自己的超人本领和他手里的

①（德）马克思：《路易·波拿巴的雾月十八日》，《马克斯恩格斯选集》第一卷，人民出版社1972年版，第632页。

②［明］吴承恩：《秦玺》，刘修业辑校：《吴承恩诗文集》，古典文学出版社1958年版，第88页。

一根棍子，搞个人奋斗，根本看不到有别的力量在起作用。这是吴承恩社会历史观点的主导方面，是每个封建时代知识分子无法摆脱的历史局面。但同时，他基于新兴市民社会势力迫切的变革要求，也朦胧地感到社会历史的发展是一种趋势，他说“周之有春秋，犹春秋之有战国也”[①]，都为“势”所决定。随着时代的前进，历史的发展，“功利之日新”，“巧捷之机胜”[②]，任何春秋时代的“当世之杰”，都无法摆脱这种“势”的制约和规定，干出一些虽然违背周初“王道”，但为春秋之世的“势”所需要的事情。这种历史发展的观点尽管还不够明确，也不系统，甚至在具体的论证中也夹杂着一些错误的论调，但他承认时代的发展，世事的变化，时殊事异，为一种不可抗拒的规律——“势”所决定，显然与儒家“天不变，道亦不变”的传统的形而上学天道观相对立，也与被明代官方哲学——宋明理学所绝对化了的“理”相对立。吴承恩这种具有某种变革因素的历史发展观，在当时的思想界，是有进步意义的。因为这种观念会引起人们对现存制度永久性的怀疑，从而激发出变革现实的要求。

吴承恩思想中一个相当突出的内容，是对封建专制统治的憎恨和抨击，表现出早期启蒙思想中萌芽状态的民主要求。在《申鉴序》里，他认为要想天下太平，国家兴盛，最高统治者就应该像汉高祖刘邦和汉文帝刘恒那样，恢弘大度，广开言路，能够听得进不同的意见，使下面的人能“广于陈谊，而敢于劘上”[③]。反之，你最高统治者如果搞专制独裁，搞特务统治，不准人们议论时事，人家一提出不同意见，你就网之以法，罹之以刑，置人死地，结果非垮台不可。最后，他深有感慨地指出：“党禁一倡，清流颠顿，致使时人惩创，抱微言而委蛇。炎汉四百，卒为黄初，是岂非万世之永鉴哉！是岂非万世之永鉴哉！”[④]这种议论，联系吴承恩时代

① [明]吴承恩：《春秋列传序》，刘修业辑校：《吴承恩诗文集》，古典文学出版社1958年版，第50页。

② [明]吴承恩：《春秋列传序》，刘修业辑校：《吴承恩诗文集》，古典文学出版社1958年版，第51页。

③ [明]吴承恩：《申鉴序》，刘修业辑校：《吴承恩诗文集》，古典文学出版社1958年版，第54页。

④ [明]吴承恩：《申鉴序》，刘修业辑校：《吴承恩诗文集》，古典文学出版社1958年版，第54页。

的政治特点来理解，可以清楚看出它的明显的现实中针对性后来，他与《申鉴》作者荀悦似具有同样的苦衷，“意恐排执柄，触迕讳忌，故于当世，不敢显然指陈”[①]。所以，他只好借古人之酒杯，浇自己的块垒。表面上是议论历史上汉代的成败得失，实际上是在指斥明代后期腐败透顶的封建专制政治。这种萌芽状态的民主思想，是与当时新兴市民社会势力要求突破封建束缚的愿望相表里的。

吴承恩以名士身分溷迹于官僚士绅群中，醉饱之余，代人写了不少粉饰太平、歌功颂德的无聊空虚之作，但是，当他回到自己社会生活的圈子，用新兴市民社会的眼光观察现实时，他就能清醒地指出明代社会的弊端：“行伍日凋，科役日增，机械日繁，奸诈之风日竞”[②]。政治上黑幕层张，社会上一片污浊，趋炎附势，丑态毕露，“曲而距，俯而趋，应声如霆，一语一偻”，“笑语相媚，妒异党同”，“手谈眼语，诪张万端，蝇营鼠窥，射利如蜮”[③]。这是对浊浪排空的腐败社会现实鞭辟入里的揭露。那么，这种现状的根源是什么？吴承恩认为，主要是统治者为政不善，用人不当所造成。在《二郎搜山图歌》里他指出：“民灾翻出衣冠中，不为猿鹤为沙虫。坐观宋室用五鬼，不见虞廷诛四凶。”[④]古代传说虞舜时有“四凶”，吴承恩所处的嘉靖时代人们把严嵩父子和郭勋等一干权奸也以“四凶”称之。吴承恩在这里一语双关，用“五鬼”当道，“四凶”用事来隐寓当时的政治现实。就是说，都是这些盘踞在朝廷上衣冠衮衮的禽兽，把社会搞得乌烟瘴气，民灾迭出。面对这种黑暗现实，他空怀感慨，无能为力，“野夫有怀多感激，抚事临风三叹息。胸中磨损斩邪刀，欲起平之恨

①［明］吴承恩：《申鉴序》，刘修业辑校：《吴承恩诗文集》，古典文学出版社1958年版，第54页。

②［明］吴承恩：《赠卫侯章君履任序》，刘修业辑校：《吴承恩诗文集》，古典文学出版社1958年版，第72页。

③［明］吴承恩：《贺学博未斋陶师膺奖序》，刘修业辑校：《吴承恩诗文集》，古典文学出版社1958年版，第70—71页。

④［明］吴承恩：《二郎搜山图歌》，刘修业辑校：《吴承恩诗文集》，古典文学出版社1958年版，第17页。

无力”。但是，他又期望着：“救月有矢救日弓，世间岂谓无英雄?”[①]他通过歌颂二郎的扫荡妖魔狐鬼，来寄托自己“致麟凤”、开太平的政治理想。这种浪漫主义精神，在《西游记》里，他又通过神话英雄孙悟空形象的塑造一泻无余地表现出来。

应该看到，吴承恩对社会的这种理解，他所设想的拯救社会的方案，都未超出地主阶级的政治思想范畴。他切齿痛恨的是严嵩一类的权奸乱国，他幻想借助孙悟空那条金箍棒扫荡的，也正是这些政治上的魑魅魍魉。但他从来也没有想过去触动现存的皇权，他只幻想、期待能有个“好皇帝”像轩辕那样明镜高悬，像大禹那样铸鼎象物；如果是坏皇帝，他也希望能变得好起来，变得开明一些，能够任才授能，广开贤路，让他们这些沦落下层的才智之士有机会参加统治阶级行列，实现政治抱负。在这些扑朔迷离的幻想中反映出一点微弱的政治要求，应是微弱的资本主义经济萌芽、微弱的新兴市民社会势力在政治上相应的表现。

吴承恩的社会理想，也表现出中国早期启蒙思想的幼稚性。他追慕向往的是“唐虞三代之盛，复现于今日”[②]。这种原始朴素的大同理想，在当时历史条件下，是一般启蒙学者从古代思想武库中所能找到的唯一堪与黑暗现实相对立的社会理想，就是后来17世纪的顾炎武、黄宗羲、王夫之、颜元等杰出思想家，也都毫不例外。实际上，他们都是在大同理想的外衣之下，表现新兴市民社会势力的进步要求。他们推崇古代，把往古时期唐虞三代理想化，目的不是为了复古，而是为了否定、批判现实。吴承恩在《秦玺》一文中正是这样用传统公认的“暴秦”之政来影射明代的专制统治，并跟他理想中的“三代之治”对立起来，提出他社会改革的方案。他说：“故为天下者，不使秦斩然不见于世，不足以复三代；欲复三代之治者，必使秦斩然不见于世。”[③]显然，这种着眼于变革现实的思想，

① [明]吴承恩：《二郎搜山图歌》，刘修业辑校：《吴承恩诗文集》，古典文学出版社1958年版，第17页。

②《宣宗成皇帝实录》，《清实录》第三十九册，中华书局1986年版，第15页。

③ [明]吴承恩：《秦玺》，刘修业辑校：《吴承恩诗文集》，古典文学出版社1958年版，第88页。

与逆历史潮流而动的复古倒退思想迥然异趣，是宋明理学所鼓吹的中古绝欲思想的对立物。它反映了中国封建社会解体过程中和资本主义萌芽阶段新兴社会势力的进步要求。

吴承恩的社会理想所以具有如此浓重的复古色彩，从现实政治斗争的角度看，他在批判黑暗现实的时候，企图摆脱封建统治阶级文网的迫害，不得不借助“托古”的形式来寄托自己的变革思想；更重要的，从社会历史发展的角度来看，由于新的经济因素在旧社会的母体里毕竟还是极其微弱的萌芽，社会历史和经济的发展，还没有提供思想界概括出一个新的思想体系的条件，所以，只能借古色古香的旧瓶来装那个时代社会思想的新酒。从这里，我们也不难理解，16—17世纪中国启蒙思想家理论体系的矛盾，即他们思想中虽有与传统封建思想对立的叛逆性因素，但却不能冲破旧思想体系的僵硬外壳，因而包含着极大的不彻底性。这种新旧矛盾的状况，正与封建社会末期的社会矛盾相适应。对吴承恩的思想包括他的社会理想所表现的矛盾，亦应作如是观。

四

与吴承恩的带有变革因素的政治思想相应，他的文学创作和文艺观点，也具有一些不同流俗的异端色彩。这个时期，就正统文学来看，正是前后七子所倡导的拟古主义文学风靡文坛的时代。前后七子的文学主张并不完全一样，但其主要代表人物（李梦阳、何景明、李攀龙、王世贞等）所提倡的复古主义文学观点则基本相同。他们唯古是尚，反对创新，提出“文必秦汉，诗必盛唐”的口号。他们互相标榜，推波助澜，加上他们大都具有相当显赫的政治地位和一代文宗的声望，一时文人，相习成风。在他们这种拟古主义风气影响下，弄得明中叶近一百年的文坛死气沉沉。当代大部分文人，都染上了嗜古癖，走上盲目崇古、食古不化的道路，有的人竟达到“物不古不灵，人不古不名，文不古不行，诗不古不成”①的荒

①［明］李开先著，路工辑校：《昆仑张诗人传》，《李开先集》中册，中华书局1959年版，第580页。

谬地步。前后七子这种复古主义的文学主张，本是为了矫正明初一百年间充斥文坛的内容贫乏，文风萎靡的“台阁体”积弊而提出的，但是，由于他们与“台阁体”文人的阶级要求和政治目的一致，所以，就拿不出任何像样的货色来除旧布新，只能在形式上变变花样，内容上绝无新意。归根结底，不过用一种形式主义代替另一种形式主义罢了。与此同时，随着明王朝对士子文人思想统治的加强，从明初就推行的八股文考试制度，到成化年间完全成熟定型。这种八股文程式，从形式到内容都规定得死死的，临文时不准发挥自己的见解，只能蹈袭儒家“圣贤”的故常，“代古人语气为之”①，甚至连字数也有一定的限制。八股取士制度，不仅政治上是统治者用以禁锢人们思想的工具，在文学上也起了支持复古主义、助长形式主义的恶劣作用。吴承恩浮游在这种复古主义、形式主义驰靡天下的时代里，从文艺思想到创作实践都不可避免地要受到这种风气的濡染和影响。他与后七子中的徐中行是好朋友，相互唱和，论诗谈文，引为同调。他说过：“文自六经后，惟汉魏为近古；诗自三百篇后，惟唐人为近古。近时学者，徒谢朝华而不知畜多识，去陈言而不知漱芳润，即欲敷文陈诗，溢缥囊于无穷也难矣！”②这番话与前后七子的复古理论是同其精神的。表现在创作上，充斥他的文集中那些祝嘏赠送的应酬文字，大都是雕镂词藻、内容空虚的形式主义作品。

然而，吴承恩毕竟是一个终其身贫困潦倒的文士，当他回到自己市民社会的生活天地，抒发个人的切身感受和体验时，作风就完全不同了。这类诗文作品表现出明显的“师心匠意，不傍人门户篱落”③的艺术独创精神和特有艺术风格。他的一些咏怀状物的诗歌和即事抒情的散文，格调高远，韵致天然，“率自胸臆出之”④，一扫当时正统派文人泥古不化的自

① [清]张廷玉：《明史》卷七十志第四十六，清乾隆武英殿刻本。

② [明]陈文烛：《吴射阳先生存稿叙》，刘荫柏：《西游记研究资料》，上海古籍出版社1990年版，第13页。

③ [明]李维桢：《吴射阳先生集选叙》，刘荫柏：《〈西游记〉研究资料》，上海古籍出版社1990年版，第14页。

④ [明]李维桢：《吴射阳先生集选叙》，刘荫柏：《〈西游记〉研究资料》，上海古籍出版社1990年版，第14页。

气。“平生不肯受人怜，喜笑悲歌气傲然。”（《赠沙星士》）“客心似空山，闲愁象云集；前云乍飞去，后已连翩入；回环杳无端，周旋巧乘隙。”（《对酒》）“客愁不可扫，萋萋似春草。何以豁中襟？高楼一登眺。依微天际树，灭没云间鸟。山水不嫌人，行哉事幽讨。”（《登城上楼》）“风云暗淡藏灵气，月露庄严有异姿。”（《画松》）“家人笑相语，节序君知不？明日是春分，今朝好栽藕。”（《种藕》）[①]这些诗句是何等的平淡自然，朴素清新。他的人生失意的哀愁，他的恢阔豪纵的胸襟，他的玩物傲世的态度，都通过这些浅近通俗的诗句倾诉出来。这一点，有人说他像唐代的白居易，是有点道理的。他的另外一些浪漫色彩浓厚，具有幽默诙谐、豪迈不羁的独特个人风格的诗篇，如《金陵客窗对雪戏柬朱祠曹》《二郎搜山图歌》《醉仙词四首》《后围棋歌赠小李》等等，其想象的奇特瑰丽，其气势的横奔狂放，略可追踪李白。他的某些抒情气息很浓的散文，如记叙他父亲生平事迹的《先府宾墓志铭》，抒发痛失知己情愫的《祭卮山先生文》，或通过日常生活细节的娓娓叙述，或通过切身感受的深情描摹，表达出对父亲，好友的孺慕、依恋和怀念。舒徐平淡，而亲切动人；不事雕饰，而自有风味。这一点颇近似他同时代唐宋派大家归有光。在“天下方驰骛七子”的时代里，吴承恩的诗文创作却能如此卓然独立，不同流俗，出入于后七子之间，而不为时习所化。这种积极追求艺术独创的革新精神，确实是难能可贵的。

吴承恩以他优秀的文学创作，特别是他的神话小说《西游记》，在中国文学发展史上对继承和发展积极浪漫主义的优良文学传统，树起了一座巍然屹立的丰碑。

中国积极浪漫主义文学传统是源远流长的。就作家创作来说，是滥觞于中国文学史上第一个伟大诗人屈原。他吸取了战国末期南方民歌的丰富滋养，创造了新颖活泼的骚体诗歌，写出了《离骚》《九歌》《九章》等传诵今古的光辉诗篇，表达了他对进步政治理想的热烈向往和追求，对反动腐朽势力的无情揭露和鞭挞，以及对旧的传统观念的深刻批判和否定。他

① [明]吴承恩著，刘修业辑校：《吴承恩诗文集》，古典文学出版社1958年版，第25、8、9、25、33页。

的作品洋溢着强烈的积极浪漫主义精神，呈现出热情奔放、奇幻壮丽的艺术特色。正如鲁迅所说："逸响伟辞，卓绝一世。后人惊其文采，相率仿效。"[①]开创了对后世进步作家发生极其深刻影响的积极浪漫主义文学传统。屈原独步扬鞭于前，历代文坛俊秀继起踵武于后，若汉代的贾谊、枚乘，三国的曹操，唐代的李白、柳宗元、刘禹锡、李贺、李商隐，北宋的王安石，南宋的陆游、辛弃疾，元代的关汉卿等大作家，他们都立足于各自的时代，完成不同的历史使命，但他们都以笔挟风雷、雄奇豪迈的杰作，在不同程度和不同方面，继承并发展了屈原所开创的这个富于创造性、战斗性的优秀文学艺术传统。这个传统不仅历久不衰，而且愈到后来愈加丰富多姿，大放异彩。凡是进步的事物，必定是符合辩证法的精神的，因为"辩证法不崇拜任何东西，按其本质来说，它是批判的和革命的"[②]。在对理想的执着追求和对旧事物的深刻批判中，必然会有所创发。中国文学史上这个优秀文学艺术传统，正是体现了这种破旧立新的辩证精神。所以，每个时代的进步作家，都会在这个艺术传统中得到有益的启示和借鉴，并根据时代的需要进行艺术上勇敢的创新。

吴承恩的杰出成就，就是以他《西游记》的创作实践，在长篇白话小说的园地上，第一个成功地继承和发展了这个艺术传统。不论是思想上的积极浪漫主义精神，或是艺术上的创新精神，乃至浪漫主义的表现手法方面，他都在前代成就的基础上，又从民间文学吸取丰富的营养，进行了全面的继承和发展。他的《西游记》虽然是对长期民间创作的加工，但是如果没有他付出的巨大创造性的劳动，就不会从思想到艺术达到如此成熟完美的高度，作品的个人风格也不会如此鲜明突出。事实上，他对作品主题的确定，人物形象的塑造，矛盾冲突的安排，故事情节的结撰构思，以及民间口语方言的提炼和纯熟的运用，都充分表现出吴承恩匠心独运的创造精神。这与屈原、李白的"凭心而言，不遵矩度"的作风是一线相承的。

吴承恩在《西游记》和他的某些诗作中洋溢的这种积极浪漫主义精

① 鲁迅:《汉文学史纲要》,《鲁迅全集》卷九,人民文学出版社1981年版,第370页。

② (德)马克思:《资本论》第一卷,人民出版社1975年版,第24页。

神，一方面固然从传统继承而来，另一方面主要是因为他的创作深深植根于明代后期社会生活的土壤，从现实斗争中汲取诗情，而出之以奇诡绚丽的浪漫形式。笔涉神鬼，着意人间。他在《禹鼎志序》中曾明确地表达了这种创作思想："虽然吾书名为志怪，盖不专明鬼，时纪人间变异，亦微有鉴戒寓焉。""国史非余敢议，野史氏其何让焉。"[①]这些话都清楚地表露出他的神话创作的政治目的。表面上神仙鬼怪，变幻多端，嬉笑怒骂，玩世不恭，实际上，是在这种荒诞不经、假语村言的形式掩盖下，曲折地表达了自己严肃的政治寄托。他是把《禹鼎志》《西游记》等神话小说当作禹鉴戒，"纪人间变异"的民间"野史"来创作的。《禹鼎志》已不可得见，《西游记》尚幸存于世。我们只要透过《西游记》那层迷离惝恍、波诡云谲的神话外衣，就不难看到这部"野史"的强烈社会政治内容和作者浪漫主义的美学理想。

不论吴承恩的政治思想，还是文学思想，都存在着十分显著的新与旧的矛盾。他既渴望变革，歌颂反抗，追求理想；又依违于新旧势力之间，对旧制度和旧势力抱有很大的幻想。他既清晰地揭露和批判了统治阶级的腐朽和社会的黑暗，又愚蠢地鼓吹容忍和妥协。他既相当深刻地暴露了宗教主义的虚伪和荒谬，又糊里糊涂一本正经地宣扬了另一些有害的宗教观念。吴承恩世界观中这种矛盾冲突不是偶然的，它是明代后期社会的各种矛盾状况的反映。作为一个提出社会变革方案的设计师，吴承恩是幼稚可笑的。但是，作为一个社会黑暗的无情揭发者和封建压迫的热烈抗议者，作为旧社会制度开始解体，新社会因素刚刚萌芽，正在酝酿社会变革的时期里新兴市民社会势力思想和情绪的表现者，吴承恩又不愧是杰出的。他的思想中的矛盾，正是16世纪后半叶新兴市民的进步性和保守性矛盾的表现，正是当时极其复杂和矛盾的条件、社会影响和历史传统的反映。

[原载《学习与探索》1979年第2期]

① [明]吴承恩：《禹鼎志序》，刘修业辑校：《吴承恩诗文集》，古典文学出版社1958年版，第62页。

雄奇恢诡 寓真于诞

——“大闹天宫”论析

“大闹天宫”故事是积极浪漫主义神话小说《西游记》中一个精美的篇什，见于小说第七回。它以磅礴的气势，高昂的格调，神奇的幻想，炽烈的激情，酣畅的笔墨，谱写了一曲英雄战斗的颂歌，寄托作者进步的美学思想，集中地完成了孙悟空光辉理想性格的塑造，成为中国古典小说艺苑中一株永不凋谢的艺术花朵。

一

《西游记》取材于宋元时代流传民间的唐僧取经故事。从现存南宋时期《大唐三藏取经诗话》残卷、元代《西游记杂剧》、明前期《二郎神锁齐天大圣》杂剧和《朴通事颜解》几则有关元明之际《西游记平话》的复述材料中，可以约略窥得取经故事中孙悟空形象形成发展的轨迹，即由《诗话》中化作白衣秀才的“猴行者”演变为杂剧、平话中的孙悟空。由于这些故事多拘囿宗教主题的宣扬，孙悟空形象并未被作为正面理想人物来塑造，不过是个带有浓重妖气的猴精，被迫皈依沙门，协助唐僧完成取经事业，证得佛门正果，从而张扬佛法无边，具有广济群迷的力量。孙悟空在参加取经之前虽曾有过一些“挠乱天宫”的举动，也纯属鼠窃狗偷之行，缺乏理想的光辉，没有什么积极的现实内容。

真正使孙悟空形象闪耀着进步理想的光辉，获得积极的现实内容，折射出人民群众反封建乐观战斗追求的愿望，成为千古不朽的浪漫主义艺术典型的，应当归功于明代后期大作家吴承恩。特别是，对“大闹天宫”这个情节矛盾冲突的艺术构思，一反传统的故辙，洗旧翻新，化腐朽为神奇，渗入时代思想智慧的精华，成为昂扬的反叛异端战斗激情壮美的一章，通过神话的幻想夸张，把孙悟空英雄性格升华到理想的极境。

明代后期的嘉、万年间，中国古老的封建社会内部正酝酿历史变革的风暴，封建制度开始了解体过程。长篇神话小说《西游记》，正是在文学领域里充分体现这种时代精神的产物。作者吴承恩对取经故事这个传统题材作了批判性的扬弃和改造，注入新的时代血液，对人物的性格、人物关系以及结构安排，都进行了匠心独运的再创造，使传统题材适应时代的变化和要求出现新的定向变异和转化，产生了一个质的飞跃，在传统的污泥浊水中培育出一枝绚丽的浪漫主义艺术奇花。于是，本是一个宣扬宗教神秘主义思想的老故事，一变而为一部以孙悟空为主体的洋溢着积极理想追求的神话英雄传奇。

二

《西游记》是以神猴孙悟空战斗经历为线索结撰成书的。全书由三个部分组成：第一部分是前七回，从孙悟空出世到闹天宫失败被如来佛压到五行山下，是全书的序曲；第二部分是从第八回到第十三回，借唐太宗游地府引出取经的缘由，为孙悟空从前期到后期作引过渡；第三部分是后面八十七回，孙悟空皈依沙门，成为唐僧的护法弟子，写他取经途中历经磨难，灭妖除怪的战斗业绩，这是全书故事的主体。“大闹天宫”故事是孙悟空英雄性格发展史上最有光彩，最为动人的一笔。

“大闹天宫”是前七回的情节高潮，它以孙悟空跟天庭神权统治者之间的矛盾构成情节冲突。这种矛盾实际上是现实社会矛盾——反封建力量与腐朽封建王朝之间的矛盾的一种出以幻想形式寓言般的概括，它既是推动“大闹天宫”故事情节开展的基本矛盾，也是贯穿后八十七回取经故事的基本矛盾。前者表现为孙悟空与天庭神权统治集团正面剧烈的对抗，进行直接的武器批判；后者则表现为孙悟空与西天路上各路妖魔鬼怪的斗争，而那些妖魔鬼怪实乃天上神权统治的社会基础，所以，孙悟空对它们的扫荡，也是对玉帝神权统治一种间接的惩罚。“大闹天宫”这个精彩的故事片断，以高度凝练的浪漫笔触，严谨奇妙的艺术构思，在集中充分地突出这个纲领全书基本矛盾中，为整个英雄战斗的乐章定下了乐观激越的主旋律。

三

“大闹天宫”故事由“炉炼”“闹天”“请佛”“雄辩”四个段落构成。其中以神猴孙悟空与天庭诸神将如火如荼的战斗场面作为情节冲突开展的中心，浓缩了他前期全部的英雄战斗历程，成为完成孙悟空英雄性格塑造具有决定意义的画龙点睛之笔，寄寓作者批判腐朽，歌颂反抗，追求变革的现实创作意图。

“炉炼”上承第六回，写孙悟空因搅乱蟠桃大会，盗吃仙丹，反下天宫，玉帝派十万天兵天将围剿花果山，连遭败绩，后调二郎神对阵赌斗，他众寡不敌，失利被执，被押上斩妖台处死。哪知他神通广大，法力无边，玉帝虽拿出最残酷的刑戮手段，必欲“碎剁其尸”，置之死地；但不管火部、雷部众神全部出动行刑，用尽“刀砍斧剁，雷打火烧”的酷刑，都不能伤损他一根毫毛。太上老君为报他偷丹之仇，请准玉帝，把他投入八卦炉中炼成灰烬。

这段文字虽以简洁的白描手法写了一个孙悟空受絷遭刑的场面，但却涵茹着丰赡深刻的审美意蕴。它通过孙悟空暂时悲剧性的失败，真实客观地展示出封建社会末期新旧两种社会力量的对比——以孙悟空为代表的新生进步力量尚处于微弱的自在状态，以玉帝为代表的反动腐朽势力仍然相对强大。但作为现实社会矛盾一种折光反映，孙悟空与玉帝为首的神权统治之间的矛盾，在历史发展中一经出现，就带有先天的对抗性质。尽管孙悟空在闹地府、闯龙宫之后，玉帝采取羁縻笼络的策略，两次招安他上天作官，矛盾曾有所缓和；然而所谓招安，实际上是统治阶级消灭异己叛逆力量一种阴险的政治骗局。那未入流的“弼马温”固使他的尊严受到凌辱和藐视，即后来用武力争得那“齐天大圣”的封号，也是个有官无禄的空衔，他依然被排斥在正统仙班之外，连参加蟠桃大会的资格都没有；他追求与玉帝平起平坐的“齐天大圣”官位，并没有获得实际的政治内容。他那不拘礼仪法度的举止，他那放浪形骸带有早期朦胧色彩的自由、民主、平等的本能要求，终不能使他老老实实地在齐天大圣府里“安静”“宁神”地呆下去，他闲不住，在天上“今日东游，明日西荡，云去云来，行踪不定”。“会友游宫、交朋结义。见三清，称个‘老’字；逢四帝，道个‘陛下’。与那九曜星、五方将、二十八宿、四大天王、十二元辰、五方五老、普天星相、河汉群神，俱以兄弟相称，彼此称呼。”他的这一套“自由自在”、我行我素的活动，无疑是对天上等级森严的神权统治秩序一种扰乱和破坏。这种植根于体现不同社会力量要求的深刻的思想矛盾，终归必然要激化为势不相立的政治对抗。如果说，玉帝对孙悟空的两度招安，是企图用软的一手来柔化销蚀政治异端势力，显示出统治集团的阴险和狡猾；那么他对花果山的两次围剿，则是企图用硬的一手来镇压消灭政治反叛，暴露出统治阶级的凶恶和残酷。手段不同，目的则一。这是统治阶级对付异端所习用的两手老法子。这次孙悟空势蹙被执，玉帝和太上老君必欲置之死地而后快，正是他们穷凶极恶血腥镇压硬的一手的艺术再现，彻底砸碎素来罩在他们头上仁慈神圣的灵光圈，暴露了他们的狰狞凶残的庐山真面和嗜血成性的反动本质，也充分地揭示出他们跟孙悟空之间的矛盾已经激化到不可调和的对抗性质。这就为后文气壮山河闹天鏖战情节的开展预伏下充足的矛盾根据。

异端反叛英雄孙悟空的性格，经过这番雷打火烧、刀劈斧斫的严酷考验，也获得了认识上新的飞跃，从而使他的战斗性格升华到更加理想的境界。孙悟空的英雄性格是在发展中不断完善起来并逐步臻于那个时代理想性格之极致的。他在前六回中两度接受招安，硬是要挤进天上神权统治者的行列，闹个官儿做做，结果是受骗上当而不自知，说明他早期性格中的幼稚性和妥协性，是他所依存的现实新兴社会力量政治上的不成熟性，反封建不彻底的自在性的真实反映。这是孙悟空性格的悲剧，也是历史制约的悲剧。这种因幼稚而导致的妥协，固是孙悟空性格一个侧面，但却不是他性格的主导面；他的性格主导面是要求变革现存统治秩序、充满理想激情的积极进取乐观战斗精神。这次遭擒受刑，在火与剑的洗礼中，使他的思想性格获得了一次带有转捩意义的涅槃，彻底粉碎了对玉帝为首神权统治集团的幼稚妥协的幻想，完成了他的英雄性格向更高理想层次的转化。这就为后文“闹天”和“雄辩”等情节的展现提供充足的性格根据。

此外，这个场面通过孙悟空刀劈斧斫不伤，雷打火烧不死等幻想情节的艺术构思，客观上也意在言外地揭示出一个深刻的哲理：反映历史发展必然要求的进步力量是无法消灭，不能战胜的，尽管貌似强大的反动腐朽势力得逞残暴于一时，终归还是要循着不可抗拒的历史辩证法走向自身的反面。他们的血腥镇压，适足以把反叛异端淬砺得日趋坚强和成熟，招致更大规模，更为顽强剧烈的反抗，正像孙悟空被他们锻就一副浑金不坏之躯，炼成一双锐敏犀利的“火眼金睛”从而闹得他们无以应付一样。所谓“超以象外，得其环中”①。此段韵味隽永的文字，可谓得此艺术创作的三昧。

这段文字在艺术表现上采用了欲扬先抑的手法，极写孙悟空受难被刑，刀斧雷霆之后又投之八卦炉中的熊熊烈火，受制于人，无法展挣，处境被动，气氛惨暗，给读者布下了强烈的悬念，为后文横扫天庭那种壮烈浩阔战斗场面的出现蓄足气势，构成鲜明的场面对比，使得文情跌宕生态，起伏有致，扣人心弦，引人入胜。

① [唐] 司空图:《诗品·雄浑》，祖保泉:《司空图〈诗品〉解说》，安徽人民出版社1980年版，第27页。

四

“闹天”鏖战，是这个故事片断的中心场面。七七四十九天以后，孙悟空跳出八卦炉，立即变被动为主动，掣出棍子，大打出手，把故事从低潮迅即推向高潮。四十九天八卦炉中文武火迭番焚烧，把他冶炼得更加坚强有力，他“听得炉头声响，猛睁眼看见光明”，便纵身一跳，出了丹炉，蹬倒八卦炉，“好似癫痫的白额虎，风狂的独角龙”。把道祖太上老君“捽了个倒栽葱”。接着，便以极度夸张和对比手法，突出了孙悟空在恶战中英勇无畏的气势，他力挫天上群将，横冲直撞，后架前迎，如入无人之境，直“打得那九曜星闭门闭户，四天王无影无形”。那雷府三十六员雷将，仗着人多势众把他围在核心，他也全无一毫惧色，更加精神抖擞，愈战愈勇，吓得玉帝老儿屁滚尿流，坐不住灵霄宝殿，慌忙派人请佛祖救驾。

这段描写，笔力遒健，气势雄浑、在夸张中突出本质，在幻异中渗透理想。寓真于诞，寄实于玄；用奇骋巧，传神出真。既在夸诞中充分展示孙悟空冲击现存神权统治秩序的力与勇，为下文与佛祖辩论，公开发出取代玉帝的政治宣言，作好情节和性格的铺垫；同时又在对比中反衬出玉帝的昏聩无能和统治的腐朽以及天上诸将都是些不堪一击的草包。这里既有作者理想的浪漫抒发，又有对腐朽政治的现实的深刻揭露。一石双鸟，词约义丰。笔落玄诞，着意人间。虚中见实，实托于虚，“虚实互藏，两在不测”①。

玉帝求助佛老一节，也是封建社会中封建统治者需要借助宗教对广大人民施行精神统治这样一种政治关系的真实概括。历史上各个朝代封建统治者大多与宗教领袖达成默契，结成政教神圣同盟，维护他们的反动统治。道祖“炼魔”失灵，反而招致更大的祸乱，只好乞助于佛祖，都曲折地反映了现实封建统治对宗教的依赖和需要。玉帝之求救于佛老来收伏孙

① [清]刘熙载：《艺概·文概》，上海古籍出版社1978年版，第1页。

悟空，解决统治危机，与后文第十二回唐太宗派唐僧西去取经，借助佛门教化，保他“江山永固”，都是出于同样的政治目的。政治首脑以宗教领袖为工具，以求巩固统治；宗教领袖则以政治首脑为靠山，以求“法轮常转”。这就是《西游记》通过人物关系的系统作用所显示出封建时代政教勾结、沆瀣一气的政治本质。

从情节布局上看，玉帝求助佛老一节，也遥为下文取经缘起埋下伏线，也是引出全书主体故事的张本之笔。

五

“请佛”是“闹天”“雄辩”之间的过渡段落。通过游弈灵官和翊圣真君跟如来佛的对话，简括地追叙了孙悟空出世以后屡反天宫的经过。这段文字如果就长篇小说的行文运笔而言，在详细敷叙了大闹三界故事之后，再次复述，似嫌失于冗赘，这可能是整理加工过程中遗下早期话本的残迹；但是，倘把大闹天宫故事从全书截出，作为独立的短篇，这段话就成为交代情节、塑造孙悟空性格总体必不可少的有机血肉了。它与下文孙悟空对如来佛那段自报出身家门的韵文互为补充，构成了孙悟空前期一篇完整的英雄传记。

“雄辩”是“大闹天宫”这个故事片断，也是全书的思想精华之所在。它把孙悟空的英雄性格最大限度地推上了那个时代理想的顶点，放射出早期启蒙思想强烈反封建的光辉。

“炉炼”之后，经过“闹天”大战；力挫群神，显示出孙悟空具有对玉帝神权统治足够的武器批判的实力。在这个基础上，公开提出取代玉帝的政治要求，就成为他英雄思想性格逻辑发展的必然。所以，当着如来佛他理直气壮地唱出了一曲昂扬造反精神的战歌：

> 灵霄宝殿非他久，历代人王有分传。
> 强者为尊该让我，英雄只此敢争先！

这是表现那个时代理想的最强音，也是历史变革要求通过浪漫主义理想性格一种集中反映。它不只会引起人们对现存黑暗腐朽制度永恒性的怀疑，相当彻底地否定了“天不变道亦不变”的传统观念，而且是对奉为神圣不可侵犯的事物，给予无情的亵渎，提出大胆的挑战，鼓舞人们为改变现状、实现美好理想而战斗。

佛祖如来对他发了一通“玉皇上帝尊位”不可移易攘夺的谬论之后，又施之以威胁恫吓；但他毫不动摇、畏惧、妥协，针锋相对地据理斥驳。灵霄宝座不应是昏庸无能的玉帝尸居久占之所，应当“强者为尊”，由他老孙来干。他斩钉截铁般向佛祖和玉帝发出最后的战斗通牒：

> 常言道：“皇帝轮流做，明年到我家。”只教他搬出去，将天宫让与我，便罢了；若还不让，定要搅攘，永不清平！

他的英雄性格在这里终于跃上了时代思想智慧的制高点，他要旋转乾坤，重新安排被颠倒了的历史。这种“大逆不道”“犯上作乱”的惊世骇俗之举，是直接上承“炉炼”，矛盾激化发展的结果，是“炉炼”输入他灵魂中的诸种信息一种合理的反馈，也是他经过两度招安之后，切实认清了天上神权统治集团腐朽本质，思想性格趋于净化完善的最高表现。既然要求与玉帝平等相处的“齐天大圣”是个有名无实的空头支票，那就索性当仁不让，把玉帝赶走，自己称尊。“历代人王有分传”，这是历史发展的逻辑，它推动孙悟空英雄的思想性格循着必然的轨迹向未来延伸，从幼稚天真日臻于成熟阔大。这是理想的，也是现实的。理想和现实在孙悟空思想性格的发展中互相渗透，达到了浑然无间的统一。

酝酿历史变革风暴的现实，开始新旧递嬗的时代，社会生活本身必定是聚结新旧矛盾对立依存的统一体。就变动不居的历史宏观纵向发展而言，现实既是将死过去的延续，又是方生未来的起点。所以，它既充满了历史沉重黑暗的积淀，又孕育着未来美好光明的希望，特别是处于历史开始发生变革时代的现实，尤为明显。作为人学的文学，自必在艺术形象中真实生动地反映这种社会关系的总和。只是现实主义作品侧重于对现实黑暗的批判和揭露，而浪漫主义作品则着意于对未来理想的抒发和憧憬。《西游记》“大闹天宫”中的孙悟空形象自属于后者。他的性格矛盾是中国封建社会末期社会矛盾一个重要方面的艺术体现，他所体现的理想是朦胧的，带有早期启蒙思想的特点——仍具浓厚的封建色彩和幻想色彩；但他那充满激情的战斗追求，无疑在中世纪末期黑暗沉沉的夜空中展现出一线光明，宛如慧星一扫般的壮丽，具有巨大的唤醒人们反抗意识、鼓舞斗志的美感作用。“大闹天宫”故事几百年来所以历久不衰，散发着无穷无尽的艺术魅力，赢得历代人民的广泛喜爱，直到今天仍然充满旺盛的艺术生命力，活跃在各种戏曲舞台和影视屏幕之上，乃至穿逾国界成为世界人民所喜闻乐见的艺术珍品，而其艺术秘奥，盖基于此。

当然，由于历史的局限，孙悟空的理想是不可能实现的，他终归跳不出佛祖如来佛的掌心——封建统治的象征——被压到五行山下，五百年后，他脑袋上又被套上一个动辄头痛的“紧箍”，踏上磨难重重的取经征途，在另一个战场上，进行着更为艰苦卓绝的批判现存世界的战斗生涯。要而言之，孙悟空思想性格所蕴寓的社会意识和审美理想，尽管其主导方面体现历史的必然要求，但这要求在当时历史条件下又是不可能实现的。这就在总体上规定了孙悟空性格的悲剧性。悲剧的时代必定要产生悲剧的性格。伟大浪漫主义作家吴承恩并没有为了理想而忘掉现实。

总之，《西游记》中“大闹天宫”故事以其深刻积极的思想，丰腴神骏的形象，精彩传神的文笔，严谨奇特的构思，把古老传统的题材涤陈出新，推上了古典浪漫主义再现艺术创作的高峰，雄奇恢诡，寄寓深永，传为千古不朽的佳什。如果说，《西游记》是巍然矗立在艺术王国中一座金碧辉煌的七宝楼台，那么，“大闹天宫”就是镶嵌在这座楼台尖顶上一颗光芒四射的明珠。

［原载《名作欣赏》1986年第2期］

对传统人物塑造方法的超越

——读《西游记》黄袍怪故事

“四战黄袍怪”是《西游记》中一个精彩动人的篇什，见于该书第二十八回至三十一回。

这个故事发生在唐僧把护法大徒弟孙悟空逐走以后，西行至黑松林遇黄袍老怪，遂即身陷魔掌，迭罹磨难，最后只好请回孙悟空，伏魔解难。

中国古代白话小说系直承宋元话本发展而来，故多以情节婉转曲折的营构取胜，而比较忽略人物性格的刻画与塑造。明初的《三国演义》和《水浒传》两部巨著虽着意于在情节发展中表现人物性格，但还是侧重于情节的铺叙，仍然是情节驱动人物，而非以塑造人物为主，把情节描写从属于人物性格的刻画，并使之成为人物性格成长发展的历史。所以，它们写出的人物多属类型化。这些人物性格倾向单一，美丑清晰，善恶分明，好则全好，坏则尽坏，缺乏真实人生那种美丑兼具、善恶并存等极其复杂丰富的性格内蕴。到了《西游记》作者的笔下，这种小说创作传统的思维定势，开始发生具有突破意义的转变，展露出小说创作以描写人物性格为主的明显端倪。非情节发展需要的笔墨增多了，但这些笔墨就描写人物性格而言则是不可缺少的。《西游记》作者在中国小说发展的蜕变时期——由对民间创作的依傍加工向文人独立进行创作的发展转变时期。为更新小说艺术创作观念，确立新的小说创作原则，做出了创造性的贡献。这为不久之后《金瓶梅》作者所大力发展，也为二百年后《红楼梦》作者所充分发挥，把中国古典小说艺术创作推向成熟完美的极致。当然，正因《西游记》是中国小说发展蜕变时期的代表性作品，作者在他的艺术构思中就不可能完全摆脱人们传统的审美习尚，所以表现在创作中，既有新的探索与开拓，也有旧的因袭与依傍。故事情节的婉转曲折与人物性格的复杂丰满，浑然无间地统一在作家艺术创作之中。这在“四战黄袍怪”故事中有着极为生动精彩的表现。

“四战黄袍怪”故事的情节构思与安排，既曲折有致，跌宕多姿，又合情合理，成为推动全书主体故事向前发展的必不可少的环节，同时，又尽量拓展每个情节的容量，把人物放在特定情境中展露他们的性格。这个故事发生在孙悟空第一次被唐僧逐出取经队伍之后，取经队伍没有了孙悟空，等于失掉了主心骨，取经故事就无法向前发展，必须把孙悟空再弄回取经队伍。但是，要把孙悟空弄回来，就当时人物间矛盾关系而言，确实要颇费一番周折。于是，作者遂匠心独运地创造了黄袍怪的故事。

颟顸顽固的唐僧，在白虎岭上赶走了降妖能手孙悟空。一行三人一马，来到黑松林，猪八戒、沙僧先后出去化斋，唐僧被吃人恶魔黄袍怪捉入洞中；猪、沙循踪找来，双战妖魔，未分胜负。此时，唐僧得到黄袍怪的老婆——宝象国三公主百花羞相救，逃离魔洞，至宝象国。宝象国王请猪八戒、沙僧降妖，搭救公主，猪沙二人复去碗子山再战妖魔，猪八戒逃阵，沙僧被擒。黄袍怪变为轩昂俊美的男子，到宝象国认亲，花言巧语，骗得国王的信任，施行妖法，把唐僧化为一只斑斓猛虎；白龙马闻讯，变做宫女，深夜入宫救师，与妖魔恶战，失利被伤，入御水河逃回，恰值猪八戒战败回城，白龙马央猪八戒去花果山请回孙悟空搭救唐僧。猪八戒义激美猴王，孙悟空再次出山，降伏妖魔，解唐僧之难。整个故事波澜起伏，峰回路转，惊心动魄，引人入胜。

在情节发展中成功地运用了层层铺垫的艺术手法。猪八戒、沙僧两战黄袍怪，以力取不敌致败，是为孙悟空再度出山的第一层铺垫蓄势，龙马斗怪，先以智取，后以力战，仍不敌被伤，是为孙悟空再度出山的第二层铺垫蓄势。这种多重铺垫，既增强了故事情节的曲折性、复杂性，也为显露和丰富人物的性格内涵，展示人物的心理活动，提供了广阔的空间，更为突出主要人物——孙悟空智勇兼备的英雄形象烘托出充足的气氛。明写实写猪八戒、沙和尚、白龙马、黄袍怪，实乃暗写重写孙悟空，明中出暗，实中见虚，明暗相映，虚实互藏。

这个故事是以唐僧为精神领袖的取经队伍组成以后第一次全班人马出动对妖魔作战，每个人物的主要性格侧面，都在尖锐的矛盾冲突中得到展露。尤其是对猪八戒形象的描写，更为生动丰满。在这支队伍里，猪八戒是个困难面前常常动摇的不坚定分子。作者在这个人物身上概括了中世纪中国小私有者诸多特点或弱点，这些特点表现一个归命沙门的和尚身上，就显得更加荒谬可笑，获得特殊的思想价值和审美意蕴。在这之前不久，“四圣试禅心”，他就没经得起考验，贪图富贵女色，要留下招女婿，结果被“绷巴吊拷”起来，受了一番惩戒，到了五庄观，他又贪吃馋嘴，撺掇行者去偷人参果，惹出一场不小的乱子，等到“三打白骨精”，他又因贪吃好色，屡屡向唐僧进谗言，讲孙悟空的坏话，弄得唐僧是非不分，大念“紧箍咒”，贬逐了孙悟空，严重地破坏了取经队伍内部的团结，遂而招致这场更大的灾难。在这个故事里，又在情节发展中，显露出一些新的性格侧面。宝象国金殿上，他卖弄手段，自吹自擂，说他“第一会降妖”，想侥幸取胜，扬名出风头。可一经与妖怪交手，不几合，就气力不加，假借“出恭”，临阵脱逃，致使沙僧被擒，表现出他的自私，不顾大局。在草科里，一觉睡醒，回到城里，他动了散伙之念，要把行李挑去高老庄，回炉做女婿去，亏得白龙马流泪相劝，他才振起精神到花果山去请孙悟空——他毕竟良知未泯，是个有缺点的正面喜剧人物。他明知与那猴子有些不睦，此去说不定有挨棍子的危险，但他还是硬着头皮上了花果山。在花果山上，经过一番折腾，他乘机使出他那猪八戒式的小聪明，编了一席假话，把孙悟空激了出来。猪八戒的性格也自有他可爱的一面。这样，就把猪八戒这个喜剧人物复杂矛盾的性格内涵真实地有血有肉地刻画出来。在《西游记》之前还未曾见到用这种艺术表现方法来描写人物的。这无疑是中国小说艺术对传统表现模式的一种超越和开拓。

沙僧是书中着笔较少的人物，这是由他取经队伍中所处的地位决定的。他主要任务是做唐僧的贴身护法，极少参加对外刀光剑影的战斗，加之他的性格又很内向，极少说话。所以不少论者多认为他是个没有性格的可有可无的人物。其实不然，他的性格线条还是很清晰的。姑不论沙僧其他方面的性格内容，单就这个故事里所表现的沙僧性格的一个重要侧面，就给读者留下了深刻的印象。这个平时沉默寡言的黑和尚，原来是个心地善良忠厚、遇事能舍己为人，宁死不屈的硬汉。他被黄袍怪擒入洞中，作者为了描写他这个性格侧面，有意安排了黄袍怪要怒杀百花羞的场面，让沙僧淋漓尽致、雄壮无畏地表现出他深层的心理活动和内在的正面品格。作者这样写，并非完全出于情节发展的需要，更多的是为了塑创沙僧的性格。有了这精彩传神的一笔，作为正面形象的沙僧，便深深印入了读者的脑际，尽管全书很少正面写到他。

白龙马也是取经队伍中一个重要成员，它把肉体凡胎的老和尚唐僧从东土驮到西天，应是功在不泯的。究竟这匹龙马是个怎样的精灵呢？在这之前，人们只知道它是西海龙王之子，因纵火烧了殿上的明珠，被父亲告了忤逆，玉帝把它逮起来要问斩，幸得观音菩萨相救，去角退鳞，变做白马，给唐僧去西天充任脚力。至于它有何等精神面貌与气质特色，人们则不甚了了。它不是一匹普通的凡马，而是接受观音菩萨度脱进入取经队伍的一个成员，它不应只起一匹凡马也能起到的充任脚力的作用，在西天路上，它应该做出独特的贡献。作者在这个故事里为它特别安排了深夜斗怪的场面，充分展示出它的机智勇敢、忠实积极的性格风貌，受伤之后，又含泪牵衣，苦口劝勉猪八戒去请孙悟空救师父报仇，使得取经队伍免于瓦解，为取经事业立下一次殊功。

这个故事，对主要人物孙悟空的性格描写也有所深化和发展。他“有仁有义”，不计睚眦，虽被唐僧无理贬逐，仍不忘当年五行山下救拔之德，一闻师父有难，便出山相救，还要先下海洗掉身上的妖气，使得猪八戒也不禁为之感动。虽然对猪八戒不免故做姿态地演出了一出小小的闹剧，狠狠地捉弄了他一番，那不过是对这位常在师父耳根玩小动作的猪老弟一种恶作剧式的报复与惩戒。这情节实为二人性格矛盾之必然，如果猪八戒换作沙僧，就不会出现这样的情节波澜。

他变做百花羞与黄袍怪交手，又进一步表现出他性格中那种放浪不羁的“猴气”特征。这与当年他变做高翠兰去捉弄猪八戒如出一辙，前后辉映，但由于具体描写细节的不同，遂使两者犯而不犯，各饶韵致。

反面人物的黄袍怪的性格也写得相当复杂丰满。他是天上二十八宿之一奎木狼下凡为妖，是个成了气候的狼精，所以，他具有狼的自然属性——凶狠、残酷、狡诈、多疑，常以吃人为活。对这种狼的性格特征，作者通过疑妻传书、入宫认亲、害僧化虎、醉食宫女等情节以神话夸张形式展露出来，具有鲜明的批判现实的倾向。不是吗？他在天上称神，是玉帝神权统治的爪牙，下凡为妖，还是神权赖以统治的社会基础，神妖本为一体。难怪黄袍怪在下界干下那么多吃人害人的事，归终回到天上玉帝不过罚他给太上老君烧火，还“带俸差操，有功复职”。这岂不正如现实人间，在朝为官，下野为绅，官绅一体一样。

作者在写黄袍怪反面性格特征之外，也多少表现出他的人性的一面。他对妻子百花羞颇富人情味，妻子说为了还愿要放走唐僧，他立即答允放人，毫不勉强；孙悟空变做百花羞，谎称心疼，他立即吐出内丹宝贝为之医疼。反面人物不尽是坏得一无是处，非人性中常夹杂着人性。现实人生本来就是复杂对立的统一体，人性更绝非单色的。伟大作家笔下的人物就应该如实表现出这种丰富性与复杂性。

[原载《名作欣赏》1992年第1期]

史剧的绝唱 正气的颂歌

——《桃花扇·骂筵》论析

“骂筵”是古典现实主义大型历史悲剧《桃花扇》中的一出（第二十四出）。这出戏通过女主角李香君的拼死骂筵，与腐朽邪恶势力代表人物马士英、阮大铖展开直接交锋，集中地揭示全剧政治批判主题，把情节冲突推向全剧的高潮，在尖锐的戏剧冲突中完成了李香君这一光辉市民妇女形象的创造。

一

《桃花扇》是清代初叶大剧作家孔尚任的力作。它经过作者长达十年的惨淡经营，三易其稿，在一六九九年脱稿问世。一时声彻遐迩，饮誉海内，与稍出其前的洪昇名剧《长生殿》先后竞辉，并世耀彩，成为轰动当时剧坛的双璧。

从明后期嘉靖、隆庆之际到清初康熙年间，我国古代戏剧的创作，随着资本主义萌芽的产生、新兴市民社会势力的兴起和明清封建王朝的更迭，出现了一些把个人命运与关乎国家兴衰的重大政治事件联系起来的历史剧，借以寄托作者的现实政治感慨，但由于题材取资和创作方法的差异，又显示出两种不同的艺术格调。一种是以明后期梁辰鱼《浣纱记》到清康熙洪昇《长生殿》为代表的创作路子。他们都取材于历史并融入许多古代神话传说，以男女主人公悲欢离合故事为中心线索，敷演一代兴亡的历史，剧中固不乏现实政治的寄寓，主要的却侧重于对某种理想的抒发，带有明显的浪漫主义倾向。一种是以明后期王世贞（一说为王的门人）《鸣凤记》到明清之际李玉《一捧雪》（作于明末）、《清忠谱》（作于清初，与叶雉斐等合作）为代表的创作路子。他们都着意于选取当代的政治事件为题材，进行提炼概括，以统治集团内部的忠奸斗争为基本线索，褒扬忠义，指责奸佞，抱惩时救弊之心，秉严如斧钺之笔，对明代后期黑暗腐朽的政治，进行严肃的针砭和抨击，具有强烈的批判现实主义精神。更值得指出的是，不少作品除了塑造封建阶级正反面人物外，还成功地塑造了一些具有鲜明市民意识、英气勃勃的下层人物，他们洋溢着浩然正气，不畏强暴，不惧刀斧，殒身弗恤，视死如归，积极地参与斗争。他们在戏曲舞台崭露头角，清楚地显示出明中叶以后反映资本主义经济萌芽要求的新兴市民，在现实生活中已经成为一支不可忽视的社会力量，也表现了明代后期初步民主主义启蒙思潮对作家的深刻影响。

《桃花扇》正是批判地汲取了上述两种作品的思想艺术成就，熔两者之长于一炉，更多地继承并发扬了《鸣凤记》所开创的传奇创作严格现实主义传统，写出了这部光照千古的大型历史悲剧，成为我国古典戏曲的压卷之作。其女主角李香君在古典戏剧妇女形象序列中尤闪耀着独特的思想艺术光辉，而“骂筵”一出则是她这种性格光辉的集中展现。

二

《桃花扇》的主题是“借离合之情，写兴亡之感”[①]。具体说来，即以男女主人公侯方域和李香君悲欢离合爱情故事的曲折发展为中心线索，展开了南明弘光王朝兴亡历史场景的敷演，揭示明代宗社覆亡的原因，达到总结一代历史教训，惩创人心的目的，寄托作者深沉的黍离之悲和亡国之痛。

① [清]孔尚任:《桃花扇》，人民文学出版社1959年版，第1页。本文凡《桃花扇》原文均出自该版本，后不另注。

桃花扇底系南朝。为表达上述主题，作者紧紧围绕侯李爱情这条中心线索，巧妙地把个人爱情离合的遭际与国家兴亡的命运结合起来。侯李的悲欢离合，与南朝一代政治风云的变幻息息相关。南明王朝内部政治派系的清浊之争，促进侯李的结合；随着这清浊之争矛盾的激化，又造成他们的离散；最后在故国沦亡、山河破碎的政治背景中，他们双双“栖真”“入道”，完成了悲剧结局。这既摆脱了传统戏曲艺术构思和关目处理公式化的窠套——才子艳遇，佳人怀春，生旦当场团圆；又使历史真实和艺术真实达到了相当完美的统一。对传统有所扬弃，有所创发，机杼自出，境界独辟，对当世和后来的文艺创作，包括对伟大现实主义小说《红楼梦》的创作，从形式到内容无不提供了许多带有开创性的艺术经验。

李香君是剧中着力刻画、极意颂赞的女主人公。她自幼沦落风尘，以色艺倾动旧院，名噪秦淮，且又“侠而慧，略知书，能辨别士大夫贤否”[①]，因而得到当时复社、几社文人领袖张溥、夏允彝等人的特别称赏。她与名士侯方域的结合，除了才色的相互景慕和吸引之外，更重要的是建立在共同的进步政治要求的基础上。所以，他们的爱情一开始就卷入南明王朝清浊政争的漩涡，并与之相始终。这在形式上虽仍存才子佳人的痕迹，但在实质上却具有迥乎不同的审美格调。作者把她置于魏阉余孽权奸马士英和阮大铖的对立面，在“骂筵”之前，通过“却奁”“辞院”“拒媒”“守楼”等一系列的戏剧场面，用与侯方域形象对比、映衬的手法，在清浊矛盾的发展中，逐步地展示出她的性格各个优美动人的侧面——清醒的政治头脑，鲜明的是非界限，对爱情忠贞不渝，对邪恶誓死反抗，侠骨柔肠，高风亮节，足以压倒须眉，增色巾帼。迄于“骂筵”，则是在正邪矛盾斗争的尖端上，把她的光辉性格推向了更高的理想境界，从而完成了她的形象塑造。

①[清]侯方域:《李姬传》,侯朝宗,贾开宗著:《壮悔堂文集》卷五,第125页。

三

在清军节节南下，大敌当前，民族危严重关头，刚刚建立的南明王朝，昏君福王尸位当国，权奸马阮恃势擅权，他们不仅不励精图治，临深履薄，团结内部，共同对敌，反而倒行逆施，大张淫威，呼朋引类，排斥异己，内讧迭起，自相攻伐，闹得乌烟瘴气，朝政愈加腐败，不堪收拾。君昏臣佞，沆瀣一气，醉生梦死，追求淫乐，置国难于不顾。弘光征色逐酒，选优演戏；马、阮观雪赏梅、传歌开宴。正如康熙皇帝当年看了“设朝”“选优”等出后皱眉顿足叹道：“弘光，弘光，虽欲不亡，其可得乎?”[①]“骂筵”一出，就是在这种政治背景下演出的。

“骂筵”由四个场次组成。第一场由南朝新贵文学侍从佞臣阮大铖出场，通过他踌躇满志的自白，简括地道出了“广搜旧院，大罗秦淮”[②]的“选优”之举，真实地揭示出昏佞误国的腐败政治现实，具体地交代了事件发生的时间、地点和即将登场的人物，布置下戏剧冲突开展的矛盾根据和条件。第二场紧承上场“把新选的妓女，带到席前验看。”在马阮淫威逼迫下，众妓女、乐工登场。先写妓女卞玉京、乐工丁继之不甘为他们点缀升平，决心遁世出家，飘然而逝。只有寥寥儿人被迫赴召。次写主角李香君被强捉下楼，代替养母李贞丽登场应选，她暗下决心，效祢衡击鼓骂操之举，就席前拼死痛斥权奸马阮。正邪阵势已经摆开，矛盾已充分展露。第三场先写马士英、阮大铖、杨龙友燕集赏心亭，饮酒赏雪，通过席间的宾白对话，极写阮大铖趋奉权贵、面谀马士英的丑态；同时，借马士英之口提及《鸣凤记》中权奸严嵩被涂上粉墨，搬上舞台，遗臭世间的故实，当场连类作比，明喻他们正在演出赵文华奉承严嵩的丑剧。为下面骂筵高潮的到来，蓄足气氛，作好铺垫。接着，便是主角李香君再度登场，在筵前酣畅淋漓、正气凛然地痛斥了昏君佞臣祸国殃民的罪行，并表示了

① 吴梅:《顾曲尘谈·谈曲》下册，商务印书馆1925年版，第150页。

② [清]孔尚任:《桃花扇》，第158页。

自己宁死不屈的意志和决心。第四场是本出的尾声，高潮方现，戛然而止，给观众留下有余不尽的悲壮韵味。

四

本出正如出目“骂筵”所示，是以“骂筵”这个中心场面，集中揭示女主角思想性格最有光彩的方面。这充分体现在她那两段气势凌厉的唱词中：

> 【五供养】堂堂列公，半边南朝，望你峥嵘。出身希贵宠，创业选声容，后庭花又添几种。把俺胡撮弄，对寒风雪海冰山，苦陪觞咏。
>
> 【玉交枝】东林伯仲，俺青楼皆知敬重。干儿义子从新用，绝不了魏家种。冰肌雪肠原自同，铁心石腹何愁冻……（奴家已拼一死。）吐不尽鹃血满胸，吐不尽鹃血满胸。①

这是本出也是全剧的精华所在，充分表现出李香君嫉恶如仇的可贵品质和疾风劲草的高尚风操。在举世滔滔，许多文人学士如钱谦益、王铎之流都纷纷逐膻慕臭，阿附马阮的政治浊流中，一个出身微贱的烟花歌妓，竟能若此抱真守素，不慕荣利，坚持志节和操守，横眉冷对，不惧刀斧，指奸责佞，痛斥马阮，足使狐鼠丧胆，顽廉懦立。无独有偶，这与《长生殿》乐工雷海青拼死骂贼的崇高气节前后辉映，同其精神。这说明那个时代的剧作家都在相同的历史环境中，接受了早期民主主义启蒙思潮的影响，把自己的进步理想熔铸到下层市民小人物形象中去。

作家这样塑造李香君形象，不只有充分的历史根据，而且也完全符合李香君性格发展的逻辑。如前所述，她与侯方域结合，其爱情的基本内容是他们的反对马阮的共同政治态度。先是阮大铖的歪打正着促成了他们的

① [清]孔尚任:《桃花扇》，第162—163页。

结合，后来又是阮大铖的迫害造成了他们的分离。这就规定了李香君的爱情忠贞与政治气节的交融与统一。为了忠于爱情，她坚决拒绝南朝新贵田仰的无耻追求，誓死“守楼”不嫁，虽碎首淋漓，血染诗扇，亦所不恤；迨及被迫赴召，她睥睨强暴，当面“骂筵”，喷放出性格的烈焰，自是情出有因，势所必然的。《桃花扇》通过李香君形象的塑造，把爱情题材充实进如此深刻具体的思想内容，在中国古典文学发展史上是个承前启后具有里程意义的重要环节。它不只对郎才女貌、一见倾心式有着单纯反封建礼教意义的戏曲小说题材，是一个创造性的突破和发展，对伟大的现实主义小说《红楼梦》中宝黛之间那种具有近代色彩爱情描写的出现，也无疑是一种创作上带有启迪性的先导。

五

“骂筵”中对李香君形象的塑造，在艺术构思上是在不同精神层次的群体形象的对比衬托中，来突出显示她卓尔不群，独具风标的反抗精神。面对马阮“选优”的严峻考验，歌妓卞玉京、乐工丁继之用逃避现实出家的行动来对抗，表示他们不与阉党余孽同流合污的政治气节；歌妓寇白门、郑妥娘和乐工沈公宪、张燕筑等则被迫顺从。只有李香君虽风尘弱质，而胆识过人，她为了维护自己人的尊严、爱情幸福和政治信念，敢于直面惨淡的现实，以主动进攻刚烈果敢的气概，对马阮表示出极大的蔑视，不惜付出生命的代价，伸张了人间的正义。以前两种人物在同一考验面前作背面敷粉式的烘染，于不同精神气质色调的错杂中，李香君的光辉形象便如一轮皓月升起在黑暗沉沉的夜空，显现出她的皎丽、圣洁和壮美。

环境景物和色彩的渲染描绘，也对形象塑造起着多方面象征比照作用。残腊冰雪，早春泥冻，一方面借自然界严冬的寒威，隐寓主人公所处政治环境的阴冷严酷；另一方面又以冰雪的清白来象征主人公玉洁冰清的情操和品格——“冰肌雪肠原自同，铁心石腹何愁冻。”因景出情，假物见人，人物交融，浑然一体。这是把传统诗歌表现艺术手法熔铸到戏剧创作，借以展现人物难以言传的内心世界一种创造性的运用。

唱词和宾白的语言，都写得词意明亮，雅俗共赏，非常切合每个人物的性格和身分，取喻运典，也都浅显易懂，且能紧紧扣住剧情，达到高度强化主题、揭示人物性格的目的。唱词如阮大铖一出场唱的〔缕缕金〕，把他志满意得的神气，无耻文人的声口如实写出：李香君〔忒忒令〕〔五供养〕〔玉交枝〕几段唱词，更符合她歌妓的身分和她柔中出刚的性格，其中所用《鸣凤记》和祢衡骂操的典故，既切合她的“眼前景”“心中事”，又是她作为歌妓所熟稔杂剧传奇中的故实。马士英、阮大铖和杨龙友三人在赏心亭中一段对白，更是传神出真的妙笔。马士英的不学无术，当场出丑，自命清高，自夸不喜奉承，却又即席出乖，被奉承得飘飘然；阮大铖的见机而作，因势面谀，均活灵活现地显示出他们猥琐不堪的心灵。杨龙友虽亦不免阿逢，但对《鸣凤记》的评说却又不失公道，品格固不高，比之阮大铖一味肉麻趋奉则显出程度的差异，这是由他在复杂的政争中依违于清浊之间的两面性格决定的。总之，他们每一开口，都无不“如闻其声，如见其人”，达到了戏曲语言充分个性化的高度。

《桃花扇》是我国古典戏剧史上一部史剧之绝唱，“骂筵”则是这部史诗中一曲正气的颂歌！

〔原载《名作欣赏》1985年第6期〕

朱彤学术年表

1930年

9月27日生于辽宁复县第十一区刘家村小王屯。父朱耀铨，母朱田氏。

童年入复县炮台村国民优级小学就读。

1944年

求学于大连瓦房店师道学校。

后入辽阳第二国民高等学校、长春市松北联中、市立二中等求学。

1948年

5月，跟随李克夫和从兄朱寰逃离国民党军队占据地长春，走向共产党领导的解放区。随后进入九台县长春学院学习。

8月，进入吉林工业专科学校学习，加入新民主主义共青团。因介绍人赴抗美援朝前线失联而致团关系丢失。后因病休学。

1952年

12月，由组织安排至抚顺石油一厂担任业余学校教员。

1953年

1月，经朱寰介绍，至东北师范大学函授处任职员。

10月，在东北师范大学重新入团。

1956年

考入北京大学中文系学习。

1961年

大学毕业，分配到合肥师范学院工作。

1968年

8月，随学校迁至芜湖市（“合肥师范学院”更名为“安徽工农大学”，1970年12月复更名为“安徽师范大学”），从事中国古代文学的教学和研究工作。

1974年

5月，发表论文《论王熙凤形象的典型意义》，《安徽师范大学学报（哲学社会科学版）》1974年第2期。

10月，发表论文《生动的人物形象 精湛的文学语言——略谈〈红楼梦〉两个艺术特色》，《安徽师范大学学报》1974年增刊《红楼梦评论专辑》。

1977年

8月，发表论文《史湘云结局简探——兼析〈红楼梦〉第三十一回回目》，《安徽师大学报》1977年第4期。

1978年

3月，发表论文《论孙悟空》，《安徽师大学报》1978年第1期。

6月，发表论文《论史湘云》，《社会科学战线》1978年第3期。

9月，借调至中国艺术研究院《红楼梦》校订注释组，参与校订注释工作。

1979年

5月，发表论文《论吴承恩的思想》，《学习与探索》1979年第2期。

5月20日，参加在北京召开的"《红楼梦学刊》编委会成立大会"，当选编委。

5月，发表论文《释"白首双星"——关于史湘云的结局》，《红楼梦学刊》创刊号，1979年第1辑。

11月，发表论文《释"唾绒"》《"素女约于桂岩"解》《"弄玉吹笙"辨》，均载《红楼梦学刊》1979年第2辑。

1980年

3月，发表论文《"饔飧王孙"一联考释》，《江淮论坛》1980年第1期。

5月，发表论文《"煮芋成新赏"的出典》，《红楼梦学刊》1980年第2辑。

6月，发表论文《论曹雪芹的生活、思想和创作》，《红楼梦研究集刊》第3辑，上海古籍出版社1980年版。

7月21—30日，参加在哈尔滨举行的"首届全国《红楼梦》学术研讨会暨中国红学会成立大会"，成为中国红学会首批会员。

8月，发表论文《红楼辨讹二则》，《红楼梦学刊》1980年第3辑。

11月12日，中国红学会第一次常务理事会，增补为中国红学会理事。

1981年

3月，发表论文《论〈红楼梦〉的主题》《“种得蓝田玉”析》，《红楼梦学刊》1981年第1辑。

10月5—10日，参加在济南举行的“第二届全国《红楼梦》学术研讨会”。

11月，发表论文《“三尺”辨析》，《红楼梦学刊》1981年第4辑。

1982年

2月26日，参加在北京召开的“《红楼梦学刊》第四次编委（扩大）会议”。

7月，发表论文《〈红楼梦〉的细节描写》，《红楼梦学刊》1982年第2辑。

10月22—29日，参加在上海召开的“第三届全国《红楼梦》学术研讨会”。

1983年

5月，发表论文《深刻的思想 凝练的艺术——“王熙凤弄权铁槛寺”论析》，《阅读和欣赏·古典文学部分（7）》，北京出版社1983年版。

5月，发表论文《〈红楼梦〉人物性格补充艺术手法散论》，《红楼梦学刊》1983年第2辑。

8月，发表论文《“皇商”小考》，《红楼梦学刊》1983年第3辑。

9月，发表论文《穷精显微 尺水生波——“鸳鸯抗婚”论析》，《阅读与欣赏·古典文学部分（10）》，北京出版社1984年版。

11月，发表论文《西施结局小议》，《红楼梦学刊》1983年第4辑。

11月23—28日，参加在南京召开的“纪念曹雪芹逝世220周年学术研讨会”。

1985年

5月，发表论文《“三尺”出典再辨析——答王启熙先生》，《红楼梦学刊》1985年第2辑。

8月，发表论文《芥豆之微展须弥——“刘姥姥一进荣国府”论析》，《名作欣赏》1985年第4期。

10月，发表论文《“从猿到人”——孙悟空、贾宝玉思想性格纵横谈》，《红楼梦学刊》1985年第3期。

10月13—19日，参加在贵阳举行的“全国第五次《红楼梦》学术研讨会”。增补为中国红学会常务理事。

12月，发表论文《史剧的绝唱 正气的颂歌——〈桃花扇·骂筵〉论析》，《名作欣赏》1985年第6期。

1986年

5月，发表论文《雄奇恢诡 寓真于诞——“大闹天宫”论析》，《名作欣赏》1986年第2期。

5月，发表论文《“从猿到人”——孙悟空、贾宝玉思想性格纵横谈》，《安徽师大学报（哲学社会科学版）》1986年第2期。

6月13-19日，参加在哈尔滨举行的“国际《红楼梦》学术研讨会”。

12月4日，参加在北京召开的“中国红楼梦学会常务理事会”。

1987年

3月21—27日，参加在扬州召开的《红楼梦学刊》编委会、红学专题研讨会。

7月，整理出版《西游记》新校注本（与周中明合作），四川文艺出版社。

8月，以讲师破格晋升教授。

10月，发表论文《关于红学现状与发展的刍议》，《红楼梦学刊》1987

年第3期。

1988年

5月26—30日，在安徽师范大学校内成功举办“第六届全国红楼梦学术研讨会”，会议主题为“《红楼梦》与中国传统文化”。

9月，发表论文《蕴深曲之致，出难写之境——〈红楼梦〉诗歌艺术断想》，《红楼梦学刊》1988年第3期。

1990年

3月，参加在扬州召开的“《红楼梦学刊》编辑部专题会议”。

7月，新校注本《西游记》修订本由四川文艺出版社再版。

1991年

10月15日，在北京参加“《红楼梦学刊》出刊50期纪念会”“第七次编委会”。

撰写论文《缘情入微 赅博笼巨——“宝玉被打”论析》，次年收入《红楼梦散论》。

1992年

2月，出版专著《红楼梦散论》，南京大学出版社。

3月，发表论文《对传统人物塑造方法的超越——读〈西游记〉黄袍怪故事》，《名作欣赏》1992年第1期。

9月9日病逝。

后　记

我对《红楼梦》这部巨著的思想意义和审美价值开始有所了解，是在20世纪50年代上大学读书时期。那时吴组缃先生给我们上“中国小说史”专题课，吴先生对《红楼梦》那些精警独到的见解和深刻透辟的分析，无论从认识论上和方法论上都给我极大启发，宛如醍醐灌顶，茅塞顿开，也培养了我对中国古代小说的兴趣，对我把古代小说作为我终身研究的方向起到了很大的促进作用。几十年来，我在这块园地舌耕笔耘，多经坎坷，几至废顿，幸赖吴先生并许多学界前辈、同仁勉励，使我的研究得以继续下去。

70年代末期，我借调北京参加冯其庸先生主持的新校本《红楼梦》注释部分的撰稿定稿工作，这为我能够集中深入地阅读学习这部巨著，全面细致地了解并掌握作品的有关资料，提供了一个很好的机会。爬梳钩沉浩瀚古籍之余，我信笔做了一些考证文章，或纠偏勘误，以辨析前注之错讹；或阐精发微，以补苴时论之罅漏。文章陆续发于《红楼梦学刊》之中，今文集所收考据文章，多为此时所撰。

俟校注工作结束返校，即沉于繁重的教学之中。教学非但没有贻误我的研究，反而常常成为我感悟红楼三昧的契机。备课之中偶有所得，讲解之顷突发奇想，并进而寻渊探珠，扪幽抉秘，亦诚为一大乐事。这些零星之想，后大都被敷演为文章。这些文章没有统一的研究构架，唯意所适，散漫无轨。本文集题名为“散论”，此其实也。

当然，虽说是散漫无轨，但又有一些相对集中的东西绳乎其间，反映我对这部作品的总体看法。文集胪列不外以下四端：思想人物论、艺术风格论、考据文字以及著名片断的赏析。涉及红学研究中的一些重要问题，以思想、人物的分析研究为主线，艺术分析、史实考订均环拱于它而展开。

这里也反映我对研究方法的一些尝试。方法问题始终是困扰古典文学研究的大问题，我在研究中，较注意斟酌宏观和微观、传统方法和现代方法、艺术分析方法和其他文化分析方法的关系。我将文本的考订和感悟作为起点，由此上升为理论分析，并将这部“百科全书式”的巨著放到中国哲学、文化的宏观背景中予以考察，以现代人的视角去原其本然，观其流变，探其渊奥中所具有的大美。同时又不强古人之所难，循顺其固有形态去擘肌分理，欲原古人用心之所在。所以我体会到研究传统文化，还存在着一个运用现代知识结构和超越现代知识结构的问题。这只是个尝试，其得失还有待于读者鉴别。

这里有些问题需要作些解释。关于史湘云结局的探讨，最初在《安徽师大学报》（1977年第4期，8月初出刊）上发表，那是一篇提纲式的短文，题为《史湘云结局简探——兼析〈红楼梦〉第三十一回回目》，论点未充分展开，发表后引起学界诸多同仁的注意。1978年在北京恭王府藤萝苑内作校注工作，与我共同工作的还有杭州大学蔡义江、哈尔滨师大张锦池二君。冬日夜长，我们把酒谈艺，获益良多，时正值《红楼梦学刊》筹备创刊，向我们组稿，二君皆以《简探》一文有简廓之憾，力促我铺展其义，缀为详篇，于是便有我发于《红楼梦学刊》创刊号上的《释“白首双星”》一文。后二文题目均为《古典文学论文索引》《红楼梦论文索引》所收。1977年先发之短文，出刊已久，且发行量不多，许多读者难得寻阅，来信询问二文之异同，因忙于猬务，多未作复。今借本书出版之机，将此二文颠末略陈，亦算是对关注我的读者的一个迟到的答复，并致深深的谢意和歉意。

文集后附有《论孙悟空》一文，出于这样的考虑：文中所收之《“从猿到人”》一文，主要是通过贾宝玉和孙悟空的比较，来阐述“新人”形象的内在发展脉络，文章的重心落在对贾宝玉的研究上，对孙悟空的有关问题语焉未详，为读者阅读之便，特将《论孙悟空》一文附录于后。

文集所收之论文从70年代延至90年代初，记载了我对《红楼梦》这部巨著探求的斑斑印迹，结集时除局部略有更改外，其他则仍其旧贯，意在保留其真实面貌，使这部“散论”尽可能涵化一些历史内容。

蒙老友冯其庸、李希凡二君百忙中拨冗作序，对本书结集出版给予极大的鼓励和支持，殷殷之情，深叩我心。南京大学出版社惠予出版，在出版过程中，得到许多同志的热情帮助，从我就学的俞晓红君代为整理之劳，颇费心力，在此一并表示深深的谢意。

作者于病榻上

1992年2月

补　记

1992年南京大学出版社出版的《红楼梦散论》，系朱彤先生半生红学研究的结集，共收入《红楼梦》研究与考据文章25篇，另附《论孙悟空》1篇。因彼时印数不多，30年来不断有学界同仁索要而难得，今在该文集基础之上，复加入作者论吴承恩思想、评析《西游记》《桃花扇》等作品的相关论文5篇作为“附录”，汇成一编，题名《朱彤红学论集》再行出版。

本书文章整理工作主要在以下方面展开：

（1）对本书所收文章整篇辑录，对文中所有引文进行检核，其中《红楼梦》原著引文均据中国艺术研究院红楼梦研究所新校本《红楼梦》校改，《西游记》原著引文均据朱彤、周中明新校注本《西游记》校改，其他引文均出脚注；

（2）部分论文发表之时，因刊物篇幅所限而有所删减，1992年结集时，作者乃据会议论文原稿付排，今仍因之；

（3）根据当下语言文字规范标准和汉语标点符号使用规范，对少量文字和标点符号作了改动，其他则仍其旧贯，以保持论文之历史风貌；

（4）增加朱彤先生学术年表。

安徽师范大学文学院将本书纳入学院学术文库，2021级古代文学硕士生李娜承担了书稿的整理、校核、出注等诸多具体事务，责任编辑胡志恒付出诸多辛劳，在此一并表示诚挚的谢意。

编　者

2022年3月28日